罗长铭先生像

罗长铭(1904—1971),安徽歙县呈坎(今属黄山市徽州区)人。工诗词,精文史。早年受业于张謇。曾任安徽省立第二师范、上海美术专门学校教员;任神州国光社编辑,校勘《美术丛书》,编辑《艺观》;参与修纂民国《歙县志》。任民国安徽通志馆编纂,编民国《安徽通志》。任政协第一至三届安徽省委员会委员,在省博物馆从事古籍善本的编目、书画鉴定和文物考证工作。有《长铭诗词钞》《罗长铭集》等。

罗长铭诗词集

罗长铭 著
罗季重 校注

全国百佳图书出版单位
时代出版传媒股份有限公司
黄山书社

图书在版编目(CIP)数据

罗长铭诗词集 / 罗长铭著，罗季重校注. —
合肥:黄山书社，2018.9

ISBN 978-7-5461-7720-5

Ⅰ.①罗… Ⅱ.①罗… ②罗… Ⅲ.①诗词-作品集-中国-当代 Ⅳ.①I227

中国版本图书馆 CIP 数据核字(2018)第 217873 号

罗 长 铭 诗 词 集

LUO CHANGMING SHICI JI　　罗长铭 著　罗季重 校注

出 品 人　王晓光
责任编辑　周挺启
责任印制　戚 帅 李 磊
装帧设计　熙宇文化
出版发行　时代出版传媒股份有限公司(http://www.press-mart.com)
　　　　　黄山书社(http://www.hspress.cn)
　　　　　官方直营书店(https://hsss.tmall.com)
　　　　　营销部电话:0551-63533768　63533788
　　　　　(合肥市蜀山区翡翠路 1118 号出版传媒广场 7 层 邮编:230071)
经　　销　新华书店
印　　制　安徽新华印刷股份有限公司

开本　880mm×1230mm　1/32　印张　16　字数　300 千
版次　2018 年 9 月第 1 版　印次　2018 年 9 月第 1 次印刷
书号　ISBN 978-7-5461-7720-5　定价　58.00 元

罗长铭先生的诗词（代序）[①]

汪世清

罗长铭先生少即能诗，我在少年时就早有所闻。抗战军兴，我回到故里。时先生的诗名已不胫而走，自然更加耳熟了。但直到五十年代初，我才第一次读到先生的诗和词。截至1966年，我得到先生寄来的诗23首，词12阕。1983年，我为《长铭诗词钞》写序时，读到先生诗199首，词40阕。《罗长铭集》出版，诗又增加18首，词增加1阕。先生平生所作诗词，当然不止此数；但细心讽咏这217首诗和41阕词[②]，再联系先生的一生行止，大致也可领略他的诗风词格了。

先生的诗才秀发，确是早在少年时期。现在读他在南通时期的各体诗，真是令人惊叹不已。这一时期的诗

① 在汪世清先生的鼎力支持下，《罗长铭集》于1994年底印行。应约，汪先生于1996年为《合肥教院学报》的“罗长铭专辑”撰写这篇文章。汪先生已于2003年作古，特以此文（节录）为本书的代序。此文中所引诗词，现据新编《罗长铭诗词集》校核。

② 这是指《罗长铭集》当时收集的诗词数，本文中所提及诗词数都指该书所收集数。新编《罗长铭诗词集》收有诗511首，词84阕。

收入集中的有四言古诗1首，五言古诗8首，七言古诗5首，五言律诗7首，七言律诗4首，五言绝句5首，七言绝句44首，合计74首。无论长篇短制，读之简直不能相信是出自一位年未逾冠的少年之手。

《啬公询黄山，敬答一诗》云：

我家与黄山，相去不百里。仰望不可见，白云几片耳。朝登东山望，云雾豁然开。参差众峰立，天外青飞来。少须日卓午，山根云气聚。隐隐有白龙，直吞黄山去。

"啬公"张謇(1853—1926)字季直，号啬庵，江苏南通人，光绪甲午(1894)状元，近代实业家。先生到南通，即从之为师。《罗生示所作黄山诗有逸致，赋此答之，以为生勖》五古一首，亦见《张謇全集》(江苏古籍出版社1994年10月出版)卷五《艺文·下》，"罗生"误为"黄生"，同时误排在"民国六年(1917年)"①。是年先生十三岁，尚未去南通，哪有其师生的黄山问答。但先生这首黄山诗确实称得上很"有逸致"，而且大致可以肯定是到南通后不久之作。一个十五六岁的少年能写出这样"有逸致"的诗，真不愧为小才子。

先生少年怒放的诗才，更突出地表现在当时的5首

① 上海辞书出版社2012年出版的张謇全集编委会《张謇全集》8册本862页已作更正。

七言古诗中。这5首诗，题材各异，有的咏物，有的借物写人，有的借言别以兴怀，有的因时序而抒感；在结构、句法和用韵上，每首都变化多而又浑然一体。如《游丝》云：

游丝百丈相牵连，结为绮网当窗悬。愿作鸳鸯愿学仙，仙人长居大海边。雄龙雌凤俱可怜，谪向人间一万年。美人纤手调朱弦，飘零无主心凄然。相思相望云满天，金母之语青衣传。青衣夜入承华殿，君王不识游丝怨。好花微笑当风颤，长罥落花非所愿。

这首诗表现了作者极丰富的想象力。诗思如同游丝，随风飘荡，一忽儿飘到这，一忽儿又飘到那，飘来飘去，最后终于落到"长罥落花非所愿"上。那么，诗人的"所愿"到底是什么呢？诗人留下了极大的想象空间，给人以奇美之感。妙语惊人，才华出众，先生这首古风，确实可当之而无愧。

这时所作的律诗，如五律《今日五首》之一云：

今日河山异，他乡岁月残。避兵无处所，失路独悲酸。身世供生计，安危付大官。高楼风雪夜，流涕倚阑干。

七律《上巳侍啬公修禊梅垞，谨用灰韵重赋长句四首言志呈教》之二云：

过眼清明又一回，郊原十里踏歌来。村娃绣陌挑生菜，词客雕鞍唱《落梅》。好句定将春绾住，长江疑共浪飞回。少年烂漫无拘检，别放诗才藉酒才。

仅就诗的格律和声调而论，何减老手之作。

特别要提出的，是先生年方二十所写的那40首七言绝句的杂诗。小序便是一篇值得一读的骈体文，而全篇含意实在一个“情”字。且举其中五首抄示如下：

披图四望意如何，雪岭天山足浩歌。抛却南东金粉地，褰衣端欲渡黄河。

旧梦重温《玉漏迟》，新词自唱《丑奴儿》。千门万户朦胧月，正照钿车归去时。

欲惜园葵恐已难，纷纷鹬蚌几时安。毡裘酪饮非吾物，如此河山不忍看。

微雨萧疏送客行，他乡离别几经曾。明朝忆弟春江畔，四壁凄然剩一灯。

阅世浮名底用传，作诗聊以慰吾年。兴来独立千峰上，自有歌声足动天。

这40首是一组抒情诗，而各有所抒之情。以上举五首为例，第一首是壮志，第二首是留恋，第三首是悲愤，第四首是怀恋，第五首是豪情。而在纵情吟唱中，更足以见先生少年诗才的横溢。总之，读先生这一时期的诗，不仅可以感受到他的诗才，而且可以感受到他的真情。先生在诗苑中头角方露之时，写出的篇什便大都是才情并茂之作。

先生初到上海，担任神州国光社编辑，还是一个二十五岁的青年。在编辑工作中自然会与海上名流多有接触。而交往更密切的恐怕还是两位同乡前辈黄宾虹质（1865—1955）和汪旧游律本（1867—1931）。又曾与蜀人张善子泽（1882—1940）及其弟大千爰（1899—1983）比邻而居，也多共同观赏法书名画的机会。有时许疑庵承尧（1874—1946）来上海，自会相见请益。在这一时间，交游日广，观摩学习的机会日益多，而为学日益进，诗词创作也进入一个新时期。海上七年所作诗词收入集中的，诗有四言古诗2首，五言古诗12首，七言古诗12首，五言律诗14首，七言律诗7首，七言绝句9首，合计56首；词有小令4阕，中调3阕，长调5阕，合计12阕。这一时期，先生诗词的特点之一是开始同书画、金石的研究相结合，意境更高，题材更广，而诗才又得到更大的发挥，学与识也得到进一步的体现。《题石涛画册》云：

> 寝瘵寡人事，丘园绝心赏。玄文倦幽讨，名踪契孤往。清湘信磊落，余意何辽莽。乱石粲粼粼，悬崖阴块块。绿箬秀如发，奔湍搏过颡。沿洄薄清旷，栖止倚平壤。负手有时来，白云无心想。怀古耕未偶，待今憩成两。登顿谢客劳，周流楚人怆。愿言乞晨暮，庶用慰鞅掌。

诗后跋曰：“善孖、大千二君好石师画，其所作沉著痛快，一洗清代学四王者板碎之习，盖得石师之力为多。今出此帧属题，因赘数语。”诗首写自己的心情，次写画册的内容，最后又写自己的感想。层次分明，而连接紧密，信手写来，自然通畅。从跋中，更知先生对古之石涛与今之二张，画法相同，已有深刻领会。“天机清晖俊，逸笔苦瓜尊。或拔倪黄帜，谁窥马夏樊。”（《送善孖东渡参观元明清画展会》）可见这时先生对中国古代绘画，已有自己的见解。《题大千仿浙江画》云：

断无疏浅同迂瓒，恐有纵横出大痴。君向顶门安慧眼，应知耳食失多师。

这首诗说的是“正是浙江画的师承来历”，历来都以为浙江“山水师倪云林”，似成定论。先生深知浙江画及新安画派的渊源，故题此诗以证其误。同时提出“耳食失多师”，以为人云亦云者的警戒，语浅意深，正是先生才与学相结合的表现。《投黄宾虹先生》云：

小阁幽居日未晡，行吟不用杖藜扶。闲将阳朔溪山好，写入营丘处士图。

摩挲古玺到先秦，绝学旁搜覆瓿尘。耆旧风流百年事，练江今日几传人。

诗后跋曰：“疑庵太史谓先生之金石绘事，与检斋之朴学，庶几传人。予谓疑庵之诗，可云鼎足也。”诗中不仅推崇宾虹的画比营丘，更推崇宾虹的金石绝学，而且以宾虹的金石绘事及检斋的朴学与疑庵诗为鼎足而三，确具只眼。吴承仕（1881—1939）字检斋，歙县昌溪人，从学于章太炎炳麟（1869—1936），精研音韵及古代名物制度，可称皖派朴学的殿军。歙中现代三贤，得先生之言，可以永传千古。先生真不愧为宾虹先生的忘年知己。

先生词收入集中的始于上海时期。

先说一下《忆旧游·挽旧游先生》。“旧游先生”汪律本，字鞠友，晚号旧游，歙县西溪人，工诗画，尤擅倚声。先生来上海，自会以后辈相见请益。但相聚仅二年余，“旧游先生”于民国二十年辛未（1931）十一月十三日去世，故填此调以挽之。词云：

念词人落叶，冷雨西风，满地江湖。欲避何曾避，便青山可卖，何处蓴鲈。满怀世味凄绝，秋老病相如。叹未了光阴，平生梦境，殢眼模糊。　　愁予，尽憔悴，只笛里斜阳，泪洒黄垆。一样天涯路，甚吟魂狼藉，踪迹偏疏。素缣一尺题遍，肠断夜啼乌。纵宿草离离，登楼望远惆怅无？

词意凄清哀婉，上阕写旧游先生的晚年遭遇，下阕写自己的无限哀思。“笛里斜阳”，“登楼望远惆怅无”？余音就更加凄楚了。《十拍子·喜疑庵来沪》云：

燕子来时双桨，辛夷落后轻装。依旧江南风景好，又得相逢百十场。须教笑口忙。　　闲数凤城游宴，所嗟似水年光。后日视今今视昔，留取诗名阅海桑。高歌回鬓霜。

许承尧字际唐，号疑庵，晚号芚公，歙县唐模人。工诗，著有《疑庵诗》十卷、《疑庵诗续集》四卷（黄山书社 1990 年 5 月版）。自从 1930 年到 1936 年七年中，曾先后五次来游上海，而以首尾两次勾留时间较长。每次在沪都与先生相聚，时有唱和。最后一次偕先生同至杭州观钱塘江潮，然后一同返歙。《喜疑庵来沪》一词未知作于何年，但从“又得相逢”看来，此词绝非 1930 年所作。先生于疑庵诗最所服膺，自亦不免受其影响。“留取诗名阅海桑”，这里，先生于疑庵诗简直以“诗史”目之了。

这时期先生的题画词有 5 阕，《菩萨蛮·大千八兄出颠道人画木瓜属题》云：

吴淞江水依然绿，千年往事犹翻覆。瓠落又经秋，人间无此愁。　　乘轩挥白麈，仿佛东陵路。相赠玉琼琚，辽阳传梦无。

这首小令写得委婉多姿，由“木瓜”而引出“琼琚”，更增添多少画外之意。又如《疏影·题大千画白芙蕖，为玉岑作》云：

蘅皋望极，见楚衣未染，芳影如拭。远水空蒙，微步生尘，睡老幽禽相识。冰姿不惯因人热，倚暗绿、无端凄恻。是甚时、万顷湘波，碎作泪珠沾臆。

闻说天涯荡子，怅夫君梦杳，遥想颜色。便拗灵根，乞取情丝，怨粉依然留得。南云嘹唳无多雁，又逗与、银屏消息。待晓风、来觅枯香，洒了一襟狂墨。

此词借姜白石咏梅的《疏影》来咏白莲，显系脱胎白石，而意境迥然不同。上阕写白莲高洁，寄托深远，末两句，前婉约，后沉痛，变化却很自然。下阕从“天涯荡子”引起闺思，想用“情思”来留的“怨粉”，却无南飞雁来传消息。反衬高洁的白莲，更增添多少哀怨。最后落到画作者，夜间画好白莲，待天明却发现满身“狂墨”，这正是忘我精神的写照，赞扬与嘲笑兼而有之，也是词人墨客情感想通的具体表现。先生词作造诣之高，亦于此可见。

1936年秋，先生回歙，从此蛰伏故里，一住20年。这时期所作诗词收入集中的，诗有五言古诗10首，七言古诗1首，五言律诗5首，五言排律1首，七言律诗9首，五言绝句2首，七言绝句23首，合计51首；词有小令5阕，长调5阕，合计10阕。中经解放，前为13年，后为7年。前期所作，有诗无词。《和陶〈贫士七首〉》之三云：

性不解音律，亦谋蓄一琴。偶为《南风》歌，向往《虞韶》音。英雄造时命，干戈日相寻。欲语复茹之，得酒宜独斟。汉治废腹诽，儒术千秋钦。郑生尔何人，作史名以心。

这首诗可以充分反映先生当时的心态，当是返歙不久之作，时居唐模，生活和心情都似乎有些近似归隐后的陶渊明。这七首诗，不仅是依韵相和，而且平淡、爽朗的风格也近陶诗。像上举的一首，写的就很平淡，却也流露着一些愤懑之情。末句更足以见诗人向往的所在。其余六首，有的感怀，有的伤女，有的念弟，但都写得平淡、旷达而有情致。总之，从平静的吟唱中，却也或深或浅地透露出内心的激荡。这一组和陶诗，称得上是先生的五言古诗已臻绝诣之作。《次韵答疑庵丈》云：

霜后痴蝇得几时，车前衰凤漫陈辞。谬悠未必真能说，诅谤那知并去诗。视息苟全成一叹，中风狂走足深悲。庭柯亦有摧歼意，待学无为谢有为。

《疑庵诗续集二》有《荒荒二首》，作于1940年，其一云：

荒荒忽忽不多时，又见庭枝病叶辞。一任痹麻终有觉，百凡刊落强留诗。茹衰未缓填胸怒，谋视今知抉目悲。能果摧歼成毁闭，谬悠诅谤更何为？

先生所和正是针对此诗而写，当亦同时所作。以《荒荒》为题的这首诗自是有感而作。究何所指，很难臆测。末句所发疑问，荒诞无稽和诅咒诽谤究竟要干什么，恐怕是有针对性的。先生和诗的第三、四句，就是正面回答了这个问题。“待学无为谢有为”则是一种更为通达之见，是有明显的宽慰之意。从1936年返歙以来，居与许氏为邻，日夕过从，时有唱和。今仅见此而已。《疑庵诗续集一》有《长名感晚清事作诗，即用其韵》五言古诗一首，为1937年所作。先生原诗惜不可见①。

《题采白画四首》和《题采白画》12首，都是在歙前期所作。且举两首，以见一斑。一曰：

洗桐老笔渐萧骚，自说残山似浪淘。一事叹君浑不似，当时江左未膻臊。

诗后注曰："采白自题云似松圆老人。"汪孔祁（1887—1940），字采伯，一作采白，号澹庵，晚号洗桐居士，歙县西溪人，工画，尤精青绿山水。时正里居，一度挈家避兵居蜀源鲍氏绿雨楼。先生时来相聚，兴发即挥毫题诗于画，有时借题发挥，画外之音，尤耐人寻味。如此诗借画似"松圆老人"，便不胜"当时江左未膻臊"的浩叹。"松圆老人"程嘉燧（1565—1644），字孟阳，号松圆，明末歙县长翰山人，工诗善画，著有《松圆浪淘集》十八卷，卒于崇祯癸未十二月（1644年1月），未及见明亡。清兵渡江更在一年半以后。返观先生题画的当时，江南半壁也纷纷沦于日寇铁蹄之下。写此残山一角，便深深地蕴含着无限家国之感。先生一语破的，画亦平添声色，相得益彰了。又一云：

烟霞寝馈老林丘，画笔尤堪截众流。三百年来传法乳，祝昌姚宋合低头。

① 原诗现已发现，即本书丙集《遗民》。

诗后注曰:“洗桐居士画披荆斩棘,上继渐公,为新安一派开无数法门。赞仰景服,敬题一绝,戊寅冬日,同游弟罗更。”戊寅是1938年,把诗和注结合起来看,“三百年来传法乳”,新安画苑一灯后继有人,且已有所发扬光大,怎能不为之“赞仰景服”? 由此可知,先生不仅深知“采白画”,而且深知新安画派将“开无数法门”的深刻意义。先生诗与画相结合,也体现先生在画学上的造诣。

先生第一次寄给我的诗词是两阕《满庭芳》和一首诗。第一阕《满庭芳》题为《病中允孝一门馈问不绝,作此以报》,词曰:

> 八载霞山,千茎白发,问余何事淹留。旧盟车笠,磊落故人俦。漫道征衫南北,中年感、哀乐都休。还应讯,维摩久病,衣裓着花不?　　横流沧海阔,生存意气,零落山丘。算此身假合,不抵浮沤。惭愧君家妇子,扶衰惫、药裹亲投。从今做,西枝二老,来往兴悠悠。

“允孝”即王允孝,歙县坤沙人,先生少年同学,在潜口经营中药材,与先生交往最密切。“霞山”指潜口紫霞山,先生从1943年移居潜口,至此已“八载”。此词正是1951年所作。是年先生四十七岁,人到中年,便不免“哀乐都休”的感慨。身在病中,俯仰天地,更不免“生存意气,零落山丘”之感。而词意还在对“药裹亲投”的答谢,更在悠悠林下、相偕终老的期望。“维摩久病”的心态，已和盘托出了。词确已成为先生抒发真性情的最好表现形式。后来，我又去信索他的新作，先生便寄示给我这阕《玉楼春》：

风狂雨横端阳近，绕屋扶疏团绿阵。阿谁更作忍饥声，两目眵昏彯雪鬓。　凭高可奈山千仞，寄远都无鱼一寸。应怜结习最难芟，负手苍茫吟楚问。

这首词饶有欧阳二晏的风韵，最显词家本色。“负手苍茫吟楚问”，先生的依稀身影，至今还在目前。

《丙申题洪亮吉书联，为叶侠奇作》（联句：“第一楼边浮大白，初三月上荡空青”）云：

初三月上如弓样，第一楼高接树颠。小草共知春有脚，狂生莫道醉无钱。霸图久已沉沧海，明诏今方举力田。我是承明老词客，闲征逸事到鸥边。

跋曰：“扬州第一楼酒家，洪亮吉饮后未携杖头钱，甚窘。适初三夜，明月荡空如水，店主老媪知洪为诗人，因索拟一联，不索值，且洗盏更酌加佐肴焉。洪喜甚，为题此联句并篆书之。亦千秋佳话也。”“丙申”是1956年，此诗为先生离歙前之作。从后四句看，对今昔变化的欢愉心情，已溢于言表。《满江红·送任之兄赴合肥》也是离歙前所写。词云：

万绿冥蒙，正雨熟、梅黄季节。君去也、鸠江濯足，淮山晞发。乔木阴阴双鹭下，远村暧暧孤鸢没。笑男儿、离别剧寻常，尘随辙。　谈天口，迷燕越。雕龙手，穷毫末。看百家争论，百花齐发。旧学商量嗟我后，新知培养期君切。愿从头、更习石渠书，灵兰诀。

词末注：“闻君将主持吾省中医研究所，教授内经。”“任之”即王任之(1915—1988)，笔名英子，歙县郡城人，著名中医，兼有文名。此词是送别之作，却无一点依依惜别之情，而是充满着热切的殷殷期望。先生的诗词创作已开始进入一个新时期。

1956年5月，先生移居合肥，直到去世，一住15年。在合肥期间所作诗，有七言律诗10首，七言绝句26首，合计36首；所作词有小令9阕，中调1阕，长调9阕，合计19阕。这一时期，先生在省内参观访问，到过不少地方。同时又埋头于书画、文史和考古的科学研究，对文献和实物有更多的考察和探索。因此眼见更开，见识更广，为学也更深入，而诗兴亦更浓。足迹所到之处，即兴赋诗填词，以记所见、所闻和所感。“谈瀛海客应瞠目，今日轩辕作主人。”(《黄山宾馆即事》)“历祀二千征进化，人民愿望古今同。”(《登射蛟台》)“入夜电灯如白昼，新书读罢睡乡甜。”(《繁昌杂诗八首》之五)“从今瘠土变膏壤，不数吴中鱼米乡。”(《参观淠史杭工程口号四首》之一)真

是到处看到新鲜事物,到处洋溢着欢快的心情。特别是《望敬亭山怀李白》云:

众鸟高飞缘底事,孤云独去却依谁?青莲若使生今日,应向人民献颂诗。

这是一种借古颂今的表现手法,既显示出诗人的构思巧妙,更显示出先生热爱人民的真情实感。

先生最后抄示给我的诗,是1966年所写的《〈兰亭〉绝句六首》,抄录如下:

定武神龙各一家,欧摹褚拓总纷拏。较量面目知谁似,真赏浑如雾里花。

《临河》节录易滋疑,癸丑填充信有之。得间不妨非定论,守残未免阙通规。

风会迁流物象新,西陲简帙未全沦。试寻"古质今妍"意,才见龙跳平虎卧人。

《法帖》承讹草创初,元章长睿并难诬。痴人自说《澄清》梦,曾睹南唐祖本无?

"群脚双杈"辨破锋,"左规右矩"缅遗踪。安吴碑学覃溪帖,绝倒高柔角觡中。

游艺由来贵博观,呻吟《笔阵》剧寒酸。须知逸少清真处,不在湍流五字间。

这是针对当时学术界开展《兰亭序帖》和《兰亭序》真伪的争论而写的,这六首绝句便是先生对这场争论所持的独有看法。对学术上的争论的问题,用诗的形式来发表意见,是很少见的。后来,为了让读者更好地理解,竟扩展成为一篇科学论文《〈兰亭〉绝句六首(并注)》,这更是向所未见的。以诗而论,这是先生才与学相结合的一次最鲜明而又最深刻的体现。当时的争论不仅仅是一个《兰亭序帖》和《兰亭序》的真伪问题,还牵涉到王羲之生平所写的字是什么样的字体,所写的文章是什么文风,这样一些复杂的问题。以郭沫若为一方,以高二适另一方,意见是争锋相对的。问题的讨论虽较历史的争论有所深入,却并没有真正解决。先生没有投入这场争论,但关心这场争论。他冷眼旁观,对双方的论据和论点作了比较客观的深入考察,并对有关文献的记载进行了较为深入的辨析,对书体的变化也进行了较为深入的探索,才写成这六首绝句。这六首诗和后来所写的注虽然没有来得及发表,但现在读来,先生对这个争论问题所持的看法,都有较充分的依据,是实事求是的,是有利于争论的进一步开展的。

以上是我拜读先生诗词之后的一些感受,写出来以求教于海内外的博雅君子。若问先生诗词有什么特点,我以为是才情并茂,学识俱深。一己之见,亦望批评指正。

目　录

甲集(1918—1927)

1918—1927 年为作者文学活动的"南通/徽州"时期。1919 年前作者就读于歙县三中,期间已开始诗词创作。1919—1924 年在南通师从清末状元张謇学习古典诗词创作和古籍文献的研究。此集收有直接与张謇有关的诗词 20 余首,其中有投师见面之作,有祝寿之作,有记侍啬公出行之作,及悼念啬公之作。当时张謇身边集中了很多文人墨客,他们经常写作诗词相互唱和,有时也举办诗词集会。作者与南通图书馆两任馆长张景云、陈星南,韩国旅华文学家金沧江,诗人吕瀛、章亮元、张荫谷、吕道象等前辈俱有交往,与同辈陈保之(张謇秘书)、欧阳予倩、卢秉枢等亦有唱和;并常在《南通》报发表诗作。作者回徽州后,在安徽省立第二师范教书,教学之余继续诗词写作。作者于 20 世纪 20 年代与前清翰林、著名诗人许承尧订交于安庆,以后过往密切,曾于 1933 年从所写的诗词中选出部分作品辑为《长子诗》请教于许承尧。

甲集共收录这一时期诗 142 篇 278 首,词 8 阕,以南通作品为多,主要录自作者早年自辑的 4 本诗集。第 1 本《罗惠致学诗》,全为南通时所作,分为《春游之什》(诗 9 篇 20 首)、《湘水之什》(诗 10 篇 14 首)、《华严之什》

（诗10篇16首）和《遵大路之什》（诗10篇15首）4部分，计诗39篇65首。第2本《腐鼠集》，有《腐鼠集甲》（诗6篇7首）、《腐鼠集乙》（诗16篇32首，词2阕；另有联3幅，题记1篇和序1篇，分别收入附录一、附录二）、《三馀十日诗》（诗10篇22首）、《湘水之什》（诗10篇10首）、《华严之什》（诗1篇4首）、《丽则之什》（诗9篇9首）、《咏史之什》（诗1篇5首，词3阕）和《游丝之什》（诗5篇5首），计诗58篇94首，词5阕。第3本《昔在集》，计诗35篇53首，词3阕。第4本是作者1933年自辑呈教许承尧的《长子诗》，其中收有1927年前所作诗26篇76首。《罗惠致学诗》中大部分诗重出于后3本诗稿，而后3本互相重出的较少；剔去重出的，4本诗集共有诗124篇237首，词8阕。另18篇41首诗见于《南通》报《艺观》《申报》等报刊和一些散页手稿。本集的排列以作者自编的《腐鼠集》《昔在集》《长子诗》为顺序，在前两集出现而又在《长子诗》中出现的，以《长子诗》为准，其他一些诗按写作时间顺序安排在《昔在集》或《长子诗》之后。

练江吟[1]

步出城西门，小憩河西桥[2]。俯望练江水，蛟鳄舞荒郊。龙潜幽壑里，四顾非我僚。中原多妖氛[3]，忧心如乱潮。安得七尺剑，斩彼枭雄枭。安得十万舌，救此浇俗浇[4]。孔席不暇暖[5]，栖栖何其劳。先觉觉后觉，安能如系匏[6]。东海骑长鲸[7]，西海策六鳌[8]。扶桑浴我身[9]，碣石磨我刀。披发走天下，行吟复长号[10]。国魂竟何在，乘风赋《大招》[11]。

注　释

[1]自此以下6篇7首录自《腐鼠集甲》。据原稿知，除《反行路难赠元絜新婚》作于庚申年(1920)，其余6首均作于戊午年(1918)。练江是新安江的支流，流经歙县县城。

[2] 河西桥：又名太平桥，歙县城关镇练江桥，始建于南宋。

[3] 此句指1917—1918年国内军阀混战。

[4] 浇俗：犹浇风，指浮薄的社会风气。唐李世民《执契静三边》："浇俗庶反淳，替文聊就质。"

[5]语出《淮南子·修务训》："孔子无黔突，墨子无暖席。"原指孔子、墨子游历诸国，忙于行路，所到之地，烟

囱没熏黑，席子没坐暖，就又上路了。比喻辛苦奔波，忙于事务。

[6] 系匏(páo)：语出《论语·阳货》："……子曰：'吾岂匏瓜也哉，焉能系而不食？'"匏瓜味苦，故系置不用。后用"系匏"比喻隐居未仕或弃置闲散。

[7] 语出宋陆游《长歌行》："人生不作安期生，醉入东海骑长鲸。"李白曾自称"海上骑鲸客"。

[8] 策六鳌：语出唐司空图《二十四诗品·豪放》："晓策六鳌，濯足扶桑。"六鳌，神话中负载五仙山的六只大龟。

[9] 扶桑：传说中的东方海域的古国名，为日出之所。因有扶桑神木而得名。《山海经·海外东经》："汤谷上有扶桑，十日所浴，在黑齿北。"

[10] 语出《史记·屈原贾生列传》："屈原至于江滨，被发行吟泽畔。颜色憔悴，形容枯槁。"行吟，边行走边吟唱。被发，即披发。

[11] 大招：《楚辞》篇名。王夫之云："此篇亦招魂之辞。"后泛指招魂或悼念之辞。

九日载酒龙山庙[1]

衡阳风急雁声哀[2],落木萧萧自往回。几片闲云随岫展,三分秋色逐溪来。龙山飞去参军帽[3],胜友同登戏马台[4]。身世苍茫何限恨,仰天长啸且衔杯[5]。

注　释

[1] 龙山庙位于歙县呈坎龙山上,已被毁。

[2] 湖南衡阳县南有回雁峰,相传雁至此不再南飞。宋范仲淹《渔家傲·秋思》:“塞下秋来风景异,衡阳雁去无留意。”

[3]此句典出“孟嘉龙山落帽”,形容才子名士的风雅洒脱、才思敏捷。孟嘉,晋大将军桓温参军。桓温、孟嘉所登临之龙山,在今湖北江陵县境内。

[4]戏马台:公元前 206 年,项羽灭秦后自立为西楚霸王,定都彭城(即今徐州),于城南的南山上,以山为台,观戏马、演武和阅兵等,故名戏马台。此指龙山庙戏台。

[5]衔杯:口含酒杯,多指饮酒。唐李白《广陵赠别》:“系马垂杨下,衔杯大道间。”

夏　梦

江南春已归，蝴蝶不随去。却同薰风飞，入我梦中住。

读《金刚般若经》[1]

我佛本无舌，无法亦无说。灯灭树倾时，众生大解脱。

化身千万亿，各运广长舌[2]。直指本来心，有说如无说。

注　释

[1]《金刚般若经》：即《金刚般若波罗蜜经》，是大乘佛教重要经典之一，主要讲述大乘佛教的空性与慈悲精神。

[2]广长舌：语出《佛说观佛三昧海经》：“如来广长舌，相莲华叶形。上色五画，五彩分明。舌下十脉，众光流出。舌相广长，遍覆其面。”广长舌相为佛三十二相之一，又称广长轮相、长舌相、舌相。此相为舌柔软红薄，能上覆面至发际，如赤铜色。此相乃由发弘誓心，不妄语而感得。后以此

典指佛教修行说法之事，亦形容人舌长善辩。宋苏轼《赠东林总长老》："溪声便是广长舌，山色岂非清净身。"

反《行路难》赠元絜新婚[1]

不妒君兰膏明烛之华夜[2]，翠翘朱缀之层宫[3]；莞蒻桃笙之绮席[4]，娭光巧笑之姱容[5]。丈夫行乐须独步，振衣千仞谁能从[6]。蚕丝不吐会作茧，有情多累将毋同。一朝大笑出门去，妍丑两忘苍莽中。

注　释

[1]《行路难》：乐府《杂曲歌辞》调名，备言世路艰难及离别悲伤之意，多以"君不见"为首(《乐府解题》)。作者反其意，用以贺友人元絜新婚。

[2]兰膏明烛：意思是带兰香的明烛多灿烂。语出《楚辞·招魂》："兰膏明烛，华容备些。"

[3]翠翘朱缀：形容建筑之美。语出《楚辞·招魂》："网户朱缀，刻方连些。……砥室翠翘，絓曲琼些。"

[4]莞蒻(guān ruò)：两种水草，可编席。此借指蒲草编的草席。汉张衡《同声歌》："思为莞蒻席，在下蔽匡床。"桃笙：桃枝竹所编的席子。晋左思《吴都赋》："桃笙象簟，韬于筒中。"

[5]娭光巧笑：指女人笑得美丽迷人。姱容：美丽的容貌。

[6]振衣千仞：语出晋左思《咏史八首》之五："振衣千仞冈，濯足万里流。"在八千尺高的山冈上抖动衣服，在万里长河中洗脚。象征高士的博大胸怀。仞，八尺。

无 题

江南四月雨丝丝，正是莺飞草长时。憔悴非徒干酒病[1]，殷勤空自惹情痴。落花砌出相思字[2]，流水歌成惜别辞[3]。西燕东劳不相见[4]，玉箫呜咽为谁吹？

注 释

[1]语出宋李清照《凤凰台上忆吹箫》："新来瘦，非干病酒，不是悲秋。"表达了对丈夫的深情思念。酒病，犹病酒，因酒喝过量而致病。

[2]此句语出宋周邦彦《六丑·落花》："漂流处、莫趁潮汐。恐断红、尚有相思字，何由见得？"断红，指飘零的花瓣。这源于唐孟棨《本事诗·情感第一》记叙的有关唐诗人顾况红叶题诗故事。

[3]流水歌：北朝乐府民歌《陇头歌辞》："陇头流水，流离山下。念吾一身，飘然旷野。"写游子漂流在外的痛苦心情。

[4]西燕东劳：比喻情侣或好友离别。语出《乐府诗集·杂曲歌辞八·东飞伯劳歌》："东飞伯劳西飞燕，黄姑织女时相见。"

啬庵先生寿颂[1]

於赫张公[2],民庶所怀。辟居于东,荒其土田。训其蒙昧,莫不率从。莫不悦喜,远方来同。

天不爱道,维公道之。地不爱宝,维公宝之。货恶其弃,不以其利[3]。利彼工人,利此农人。

嶷嶷者儿[4],拾棉以嬉。媞媞者女[5],学为裳衣。衣裳既成,被服既宜。委委蛇蛇[6],乐且有仪。

维兹淮海,旧邑新命。其命常新,大猷辑止[7]。鸿细具伦,叔氏翊止[8]。公子秩止[9],客用式止[10]。

凯风永至[11],民庶康乐。公亦康乐,乐则寿考。寿考万年,牖民如铎[12]。是颂不硕,长铭所作。

注　释

[1]自此以下15篇31首录自《腐鼠集乙》。此5首曾刊于1921年6月30日《南通》报,署名"长铭",题目为"张啬庵先生寿颂"。啬庵:张謇(1853—1926),字季直,号啬庵,江苏南通人。清光绪状元,曾任国民政府农商总

长,为当时著名实业家、教育家。

[2]於(wū)赫:叹美之词。《诗·商颂·那》:“於赫汤孙,穆穆厥声。”《南通》报载《张啬庵先生寿颂》此两字作“荡荡”。

[3]此两句意思是货物厌恶被丢弃,不以其为己得利。语出《礼记·礼运》:“货恶其弃于地也,不必藏于己;力恶其不出于身也,不必为己。是故谋闭而不兴,盗窃乱贼而不作,故外户而不闭,是谓大同。”

[4]嶷(nì)嶷:幼小聪慧貌。

[5]媞(tí)媞:美好、安乐貌。《南通》报载《张啬庵先生寿颂》此两字作“娟娟”。

[6]委委蛇(yí)蛇:“蛇”同“佗”,雍容自得貌。《诗·召南·羔羊》:“退食自公,委蛇委蛇。”《南通》报载《张啬庵先生寿颂》此句作“委蛇委蛇”。

[7]大猷:谓治国大道。辑:聚集。止:到。

[8]叔氏:指张謇。翊(yì):正大光明。

[9]公子:指张謇之子张孝若。秩:序,继承。

[10]客:指外籍人。式:样板,榜样。

[11]凯风:和风。《诗·邶风·凯风》:“凯风自南,吹彼棘心。棘心夭夭,母氏劬劳。”用以赞美孝子。

[12]牖(yǒu)民:牖原指窗子,后引申为“诱导”。《诗·大雅·板》:“天之牖民,如埙如篪。”铎:古乐器名,形如大铃,振舌发声。《周礼·夏官》:“群司马振铎,车徒皆作。”

望黄山[1]

我家去黄山，不过百余里[2]。仰望不可见，白云几片耳。朝登东山望，云雾豁然开。参差众峰立，天外青飞来。少须日卓午，山根云气聚。隐隐有白龙，直吞黄山去。

附　啬公答诗

罗生示所作黄山诗有逸致，赋此答之，以为生勖[3]

昔读黄山志，欲作黄山游。人事缠阻之，淹忽三十秋。黄生炎培昨游归，示我一册纪。与志小异同，缘想有馀喜。今问罗生家，百里去山咫。生平未见山，见者云弄诡。我闻黄山云，常作大海铺。奇峰三十六，云表惟天都。岂凡百里内，云为山奔驱。如生之所说，鳞爪裁一隅。又闻黄山松，奇秀出苍古。要以绝俗生，不然丧樵斧。山事我略知，或尚倍生睹。八表云昏昏，生视勿莽卤。

注　释

[1]此诗为作者1919年赴南通投师张謇时，因张询

黄山形胜而作，蒙张謇赞赏，张作一诗答之，并亲笔书黄绢扇面以赠。张謇《柳西草堂日记》己未年四月二十三日(1919年5月22日)所记“与罗生铭孟诗”，即指此事。(见张謇全集编委会《张謇全集》第8册862页，上海辞书出版社2012年版。)

[2]又一稿题为“啬公询黄山，敬答一诗”，此句为“我家与黄山，相去不百里”，《罗长铭集》第5页即为此。

[3]此诗载《张謇全集》第8册239页。江苏古籍出版社1994年版《张謇全集》卷五《艺文下》，将“罗生”误为“黄生”，且误排在“民国六年(1917)”下。

忆　弟[1]

长日此独坐，静言思故乡。念念我二弟[2]，忽忽天一方。读书近如何，祝汝乐且康。勿增堂上忧，南望徒凄惶。

注　释

[1]以下3篇8首作于己未年(1919)。

[2]二弟：作者弟罗惠度(1911—1995)，早年在汉口经商，抗战后返故里务农，侍奉父母。

有会而作[1]

悯悯出门去，奔走为寒饥。在昔卜子夏[2]，义胜故常肥[3]。季路称大贤[4]，不耻缊袍衣[5]。小子何人斯，深念常自悲。力命不可矫[6]，口嗥人所非[7]。不如游舞雩[8]，逌然弃若遗[9]。庭柏世已远[10]，利俗谁与归。蒙袂贸然来[11]，余将从之师。

注　释

[1]陶渊明晚年家境日贫，作《有会而作》，作者同其韵作此诗。

[2]卜子夏：卜商，字子夏。孔门七十二贤之一。少时家贫，苦学而入仕，为鲁国太宰，后曾至魏国西河设教讲学。

[3]此句是反“瘠义肥辞”之意而用。“瘠义肥辞”出自南朝齐刘勰《文心雕龙·风骨》：“若瘠义肥辞，繁杂失统，则无骨之征也。”意思是内容贫乏而辞句堆砌冗长。

[4]季路：仲由，字子路。孔门七十二贤之一。为人伉直鲁莽，好勇力，事亲至孝。

[5]语出《论语·子罕》孔子称赞仲由语：“衣敝缊袍，与衣狐貉者立而不耻者，其由也与！”

［6］此句意思是力量是不能改变命运的。语出《列子·力命》。

［7］口啍(tūn)：指心口不一的人。

［8］游舞雩(yú)：舞雩是鲁国求雨的祭坛，坛址在今曲阜城东。樊迟从孔子游于舞雩之下，问“崇德”“修慝”“辨惑”之事。

［9］逌(yōu)然：闲适貌，自得貌。《列子·力命》：“终身逌然，不知荣辱之在彼也，在我也。”

［10］庭柏：传说上古的柏皇、大庭二帝。

［11］蒙袂：用袖子蒙住脸。晋陶渊明《有会而作》：“常善粥者心，深恨蒙袂非。……馁也已矣夫，在昔余多师。”

哭张景云先生[1]

朝为园中花，暮作陌上尘。寄生大化中，云何得其真。泥土之所抟[2]，奄忽三千旬[3]。不见张夫子，于今成古人。

昔我北征日，南风草木荣。衷肠所回旋，二千里之程。先生谓少年，阅历发其英。携我游狼山[4]，大江与天横。山石自岩岩[5]，江云自冥冥[6]。忽忆海上来，孤帆有余惊。半年复偕游，皈依听说经。乌乎今已矣，经亦不再听。惟有山上草，年年枯与青。

东海浩茫茫，航之无涯涘。读书炫俶诡[7]，披服辄自喜。怪物破天飞，屈伸有常轨。后生不学步，骏奔决其履。昏冥四山暮，雷轰蛰虫起。奇字犹在壁[8]，西风竟归矣。结辖哀无垠[9]，谁复提其耳[10]。

明月三五夜，山鬼啸墟次[11]。健笔飞将军，清空了无滞。吾生岂樗栎[12]，不材用抑弃。诗人工感慨，俯仰多愁思。哲人游逍遥，尘埃不相累。匠石劳剖斫，蓬蓬茁春意。伤心一夕萎，陈人应流泪[13]。

青青数桐树，交荫池中鱼。寒风摧落叶，桐心忽半枯。草木尚如此，人生复何如。问字燕息亭[14]，日斜帘影疏。帘卷检书图，笑言百忧舒。卧病道故斋，怪鸥中夜呼。一夕不相见，游魂竟归墟[15]。

识面才半年，说此半年事。泪亦不能尽，情亦不能置。我有盈觞酒[16]，滴滴化青泪。倾之剑山麓，山灵亦憔悴。精神倘不灭，前约应不沫。钱塘江上月，夜照魂来去。与先生有游湖之约，故末二句云云。

注　释

[1]张景云：即张庸（1869—1919），原名兆蓉，字景云，江苏昆山人。擅诗，张謇延其至南通课子孝若读书，

后出任南通图书馆馆长。卒于任，张謇为葬于剑山之麓。

[2]民间有女娲造人的传说，谓女娲抟黄土造人。

[3]此句谓人一生之短暂。

[4]狼山：位于南通市南郊，是著名的自然风景区，由狼山、马鞍山、黄泥山、剑山和军山组成，南临长江，通称五山。

[5]岩岩：高大，高耸。

[6]冥冥：幽暗。

[7]俶诡：奇异。

[8]奇字：泛指古文字。

[9]结轖（sè）：将轖（用皮革缠叠而成的车旁障蔽物）连结起来，比喻心中郁结不畅。汉枚乘《七发》："意者久耽安乐，日夜无极，邪气袭逆，中若结轖。"

[10]提其耳：意谓"耳提面命"。

[11]山鬼：此指山中鬼魅。宋辛弃疾《山鬼谣》："四更山鬼吹灯啸，惊倒世间儿女。"

[12]樗（chū）栎：两种乔木，《庄子·逍遥游》《庄子·人间世》中分别提到"樗"和"栎"，为不中规矩、不材之木。后世用樗栎来譬喻无用之材，亦用为自谦之辞。

[13]陈人：犹老朽，引申为"故人"。

[14]燕息亭：与道故斋都是南通图书馆里的建筑。

[15]归墟：传说为海中无底之谷，谓众水汇聚之处。

《列子·汤问》:“渤海之东,不知几亿万里,有大壑焉,实惟无底之谷。其下无底,名曰归墟。”张湛注:“归墟,或作归塘。”明李东阳《初预郊坛分献得南海》:“归虚下有通灵地,广利中含济物功。”后喻事物的终结、归宿。

[16]盈觞酒:汉李陵《与苏武诗》:“独有盈觞酒,与子结绸缪。”盈,满。觞(shāng),古代酒器。

啬庵先生诞辰[1]

大寿在好德,哲人维降神。岁星吴下瑞[2],澄海宋时春[3]。棉铁真成计[4],资财不为身。《南风》庶同乐[5],弦管及时新。

注　释

[1]此诗作于庚申年(1920)。

[2]岁星:木星。吴下:泛指吴地。

[3]澄海:即海晏河澄。黄河水清,大海波平浪静。比喻天下太平。清魏源《秦淮灯船引》:“海晏河澄二百年,那信鲸鲵吞士女。”

[4]此指张謇就当时当地的社会经济状况提出的发展实业的主张。

[5]《南风》:古代乐曲名。相传为虞舜所作。

多　惠[1]

多惠难为报，吾生实负人。千金投濑水，一饭杀其身[2]。骏骨岂终弃[3]，佣书未疗贫[4]。引锥怜季子，六国尽荆榛[5]。

注　释

[1]此诗作于辛酉年(1921)。

[2]此两句写伍子胥逃离楚国过昭关的故事，参见唐李白《溧阳濑水贞义女碑铭并序》："逼迫于昭关，匍匐于濑渚。舍车而徒，告穷此女。目色以臆，授之壶浆。全人自沉，形与口灭。"

[3]骏骨：骏马。比喻贤才。

[4]佣书：指中国古代受人雇佣以抄书为业。《后汉书·班超传》记载：班超"家贫，常为官佣书以供养"。

[5]此两句写苏秦(季子)以锥刺股苦读和以"合纵"联合六国，瓦解连横，抑制强秦的事。

久雨见月口号[1]

天公知是十五夜，故教明月悬松柯。裸吾体兮对明月，高吟山鬼山之阿[2]。举手招月月不语，盈盈似可通微波，月兮云遮将奈何。

天公知是十五夜，故教明月悬天半。裸吾体兮歌且舞，若有人兮斜睇盼。举手招月月不语，盈盈似入广寒殿，月兮云遮将奈何。

云遮月兮将奈何，昏昏之色皆妖魔。可怜无极黑暗多，微星之光能几何。裸吾体兮舞且歌，微星之光一刹那，月兮云遮将奈何。

注　释

[1]以下5篇7首作于己未年(1919)。作者在此篇诗后有注："挽景云先生诗第四首谓此诗也。"指挽诗第4首"明月三五夜，山鬼啸墟次"（见甲集《哭张景云先生》第4首），所写就是创作本诗时的事。

[2]山鬼：楚国传说中的女神。屈原《九歌·山鬼》："若有人兮山之阿，被薜荔兮带女萝。既含睇兮又宜笑，子慕予兮善窈窕。"后泛指奇美之女。

观梅浣华天女散花[1]

天女散花花之天，天花脱尽人间缘。忽传南州见天女[2]，天花散影衣蹁跹。结习深如天花深，乘风仙如天女仙。众花照眼惭我相，无人无我谁为妍。上场不如下场好，掌声流荡心欲然。劝君莫惜千黄金，黄金难买歌喉圆。劝君莫惜双明珠，明珠难买舞珊珊。劝君行乐须盛年，人生谁见流光还。幸无十千亦可怜[3]，幸有十千亦惘然。书生酸腐君莫笑，不言不笑参狐禅[4]。

注　释

[1]梅浣华：梅兰芳(1894—1961)，字畹华、浣华，艺名兰芳，祖籍江苏泰州。

[2]指梅兰芳1919年底至1920年初在南通演出《天女散花》，南州即南通。

[3]十千：此指万钱，即许多钱。

[4]参狐禅：即“参野狐禅”。野狐禅谓非正宗之禅术。

异乡次张景云先生韵

异乡风物尽堪亲，未觉儒冠误此身。千里关山初作客，百年身世此依人。故交久别音书断，春事方阑岁月新[1]。一枕家林寻旧梦[2]，儿时嬉戏欲疑真。

注　释

[1]春事方阑：谓春天就要过去。

[2]家林：自家的园林。泛指家乡。

夜　坐

夜坐看星星气横，布衣方帽记平生[1]。才名自许今枚叔[2]，狂放人称汉祢衡[3]。四面丘陵妒山岳，千年云树斗狸狌[4]。灵均卜宅谁堪问[5]，惟有秋虫候月鸣。

注　释

［1］布衣方帽：指普通读书人。

［2］枚叔：枚乘（？—前140），字叔，淮阴（今江苏淮安）人。西汉辞赋家。枚乘因在七国叛乱前后两次上谏吴王而显名。

［3］祢（mí）衡（173—198）：字正平，平原郡（今山东临邑）人。汉末辞赋家。少有辩才，性格刚毅傲慢，曾拒曹操召见，击鼓辱操。

［4］狸狌（shēng）：野猫。《庄子·逍遥游》："子独不见狸狌乎？卑身而伏，以候敖者；东西跳梁，不辟高下；中于机辟，死于罔罟。"此诗五、六两句皆指高下相比之意。

［5］灵均：屈原的字。后泛指词章之士。

寿金沧江叟[1]

坐阅河山劫后棋，晚来江表鬓成丝。寥天故国三千里，沧海遗臣七十时。槛外秋风吹旧梦，杯中春酒醉新诗。临濠别有苍茫思[2]，为洗尘襟接翠卮[3]。

注　释

[1]此诗后原有注："叟，韩国人。"此诗曾发表于1919年《南通》报，署名"铭孟"，题为"金翁沧江七十"。二者文字有较大不同，录如下："坐阅河山劫外棋，晚归江海鬓成丝。天遥故国三千里，秋冷孤臣七十时。眼底秋风惊往事，杯中春酒进新诗。河亭且上同欢宴，愧我无缘寿一卮。"金沧江，即金泽荣(1850—1927)，字于霖，号沧江，韩国著名文学家、历史学家和爱国思想家。1905年，金泽荣不愿当亡国奴，毅然携妻子逃亡中国，张謇帮助他落户南通，聘其在南通翰墨林书局任编校，撰写史书，创作诗文。

[2]濠：护城河。

[3]卮(zhī)：古代盛酒的器皿。

十月十三日公幹新婚[1]

郎君住皖山南，新妇住粤江东。应有红丝牵系，故得女萝附松[2]。

漫道豳诗改岁[3]，且歌郑女同车[4]。玉颜不是奇字，为问书中有无。

帐则芙蓉七彩，衾则葡萄九华[5]。妒杀素娥天上[6]，团栾输与儿家[7]。

雎鸠挚而有别[8]，鸣雁处必向阳[9]。不羡自由婚嫁，东厢正得王郎[10]。

昔日寤寐求之[11]，今日鸳鸯并飞。但愿比肩携手，永为乡里夫妻。

注　释

[1]以下2篇7首又见《罗惠致学诗·春游之什》，作于辛酉年(1921)。《十月十三日公幹新婚》原稿只有4首，缺第4首，后有注："原五首忘第四首。"此篇标题与第4首录自《罗惠致学诗》。公幹：作者同乡，亦同事。

[2]女萝附松：语出《诗·小雅·頍弁》："茑与女萝，施于松柏。"女萝，即菟丝子，是一种藤蔓植物，常依附在其他植物身上。

[3]豳(bīn)诗改岁：语出《诗·豳风·七月》："嗟我妇子，曰为改岁，入此室处。"改岁，指由旧岁进入新年。

[4]郑女同车：语出《诗·郑风·有女同车》："有女同车，颜如舜华。"同车，指男方驾车到女家迎娶。

[5]此两句语出南朝宋鲍照《拟行路难十八首》之一："七彩芙蓉之羽帐，九华蒲萄之锦衾。"

[6]素娥：即嫦娥。

[7]团栾：犹檀栾，竹秀美貌。也指圆月，或借指月光。这里指团聚。

[8]此句语出《毛传》释"关关雎鸠"："关关，和声也。雎鸠，王雎也，鸟挚而有别。"以喻夫妻之和谐相处。雎鸠为鱼鹰类水鸟，相传此种鸟有定偶而不相乱，偶常并游而不相狎，故《毛传》以为挚而有别。

[9]此句语出《诗·邶风·匏有苦叶》："雍雍鸣雁，旭日始旦。士如归妻，迨冰未泮。"郑玄笺："雁者，随阳而处，似妇人从夫，故昏礼用焉。"后用"鸣雁"指嫁娶之事。

[10]此句指太尉郗鉴选王羲之为女婿之事。《晋书·王羲之传》："时太尉郗鉴使门生求女婿于导，导令就东厢遍观子弟。门生归，谓鉴曰：'王氏诸少并佳，然闻信至，咸自矜持。唯一人在东床坦腹食，独若不闻。'鉴曰：

‘正此佳婿邪!’访之,乃羲之也,遂以女妻之。”

[11]寤寐(wù mèi)求之:语出《诗·周南·关雎》:“窈窕淑女,寤寐求之。”寤寐,醒和睡,指日夜。

小姑曲

黄梅天气雨复晴,门前双桨住不行。回眸浅笑春荡漾,小姑无郎却有情[1]。

踟蹰欲令鸩为媒[2],同伴无赖多浪猜。妒他盈盈小弱弟,犹得玉雪投君怀。

注　释

[1]小姑无郎:指少女未嫁者。语出南朝民歌《青溪小姑曲》:“小姑所居,独处无郎。”

[2]鸩(zhèn)为媒:语出屈原《离骚》:“吾令鸩为媒兮,鸩告余以不好。”这说明连鸩鸟也可以托之为媒,就可以推测相思之毒已是深入骨髓了。

谢吕君画扇兼送茶叶[1]

秋风五月画图中,岩老云荒树叶红。何以报之新苦茗,关仝应是契卢仝[2]。

注　释

[1]此诗作于辛酉年(1921)。吕君:吕瀛(生卒年不详),字海岑,江苏镇江人。工山水画,长期寓居南通,就职于教养公积社,张謇曾为他写过卖画润例。

[2]关仝(约907—960):长安(今陕西西安)人,五代后梁画家。卢仝(约795—835):范阳(今河北涿州)人,喜饮茶,尝汲井泉煎煮,因自号“玉川子”。其诗《玉川茶歌》与陆羽《茶经》齐名。玉川,本为井名,在河南济源市泷水北。

代挽杨石秋[1]

天阴沉沉天地黝,菊不芳兮兰不秀。亲在堂兮室有妇,朔风惨惨停君柩。惟昔同学君最幼,慧而硁硁致谦厚。多才多病空尔为,作译作师都未久。今年共事城南隅,高论不激亦不朽。如何濠上寻旧游,但见寒烟落衰柳。多方之书竟安在[2],殇子齐彭怪庄叟[3]。

注　释

[1]此诗录自《腐鼠集乙》附二,作于辛酉年(1921)。杨石秋(1892—1921):名嘉榍,字石秋,江苏如皋人。从通州师范学校毕业后,张謇资送交通部工业专门学校深造,以病归里。张謇请荷兰水利工程师特来克来南通帮助江岸保坍工作,杨任翻译事,后更任如皋师范学校英文教员,1921年因病而英年早逝。

[2]多方之书：语出《庄子·天下》："惠施多方，其书五车。"这里是盛赞杨石秋之博学。

[3]殇子齐彭：语本《庄子·齐物论》："莫寿于殇子，而彭祖为夭。"殇子，未成年而死者，短命的人。彭，彭祖，传说古之长寿者，活到八百岁。王羲之《兰亭集序》："固知一死生为虚诞，齐彭殇为妄作。"庄叟：指庄子。

自南通至三馀镇舟行杂诗十二首[1]

岸有青蒲水有鱼，一双水鸟镇相呼。江乡风味如云淡，茅屋牛车入画图。

燕子双双掠水斜，料应前岸有人家。村童共浴柳阴下，戏学浮鸥拍浪花。

乡农负耒太辛勤，家有棉田未是贫。行尽芦湾又鱼簖[2]，生涯到处总宜人。

今日南风是顶风，舟人拉纤背如弓。来船忽剌鸟飞过，十二幅帆斜日红。

小桥流水媚斜阳，松槚无情墓草荒[3]。欲共双成轻举去[4]，乱裁云絮作衣裳。

船头赤足榜家儿[5]，学捉长篙点水嬉。不知斯世成何世，浪说前朝是与非。

自喜新诗野趣饶，高歌无取风城箫[6]。暮烟横处金沙市[7]，人语喧阗破寂寥。

薄浊村醪解客愁，会须灭烛作清游[8]。漫漫良夜漫漫水，树屋星云尽倒流。

船过头桥泊二桥，青鞋湿露立中宵。生憎恶睡多酣梦，细听蛙歌与犬嗥。

北斗沉天月下弦，晨鸡未唱又开船。遥知前路多渔火，玉黍高低曳晓烟。

初日憧憧出海来[9]，烘华叠锦五云开[10]。出林乌鹊争喧噪，村女牵牛系草堆。

河直流平水北趋，船回风熟入三馀。田原井井谁规画，怠惰成功自古无。

注　释

[1] 自此以下10篇22首录自《三馀十日诗》，作于壬

戌年(1922)。三馀:南通市一地名。作者曾将《三馀十日诗》呈陈祺寿,陈有答诗:“穷不工诗信有之,诗人喜起事非奇。清才踵武渭南伯,拭目《三馀十日诗》。铭孟以诗见示,画此诒之。”

[2]鱼簖:插在水里,阻挡鱼类,以便捕捉的竹栅栏。

[3]松槚(jiǎ):松、槚二树常被栽植墓前,亦作墓地的代称。槚,楸树的别称。

[4]双成:董双成,神话中西王母的侍女。借指美女。

[5]榜(bàng)家:船家。榜,摇船的用具。

[6]凤城:代指京城。用秦穆公之女弄玉,吹箫引凤,凤凰降于京城的典故。凤城箫,借指写朝政诸事或热闹的节庆活动的诗篇。

[7]金沙:南通市第一镇,曾为南通县县城。

[8]灭烛:熄灭蜡烛。唐张九龄《望月怀远》:“灭烛怜光满,披衣觉露滋。”清游:清雅游赏。晋潘岳《萤火赋》:“翔太阴之玄昧,抱夜光以清游。”

[9]憧(chōng)憧:摇曳不定的,常指不确定的和微弱的波动或运动。

[10]五云:五色瑞云。多作吉祥的征兆。

读《剑南集》,即效其体[1]

小住聊为十日期,科头卧读放翁诗[2]。可怜南渡偏安日[3],犹有西畴啸咏时[4]。世外放歌惟自适,静中得句不求知。平生梦想中原定，异代同悲系我思。

注　释

[1]《剑南集》：即陆游《剑南诗稿》。

[2]科头：不戴冠帽，裸露头髻。

[3]南渡偏安：指宋高宗赵构建炎三年(1129)南逃杭州之事。

[4]西畴啸咏：晋陶渊明《归去来兮辞》："农人告余以春及，将有事于西畴。"畴，田地。

次静轩先生《泰州途中》韵[1]

云白风高绿涨天，草深树小屋生烟。怯波雏鸭傍芦睡，炙日娇儿得母怜。万事极知争鹿梦[2]，一生合老钓鱼船[3]。何当结束成归计，村酒园蔬约太颠[4]。

注　释

[1]此诗是作者对静轩《泰州途中》诗韵的和诗。静轩：章亮元(1876—1959)，字永尚，号静轩，浙江海宁人。毕业于江南陆师学堂，后留学日本，毕业于日本陆军士官学校。回国后历任直隶州知州、道员，陆军部参谋；1912年1月任南京临时政府总统府高等顾问。后参与张謇的盐垦事业，担任大有晋盐垦公司总办。是张謇晚年的诗友。

[2]争鹿梦:语出《列子·周穆王》所载“得鹿梦”故事,叹世事无常,如梦如幻。

[3]语出宋项安世《曲湘湾》:“我欲濯缨渠濯足,一生输与钓鱼船。”

[4]太颠:太颠为辅佐周文王、周武王的大臣。此处指章静轩,喻其辅佐张謇。

闻屯溪乱事[1]

婺歙方喧战鼓声[2],天狼夜坠万家惊[3]。军因欠饷多思溃,民为同胞未与争。北鄙犒师劳白发[4],东山挥麈念苍生[5]。哀时庾信吟萧瑟[6],况乃思亲涕泗横。

注　释

[1]时有友人和诗《罗君长铭以屯溪乱事诗见示,次韵答之》:“烽火连年宣战声,每闻鼙鼓辄心惊。龙蛇方解中原搏,蛮触犹为一角争。荆棘山河谁奠定,衣冠人物半虚生。知君蒿目时艰甚,不为思亲涕自横。”

[2]婺歙:婺源、歙县,指徽州地区,时徽州一带曾遭战事之乱。

[3]天狼:又名犬星,属大犬座,中国古代认为它是表示侵掠之兆的恶星。《楚辞·九歌·东君》:“青云衣兮白霓裳,举长矢兮射天狼。”

[4]北鄙犒师:语出《左传·僖公二十六年》:“齐孝公伐

我北鄙……公使展喜犒师。”指齐孝公领兵攻打鲁国北部边境，鲁僖公派遣展喜去犒劳齐军，而使齐孝公退兵事。

[5]东山挥麈(zhǔ)：据《晋书·谢安传》记载，谢安“虽受朝寄，然东山之志始末不渝，每形于言色”。“东山之志”指隐居的念头。麈，古书上指鹿一类的动物，其尾可做拂尘。晋人清谈时，常挥动麈尾以为谈助。后因称谈论为挥麈。

[6]庾信吟萧瑟：语出唐杜甫《咏怀古迹》：“庾信平生最萧瑟，暮年诗赋动江关。”庾信(513—581)，字子山，南阳新野(今属河南)人。南北朝著名诗人，文学家。《哀江南赋》是其后期在北周时的代表作，这篇赋以作者的一生遭遇为线索，展现了南朝萧梁王朝兴亡盛衰的历史画卷。

围棋叠韵酬麻亭先生[1]

小院丁丁落子声，此中胜负不须惊。偶因暇日成消遣，那有机心作战争。垓下数重围项籍[2]，大梁一去负侯生[3]。烂柯只是寻常事[4]，倦倚胡床玉局横[5]。

注　释

[1]此诗是作者用叠韵和麻亭诗。麻亭，即张荫谷，南通人，清末举人出身，工诗。

[2]此句指项羽在垓下陷入刘邦重围自刎于乌江事。

项籍，即项羽，名籍，字羽。

[3]战国时魏隐士侯嬴原为大梁夷门的守门小吏，后因信陵君礼贤下士而成为其上宾，献计信陵君，窃得兵符，并荐力士朱亥击杀魏将晋鄙，夺得兵权，因而胜秦救赵。侯生因年老不能随从，刎颈自杀"以送公子"(《史记·魏公子列传》)。唐王昌龄《答武陵田太守》："曾为大梁客，不负信陵恩。"

[4]烂柯：晋人王质，一日进山砍柴，见几个童子下围棋，观棋一盘未完，斧柄已经朽烂。王质忙回家，发现与他同时代的人都早已死去。原来他遇到的是两个仙人。柯，斧柄。

[5]胡床：亦称交床、绳床，是古时一种可以折叠的轻便坐具。玉局：棋盘的美称。

三馀行

四座且勿喧，听我歌三馀。三馀东海滨，斥卤无人居[1]。水昏窜鲸鳄，野旷奔兔狐。贤人弃时世，于此规宏模。既筑越王堤，还通郑国渠[2]。堤以障海若[3]，渠以宣积潴。纬之以沟洫，经之以道途。划区便治理，招佃薄责租。一年地尚白，二年生蒿芦。三年所种棉，收成颇有余。四年成聚落，归者肩相摩叶。壮夫争负犁，健妇亦荷锄。孩提啼哑哑，斑白行于于[4]。作息日出入，不知四体劬。吾宗一老翁，鬓发已萧疏。劳役此十年，买田治室庐。前门种瓜芋，后门艺园蔬。场畜狗与猫，沟养鸭与鱼。招邀但邻叟，到门无索逋[5]。长子能力田，少子方读书。扶孙看棉豆，高枕歌黄虞[6]。我行觅乐土，兹邦聊可娱。家本住歙州，衣食困驰驱。即今闻丧乱[7]，中夜怀百虑。家人得叙乐，曾不若佃夫。遗粒利雀鼠，无糯今五糯[8]。翁意谓不然，天运匪私于[9]。去年遭大水，淹没一茎无。今年岁尚好，蔓草骄不除。佃夫更可怜，麦饭掺泥污。水浊不见指，掬饮甘若醐[10]。翁语未及已，闻之长叹吁。斗米钱二千，生计诚堪虞。但令饱一饭，宁辨精与粗。前年鲁豫旱[11]，千里为丘墟。将军犹苦战[12]，刻意矜良图。粤赣与川陕，兄弟日操戈叶[13]。兵荒不俱臻，幸哉此一隅。长歌竟流涕，感慨意不舒。安得从松子[14]，导引长肤腴[15]。

注　释

[1]斥卤：盐碱地。《吕氏春秋·乐成》："邺有圣令，时为史公，决漳水，灌邺旁，终古斥卤，生之稻粱。"

[2]此两句指在三馀建堤坝，挖灌溉渠等水利设施。越王堤，在杭州萧山湘湖，湘湖有越王城遗址。郑国渠，战国末年，由韩国水工郑国主持兴建的关中大型水利工程。

[3]海若：海神名。此指海浪。《楚辞·远游》："使湘灵鼓瑟兮，令海若舞冯夷。"

[4]斑白:代指老者。于于:自得貌。

[5]索逋:催讨欠债。

[6]黄虞:黄帝、虞舜的合称。

[7]此句指1922年6月皖南遭遇百年罕见的水灾,水位高于正常水位6米之多。

[8]语出《后汉书·廉范传》。东汉蜀郡太守廉范,因废除禁止百姓夜间点灯做事的制度,老百姓用歌颂他的功绩:"廉叔度,来何暮?不禁火,民安作。平生无襦今五绔。"

[9]此句意思是天道的运转是公正无私的。

[10]掬饮:两手捧起水来喝。醐:即醍醐,古代指从牛奶中提炼出来的酥油。

[11]此句指1920年中国华北直、鲁、豫、晋、陕等五省发生特大旱灾。据北京国际统一救灾总会统计,受灾县数达317县,灾民总数达2000万。

[12]此句指1920年以段祺瑞为首的皖系军阀和以曹锟、吴佩孚为首的直系军阀,为争夺北京政府统治权在京津地区进行的战争。

[13]此两句指1922年川陕等五省宣布联省自治。同年陈炯明在广州兵变,炮轰总统府。

[14]松子:即赤松子,又名赤诵子,秦汉传说中的上古仙人。相传为神农时雨师,能入火自焚,随风雨而上下,能祛病延年。

[15]肤腴:肌肤丰满。宋陆游《夜读兵书》:"叹息镜中面,安得长肤腴。"

纪　事

宝鸭余香烬[1],华灯碍月明。舞从冰镜暗[2],歌与素弦清。婉转能如意,妖娆别有情。今宵共欢乐,兰室漾春声[3]。

注　释

[1]宝鸭:即香炉。因作鸭形,故称。

[2]冰镜:指月亮。元杨载《夏夜对月》:"安得泛舟江海上,坐观冰镜落沧波。"

[3]兰室:芳香高雅的居室。多指妇女的居室。

代人赠妇

我病怜渠瘦,家贫觉妇难。别离才几日,零乱已千端。枕有迢迢梦,衾多恻恻寒[1]。归期应不远,双语月团栾。

注　释

[1]恻恻:寒冷貌。宋赵孟頫《绝句》:"春寒恻恻掩重门,金鸭香残火尚温。"

与公幹棹小舟至阳桥遇雨,公幹堕水

少年无壮志,所愿学农圃[1]。扁舟自来往,那得畏风雨。

桥北云阴阴,桥南雨浩浩。有何忧伤怀,欲向屈原道。

注　释

[1]学农圃:语出《论语·子路》:"樊迟请学稼,子曰:'吾不如老农。'请学为圃。曰:'吾不如老圃。'樊迟出。子曰:'小人哉,樊须也!'"

半年未作诗,偶住三馀,遂成若干首,录后因赋长句

孔明抱膝谈王略,长吉呕心擅鬼才[1]。毫秃砚枯今已矣,忧深思远又何哉?亡羊歧路谁堪问[2],罢马修途剧可哀[3]。学道应须及年少,诗名一瞬劫成灰。

注　释

[1]长吉:李贺(791—817),字长吉,河南福昌(今河南宜阳县)人。世称鬼才、诗鬼等。

[2]亡羊歧路：语出《列子·说符》："大道以多歧亡羊，学者以多方丧生。"意谓大路因为多岔路而走失羊，学者因追求广泛而空耗生命。指不专一。

[3]罢(pí)马：疲敝的马。修途：路途遥远。

挽欧阳予倩妹[1]

湘水咽不流，流咽贞心在。鸳鸯碎绮翼[2]，负心隔沧海。沧海多风波，情缘信冤孽。种桃复种柳，零乱似春雪。春雪不可食，食之毒肠里。年少慎自爱，莫学朱翁子[3]。意气作夫妻，易合还易离。竹竿与鱼尾，袅袅复蓰蓰[4]。我闻华严瀑[5]，匹练千丈悬[6]。樱花堕其中，去去竟不鲜。樱花自不鲜，鲜亦不足嗔。鲛人泪流尽[7]，庶绝今生因。

注　释

[1]自此以下10首录自《湘水之什》。此首与下一首又见《罗惠致学诗·湘水之什》，作于壬戌年(1922)。此诗是挽欧阳予倩的妹妹欧阳立颖的。欧阳立颖毕业于浏阳女子师范，与同县留日学生刘某缔婚，婚姻不幸，悲愤成病，后竟成神经错乱之症；1922年春病势日增，当年8月3日去世。

[2]语出唐李白《白头吟》："锦水东北流，波荡双鸳鸯。雄巢汉宫树，雌弄秦草芳。宁同万死碎绮翼，不忍云

间两分张。”

[3]朱翁子：朱买臣（？—前115），字翁子，汉吴县（今苏州）人。家贫，卖薪为生，酷爱读书，妻初亦负戴相从，久以为羞，求去，适一田夫。汉武帝时买臣拜会稽太守，其妻欲与之复婚，朱言覆水难收，妇惭而自缢。

[4]此两句语出《白头吟》：“竹竿何袅袅，鱼尾何蓰蓰。”（见《玉台新咏》，一说为卓文君阻止司马相如纳妾所作）竹竿，指鱼竿，以竹竿钓鱼隐喻男女爱情。袅袅，形容竹竿细长颤动的样子。蓰（xǐ）蓰，鱼尾摆动的样子。

[5]华严瀑：日本著名瀑布之一，在日本栃木县日光市。

[6]匹练：形容流水、瀑布、光环等如一匹展开的白练或彩练。

[7]鲛（jiāo）人：又名泉客，是中国古代神话传说中鱼尾人身的神秘生物。与西方神话中的美人鱼相似。晋干宝《搜神记》：“南海之外有鲛人，水居如鱼，不废织绩。其眼泣则能出珠。”

代胡珏君答陈保之[1]

陈胡珏君之殒，保之作诗及厝志甚哀惋[2]，予本悠悠不及情者，亦为怃然，因思所以塞陈君之悲，故代逝者为辞云尔。

茕茕隔泉路，眇眇望夫君。妾病自沉滞，君情多苦辛。朱颜凋九夏，白首历三春。镜分疑夙兆[3]，烛跋悟前因[4]。旧欢如可续，毋为念故人。男儿重意气，四海以为亲。

注　释

[1]此诗又见于1922年10月27日《南通》报，署名"铭孟"。陈保之：陈邦怀（1897—1986），字保之，室名嗣朴斋。江苏镇江人。曾任张謇秘书，担任南通女子师范学校国文教员。1954年受聘为天津市文史馆馆员，后任副馆长、天津书法家协会第一任主席等职。胡珏，陈保之妻。

[2]厝（cuò）：停柩，把棺材停放待葬，或浅埋以待改葬。

[3]镜分：即镜分鸾凤，比喻夫妻分离。

[4]烛跋：谓烛将燃尽。宋陆游《十月一日浮桥成以故事宴客凌云》："众宾共醉忘烛跋，一径却下缘云根。"

送友还乡[1]

君归故乡去，应过富春山。为我谢严陵[2]，垂钓可得闲。虚名误尘鬓，隔岁未能还。

注　释

[1]此诗又见《罗惠致学诗·华严之什》，题为"君

归”，作于壬戌年(1922)。

[2]严陵：即严光(前39—41)，字子陵，会稽余姚(今属浙江)人，东汉著名隐士。少曾与汉光武帝刘秀同游学。刘秀即帝位后，授其谏议大夫，严光不受，变姓名退隐于富春山。后人称他所居游之地为严陵山、严陵濑、严陵钓台等。

江阴潘孝女诗[1]

孝女之孝人所知，孝女之心天知之。天下岂有无母之孤儿，母兮不活儿何为？风高月黑祷庭下，南斗北斗神来也[2]。玉娣有母病缠绵，愿剜儿臂延母年。女心如结刀砉然[3]，岂知皇天竟无据，一息暂延终夺去。空使人人说孝女，女名得孝女心苦。

注　释

[1]此诗又见《罗惠致学诗 · 湘水之什》，作于壬戌年(1922)。

[2]南斗北斗：指南斗六星和北斗七星。古人认为南斗六星掌管寿命，北斗七星掌管死亡。

[3]砉(xū)然：象声词。常用以形容破裂声、折断声、开启声、高呼声等。

十月十四夜从星南先生、王君游湖上[1]

独有将圆月,他乡不厌看。平湖沉影淡[2],渔桨打波寒。地迥心逾壮[3],更深兴未阑。苏公游赋在[4],莫使笑才难。

注　释

[1]此诗是作者与陈星南等1922年12月2日(壬戌年十月十四日)夜游南通某湖所作。星南:陈祺寿(1863—1929),字星南,江苏东台人。曾任《东台日报》总编、南通图书馆馆长。

[2]此指风平浪静的湖面。

[3]地迥:即天高地迥,形容天空深邃遥远,大地平坦辽阔。

[4]苏公游赋:指苏东坡之《赤壁赋》。

和保之月当头诗[1]

汤谷虞渊双玉盘[2],玄阴顾菟怨无端[3]。欲将桂斧挥离恨,为恐琼宫半夜寒。

注　释

[1]此诗又见《罗惠致学诗·华严之什》，题为"月当头诗和保之"，作于壬戌年(1922)。陈保之《壬戌月当头夕口占》："珠颗凭空郁夜光，不因觅影也彷徨。烟云缥缈浑无绪，明月从来在我旁。"

[2]汤谷：即"旸谷"，传说中太阳升起之处。虞渊：传说中日落之处。

[3]玄阴：月亮。唐元稹《赋得九月尽》："玄阴迎落日，凉魄尽残钩。"顾菟：月中之兔。《楚辞·天问》："厥利维何，而顾菟在腹？"柳宗元作《天对》应答《天问》，对于顾菟之句，以"玄阴多缺，爰感厥兔"应之。洪兴祖《楚辞补注》："菟，与兔同。"

卢君为求其尊人书联见贻，率成一章相报[1]

垂露悬针未足多[2]，过江庾翼叹如何[3]。可无玉匣珍藏贮，惭愧山阴道士鹅[4]。

注　释

[1]卢秉枢求其父卢少芗书联赠作者，作者作此诗以报。卢君，即卢秉枢(1902—1942)，字玉衡，江苏东台人。毕业于张謇创办的南通中医专科学校，任国民政府驻菲律宾马尼拉总领事馆主事。1942年1月2日马尼拉沦陷后，卢秉枢被日军杀害，是"菊花台九烈士"之一。

[2]垂露悬针：书法中，竖划下端出锋的，其锋如针之悬，叫作“悬针”；不出锋的，其圆如露之垂，叫作“垂露”。唐孙过庭《书谱》：“悬针垂露之奇。”

[3]庾翼(305—345)：字稚恭，颍川鄢陵(今属河南)人。东晋将领、书法家，官至征西将军，世称小庾。“过江”指其违诏北伐一事。

[4]《晋书·王羲之传》载：“山阴有一道士，养好鹅，羲之往观焉，意甚悦，固求市之。道士云，‘为写《道德经》，当举群相赠耳。’羲之欣然写毕，笼鹅而归，甚以为乐。”后因以为典实。

赠卢玉衡[1]

倾盖相投意便亲[2]，径来座上作嘉宾。清才久慕玉川子[3]，绝学能传秦越人[4]。地北天南千里驾，苍松白水百年身。与君今夕须欢乐，箫鼓喧阗动四邻。是夕阳历元旦也。

注　释

[1]卢玉衡：即卢秉枢，见前一首注[1]。此诗作于1923年1月1日。

[2]倾盖相投：倾盖，途中相遇，停车交谈，双方车盖往一起倾斜。形容一见如故或偶然接触。

[3]玉川子：卢仝，见甲集《谢吕君画扇兼送茶

叶》注[2]。

[4]秦越人:即扁鹊(前407—前310),姓秦,名越人,渤海郡(今河北任丘)人,战国时著名医学家。

赠予倩南行[1]

予既制《水仙子》曲为别[2],意有未尽,复成一绝。

白玉筵前不可歌[3],河山满眼泪痕多。倩谁更唱箜篌曲[4],一水蒹葭奈汝何[5]。

注　释

[1]此诗又见《罗惠致学诗·湘水之什》,作于壬戌年(1922)。予倩:欧阳予倩(1889—1962),原名立袁,号南杰,艺名莲笙、兰客、桃花不疑庵主,湖南浏阳人。1918年在南通组建伶工学社和更俗剧场,培养戏曲人才。1949年后欧阳予倩历任中央戏剧学院院长,中国文联副主席,中国戏剧家协会副主席。

[2]《水仙子》曲:指《水仙子·赠欧阳予倩南行》,见甲集。

[3]白玉筵:丰盛的筵席。

[4]箜篌曲:指汉乐府诗《箜篌谣》:“结交在相知,骨肉何必亲。……”诗中多处采用比拟的手法来说明讲交友知心、听言识人的道理。

[5]蒹葭：即芦苇。此处指《蒹葭》，是出自《诗·秦风》的一首秦地诗歌。

挽族曾大母[1]

南望乡云泪满衣，倘教更客十年归。归时可似刘文叔[2]，诸母犹存说少时。试数白头谁健在，不堪松槚动哀思。他年秉笔修家传，拜述遗徽我敢辞[3]。

注　释

[1]此诗挽本族一位曾祖母。

[2]刘文叔：刘秀(前5—57)，字文叔，南阳郡蔡阳县(今湖北枣阳)人。东汉开国之君。曹植称他“其为德也，聪达而多识，仁智而明恕，重慎而周密，乐施而爱人”(曹植《汉二祖优劣论》，《太平御览》卷四百四十七)。

[3]遗徽：死者生前的美好德行。

读《华严经》[1]

暮秋天气肃，摇落诗人心。促促日南驭，寒风动幽吟。流光入我室，萃影落我襟。珠玉发微笑，果树皆黄金。既悟时变理，还寻至道深。庄严不可道，性海试浮沉[2]。

毫端有正觉[3],妙道周太虚。法性遍含识[4],物象谁言无。九会非证信[5],天人供养殊[6]。当机诚不易,我慢复难除[7]。忽于贤劫中[8],握此大智珠。操杓饮江海[9],精进更何如。

念念无所依,诸方自来去。钝利两宣说,善恶两不住。其地匪遥远,金刚甚坚固。上有牟尼云[10],下有宝华雨[11]。今我虽勤修,法网未能度。飞鸿去寥廓,终焉永增慕。

现相在何许,乃在微尘中。匪在微尘中,缘感相交通。三世尽云妄[12],一念皆有功。难思而易入,谁能彻其终。涉足履春冰,一叶当秋风。秋风见真实,区区安所从。

注 释

[1]此篇4首录自《华严之什》,又见《罗惠致学诗·华严之什》,作于壬戌年(1922)。《华严经》全名《大方广佛华严经》,是大乘佛教修学最重要的经典之一。

[2]性海:佛教语。指真如之理性深广如海。宋苏轼《广州东莞县资福寺舍利塔铭》:“此身性海一浮沤,委蜕如遗不自收。”

[3]正觉:佛教语。意指真正之觉悟。

［4］法性：佛教语。指诸法的本性，乃万有实体、宇宙之本体。与“真如”“实相”“法身”等同义。

［5］九会：指释迦牟尼宣讲教义的九次法会。唐刘禹锡《毗卢遮那佛华藏世界图赞》：“大雄九会化诸天，释梵八部来森然。”

［6］源自律宗始祖道宣律师的故事。他以为法相宗祖师窥基大师戒律不严，想以天人送供养来感化窥基大师。当他得知窥基大师持戒比他清净，生惭愧之心，意识到是自己心不清净，小看别人，抬高自己。

［7］我慢：佛教语。指执着于我、唯我独尊、藐视他人的意思。《来果禅师语录》：“一切诸慢，凡慢有我，比贪嗔痴三毒更毒。”

［8］贤劫：据佛经记载，人类处在现在大劫的住劫（中劫），名为贤劫，此劫有千佛出世，即多贤圣，释迦牟尼是第 4 尊佛。

［9］语出《韩诗外传》卷八，子贡回答齐景公问“孔子如何圣”时的一段话：“若臣之事仲尼，譬犹渴操壶杓，就江海而饮之，腹满而去，又安知江海之深乎！”喻孔子学识高深莫测。

［10］牟尼云：牟尼说。牟尼，指释迦牟尼。

［11］宝华雨：据佛教理论，高声念佛，见诸瑞相。如“金容荧煌以散彩，宝华淅沥而雨空”。

［12］三世：指过去、现在、未来三者，此处含有“十方

三世”的意思,就是佛教所看待的时空宇宙。

效王勃[1]

丽则当时体[2],才名一代人。寤寐怀灵对,生涯惜自沦。何春能不别,何地不思春[3]。臣剑同君剑,垂冠锦水滨[4]。

注　释

[1]以下9首录自《丽则之什》,作于壬戌年(1922)。王勃(649—675),字子安,绛州龙门(今山西河津)人。王勃与杨炯、卢照邻、骆宾王齐名,被称为“初唐四杰”,王勃是“四杰”之冠。

[2]丽则:用词简练,清丽而有法度。语出汉扬雄《法言·吾子》:“诗人之赋丽以则,辞人之赋丽以淫。”当时体:指“四杰”诗文的体裁和风格在当时自成一体。语出唐杜甫《戏为六绝句》:“王杨卢骆当时体,轻薄为文哂未休。”

[3]此两句指王勃有《春思赋》《春庄》《春游》《登城春望》《羁春》等思春、春别的诗赋。

[4]此两句写王勃被逐出王府而游巴蜀之事。唐乾封初年,王勃被沛王李贤征为王府侍读,两年后因戏为《檄英王鸡》文,被高宗怒逐出府,随即出游巴蜀。锦水滨,指成都。

效杨炯[1]

王后何宏放，卢前信典章[2]。飞觞红日暮[3]，辞阙白云长[4]。峡水空流泪，猿声欲断肠[5]。不堪为令长[6]，鼓锻愧嵇康[7]。

注　释

[1]此诗有眉批："炯诗典雅，绝少拗句拗声，已开盛唐之风。"杨炯(650—692)，华州华阴(今属陕西)人。显庆六年(661)，年仅11岁的杨炯被举为神童。曾任盈川县令，因此后人称他为"杨盈川"。

[2]此两句语出《旧唐书·文苑传上》："炯与王勃、卢照邻、骆宾王，以文词齐名，海内称为'王杨卢骆'，亦号为'四杰'。炯闻之，谓人曰：'吾愧在卢前，耻居王后。'当时议者，亦以为然。其后崔融、李峤、张说俱重四杰之文。崔融曰：'王勃文章宏逸，有绝尘之迹，固非常流所及。炯与照邻可以企之，盈川之言信矣。'说曰：'杨盈川文思如悬河注水，酌之不竭，既优于卢，亦不减王。"耻居王后"，信然；"愧在卢前"，谦也。'"

[3]飞觞：举杯或行觞。

[4]辞阙：京官外放，赴任前朝见皇帝。

[5]此两句语出唐杨炯《巫峡》："山空夜猿啸，征客泪沾裳。"

[6]令长:即县令。如意元年(692)秋后,杨炯降官盈川县令,吏治以严酷著称,卒于任所。

[7]此句指钟会访嵇康遇拒之事。显赫后的钟会造访嵇康,嵇康在家门口的大树下锻铁,对他不加理睬;钟会只好悻悻地离开(见南朝宋刘义庆《世说新语》)。嵇康(224—263),字叔夜,三国时期魏国谯郡铚县(今安徽省宿州市西)人,玄学家的代表人物之一,“竹林七贤”的领袖人物。

效卢照邻[1]

相去已千载,相思共一时。狂夫成荡子,贱妾怨空闺[2]。歌扇君休问,罗衣我讵知。年年颍水上,怅望双泪垂[3]。

注　释

[1]以下两首又见《罗惠致学诗·湘水之什》。此诗有眉批:“照邻以风疾投颍水,骆宾王有《艳情代郭氏答卢照邻》诗。”卢照邻(636—695),字升之,自号幽忧子,幽州范阳(今河北省涿州市)人。拜孙思邈为师,以行医为生。

[2]此两句出自王勃《春思赋》:“因狂夫之荡子,成贱妾之倡家。狂夫去去无穷已,贱妾春眠春未起。”指对京城繁华、市井倡家生活的描写。狂夫,犹拙夫,妇人称自己丈夫的谦辞。荡子,指远走不归的丈夫。

[3]此两句指卢照邻由于政治上的坎坷失意及长期病痛的折磨，终于自投颍水而死之事。

效骆宾王[1]

城阙殊唐代，河山属汉家[2]。长弓如塞月，征马似桃花。成功前殿酒，失意故侯瓜[3]。报韩心未尽[4]，便尔去烟霞[5]。

注　释

[1]骆宾王(627? —684?)：字观光，婺州义乌(今属浙江)人。骆宾王于武则天光宅元年(684)，为起兵扬州反武则天的徐敬业(又名李敬业)作《代李敬业传檄天下文》。骆宾王在兵败后下落，各书记载说法不一，或云被杀，或云为僧。

[2]此两句写684年武则天废中宗自立，骆宾王为徐敬业作讨武氏檄文之事。

[3]故侯瓜：即东陵瓜。语出《史记·萧相国世家》："召平者，故秦东陵侯。秦破，为布衣，贫，种瓜于长安城东，瓜美，故世俗谓之'东陵瓜'，从召平以为名也。"东陵瓜后又称故侯瓜，常用为失意隐居之典。

[4]报韩：张良是韩国人，秦灭韩之后，他遣散三百家僮，弟亡不葬，分散所有家产来收买刺客，为韩报仇。唐调露二年(680)，骆宾王出任临海县丞，弃官游广陵，作诗

《咏怀》明志:“宝剑思存楚,金椎许报韩。”

[5]烟霞:烟雾,云霞。泛指山水、山林。引申为红尘俗世。据唐孟棨《本事诗·征异》记载:当敬业之败,“宾王亦落发,遍游名山。至灵隐,以周岁卒”。

客舍听雨[1]

冷雨敲窗客舍秋,闭门谁与静言愁。早知小智劳生甚,漫作江湖万里游。

注　释

[1]此诗又见《罗惠致学诗·湘水之什》,题为“冷雨”,作于壬戌年(1922)。

口　号

客馆凄凉极,邻家笑语声。媚人无此骨,对月不胜情。独饮怜予渴,高歌问孰清。穷途不痛哭[1],何以慰平生?

注　释

[1]此句语出《晋书·阮籍传》:“时率意独驾,不由径路,车迹所穷,辄恸哭而反。”阮籍不拘礼俗,行不由径,“穷途之哭”本指他因车无路可行而痛哭,也形容因身处困境而悲哀。

悲　时[1]

生气中原尽,劳人半夜歌。天乎胡此醉[2],死耳待如何? 庙略委蛇胜[3],农丞竭蹶多[4]。擅兵兄与弟,犹自未言和。

注　释

[1]20世纪20年代初中国军阀(直皖、直奉)战争频发,作者对时局颇为悲愤,作此诗。

[2]此句意为:上天啊,为何醉而不醒? 清谭嗣同《集句联》:"视尔梦梦,天胡此醉;于时处处,人亦有言。"

[3]庙略:朝廷的谋略。《旧唐书·李晟传》:"寇贼窃据京邑,天子出居近甸,兵柄庙略,属在明公。"

[4]农丞:即农官,秦汉由政府设置专职官员以督课农桑。竭蹶:原指走路艰难,后用来形容经济困难。

寒　夜[1]

钟声如滴水,滴滴入愁心。雁叫辞前浦,猿啼恋故林。寥天风浩浩,长夜梦沉沉。游子空阶上,低迷感自深。

注　释

[1]此诗又见《罗惠致学诗·湘水之什》，题为“钟声”，作于壬戌年(1922)。

夜长无聊，既成数首，更得一绝，书之纸尾[1]

酒人当日数刘伶[2]，今日刘伶醉未醒。漫把歌诗当醇酒，月寒无奈夜三更。

注　释

[1]以上5首系作者行草书手迹，书《效骆宾王》后。

[2]刘伶(约221—300)：字伯伦，沛国(今安徽淮北)人，“竹林七贤”之一。平生嗜酒，曾作《酒德颂》，宣扬老庄思想和纵酒放诞之情趣，对传统“礼法”表示蔑视。

咏　史[1]

浪游万里无长物，原生只合长披褐[2]。欲执陈编笑古人[3]，古人视我真毫末。天下匈匈数被兵[4]，世无豪杰竖成名[5]。乌乎剧孟今何在，吴楚西行孰重轻[6]。

其　二

菹醢韩彭思猛士[7]，吴楚方平亚夫死[8]。君王尽是乌喙人[9]，走胡走越何纷纷[10]。中行已去资敌国[11]，空教厮养为将军[12]。云中六级尚对吏[13]，束发会战无功勋。人生穷达自有命，吾丘十策怜平津，平津封侯取相印[14]。两生何事嗤叔孙[15]，骊龙喜怒不可测[16]，屈身降志徒逡巡[17]。今看小盗操戈铩[18]，金张许史无姻亲[19]。不如君平去西蜀[20]，或共当年郑子真[21]。

其　三

汉皇黩武思开边，边民投命争控弦[22]。毡裘酪饮非吾与，掠我名城践我稼。燕支百战无颜色[23]，降王一赐空府库[24]。百姓视土如黄金，君王视金如粪土。三铢五铢纷铸钱[25]，均输平准皆徒然[26]。东方群盗如毛起，击斩难为绣衣使[27]。

其　四

天下大器人所争，乃知巢许非逃名[28]。不见芒砀之无赖，竟欲杯分乃父羹[29]。不见淮南歌尺布，辎车已自称明主[30]。窃负而逃匪所闻[31]，争梨夺枣纷无数[32]。况复胡巫据地来[33],泉鸠空筑望思台[34]。父子弟兄不相保,富贵荣华安在哉?谁钦居摄成新室[35],寡妇孤儿剧可哀。

其　五

世卿颛政古所讥[36],霍家之祸萌骖乘[37]。显禹云山并骄恣,内外亲戚充朝廷[38]。家奴欲蹋大夫门,御史叩头不敢言[39]。况是小民非御史,行行且避大将军。

注　释

[1]《咏史》5首录自《咏史之什》,第二首见《罗惠致学诗·湘水之什》,作于壬戌年(1922)。

[2]原生:原宪(前515—?),字子思,宋国(今河南商丘)人,孔门七十二贤之一。孔子亡,隐居于卫国,以蓬户、褐衣、蔬食为乐。后多用以指称贫士。披褐:穿着粗布衣服。《孔子家语·三恕》:"有人于此,披褐而怀玉,何如?"

[3]陈编:指古籍。

[4]语出《史记·项羽本纪》:"天下匈匈数岁者,徒以吾两人耳,愿与汉王挑战,决雌雄,毋徒苦天下之民父子为也。"匈匈:动乱,纷扰。

[5]语出《晋书·阮籍传》:阮籍"尝登广武,观楚、汉

战处,叹曰:‘时无英雄,使竖子成名!’”竖子指刘邦。

[6]此两句写吴楚七国之乱。汉景帝三年(公元前154年),以吴王刘濞、楚王刘戊为首的七国藩王,举兵西向,发动叛乱。景帝派大将周亚夫领兵讨伐。周到河南见到剧孟(著名侠士),高兴地说,吴、楚叛汉,却不用剧孟,注定要失败。周亚夫三个月平定了叛军,而后死于狱中。唐李白《梁甫吟》:“吴楚弄兵无剧孟,亚夫咍尔为徒劳。”

[7]菹醢(zū hǎi)韩彭:语出汉李陵《答苏武书》:“昔萧樊囚縶,韩彭菹醢。”《汉书·黥布传》载,刘邦诛杀彭越后,“盛其醢以遍赐诸侯”。菹醢,肉酱。韩彭,汉代名将淮阴侯韩信与建成侯彭越。

[8]见本诗注[6]。

[9]乌喙:乌鸦的尖嘴,指勾践。语出赵晔《吴越春秋·勾践伐吴外传》:勾践复国后范蠡即离开,劝文种,“夫越王为人,长颈乌喙,鹰视狼步,可以共患难而不可共处乐”。

[10]走胡走越:语出《史记·季布栾布列传》:刘邦欲拿项羽旧将季布,汝阴侯滕公劝曰:“且以季布之贤而汉求之急如此,此不北走胡,即南走越耳。夫忌壮士以资敌国。”后因以“走胡走越”谓智能之士被迫逃亡,而为敌国所用。

[11]此句指中行说(Zhōngháng Yuè)叛国事。西汉

文帝宫廷太监中行说,因陪送公主到匈奴和亲而对汉王朝怀恨在心,转而投靠匈奴,成为单于的重要谋臣,与汉为敌。

[12]厮养为将军:语出唐李商隐《行次西郊作一百韵》:“使典作尚书,厮养为将军。”厮养,厮役。

[13]此句指冯唐救魏尚事。汉文帝时魏尚为云中太守。他镇守边陲,防御匈奴有功。后因上报的杀敌数字与实际不符,只差六颗头颅,被削职查办。中郎署长冯唐认为对魏尚的处理不当,当面向皇上直谏,文帝派冯唐持符节去云中赦免魏尚的罪过,恢复了他云中太守的官职。

[14]此三句指:汉武帝时公孙弘,少时贫寒,40岁学《春秋》,60岁应征为博士不得志,70岁又应征,拜为博士,继为左内史、御史大夫,官至丞相,以布衣而封平津侯。“吾丘”“十策”指吾丘寿王、朱买臣驳斥公孙弘两次奏言事。吾丘,即吾丘寿王,时为光禄大夫侍中。公孙弘曾上奏,民众不能挟带弓箭;吾丘寿王以此为“先代圣王的常法”驳斥,武帝依此诘难公孙弘。公孙弘承认自己理亏。十策,时公孙弘数谏,反对“北筑朔方之郡”,“天子乃使朱买臣等难弘置朔方之便。发十策,弘不得一”,公孙弘谢罪。(《史记·平津侯主父列传》)

[15]叔孙:叔孙通(?—约前194),西汉初儒家学者。叔孙通为刘邦定朝仪,有两生不肯行,谓“所为不合古”,叔孙通笑其为真鄙儒,不知时变。后以“两生”喻指

熟谙礼乐典籍而不知权变的人。

[16]骊龙:黑龙。《尸子》卷下:“玉渊之中,骊龙蟠焉,颔下有珠。”此指刘邦。

[17]逡巡:因为有所顾虑而徘徊不前或退却。

[18]戈鋋:戈与鋋,亦泛指兵器。“鋋”,作者又改为“铦”。

[19]金张许史:汉时,金日磾、张安世并为显宦。许广汉为宣帝许皇后之父。史指史恭及其长子史高。恭为宣帝祖母史良娣之兄。宣即位,恭已死,封高为乐陵侯。许、史两家皆极宠贵。后因以此四姓并称,借指权门贵族。

[20]君平去西蜀:汉高士严遵(前86—10),字君平。隐居不仕。《汉书·王贡两龚鲍传》:“君平卜筮于成都市……裁日阅数人,得百钱足自养,则闭肆下帘而授《老子》。”

[21]郑子真:名朴,字子真,谷口(今陕西礼泉县)人。西汉节士,耕读不仕,修道静默,世服其清高。汉扬雄《法言·问神》:“谷口郑子真,不屈其志,而耕乎岩石之下,名震于京师。”

[22]控弦:拉弓;持弓。

[23]燕支山位于甘肃山丹县,曾是匈奴人攻打中原的侧翼前哨,又是他们退守休养的根据地。燕支山盛产胭脂。当年霍去病兵出临洮,越燕支山,大破匈奴。匈奴失此山,乃歌曰:“亡我祁连山,使我六畜不蕃息;失我燕支山,使我嫁妇无颜色。”

[24]此句指汉武帝为了抗击匈奴耗尽府库所藏，造成财政危机。

[25]汉武帝建元元年(前140)行三铢钱，文如其重；元狩五年(前118)废三铢钱，改铸五铢钱。

[26]均输：就是将实物纳贡(税)转换为货币或政府所需物资(战略储备)。平准：就是通过国家采购和销售来平抑物价(打击投机倒把)。均输平准之法，古已有之。成为经济政策，大约是在汉武帝的时代，桑弘羊将之发扬光大了。

[27]绣衣使：即绣衣御史，又称绣衣直指。汉武帝天汉二年(前99)，使光禄大夫范昆及曾任九卿的张德等，衣绣衣，持节及虎符，用军兴之法(依照战时制度)，发兵镇压农民起义，因有此号。

[28]巢许：亦作巢由，是上古时隐逸之士巢父和许由的并称，后来成为隐士的代称。

[29]此两句指：楚汉战争中，项羽抓了刘邦的家小，要刘邦投降，声称不然就把刘邦的爹丢到油锅里烹了。刘邦却说：我父就是你父，如果要烹就请也给我分一杯羹。因此刘邦被认为是一个无赖，为了当皇帝什么都可以不要。刘邦的老家在芒砀，故称“芒砀之无赖”。

[30]此两句指：汉文帝(刘恒)弟淮南厉王(刘长)谋反事败，文帝“不忍置于法”，“乃遣长，载以辎车，令县次传”，然刘长“乃不食而死”。后“民有作歌歌淮南王曰：‘一尺布，尚可缝；一斗粟，尚可舂。兄弟二人，不相容！’”

帝闻之,“乃徙城阳王王淮南故地,而追尊谥淮南王为厉王,置园如诸侯仪”。(《汉书·淮南衡山济北王传》)

[31]窃负而逃:语出《孟子·尽心上》。桃应问:如果舜为天子,皋陶(传说中严明的法官)为司法官,舜的父亲瞽瞍杀了人,舜该怎么办?孟子曰:“舜视弃天下,犹弃敝蹝也。窃负而逃,遵海滨而处,终身䜣然,乐而忘天下。”

[32]争梨夺枣:见清龙顾山人《十朝诗乘·庚子杂感与龙潜引》:“拳变之作,导源于立储,逞争梨夺枣之私,酿剖豆分瓜之祸。诗虽隐约其词,而大旨具见。”

[33]胡巫据地:胡巫占据地盘。西汉时期,有出身北方少数民族的巫者,即所谓“胡巫”,曾经高踞接近王朝统治中枢的地位,参与了危害严重的政治权术斗争。

[34]西汉武帝后期,江充、苏文等人利用“巫蛊之术”制造阴谋,武帝逼迫太子刘据,刘据逃亡泉鸠,自杀身亡。事后武帝也极为后悔,修建望思台以悼念太子。

[35]此句指王莽篡夺西汉政权,建立新朝。居摄,因皇帝年幼不能亲政,由大臣代居其位处理政务。

[36]颛(zhuān)政:谓独揽政权,专权用事。颛,通“专”。

[37]语出《汉书·霍光传》:“及光身死而宗族竟诛,故俗传之曰:‘威震主者不畜,霍氏之祸萌于骖乘。’”霍光拥立汉宣帝,本人功高震主,为后来的全家族灭埋下了祸根。骖乘(cān chéng),古代乘车时居右边陪乘的人。

［38］此两句写霍光一家骄恣。显，霍显，霍光妻。禹，霍禹，霍光之子。云，霍云，霍光侄孙。山，霍山，霍光侄孙。霍禹、霍云皆为中郎将，霍山为奉车都尉侍中，领胡越兵，霍女婿范明友、邓广汉为东西宫校尉，其他昆弟、诸婿、外孙皆为奉朝请、诸曹大夫、骑都尉、给事中。霍显毒杀皇后许平君。霍禹、霍云、霍山等人打算发动兵变，罢黜汉宣帝。后事情败露，霍云、霍山自杀，霍禹被腰斩，霍家一族遭到满门抄斩。

［39］此两句写霍家家奴的凶悍。相传，霍家家奴与御史大夫魏相家奴争道，霍氏之奴仗势强入御史府，欲蹋御史大夫门，魏相亲自叩头道歉后，霍家家奴才离开。

鸾　凤[1]

鸾凤当前宛转歌[2]，来时无那步凌波。婵娟一夜寒侵骨[3]，青女何心妒素娥[4]。

注　释

［1］自此以下3首录自《游丝之什》。《游丝之什》原收有5首，另两首《游丝》《长桥》见《长子诗》。《鸾凤》《子夜》又见《罗惠致学诗·华严之什》，作于壬戌年(1922)。

［2］鸾凤：鸾和凤的合称，比喻夫妻。

［3］婵娟：此处指明月。

［4］青女：我国古代神话传说中的降霜仙子。

陌　上

陌上豪家竞冶游[1],不知明日不知愁。香囊已挂红罗帐,绣被犹堆青翰舟[2]。侠客金弓银作弹,佳人玉笑锦缠头[3]。侵晨醉倒才扶去,辜负临春结绮楼[4]。

注　释

[1]冶游:野游,男女在春天或节日里外出游玩。后来亦用以指嫖妓。

[2]青翰舟:刻饰鸟形,涂以青色的小船。汉刘向《说苑·善说》:“君独不闻夫鄂君子晳之泛舟于新波之中也?乘青翰之舟。”

[3]锦缠头:古代歌舞艺人演毕,客以罗锦为赠,置之头上,谓之“锦缠头”。后又作为赠送妓女财物的通称。

[4]临春结绮楼:南朝陈后主至德二年(584),起临春、结绮、望仙三阁,瑰奇珍丽,穷极奢华,近古所未有。后主自居临春阁,张贵妃居结绮阁,龚、孔二贵嫔居望仙阁。

子　夜

说君恨君来，当门不敢开。要知相惜意，妾梦向阳台[1]。

注　释

[1]阳台：宋玉《高唐赋》开篇叙述楚王梦中与巫山高唐神女艳遇之事。神女去而辞曰："妾在巫山之阳，高丘之阻，旦为朝云，暮为行雨，朝朝暮暮，阳台之下。"后遂以"阳台"指男女欢会之所。

昔　在[1]

昔在五六岁，谓山高似天。如何一转眼，倏忽成少年。年华不可复，天高不可攀。盛年不努力，老大徒伤叹。

昔在五六岁，谓萤为星辰。星辰何皎皎，萤火何昏昏。远近生大小，苍茫淆似真。世路多崎岖，结交良苦辛。

注　释

[1] 自此以下32篇45首录自《昔在集》。

征人怨

东南有浮云，飘风吹向北。漠漠瀚海沙，萧萧旅行客。明月照征衣，思乡倍凄切。暮宿燕支山，朝登望乡台[1]。望乡乡不见，低头独徘徊。

徘徊何所思，思归未能归。对此明月光，忆昔别离时。阿母劝我行，弟妹牵我衣。旁人催上路，恋恋不能辞。哀哉林端乌，呜呜复凄凄。

注　释

[1] 望乡台：指古代久戍不归或流落外地的人为眺望故乡而登临的高台。

豫章行[1]

豫章多白杨，茎曲不能直。大匠弃不顾，樵者斧其侧。松柏生青山，千岁青不改。秋风振林木，此心固长在。

注　释

[1] 豫章：指今南昌地区一带。

相逢行

相逢在歧路,问君何处来?乘桴东海游[1],弱水沉蓬莱[2]。六鳌既已死,神仙同劫灰[3]。叹彼权贵儿,日暮金门开。堂上置清酒,鹦鹉黄金杯[4]。堂上罗珍羞,熊蹯与豹胎[5]。一旦失所倚,但为众人咍[6]。寄言城上草[7],西风又早催。

注　释

[1]乘桴:乘坐竹木小筏。语出《论语·公冶长》:“道不行,乘桴浮于海。”后用于避世遁隐之典。

[2]语出宋苏轼《金山妙高台》:“蓬莱不可到,弱水三万里。”弱水,泛指险而遥远的河流。

[3]此两句言六鳌既死,神仙亦无居处。六鳌,见甲集《练江吟》注[8]。

[4]语出唐李白《襄阳歌》:“鸬鹚杓,鹦鹉杯。百年三万六千日,一日须倾三百杯。”

[5]熊蹯(fán):熊掌。豹胎:豹的胎盘。均为珍贵的肴馔。

[6]咍(hāi):嗤笑。

[7]城上草:语出南朝宋刘俣《诗一首》:“城上草,植根非不高,所恨风霜早。”借草咏人,地位虽高,却经受不住风霜。

粲粲月中桂

粲粲月中桂，枝条犹世间。托根在天上，爰得嫦娥怜。木叶随风飞，飞飞上山巅。遥望东海旁，天水两茫然。明月相照耀，波澜发壮观。金银七宝台[1]，疑有古神仙。招我青云端，遗我九华丹[2]。便当相从去，千岁不复还。

注　释

[1]七宝台：即七宝楼台，传说中神仙所居之处。

[2]九华丹：一种仙丹。唐杜牧《和裴杰秀才新樱桃》："流年如可驻，何必九华丹？"

杂　诗

周处有气力，一日三害除[1]。岂谓我无力，蔓草不能锄。锄之复锄之，有田不可芜。积日成其大，偃卧何为乎？

注　释

[1]此两句写周处事。周处（242—297），字子隐，义兴阳羡（今江苏宜兴）人。周处年少时，凶强侠气，为乡里所患；又义兴水中有蛟，山中有白额虎，三者合称为阳羡城"三害"。周处自知为人所厌，遂幡然悔悟，斩杀虎、蛟，

改邪归正，拜师学文练武，这一来“三害”皆除。

愤书

古今诗人言，生死与别离。百年苦易促，会合难可期。人情所悲哀，诗人所摛辞[1]。而我岂宁是，学问常苦饥。饥来不得食，俯仰惟自知。自知复何益，年华不可追。父母抚育我，欲我岂如斯。昔我从南来，所志亦在兹。含泪出里门，一念不复悲。少年须阅历，为学当及时。及时复及时，而我竟酣嬉。酣嬉不知悔，壮志今尽灰。一心方学弈，一心鸿鹄飞[2]。鸿鹄既飞去，何当复飞回。心亦与之驰，形亦与之移。墨子悲素丝，杨朱悲路歧[3]。素丝随所染，路歧随所之。我今竟何染，我今竟何归？骏马志万里，鹏鸟归天池[4]。下士求衣食，闻道大笑之。一驰一折足，折足图再驰。一飞一折翼，再飞终自疑。自疑终自画，反袂泪涟而[5]。千夫交指摘，万夫同笑嗤。寄言众儿子，老成不可非。乌乎不可非，乌乎吾作诗。

注 释

[1]摛(chī)辞：铺陈文辞。

[2]此两句语出《孟子·告子上》。有两人跟“通国之善弈者”弈秋学习，“其一人专心致志，惟弈秋之为听；一人虽听之，一心以为有鸿鹄将至，思援弓缴而射之。虽

与之俱学，弗若之矣”。阐明不专心致志便学不好本领的道理。

[3]此两句语出《淮南子·说林训》：“杨子见逵路而哭之，为其可以南，可以北；墨子见练丝而泣之，为其可以黄，可以黑。”三国魏阮籍《咏怀诗》：“杨朱泣歧路，墨子悲染丝。”后以“杨朱泣歧路”表达对世道崎岖，担心误入歧途的感伤忧虑；以“墨子悲染丝”慨叹受习俗影响不能自拔。

[4]语出《庄子·逍遥游》：鹏鸟“海运则将徙于南冥。南冥者，天池也”。

[5]而：颊毛。

狡　童[1]

狡童佩芳蕙[2]，静女托微波[3]。凤鸟久不至[4]，吾生将奈何。蓬发无膏泽，蓬门怨绮罗[5]。亦知弹赵瑟[6]，三日不成歌。

注　释

[1]以下2首又见《罗惠致学诗·春游之什》，作于辛酉年(1921)。

[2]狡童：小滑头，美少年。语出《诗·郑风·狡童》。芳蕙：香草名。

[3]静女：文雅的姑娘。语出《诗·邶风·静女》。微

波:指女子的眼波。三国魏曹植《洛神赋》:“余情悦其淑美兮,心振荡而不怡。无良媒以接欢兮,托微波而通辞。”

[4]语出《论语·子罕》:“子曰:‘凤鸟不至,河不出图,吾已矣夫!’”

[5]蓬门:用蓬茅编扎的门。指穷人家。绮罗:华贵的丝织品或丝绸制品。这里指富贵妇女的华丽衣裳。唐秦韬玉《贫女》:“蓬门未识绮罗香,拟托良媒益自伤。”

[6]赵瑟:指瑟。因这种乐器战国时流行于赵国,渑池会上秦王又要赵王鼓瑟(见《史记·廉颇蔺相如列传》),故称。

独　行

独行在长道,相思心欲然。骄风激颓怀,斜日惨不圆。何当弃怜爱,淡尔归园田。姑射之仙人[1],告我冥极言[2]。汝生非汝有,托体皆自然。春兰与秋菊,代此谢华年。不如御云气[3],屈申随所安。

注　释

[1]此句指姑射(yè)山的仙人。语出《庄子·逍遥游》:“藐姑射之山,有神人居焉,肌肤若冰雪,绰约若处子。”

[2]冥极:佛教指悟道的最终境界。

[3]御云气:驾驭云雾。南朝梁高允生《王子乔行》:“晻暧御云气,飘飘乘长烟。”

寄梦初

一别两月余，音信未尝通。交深言始淡，相思千里同。沧浪有渔父[1]，掉舟入鸿蒙[2]。狂歌寄吾子，倩此东南风。

注　释

[1]语出屈原《渔父》。屈原被流放，在沧浪江边与渔父有一段对话，屈原认为"举世皆浊我独清，众人皆醉我独醒"，愿"葬于江鱼之腹中"，而不"蒙世俗之尘埃"。渔父笑而唱着歌"沧浪之水清兮，可以濯吾缨。沧浪之水浊兮，可以濯吾足"，"鼓枻而去"。

[2]掉舟：划船。宋林光朝《同鞠守游焦山》："尘土扬州懒回首，一闻风笛掉舟还。"鸿蒙：东方之野，谓日出之处。《淮南子·俶真训》："提挈天地而委万物，以鸿蒙为景柱，而浮扬乎无畛崖之际。"

西山村庐[1]

啬公所筑屋，乃在西山幽。无事对月饮，蓄旨为冬谋[2]。蓼藿任其生[3]，稻麦薄有收。此中春固好，风物亦宜秋。

三竿两竿竹，五亩十亩田。扑扑双白鹭，飞上樵夫肩。刺刺一青鱼，买来渔子船。夜中初睡醒，起看月西旋。

明日嘉客至，烹茶以饮之。客言沽酒未，主答有鸱夷[4]。少顷俟鱼熟，同斟不汝欺。盘中有余沥，童仆共熙熙。

注　释

［1］西山村庐：张謇在南通的故居之一。此篇后原有作者注：原五首忘后二首。

［2］语出《诗·邶风·谷风》："我有旨蓄，亦以御冬。"蓄旨，贮藏美好食品。

［3］蓼藿：蓼草与藿香，两种草本植物。《晏子春秋·内篇·问上》："晏子辞不为臣，退而穷处，堂下生蓼藿，门外生荆棘。"

［4］鸱夷：皮制的口袋，亦用以盛酒。

中秋从啬公泛舟

今夕复何夕，中流同泛舟。浮生与明月，相望两悠悠。李白高歌去，神仙不可求。乘桴空有意，东海问闲鸥[1]。

闲鸥自来去,烟波谁可邻。曹刘诗旷代[2],郭李是仙人[3]。明月三生约,秋星旧主宾。微霜翳天末,木叶落纷纷。

注　释

[1]闲鸥:即闲鸥野鹭,比喻退隐闲散之人。清龚自珍《水调歌头》:“贱子平生出处,虽则闲鸥野鹭,十五度黄河。”

[2]曹刘:“建安七子”中曹植与刘桢的并称。

[3]郭李:是东汉郭泰、李膺的并称。语出《后汉书·郭泰传》:“林宗(郭泰字)唯与李膺同舟而济,众宾望之,以为神仙焉。”

春　游[1]

惜花须及晨,行乐须及春。久雨忽而晴,缓步过前村。池塘春水绿,土屋茅茨新。遂至京观亭[2],前烈今如尘。大地皆荆棘,风流独晋人[3]。兴尽觅归路,谣歌自心辛。

我偕黄君登[4],文峰塔五层[5]。大江回天带,东奔入沧溟。江南大小山,起伏如云蒸。令我思仙人,衣袂天风生。天高春更寒,山高云自扃[6]。日落不归去,长堤暮烟横。

土山不足奇，清游遣长日。行行陇亩间，麦苗渐郁郁。田夫祝年熟，稚子抱牛膝。勿谓此间俗，此间真诗窟[7]。程君求我诗[8]，我诗不敢出。何者为真宰，乃造成万物。不尽亦不住，自然有天律。吾将混形神，浩然以归一。

泛舟河中流，日午春融融。江君揎拳袖[9]，撑篙立东风。我虽不习水，兴会相与同。举头四顾望，好景舒心胸。春草渐渐绿，春花渐渐红。颇闻南山上，游者多如蜂。俗尘三十丈，何处见山容。谈笑未有已，放舟任所从。

春阴既数日，久处意不欢。驾言游港上[10]，一望江天宽。轻云如墨水，江波静无澜。天地不相似，真美各异观。园中桃李花，春风幸未阑。少壮能几时，相对为长叹。但看东流水，滔滔去不还。

注 释

[1]此5首又见《罗惠致学诗·春游之什》，题为“春游杂诗五首”，作于辛酉年(1921)。

[2]京观亭：位于南通城南入城山路中段，建于1917年，“文革”中被毁，1982年重建。亭下土墩中部镶嵌着一石刻，上书“倭子坟”三字，相传为埋葬倭寇遗尸的坟地。此处原为明代烽火台，俗称“烟墩”，为倭寇来时报警之用。附近原有明嘉靖年间抗倭英雄曹顶墓和曹公祠。

张謇为曹公祠撰楹联一副："匹夫犹耻国非国，百世以为公可公。"曹公祠于1965年拆除。

[3]此句指魏晋时代风流名士们崇尚自然、超然物外，率真任诞而风流自赏的风度，其中包括青年才俊何晏、王弼，竹林名士嵇康、阮籍，以至名相谢安等。

[4]黄君：疑指黄淬伯（1899—1970），原名荦书，字卓群，江苏南通人。语言学家。曾从张景云学过诗，其时在南通任教。

[5]文峰塔：位于南通市城区东南古运盐河畔，城区东南濠河畔，始建于明万历年四十年（1612）。

[6]扃（jiōng）：从外面关门的门闩。此处意指门户。

[7]诗窟：旧时文人墨客谓写诗创作之地。

[8]程君：程育陵，作者同事。作者曾为程育陵的诗作序，见附录二《程育陵诗序》。

[9]江君：江汉罗，作者同事。20世纪30年代作者在沪重遇江汉罗，有赠诗，见乙集《赠江汉罗》。

[10]驾言：语出《诗·邶风·泉水》："驾言出游，以写我忧。"后用以指代出游，出行。此处谓驾舟。

海滨

海滨有沤鸟[1]，忘机啄石沙[2]。夜深潮忽到，惊起入人家。

注　释

[1]沤鸟：即鸥鸟。语出《列子·黄帝》："海上之人有好沤鸟者，每旦之海上，从沤鸟游，沤鸟之至者百往而不止。其父曰：'吾闻沤鸟皆从汝游，汝取来，吾玩之。'明日之海上，沤鸟舞而无下也。"

[2]忘机：道家语，意为消除机巧之心。常用以指甘于淡泊，忘掉世俗，与世无争。

哀宋渔父[1]

举世人皆醉，何为我独醒[2]。哀哀湘水远，剩有楚歌声。

注　释

[1]宋渔父：宋教仁(1882—1913)，字遁初，号渔父，湖南桃源人。民主革命先行者、中华民国的主要缔造者，民国初期第一位倡导内阁制的政治家。1913年被暗杀于上海。

[2]此两句语出屈原《渔父》："举世皆浊我独清，众人皆醉我独醒。"

秋　夜

秋夜凉，秋鸿伤，一声一声愁断肠。马蹄得得空山霜。远天近雾翳残月，游子天涯思故乡。

萤火谣

火萤虫，点点亮，金街飞转银街上。胡马到杭州，肥牛耕大丘。八月钱塘潮水向西流。火萤虫，火萤愁。

咏　马

长安贵游子[1]，春风大堤上。玉辔金鞍何煜爚[2]，可怜骏骨气沮丧。马志在千里，而徒供娱玩。塞上烟尘飞，踯躅发长叹。语君且勿叹，驽骀幸安散[3]。

注　释

[1]语出明周是修《述怀》十四："长安贵游子，走马事豪奢。"

[2]煜爚(yuè)：光辉灿烂，光耀。汉辛延年《羽林郎》："银鞍何煜爚，翠盖空踟蹰。"

[3]驽骀(tái)：劣马。《楚辞·九辩》："却骐骥而不乘兮，策驽骀而取路。"

对　月

少年十六十七时，欲乐不乐胡所为。夜寒深念三叹息，栖乌惊起哑哑啼[1]。古树森然绝生意，微风影动霜落枝。人间子云不并世[2],茫茫来者知谁知。

注　释

[1]语出唐李白《乌夜啼》:“黄云城边乌欲栖,归飞哑哑枝上啼。”

[2]子云:扬雄(前53—18),字子云,蜀郡成都(今属四川)人。西汉著名辞赋家。

春风曲

欢之来兮春风生,罗裳扬兮花鸟惊。目流光兮巧笑[1],就余室兮诱余行。礼不媒兮情不禁,与欢期兮桑之阴。月既上兮人静,不见欢兮泪沾襟。非松柏兮焉贞,非石泉兮焉洁。揽桑柔兮谓欢袪[2],欲去之兮心苑结。乐莫乐兮新知,悲莫悲兮生别。颜色故兮好情怀,庶坠欢之终不绝[3]。

注　释

[1]语出《诗·卫风·硕人》:“巧笑倩兮,美目盼兮。”形容女子妩媚之态。

[2]桑柔:桑树的嫩叶。

[3]坠欢:谓失去的欢爱。

哀卖布人[1]

江南卖布人,含泪到江北。有田没水中,有子啼饥不得食。有妻买麻织夏布,一日五丈无卖处。先生可怜我,价钱从给与。哀哉卖布人,斯语泪中血缕那可数?昨日喧传交易所,某甲某乙竞烟鹜[2],千金万金得之一朝暮。

注　释

[1]此诗又见《罗惠致学诗·春游之什》,作于辛酉年(1921)。

[2]烟鹜:犹云集。竞烟鹜,谓为拍卖时竞相提高价格之意。

读温庭筠诗[1]

古思如缕穿金针,绮才如梦惊暮砧[2]。残月多情未西落,春花微颤春风深。玉谿艰涩香奁薄[3],余怀渺渺谁追索[4]。美人高楼织绮黄,停纻无言愁夜长。

注　释

[1]温庭筠(?—866):原名岐,子飞卿,太原祁(今山西祁县)人。诗风清丽,与李商隐并称“温李”。

[2]暮砧(zhēn):傍晚捣衣的砧声。砧,捣衣石。用以表现征人离妇、远别故乡的惆怅情绪。唐杜甫《秋兴八首》其一:“寒衣处处催刀尺,白帝城高急暮砧。”

[3]玉谿:指李商隐(812—858),字义山,号玉谿生。荥阳(今属河南)人。诗作想象丰富,语言优美,喜用典故,不免流于晦涩。香奁:指韩偓的《香奁集》。《香奁集》多写男女之情,风格纤巧。韩偓(842—923),字致光,号致尧。陕西万年县(今陕西西安)人。李商隐姨侄。

[4]余怀渺渺:意思是我的心思飘得很远很远。宋苏轼《前赤壁赋》:“桂棹兮兰桨,击空明兮溯流光。渺渺兮予怀,望美人兮天一方。”

杂　歌[1]

娇来秉烛照明月,桂影团团不堪折。欲感郎心故艳歌,虫啮桃根奈李何[2]。李不僵,春正长。烛似妾,月似郎;郎有心,月有阴。郎心去,妾心苦;郎心回,妾泪尽兮烛成灰。

注　释

[1]此诗又见《罗惠致学诗·春游之什》,作于辛酉年(1921)。

[2]语出宋郭茂倩《乐府诗集·鸡鸣》:“桃生露井

上,李树生桃傍。虫来啮桃根,李树代桃僵。树木身相代,兄弟还相忘!”原比喻兄弟互相爱护互相帮助。后转用来比喻互相顶替或代人受过。

锦瑟

锦瑟商音一再陈[1],那堪风雨妒芳尘。早知素女无多泪[2],况复黄姑见谪身[3]。湘水听来人不见,天风吹下梦疑真。与君试望新丰道[4],断柱残弦哭绮春。

注释

[1]锦瑟:《周礼乐器图》:“雅瑟二十三弦,颂瑟二十五弦,饰以宝玉者曰宝瑟,绘文如锦者曰锦瑟。”商音:五音之一。亦指旋律以商调为主音的乐声,其声悲凉哀怨。

[2]素女:古代传说中的神女。其以音乐造福生灵万物,是第一位出现在中国文学史上的操琴女乐师形象。

[3]黄姑:牵牛星。《玉台新咏·歌辞之一》:“东飞伯劳西飞燕,黄姑织女时相见。”

[4]新丰道:唐储光羲《过新丰道中》:“西下长乐坂,东入新丰道。雨多车马稀,道上生秋草。”新丰,汉代县名,今属陕西西安市临潼区。

蓬　山[1]

蓬山流极毒群仙[2]，海上秋风又万年。秦女自骑红尾凤[3]，齐宫空咽绿绫蝉[4]。传词郭密无来信[5]，写韵文箫有旧缘[6]。愿骋天飞临弱水，寒篁重合玉京烟[7]。

注　释

[1]此诗后原有注："右二首(指《锦瑟》《蓬山》)次泫然韵，曾托名载《申报》。"据赵鹏先生考证，以徐寄轩名发表于1920年11月1日《申报》。

[2]蓬山：即蓬莱山。古代传说为仙人所居的渤海中五山之一。五座山经常随着潮水波涛上下颠簸，来回漂流。仙圣们为之苦恼，向天帝诉说。天帝唯恐这五座山流向西极，使仙圣们失去居住之所，便派十五只巨大的海龟抬起头来，把大山顶住。(见《列子·汤问》)流极：流放，去向。

[3]语出唐温庭筠《晓仙谣》："秦王女骑红尾凤，半空回首晨鸡弄。"典故出自刘向《列仙传·萧史》："萧史者，秦穆公时人也。善吹箫，能致孔雀、白鹤于庭。穆公有女，字弄玉，好之。公遂以女妻焉。日教弄玉作凤鸣。居数年，吹似凤声，凤凰来止其屋。公为作凤台。夫妇止其上，不下数年，一旦皆随凤凰飞去。故秦人为作凤女祠于雍宫中，时有箫声而已。"

[4]杜秋娘为唐漳王李凑的"傅姆",后漳王被远贬,杜秋娘遂被放归金陵。齐宫:李凑死后追赠齐王,故曰齐宫。绿緌(ruí):源自唐杜牧《杜秋娘诗》:"燕禖得皇子,壮(即李凑)发绿緌緌"。緌,即冠缨。蝉:古代的一种薄绸,薄如蝉翼。

[5]郭密(939—996):贝州经城(今河北威县)人。躯干雄伟,膂力绝人。宋太宗即位后,曾领兵驻贝州、灵州,会夏人寇边。夏人畏服,边境赖以宁谧。

[6]写韵文箫:唐裴铏《传奇·文箫》载:唐大和末书生文箫在钟陵西山遇仙女吴彩鸾,互相爱慕,彩鸾吟诗有"若能相伴陟仙坛,应得文箫驾彩鸾"一句,遂结为夫妇。文箫家贫,彩鸾每天写韵书一部,让文箫售以度日。居十年,各跨一虎飞升。

[7]寒簧:仙女名,偶因一笑下罚人间。明叶绍袁《午梦堂集·续窈闻记》:"寒簧偶以书生狂言,不觉心动失笑,实则既一现后即已深悔,断不愿谪人间行鄙亵事。然上界已切责其七笑,故来;因复自悔,故来而不兴合也。"玉京:天帝所居之山。

论　诗[1]

满地词人落叶飞,不名感慨不名诗。可怜中晚销魂甚[2],岂是河山异昔时。

注　释

[1]另一手稿此诗题名为“满地”。

[2]中晚销魂：中晚指唐诗分期的中唐和晚唐，此时诗歌风格多注重用词清丽工整，内容则多抒绮丽幽密之情怀，故有“销魂”一说。

赠程尼泽[1]

苦忆江南青菜肥，夕阳红树晚秋时。而今同是他乡客，惟有归心逐雁飞。

注　释

[1]程尼泽：安徽歙县人。

宿歙县城

开门对雪惊朔风，美人何处江之东[1]。忽闻江西珮环响，江波淼淼难相从。

梅花有枝雪压之，天人姿态不沾泥。可怜爱汝翻成妒，一夜东风竟不归。

我本乡人曾读书，曾为侍女缀明珠。曾经弱水到群玉[2]，剩有尘心媵白鱼[3]。

注　释

[1]语出元杨维桢《题二乔观书图》:“乔家二女双芙蓉,一代国色江之东。”

[2]群玉:群玉山,传说中西王母的居处。《穆天子传》:“天子北征,东还,乃循黑水。癸巳,至于群玉之山……四彻中绳,先王之所谓策府。”郭璞注:“言往古帝王以为藏书册之府。”后遂用以指帝王珍藏图籍之所。唐李白《清平调》:“若非群玉山头见,会向瑶台月下逢。”

[3]媵(yìng):古时指随嫁。白鱼:指蟫鱼,即书籍中的蠹虫。此句的意思是说自己现在做了书生,不能摆脱尘心,只能与书虫相伴。

深　院[1]

深院秋风鬼捣衣[2],参辰欲没未明时[3]。谁家少妇残荷下,唱我春江月夜诗[4]。

注　释

[1]此诗又见《罗惠致学诗·春游之什》,作于辛酉年(1921)。

[2]捣衣:古代服饰民俗。即妇女把织好的布帛,铺在平滑的砧板上,用木棒敲平,以求柔软熨帖,好裁制衣服,称为“捣衣”。唐代潘庭坚作古琴曲《捣衣》,表现了妇女对远方亲人的思念之情。

[3]参辰：参星和辰星，分别在西方和东方，出没各不相见。辰星也叫商星。因用以比喻彼此隔绝。

[4]春江月夜诗：即春江花月夜，本乐府吴歌曲名。为南朝陈后主（叔宝）所作，隋炀帝杨广与唐张若虚、温庭筠等并拟作曲词，今存《乐府诗集》中。后常用以泛指良辰美景。

寄吴云卿

海风和雨湿梅花，千里春愁独自嗟。但愿行人别时泪，化为双燕傍君家。

晨　起

湿云漫漫晓气清，庭花含雨若含情。可怜松柏无颜色，不与榆杨斗早青。

绝　句[1]

肠断秣陵天已秋[2]，娥眉嫉妒何时休[3]。可怜燕支好颜色[4]，却与吴娘争莫愁[5]。

钱刀难买舞袖长，美人心死中山王[6]。载石一车向何处，怪底城中笑孟阳[7]。

微波织就千丝网[8]，网尽吴宫不肯归[9]。试向乌衣问王谢，岂有空梁落燕泥[10]。

注 释

[1]此3首又见《罗惠致学诗·春游之什》，作于辛酉年(1921)。这3首诗是咏南京风物的。

[2]秣(mò)陵：南京古称。清王士禛《秦淮杂诗》："年来肠断秣陵舟，梦绕秦淮水上楼。"

[3]娥眉嫉妒：语出屈原《离骚》："众女嫉余之蛾眉兮，谣诼谓余以善淫。"

[4]燕支好颜色：见甲集《咏史》注[23]。

[5]吴娘：指吴地美女。莫愁：相传南齐时，有洛阳少女莫愁，嫁江东富户卢家，移居南京石城湖畔。

[6]中山王：即明初名将徐达(1332—1385)，封魏国公，死后，追封中山王，谥"武宁"。徐达不贪女色，史载其"封姑苏之府库，置胡宫之美人财货无所取，妇女无所爱"(焦竑《献征录·魏国公徐公达》)。

[7]此两句典出南朝宋刘义庆《世说新语·容止》："潘岳妙有姿容，好神情。少时挟弹出洛阳道，妇人遇者，莫不连手共萦之。左太冲绝丑。亦复效岳游遨，于是群妪齐共乱唾之，委顿而返。"刘孝标注引《语林》曰："安仁至美，每行，老妪以果掷之，满车。张孟阳至丑，每行，小儿以瓦石投之，亦满车。"孟阳，指西晋文学家张载，字孟阳。

[8]千丝网：语出唐李商隐《病中早访招国李十将军遇挈家游曲江》："莫将越客千丝网，网得西施别赠人。"

[9]吴宫：指春秋时吴王夫差的宫室。

[10]此两句语出唐刘禹锡《乌衣巷》："朱雀桥边野草花，乌衣巷口夕阳斜。旧时王谢堂前燕，飞入寻常百姓家。"乌衣巷位于南京夫子庙南，三国时吴国戍守石头城的部队营房所在地。当时军士都穿着黑色制服，故以"乌衣"为巷名。后又成为东晋王导、谢安等豪门大族的住宅区。唐以后败落。

东舒公寝庙诗[1]

明明我祖，豫章之后。唐之忽矣，遂怀于歙[2]。徂哉维葛[3]，载陟载降[4]，载荒载业。爰及朱女[5]，时服时庶，时居时处，时笑时语。绳绳绪绪[6]，子孙保之。

缵厥十三世，辟王之命[7]。聿昭厥德[8]，聿宜厥姓[9]。秀则毒之[10]，佻则笃之[11]，庸则循之。谱之伦之，是以群之，是以喜之。维善是喜[12]，维谌维履[13]，子孙保之。

诞矣[14]，宗功苗裔孙[15]。不忘元祖庙矣[16]，肆懋懋思序[17]。乃揆其方[18]，乃卜乃臧[19]，乃屈乃将[20]，乃救乃强。烝烝皇皇[21]，翼翼伉伉[22]。肇禴肇祠[23]，肇蒸肇尝[24]，惟中丞公俶之[25]。

粤南有奸[26]，祸戾我室[27]。我室既亏，我祊厉厉[28]，我垣垝垝[29]，我桴亟亟[30]。肃为敇敇[31]，庶几在昔[32]。神降嘉祉，万福无极。

嘉荐令芳[33]，神降是飨[34]。孝孙有庆[35]，钟鼓克谐[36]。神降是侑[37]，孝孙受祉[38]。孝孙允恭[39]，有秩其颂[40]。其仪孔丰[41]，式祔式从[42]，祖妣攸同[43]。

於乎不显[44]，烈祖休德[45]，自古在昔。秉善不射，秉德不替。其宫殖殖[46]，其奥侐侐[47]。执事备矣，说豫有常[48]，既貉有康[49]。康我烈祖，维善维德。杳杳冥冥[50]，熿熿亲亲[51]，孝哉维孝，邦族之祯[52]。

注　释

[1]此6首录自《昔在集·附一》，是1923年为呈坎罗东舒祠修缮所作。罗东舒祠位于安徽省黄山市徽州区（原属歙县）呈坎村内，是黄山罗氏一支的祠堂，纪念罗氏第十三世祖罗荣祖（号东舒）。罗荣祖，宋末元初著名学者，不仕元，"时贤称其高致，谥曰'贞靖先生'"（民国《歙县志·人物志》）。该祠现为全国重点文物保护单位。

[2]怀：归向。歙：歙州。此四句是说，呈坎罗姓原居豫章（今南昌一带），唐末因避黄巢之乱迁来歙州。

[3]徂（cú）：过去，逝。葛：通"盖"，掩覆。维：文言

助词，无实义。

[4]载：语助词，乃，于是。

[5]爰：句首语气词。以下四句是介绍先祖迎娶朱氏女以后家庭生活的状态。

[6]绳绳：众多貌；绵绵不绝貌。绪绪：同“絮”，比喻多而连绵不断。

[7]此二句意思是：继之十三世祖罗东舒，逃避王命而不入仕。缵（zuǎn），继也。厥，其，他的，那个的。辟，古同“避”，躲，设法躲开。

[8]聿（yù）：古汉语助词，用在句首或句中，无实义。《诗·大雅·文王》：“无念尔祖，聿修厥德。”

[9]姓：子孙之通称。

[10]毒：与下文“笃”同韵同义。

[11]笃：固厚。

[12]善：通“缮”，修治。

[13]谌：真诚，忠诚。履：执行，实行。

[14]诞：大。

[15]宗：祖先。

[16]元祖：高祖的祖父，这里指罗东舒。主持修缮罗东舒祠的是二十二世祖罗应鹤，十三世祖罗荣祖（号东舒）为其元祖。

[17]肆：尽、极、尽力的意思。懋懋：欲知之貌。

[18]揆：度量。

[19]卜:选择,推断。臧:储积,收藏。

[20]屈:假借为“崛”,高起,突出。将:供养,奉养。

[21]烝(zhēng)烝皇皇:美盛貌;兴盛貌。《诗·鲁颂·泮水》:“烝烝皇皇,不吴不扬。”

[22]翼翼:庄严雄伟貌。伉伉:刚直貌。

[23]禴(yuè):古代指夏祭。祠:春祭,品物少,多文词。

[24]蒸:同烝,冬祭。尝:秋祭。

[25]中丞公:指二十二世祖罗应鹤,曾任大理寺左丞,他主持修缮罗东舒祠。俶(chù):作,建造。

[26]粤南有奸:此指1279年张弘范率元军攻宋于厓山,丞相陆秀夫负幼主赵昺沉海殉难。厓山,今广东新会南。

[27]戾(lì):至,到。

[28]祊(bēng):古代称宗庙之门,亦指宗庙门内设祭的地方。厉厉:寒风猛烈貌。

[29]垝(guǐ)垝:倒塌。

[30]桴:房屋的次栋,即二栋。

[31]敕(chì)敕:同“饬饬”,整顿。

[32]庶几:指贤人。《易·系辞下》:“颜氏之子,其殆庶几乎。”颜氏之子,指颜回。后因以“庶几”借指贤人。

[33]语出《仪礼·士冠礼》:“醴辞曰:‘甘醴惟厚,嘉荐令芳。’”郑玄注:“嘉,善也;善荐,谓脯醢。芳,香也。”

[34]飨:祭祀。

[35]语出《诗·小雅·楚茨》:"孝孙有庆,报以介福,万寿无疆。"孝孙:祭祖时对祖先的自称。

[36]语出唐李宪《让兼领太常卿表》:"吹庭钟鼓,克谐谢于昔人。"

[37]侑(yòu):古同"宥",宽赦。

[38]受祉:接受天地神明的降福。

[39]允恭:信实而恭勤,

[40]有秩:博大,无穷。

[41]孔:很。

[42]式:句首语气词,无实义。祔(fù):祭名,原指古代帝王在宗庙内将后死者神位附于先祖旁而祭祀。

[43]祖妣:男女祖先。攸:语助词,无义。

[44]於乎:同"呜呼"。感叹词。不显:犹英明,大显。不,同"丕"。

[45]烈祖:指建立功业的祖先,对远祖的美称。休:美好。

[46]殖殖:平正貌。《诗·小雅·斯干》:"殖殖其庭。"

[47]奥:指房屋的西南角。古时祭祀设神主或尊者居坐之处。侐(xù)侐:清静;寂静。

[48]说豫:喜悦欢乐。说,同"悦"。

[49]既:吃罢,吃过。貉(mà):通"祃",古代军中

祭名。

[50]杳杳:幽远貌。冥冥:幽暗深远。

[51]熯(rǎn)熯:恭敬。亲亲:亲属,亲戚。

[52]祯:吉祥。

将　军[1]

将军数奇心亦奇[2],白发不减青年时。夜宿西厓闻虎啸,梦醒剑动作龙飞。乘风嚼冰过沙漠,不见猛虎但见胡儿。寒风透骨霜满甲,不杀单于誓不归。郅支呼韩在何许[3],丑虏纷纷何足数[4]。剑光带血腥模糊,洒向穹庐作红雨。于嗟乎!武刚车下逐单于[5],鄣虏军前闻将令[6],将军休怨无天命。有姊不作汉宫妃[7],有身不是平阳郑[8],而今落拓将谁竞?可知程李俱良家[9],终让卫青霍去病[10]。

注　释

[1]自此以下2首录自《昔在集·附三》。

[2]数奇:指命运不好,遇事多不利。《史记·李将军列传》:"大将军青亦阴受上诫,以为李广老,数奇,毋令当单于,恐不得所欲。"

[3]郅支(?—前36):名呼屠吾斯,匈奴分裂为南北两部之后的北匈奴第一代单于。呼韩:汉时匈奴单于呼韩邪的省称。

[4]丑虏：对敌人的蔑称。

[5]武刚车：古代战车名。最先用它的是大将军卫青。《史记·卫将军骠骑列传》："于是大将军（卫青）令武刚车自环为营，而纵五千骑往当匈奴。"

[6]鄣：古地名。东汉属凉州陇西郡（今甘肃漳县）。亦泛指边塞地区。

[7]此句指卫青的姐姐卫子夫被汉武帝选入宫中，后立为皇后，卫青也被召到建章宫当差。后在巫蛊之祸中，卫子夫母子（即废太子刘据）遭江充等陷害，自杀。

[8]平阳郑：即卫青（？—前106），河东平阳（今山西临汾）人，他是其母卫媪与郑季的私生子，故称平阳郑。

[9]程李：程不识与李广的合称。两人均出身名门，同为西汉名将，李广为未央卫尉，程不识为长乐卫尉。

[10]卫青霍去病：卫青、霍去病舅甥俩都是汉武帝时期抗击匈奴的名将。

夜中不寐听风声入户

暴风翻天如怒潮，山排海立天为摇。世界一粟难坚牢，将身浑欲天外逃。窗棂格格方怒鏖，噤如蝼伏不敢号[1]。张眼昏黑何时朝，冥冥一堕将安巢。直疑混沌解天韬，不然或者龙蛇妖。上之重天下九皋[2]，一气嘘吸成狂飙。扬簸万命若鸿毛[3]，又或天厌词人豪。排门纷如租吏敲[4]，收拾吟魄还刁骚[5]。人生百忧来煎熬，九州何处歌乐郊[6]。纷纷环境皆风涛，不如静定驱烦嚣。出乎人人天超超，我佛不言低眉笑。风云大陆有时消，一卧不知白日高。

注 释

[1]蠖(huò)伏：如尺蠖之屈伏。比喻人不得志。

[2]九皋：深远的水泽淤地。出自《诗·小雅·鹤鸣》："鹤鸣于九皋，声闻于野。"

[3]扬簸：反复播动扬去谷物中的糠秕杂质。

[4]排门：推门。

[5]吟魄：诗人的精神。刁骚：头发稀落貌。

[6]乐郊：犹乐土。《诗·魏风·硕鼠》："逝将去女，适彼乐郊。乐郊乐郊，谁之永号。"

徒相逢[1]

相逢分道去，不如不相逢。今日蜂恋花，他时花恋蜂。

相逢亦大难，如此殊可惜。如何明月下，背我向花立。

欢似墙角梅[2]，侬似篱边菊[3]。一语垂泪道，与汝俱孤独。

西陵有松柏[4],好系紫游缰[5]。孤独不相怜,鞍马自悠扬。

卷施无心草[6],梧桐连理枝[7]。回黄复转绿,新衣换故衣。

注　释

[1]此5首录自《罗惠致学诗·湘水之什》,作于壬戌年(1922)。

[2]欢:古时女子对所恋男子的爱称。墙角梅:语出宋王安石《梅花》:"墙角数枝梅,凌寒独自开。"

[3]篱边菊:语出唐僧皎然《寻陆鸿渐不遇》:"近种篱边菊,秋来未著花。"

[4]语出南朝齐苏小小《钱塘苏小小歌》:"何处结同心,西陵松柏下。"

[5]语出唐段成式《柳枝词》:"公子骅骝往何处,绿杨堪系紫游缰。"游缰:马缰绳,借指出游的车马。

[6]语出《尔雅·释草》:"卷施草,拔心不死。"卷施,亦作"卷葹",草名,又名"宿莽"。

[7]此句语出唐白居易《长恨歌》:"春风桃李花开日,秋雨梧桐叶落时。……在天愿作比翼鸟,在地愿为连理枝。"用植物来比喻伴侣关系。

《遵大路》六章[1]

《遵大路》,郑风也。宋玉赋云:“遵大路兮揽子祛,赠以芳华辞甚妙。”[2]余本其意重著一篇。

遵大路兮,掺执子之祛兮[3]。虽有绘事,不先素兮[4]。虽有新衣,不寁故兮[5]。愿言偕老,无我恶兮[6]。

遵大路兮,掺执子之手兮[7]。赠子芳华,颜色好兮。赠子杂佩,德音茂兮[8]。愿言相守,无我魗兮[9]。

遵大路兮,谓子无行兮。岁聿云暮[10],北风凉兮。盟誓不渝,皎日明兮。愿言少俟,无我忘兮。

遵大路兮,被垢蒙羞[11]。子行绝袪,莫我肯留。莫我肯留,岂无他人。秉心不贰,终怀苦辛。

遵大路兮,被垢蒙耻。子行永迈,不念昔时。不念昔时,终远兄弟。感彼飞鸳,泪下如水。

昔子我谋,好我如饴。不日不月,弃我如遗。灼灼朱颜[12],其云易衰。愿言不获,泪下如丝。

注　释

[1]以下5篇10首录自《罗惠致学诗·遵大路之什》，作于癸亥年(1923)。《遵大路》是《诗·郑风》的一首诗。

[2]此句引自楚宋玉《登徒子好色赋》："臣观其丽者，因称诗曰：'遵大路兮揽子袪，赠以芳华辞甚妙。'"

[3]此两句语出《诗·郑风·遵大路》。遵，循，沿着。掺(shǎn)，执持。袪(qū)，衣袖。

[4]此两句语出《论语·八佾》："子曰：'绘事后素。'"意为先有白色底子，然后绘画。绘，画。素，白。

[5]不寁(zǎn)故：不要迅速离开故人。寁，迅速。故，故人，旧情。

[6]无我恶兮：不要厌弃我。无，勿，不要。恶，厌恶。语出《诗·郑风·遵大路》："无我恶兮，不寁故也。"

[7]此两句语出《诗·郑风·遵大路》。

[8]杂佩：连缀在一起的各种佩玉的总称。《诗·郑风·女曰鸡鸣》："知子之来之，杂佩以赠之。"德音：善言。有德者之言。《诗·邶风·谷风》："德音莫违，及尔同死。"

[9]无我魗(chǒu)兮：不要嫌我丑。魗，厌恶，嫌弃。古同"丑"。语出《诗·郑风·遵大路》："无我魗兮，不寁好也。"

[10]岁聿云暮：指一年将尽。语出《诗·唐风·蟋蟀》："蟋蟀在堂，岁聿其莫(暮)。"

[11]语出《越人歌》："蒙羞被好兮，不訾诟耻。"(刘

向《说苑·善说》)意思是:只要能与王子相好,我就不在乎别人的责骂耻笑。被,即被好,遇到相好。诟,责骂。蒙羞,感到害羞。

[12]灼灼:火红而鲜艳。《诗·周南·桃夭》:“桃之夭夭,灼灼其华。”

扬州绿杨村[1]

一湾流水绿杨村,几度游人送夕曛[2]。今日湖山真薄命,伤春无复杜司勋[3]。

注　释

[1]绿杨村:在扬州北城河的河畔,“绿杨城郭”在清乾隆间为北郊二十四景之一,后败落。

[2]夕曛(xūn):落日的余辉,又指黄昏。

[3]杜司勋:即杜牧(803—852),字牧之,号樊川居士,京兆万年(今陕西西安)人,晚唐杰出诗人、散文家。曾任司勋员外郎等职。唐李商隐《杜司勋》:“刻意伤春复伤别,人间惟有杜司勋。”

角斜道中阻雨宿田家[1]

田蛙閤閤鸣,侧枕不能听。零雨一宵梦,荒原万古情。云昏如恨积,草蔓似愁萦[2]。明日长堤路,污泥那得平。

注　释

[1]此诗又见散页手稿，题为“雨宿田家”。角斜为地名，现属江苏海安县，当时属东台。

[2]《雨宿田家》中此两句为“征云如恨积，蔓草似愁萦”。

明日端阳矣[1]

报怨剑三尺，酬恩泪一双。明朝志不遂，慷慨汨罗江。

注　释

[1]此诗又见散页手稿，题为“杂诗”。

奉赠杨藩周丈

屡过谈不厌，南音自欢然[1]。鄙陋受规益，高义中心镌。世乱知何极，君子洁身先。才智出群伦，骄吝无可观。况乃昏夜中，龌龊以为贤。蜉蝣与蕣华[2]，旦暮真可怜。袁公诚健者[3]，白首宁自全。捭阖在一时[4]，非分能久干。如何京城内，竖子又弹冠[5]。挥霍恣贪婪，人面无愧惭。庸碌不自惜，益为傀儡牵。嗟兹千古辙，后者不念前。赫赫吴将军[6]，雄图略中原。西南构斗争[7]，江左相携连[8]。临城与应城[9]，乃在肘腋间。关外方沉偾[10]，强邻日眈眈[11]。乌乎何为耳,重苦吾小民。小民若懦弱,水激会成湍。诸公纵自毙,国体亦不完。所以宏达人,忧思乱其端。礼义为华实,廉耻为本根。不贪国自均,不残民自安。匹夫树风气,一士回狂澜。信道苦不诚,处贫宁足患。丈夫百世后,相期在简编。雄谈快被酒,炉灶生茶烟。

注　释

[1]南音:南方口音;南方音乐。

[2]蕣(shùn)华:即木槿花,朝开暮谢。与“蜉蝣”同是形容生命之短暂。

[3]袁公:指袁安(? —92),字邵公,汝南汝阳(今河南商水)人。东汉大臣。此指“袁安高卧”一典,意为身处困穷仍坚守节操的行为。晋陶渊明《咏贫士七首》之五:“袁安困积雪,邈然不可干。”

[4]捭阖(bǎi hé):开合。《鬼谷子》:“捭之者,开也,言也,阳也。阖之者,闭也,谋也,阴也。”本为战国时纵横家分化、拉拢的游说之术。后亦泛指分化、拉拢。

[5]弹冠:弹去冠上的灰尘;整冠。又指为官。此两句及以下4句指1923年国会议员受贿选举曹锟为总统一事。

[6]吴将军:指吴佩孚(1874—1939),字子玉,山东蓬莱人。北洋军阀首领之一。其画像出现在1924年9月8日美

国《时代》杂志的封面上。题为“吴将军”“中国最强者”。

[7]此句指1922、1923年间西南军阀唐继尧与顾品珍间的争斗。

[8]此句指1924年的江浙战争。

[9]临城:指1923年5月发生在山东省境内的临城劫车案,以孙美瑶为首的土匪制造的火车旅客绑架案,是一起严重的涉外事件。应城:指吴佩孚所部驻扎在湖北应城。

[10]此句指1922年4月,第一次直奉战争爆发。直军胜,奉军败退关外,吴佩孚成为北洋军阀的首要人物之一,操纵政局。

[11]此句指日本对我国东北的觊觎。

九　死[1]

生不择时,死必择时。水流花开,不死何为。今日如此,明日复然。饥寒迫人,百忧来煎。朝逐车尘,暮随马足[2]。东西寄食,有泪如粟。秋风飒然,叶落空山[3]。山石嶙峋,我独衣单。衣单尚可,避债何处?出出入入,中心如醉。作直杀人[4],古人灌灌[5]。直道不信[6],直钱不活[7]。去日苦短,来日苦多。负人负己,如何如何。为亲人惘,为越人笑[8]。天运若此,不如无告。涕溅一身,世界沧海。不先不后,生我父母。

注 释

[1]此诗录自散页手稿。

[2]此两句即“车尘马足”,指车马奔波。亦喻人世俗事。

[3]此两句语出宋寇准《秋兴呈裴李二同年》:“秋兴逐凉吹,飒然驱烦襟。人悲故乡远,叶落空山深。”

[4]作直杀人:作直,谓以直道立身行事。有人劝说晋代傅咸要明哲保身,咸复书曰:“卫公有言:‘酒色杀人,甚于作直。’”

[5]灌灌:犹款款,情意恳切貌。《诗·大雅·板》:“老夫灌灌,小子蹻蹻。”

[6]信(shēn):通“伸”,伸直。《孟子·告子上》:“今有无名之指,屈而不信。”

[7]直钱不活:意思是赚的钱还养不活自己。

[8]越人:古中国南部边陲为百越人居住之所,故以越人代远人。

癸亥七夕,啬师宴客苏来舫有诗,和呈二首[1]

万流亭畔月如梳[2],第二桥边露似珠[3]。画楫轻移歌缓缓[4],不知织女渡河无。

为惜佳期泛画桡,银河斜挂夜迢迢。一觞一咏群贤事[5],未觉春流祓禊遥[6]。

注 释

[1]此2首诗录自《南通图书馆用笺》散页手稿，后有“弟子罗惠致呈稿”，作于1923年。苏来舫是张謇从苏州购来的濠河游船。“啬师宴客苏来舫有诗”指张謇《重缮苏来舫成七夕会客泛濠张乐赋二绝句》：“漩渊淮水日趋东，浮着孤州玉镜中。应笑画船新月底，贪看星汉白头翁。　箫鼓中流伫桂桡，长空灵鹊自成桥。而今始信神仙拙，不借天船趁晚潮。”（录自张謇全集编委会《张謇全集》第7册307页，上海辞书出版社，2012版）

[2]万流亭：1917年张謇在濠河边建了东、西、南、北、中五座公园。万流亭建于北公园濠河边，八角飞檐，亭有两层，走廊宽敞可摆宴。

[3]第二桥：北公园门口有一座桥曰公园第二桥。

[4]歌缓缓：语出宋苏轼《陌上花》：“遗民几度垂垂老，游女长歌缓缓归。”

[5]此句指王羲之为兰亭盛会写《兰亭序》之事。《兰亭序》有“群贤毕至”“一觞一咏”之句。

[6]祓禊（fú xì）：古代汉族民俗，每年于春季上巳日（指夏历三月的第一个巳日）在水边举行祭礼，洗濯去垢，消除不祥，叫祓禊。此后又增加了祭祀宴饮、曲水流觞等内容。魏晋以后，该节日改为三月初三。

前诗意有未尽，又呈一首[1]

庾信悲时不系秋[2]，万人欢乐一人忧。他年浮海居夷去[3]，我是相从鲁仲由[4]。

注　释

[1]此诗录自《南通图书馆用笺》散页手稿，作于1923年。后有“惠致再呈”，诗后有张謇批语：“不宜狂老。可将生造来，拟交人为推之。”

[2]此句指庾信滞留北朝后，创作上有很深的“悲秋”情结，其《愁赋》（已失传）对后世诗词言愁影响很大。

[3]浮海：语出《论语·公冶长》：“子曰：‘道不行，乘桴浮于海，从我者，其由与？’子路闻之喜。”居夷：语出《论语·子罕》：“子欲居九夷。”

[4]鲁仲由：即子路。

闻啬公有上巳诗，用佳灰韵极曼衍变化之奇，谨用九佳全韵率成一首呈教[1]

入春已三月，天气宜晴佳。如何连日阴，踏青方试鞋。公子袭春服，佳人翘玉钗。皓腕扬短袖，蛾眉斗连羞[2]。拾翠来水滨，秉简循山厓[3]。常恐令节去，坐怪天运差。小桃犹未花,望之若枯柴。柳色淡欲无,折之似麻秸。消寒寒未消,缀诗容我侪。谁能执糟魄[4],故可忘形骸。郑国士女并[5],山阴少长皆[6]。流觞记东雒[7],堆酒如长淮[8]。园中掘鲜笋,海外罗异鲑。万流张宴饮,众客纷遝萃[9]。四民共欢乐,万族无倍乖[10]。无马或巾车[11],无舟或竹簰[12]。幼者或负襁,老者或曳楷[13]。宁可衣无帛,讵可食少脎[14]。沫出盆盎溅,涎流襟袖揩。斑鸠叫谷谷,黄鸟鸣喈喈[15]。柔条抽新榆,嫩叶黏羌槐。扑蝶白日静,听琴流水湝[16]。亭前醉宾从,水上招优俳[17]。蛮语供嘲噱,故事争笑谐。以兹回帝心,庶可澄阴霾。织乌置暖日[18],飞廉收暴飄[19]。吹开试君玉[20],缺陷弥灵娲[21]。客有感络纬[22],忧时殷鹝鼃[23]。责我梁上燕,讥我井底蛙。一州纵晏清[24],四海方徘徊[25]。战伐声未息,生民如病痎[26]。异种若虎横,将军徒犬啀[27]。平明厉锋刃,薄暮空剑鞘[28]。农夫不得餐,此辈乘健骡[29]。农妇不得衣,此辈衣文娃[30]。工人不得息,此辈垂青娲[31]。地化为荆棘,人化为豹豺。室阒人无居[32],风动门常閮[33]。转蓬任靡灭[34],直恐连本荄[35]。举目尽可哀,先乐能为怀。每顾折足鼎[36],常病负壳蜗[37]。微才多失坠,高路何崔嵬[38]。鲁酒不可厌[39],杞忧焉可埋。我言君语然,吾语当箩筐[40]。但惧赤心棘[41],无如黑叶櫰[42]。登高必自卑,历级须循阶。圣有匏瓜系[43],贤有铛杓偕[44]。浮云苍狗变[45],尘事青春挨[46]。浴兰邀介祉[47]，赠芍祛乱哇[48]。侧帽蓬短鬓[49]，长裙湔水涯[50]。诗成小山调[51]，吟过城南街。陌上采桑妇，桥边挑菜娃。泥春人旖旎，养老天安排。酬献过三爵，主倦窥漏牌[52]。广衢客云散，孤馆方心斋[53]。

注　释

[1]此诗录自1924年《南通》报《文艺·诗》栏，原署名"彦殊"；次日《南通》报《文艺·诗》栏刊有："刊误：昨日文艺栏有上巳佳韵五言诗系罗君惠致作，误刊彦殊二字，合即补正。"又见散页手稿，后有"敬求郢政"。曼衍：即曼延。"啬公有上巳诗"指张謇《导诸君观梅垞，因为修禊之饮，同作》："买山得幽寂，营垞姿艺梅。学农复学圃，迟也贤乎哉。感激桴海意，小人圣所咍。圣乃能为大，士穷当蒿莱。运闭遁无所，或跃君子怀。吾自爱吾山，先吾生而来。抗之高太华，名相故非陪。垞负相山阳，仰视众岭台。自逾北江北，出地霍以坯。豫章极千尺，苗始径寸栽。众岭让诸佛，取小专无猜。其高中屏障，其好不挤排。稍稍饰箭卉，鬈髦青毶毸。谁云圣小儿，领袖非天开。吾来终日对，北牖心为斋。赤刀天球前，懔越僮不揩。环以万华萼，护以重隩隈。杖履迪维即，熏沐牙吾谐。兹辰上斯巳，春气暮转佳。欲为吾山悦，折简招吟侪。晚梅数十本，散雪仍皑皑。弱柳渐萦线，短松新露钗。穿林辨曲径，周旋两桥回。临流掇花片，席石评桐

材。水度一高下，流觞无取裁。尝笑香山宫，帝力移风雷。吾意会自然，澄漪足潆洄。开我绣雪槛，涤我流霞杯。惊禽睨长笛，歌鸟劝余醅。无方觅支许，有客攀邹枚。兰亭与金谷，篇章孰骐骀。正缘卫尉富，绝倒右军才。"（录自《张謇全集》第7册334页）

[2]蛾眉：同娥眉。女子长而美的眉毛。羞（chái）：《五音集韵·皆韵》："羞，连车也。"

[3]秉简：拿着书。厓：山边。

[4]糟魄：即糟粕。

[5]语出《太平御览》引《韩诗外传》："溱与洧，三月桃花水下之时，众士女执兰祓除。郑国之俗，三月上巳之日，此两水上招魂，祓除不祥也。"《诗·郑风·溱洧》言此风俗。

[6]语出晋王羲之《兰亭集序》："永和九年，岁在癸丑，暮春之初，会于会稽山阴之兰亭，修禊事也。群贤毕至，少长咸集。"

[7]东雒：东汉国都雒阳城，位于今洛阳城东15千米，北依邙山，南临古洛水。

[8]长淮：指淮河。唐王维《送方城韦明府》："高鸟长淮水，平芜故郢城。"

[9]遝（tà）：相及。䔢（huā）：斜，不正。《南通》报误为"华"。

[10]倍乖：背弃，背叛。倍，古同"背"。

[11]巾车：指有帷幕的车子。晋陶渊明《归去来兮辞》："或命巾车，或棹孤舟。"

[12]簰(pái)：同"箄"，大筏。

[13]曳楷(jiē)：指老人拄着拐杖。楷，黄连木。

[14]膎(xié)：干肉。

[15]语出《诗·周南·葛覃》："黄鸟于飞，集于灌木，其鸣喈喈。"喈(jiē)喈，鸟和鸣声。

[16]湝(jiē)：湝湝，水流貌。《诗·小雅·鼓钟》："鼓钟喈喈，淮水湝湝。"

[17]优俳：古代化装表演的以谐谑为主的杂戏。又指表演杂戏的艺人。

[18]织乌：借指太阳。因太阳每日东升西落，如织梭之往来，故称。

[19]飞廉：风神。《楚辞·离骚》："前望舒使先驱兮，后飞廉使奔属。"王逸注："飞廉，风伯也。"飁(jiē)：疾风。

[20]君玉：或指长篇弹词《再生缘》的女主人孟丽君。吹开试君玉，指孟丽君女扮男装被元成帝识破一事。《再生缘》曾风行于当时。

[21]灵娲：即女娲。

[22]络纬：虫名。即莎鸡，俗称络丝娘、纺织娘。

[23]蠯(pí)：同"螷"，蚌的一种。

[24]晏清：原指天空晴朗无云，后比喻天下太平。北

朝魏杨衒之《洛阳伽蓝记·法云寺》:“当时四海晏清,八荒率职。”

[25]徘偕(kāi):行恶。

[26]此两句指当时中国国内军阀混战不断,生灵涂炭。痎(jiē),疟疾。

[27]啀(ái):犬类相斗龇牙咧嘴的样子。《南通》报误为“崕”。

[28]靫(chāi):盛箭器。

[29]䯄(guā):黑嘴的黄毛马。

[30]绔(kuā):一种粗绸子。

[31]緺(guā):紫青色的绶。

[32]闃(qù):寂静,空虚。

[33]闎(kuā):门不正开。

[34]转蓬:蓬草随风飘转。比喻身世飘零。

[35]连本荄:连根都被拔去。荄(gāi),草根。

[36]折足鼎:语出《易·鼎》:“鼎折足,覆公餗,其形渥。凶。”即鼎折覆餗,比喻力薄任重,必致灾祸。

[37]负壳蜗:如负壳的蜗牛。语出宋范成大《鼎河口枕上作》:“漂泊离巢燕,弯跧负壳蜗。”

[38]㠢(huái):不平。《玉篇·山部》:“㠢,崴㠢,犹崔嵬,不平也。”

[39]鲁酒:代称薄酒、淡酒。语出《庄子·祛箧》:“鲁酒薄而邯郸围。”喻事情辗转相因。

[40]簁(shāi):筛子。

[41]赤心棘:语出《毛诗正义》:“言棘赤心者,以棘木赤心,言于祭祀宾客,皆赤心尽诚也。吉礼用棘。”

[42]黑叶櫰(huái):槐类,叶大色黑。

[43]匏瓜:见甲集《练江吟》注[6]。

[44]铛(chēng):似锅,三足。偕:和谐,调和。宋欧阳修《有赠余以端溪绿石枕与蕲州竹簟皆佳物也余既喜睡而得此二者不胜其乐奉呈原父舍人圣俞直讲》:“尝闻李白好饮酒,欲与铛杓同生死。”

[45]语出唐杜甫《可叹》:“天上浮云似白衣,斯须改变如苍狗。”浮云像白衣裳,顷刻又变得像苍狗。比喻世事变幻莫测。苍,灰白色。

[46]捱(āi):同“挨”。

[47]浴兰:浴于兰汤,即用香草水洗澡。古人认为兰草避不祥,故以兰汤洁斋祭祀。介祉:大福。

[48]赠芍:语出《诗·郑风·溱洧》:“维士与女,伊其相谑,赠之以勺药。”后因以“赠芍”表示男女别离之情。

[49]侧帽:歪戴帽子。语出《北史·独孤信传》:“信在秦州,尝因猎日暮,驰马入城,其帽微侧。诘旦而吏人有戴帽者,咸慕信而侧帽焉。”后为洒脱豪放之义。

[50]长裙湔水涯:即“湔裙”。古代的风俗:农历正月元日至月晦,女子洗衣于水边,以避灾祸,平安度过厄难。宋晏几道《木兰花》:“湔裙曲水曾相遇,挽断罗巾容易去。”

[51]小山：即晏几道(1038—1110)，字叔原，号小山，北宋临川(今江西进贤)人。性孤傲，词风哀感缠绵、清壮顿挫。撰《小山词》。

[52]漏牌：指时钟。漏，计时的漏壶。

[53]心斋：为道教斋法的最高层(供斋、节食斋、心斋)。语出《庄子·人间世》："唯道虚集。虚者，心斋也。"修炼方法以虚为要，从倾听自己的呼吸入手，专心致志地将太虚之气与道相结合，以便进入虚无忘我的境界。

上巳侍啬公修禊梅垞，谨用灰韵重赋长句四首言志呈教[1]

今岁游山第一回，游山端为望春来。东风绿上千丛竹[2]，西垞红垂万树梅。正好俗情须荡涤，莫持清瑗更迟回[3]。白头诗伯方豪健，天与诗才抑霸才。

过眼清明又一回，郊原十里踏歌来。村娃绣陌挑生菜，词客雕鞍唱《落梅》[4]。好句定将春绾住，长江疑共浪飞回。少年烂漫无拘检，别放诗才藉酒才。

百岁逢春一百回，一春几日上山来。汉家飞将重思李，吴市仙人旧姓梅[5]。学道经年甘谌默，辞亲异县致低回。宓妃许乞瑶华珮，未罄陈王八斗才[6]。

山公酩酊习池回[7]，赢得儿童拍手来。曳曳插门余弱柳，悠悠解渴望酸梅。春能驻景应无恋，肠若萦愁待几回。日暮中原容小试，敢将诗酒说长才[8]。

注　释

[1]此4首录自1924年《南通》报《文艺·诗》版，署名"惠致"。前两首又发表于《艺观》1929年第4期，题名为"上巳侍啬公修禊梅垞，谨赋长句二首呈教"，署名"长子"。张謇晚年在南通五山风景区栽培大片梅林，驯养一群梅花鹿，并建造了楼宇、亭台，称之为"梅垞(chá)"。

[2]竹：《南通》报原为"草"。

[3]琖(zhǎn)：古同"盏"，小杯子。《南通》报误为"线"。

[4]语出唐李白《襄阳歌》："千金骏马换小妾，笑坐雕鞍歌《落梅》。"《落梅》，即《梅花落》，是汉乐府中二十八横吹曲之一，是古代笛子曲的代表作品。传为西汉李延年所作。别名《落梅》《落梅花》《大梅花》《小梅花》等。

[5]语出《汉书·梅福传》："至元始中，王莽颛政，福一朝弃妻子，去九江，至今传以为仙。其后，人有见福于会稽者，变名姓，为吴市门卒云。"用以称美隐迹高士。

[6]此两句是写曹植作《洛神赋》之事。宓妃即洛神。宓妃许乞瑶华佩，语出《洛神赋》"愿诚素之先达兮，解玉佩以要之。"陈王，曹植生前曾为陈王。八斗才，语出

谢灵运对曹植的评价:“天下才有一石,曹子建独占八斗。”(《释常谈·八斗之才》)

[7]习池:即习家池。东汉习郁随汉光武帝刘秀驾幸黎丘有功,封襄阳侯。他在襄阳岘山南筑佳园,号习家池。晋征南将军山简驻襄阳,常游憩于此,辄酒醉而归。唐杜甫《王十七侍御抡许携酒至草堂奉寄此诗便请邀高三十五使君同到》:“戏假霜威促山简,须成一醉习池回。”

[8]此二句的意思是说啬公虽然年已垂老,但仍有中原逐鹿之力,他的兴国理想还能在全国一试,并非仅仅表达在诗歌才能之上。

震武殁于九江,故有“生死感离群”之句[1]

作客常多病,思亲复畏人。艰难惭利器[2],生死感离群。蓬转虽无定,萍飘亦有因。谁能学松子,木石与为邻。

注　释

[1]此诗录自作者散页手稿,1923 年作于南通。震武,作者友人。

[2]利器:喻杰出的才能。此句意思是在艰难中我惭愧没你能力强。唐王昌龄《上侍御士兄》:“利器必先举,非贤安可任?”

乞　食[1]

乞食已旬日,手中无一钱。东西求一饭,南北求一饘。饭饱出南郊,扪腹心悠然。芳草以为席,缊袍可坐眠。挟书自吟哦,举头望青天。儿童顾我笑,花柳为我妍。不与狐貉立,子路何耻焉[2]?谁能效伯夷,饿死以为贤。和光而同尘[3],庶几寡过愆。今晨微明起,檐滴声断连。枯坐至日中,黄鸟来窗前。饥饥向我鸣,令我心欲然[4]。□□不可□,对之泪暗涟。猛虎依深山,骊龙依深渊。虽无照乘珠[5],愿得主人怜。讵同韝上鹰[6],一饱思自便。阳春布德泽[7],品汇成陶甄[8]。冥报不敢道[9],愿公无我捐[10]。

注　释

[1]以下两篇5首诗原无题,录自南通图书馆用笺散页手稿。

[2]见甲集《有会而作》注[5]。

[3]语出《老子》四章:"挫其锐,解其忿,和其光,同其尘。"指不露锋芒,用与世无争的平和处世方法,是道家无为而治思想的体现。和光,混合各种光彩。同尘,与尘俗相同。

[4]然:为"燃"古字。

[5]照乘珠：光亮能照明车辆的宝珠。唐高适《涟上别王秀才》："何意照乘珠，忽然欲暗投。"

[6]羁(jī)：牵制，束缚。

[7]此句意思是温暖的春天，希望洒满了大地。语出汉乐府《长歌行》："阳春布德泽，万物生光辉。"

[8]陶甄：比喻造化，自然界。

[9]冥报：人死后魂来报答，这是古人表示日后重报的一种说法。晋陶渊明《乞食》："衔戢知何谢，冥报以相贻。"

[10]无我捐：勿舍弃我。捐，舍弃。

七绝四首

恻恻新寒逼岁华，盈亏任月转天涯。静观万物总如此，动文吟诗底用嗟[1]。

世乱贫穷岂一方，纷纷剜肉且医创。我曹塞纸犹充腹[2]，试听哀鸿欲断肠。

能仁毕竟果何如[3]，忍得奇穷是丈夫。梦想西山采薇蕨[4]，虽忘人我耻为奴。

相惜殷勤爱己钩[5]，且寻欢乐且驱愁。眼中诗意如禅悦[6]，顿觉超然胜比丘。

注　释

[1]底：何故。唐杜甫《可惜》："花飞有底急，老去愿春迟。"

[2]塞纸犹充腹：以纸充饥。语出《颜氏家训·勉学》：朱詹"好学，家贫无资，累日不爨，乃时吞纸以实腹，寒无毡被，抱犬而卧"。

[3]能仁：梵语，即释迦牟尼。意为有能力与仁义的智者。

[4]西山采薇蕨：伯夷、叔齐义不食周粟，隐于首阳山，采薇而食之。及饿且死，作歌。其辞曰："登彼西山兮，采其薇矣。"（《史记·伯夷列传》）

[5]爱己钩：语出《淮南子·说山训》："不爱江汉之珠，而爱己之钩。"高诱注："江汉虽有美珠，不为己有，故不爱；钩可以得鱼，故爱之。"

[6]禅悦：入于禅定者，其心愉悦自适之谓。《华严经·净行品》："若咽食时，当愿众生，禅悦为食，法喜充满。"

鹿笙先生招饮，诗孟浩然[1]

所居在城曲[2]，时作濠上游。因招素心侣[3]，或共忘言俦。当户白云合，荫门垂柳柔。感君具幽兴，栖余无辈流[4]。

注 释

[1]此诗录自作者手稿,作于南通期间。鹿笙,吕道象,字鹿笙,江西德化人。进士。曾任户部主事,民国后任广东海关监督、淮南垦务局总办。亦张謇晚年的诗友。

[2]城曲:即城角。

[3]素心:心地纯洁。

[4]无辇(niǎn)流:出入无车者。辇,古代多指帝王后妃所乘的车。此处泛指乘车。

清明次吕韵[1]

青春作客浑无绪,佳节良辰自去来。山鸟乱啼都不解,野花没兴一齐开。催人岁序愁萦草,扰我诗情绿荫槐。试过北邙山下路[2],纸灰蝴蝶共徘徊[3]。

注 释

[1]此诗录自作者手稿,作于南通期间,和吕鹿笙的。

[2]北邙(máng):位于河南省洛阳市北,黄河南岸,是秦岭山脉的余脉,山势雄伟,水深土厚,伊、洛之水自西而东贯洛阳城而过。立墓于此,即圆了古人所崇尚的"枕山蹬河"的风水之说,因此邙山被视为殡葬安冢的风水宝地。

[3]纸灰蝴蝶:指祭扫时焚化的纸灰。宋高翥《清明》:"纸灰化作白蝴蝶,泪血染成红杜鹃。"

缓缓归[1]

屈指望将归，心中车轮转。不能歌剧剧，但言歌缓缓。

注　释

［1］此诗录自作者手稿，是作者在南通受教于张謇多年之后，即将回徽州家乡时所作。

锡鬯去岁移居西溪，过而有赠[1]

移居非卜宅，念有素心人。言笑永终日，过从无俗宾。论诗花解听，说法鸟相亲[2]。余亦幽栖者[3]，他年愿结邻。

注　释

［1］此诗录自作者手稿，作于歙县。锡鬯，鲍锡鬯(1890—1959)，今安徽黄山市徽州区人。曾任教师、文书，当地著名学者、收藏家。

［2］说法鸟相亲：汪念耕游黄山访雪庄大师时，忽见有山鸟入室飞鸣数匝，然后栖息在大师的衣袖上，徘徊省顾，久而后去。因感而赋诗曰："生公善说法，顽石亦知音。老僧久忘机，山鸟自相亲。"

［3］幽栖：隐居。

游芦泾港陈氏新园[1]

人生衣食无忧虑,岂合浮沉踏江路。只今英俊重横行,从古奢豪生景慕。妖姬竞响遏云霄[2],宝马骄嘶蹴烟雾。指点争夸夹道人,繁华终古名园驻。偶闻江上有名园,园中草软花木蕃。花多异域红酣穜,草尽江南碧嫩根。凿池闲共鸳鸯戏,叠石翻教巢翡翠[3]。玲珑宛转运匠心,潆洄曲折窥灵意。桃红麦绿菜花黄,江水沄沄杨柳香[4]。风起楼头闻玉笛,月明床畔照红妆。此时相劝一杯酒,十分闲旷谁消受。将作经营未半工,行人经过频回首。嗟余濩落江海滨[5],素衣来去沾淄尘。山头水涘遨游遍,尽日逢春不当春。豁眼园亭故矜异,借问旁人属谁氏。屠狗功名说壮年[6],攀龙事业嗤微细[7]。丈夫得志更权奇,兼并豪强理亦宜。苑囿周遭一千里,局促如兹徒尔为。宋玉荒台逞文藻[8],云开雨霁令人悲。日斜颠倒鞭骢马,三月春光得几时。

注　释

[1]此诗录自作者手稿。芦泾港陈氏新园为南通民族资本家陈维镛所建,位于南通港闸区芦泾港村。

[2]响遏云霄:比喻女子歌技之高,歌声之美。

[3]巢翡翠:翡翠鸟筑巢。唐杜甫《曲江二首》:“江上小堂巢翡翠,苑边高冢卧麒麟。”

[4]沄(yún)沄:水流汹涌貌。

[5]濩(huò)落:即"廓落"。引申谓沦落失意。宋苏轼《蒜山松林中可卜居,余欲僦其地,地属金山,故作此诗,与金山元长老》:"我材濩落本无用,虚名惊世终何益?"

[6]屠狗功名:原指汉初樊哙,后比喻出身低微者取得了极大的功名富贵。《史记·樊郦滕灌列传》:"舞阳侯樊哙者,沛人也。以屠狗为事。"

[7]攀龙:即攀龙附凤,泛指攀附有权势的人以猎取富贵。唐杜甫《洗兵马》:"攀龙附凤势莫当,天下尽化为侯王。"

[8]语出唐杜甫《咏怀古迹五首》:"江山故宅空文藻,云雨荒台岂梦思。"杜甫吊宋玉,抒己怀之作,叹自己与宋玉同有不遇之悲。荒台,指宋玉名作《高唐赋》。逞文藻,显示文采。

五女行,为族伯子馀作[1]

生女不生男,缓急非有益,淳于公女有偏激[2]。君不闻健妇持门户胜丈夫[3],又不闻五女之门盗不入[4]。于嗟乎!生女胜生男,劝君莫愁赔嫁难,千金在室无饥寒。于嗟乎!君有五千金在,请君听歌酌酒开欢颜。

注　释

[1]此诗录自散页手稿,作于1924年。子馀:罗子

馀，安徽黄山市徽州区人，作者族伯。20世纪二三十年代在南通行医。

[2]此三句写缇萦救父的故事。淳于公：即淳于意（约前205—?），西汉初齐临淄（今山东淄博）人。曾任齐太仓令。孝文帝十三年，"淳于公有罪当刑，诏狱逮系长安。淳于公无男，有五女，当行会逮，骂其女曰：'生子不生男，缓急非所益！'其少女缇萦，自伤悲泣，乃随其父至长安"，上书，"妾愿没入为官婢，以赎父刑罪，使得自新"，得免。（《汉书·刑法志三》）

[3]健妇持门户胜丈夫：语出汉乐府《陇西行》："健妇持门户，亦胜一丈夫。"健妇，指有男儿气概的妇人。

[4]五女之门盗不入：语出《后汉书·陈蕃传》："鄙谚云'盗不过五女门'，以女贫家也。"

羊[1]

惘惘出门去[2]，望望皆可怜。朔风吹寂市，阙月当中天。白羊鸣何哀，觳觫酒楼前[3]。食草天地仁，胡为我不全[4]。万物各有长，洁白知徒然。顾念子母恩，肝肠痛欲煎。楼头衣冠人，啖食宁论钱。既饱上交让[5]，为君寿千年。

注　释

[1]自此以下26篇76首录自《长子诗》。以下8首又见《罗惠致学诗·华严之什》，作于壬戌年（1922）。此

首又题为“酒肆前亡羊”。

[2]惘惘:遑遽而无所适从。

[3]觳(hú)悚:恐惧貌。

[4]胡为:何为,为什么。

[5]交让:相互谦让。

去日

去日已如此,来日当如何。惨淡意不宁,旁皇独啸歌。内顾非圣人,哀乐伤中和。一事不能置,安能逃网罗。万物各有道,愚智各殊科。驽骥乃方驾[1],长途多坎坷。持诚以修业,尽性永无他。

注释

[1]驽:劣马。骥:良马。

长桥

长桥大道边,邂逅遇之子。秀发隐明眸[1],朱唇发皓齿[2]。被服虽时世,上下无罗绮。淡淡好容颜,渺彼桃与李[3]。自非凌云姿,讵敢作平视?目成应无意,鳜生心辄死[4]。日夕徒结眷,千春各流水。芳佩不可怀,芳迹何由履。踟蹰亦多畏,人去东门迩[5]。

注　释

[1]秀发隐明眸:《罗惠致学诗·华严之什》为"明眸隐秀发"。

[2]发皓齿:《游丝之什》为"呈皓齿"。

[3]渺:《游丝之什》为"邈"。

[4]心辄:《罗惠致学诗·华严之什》为"辄心"。鲰生:犹小生。多作自称的谦词。

[5]语出《诗·郑风·东门之墠》:"东门之墠,茹藘在阪。其室则迩,其人甚远。"《毛诗序》认为此诗是"男女有不待礼而相奔者也"。迩,近。

游　丝

游丝百丈相牵连,结为绮网当窗悬。愿作鸳鸯愿学仙,仙人长居大海边。雄龙雌凤俱可怜,谪向人间一万年。美人纤手调朱弦,飘零无主心凄然。相思相望云满天,金母之语青衣传[1]。青衣夜入承华殿[2],君王不识游丝怨。好花微笑当风颤,长罥落花非所愿[3]。

注　释

[1]金母:又称瑶池金母,就是西王母。

[2]语出《汉武帝内传》:"帝闲居承华殿,东方朔、董仲舒在侧。忽见一女子,著青衣,美丽非常,帝愕然问之,女对曰:'我墉宫玉女王子登也。向为王母所使,从昆仑山来。'"

[3]罥(juàn):缠绕。

宛

宛宛小儿女,背人常流泪。但恨鸳鸯飞,不恨鸳鸯死。

死去望来生,飞去太无情。心似横江水,朝朝镇不平[1]。

摘我髻上花,置君怀袖中。请君视花萎[2],何如妾怨浓。

残波掷向谁,短楫催青春。谁能作螮蝀[3],见指行路人。

注 释

[1]《罗惠致学诗·华严之什》此两句为"玉是弹棋局,心中亦不平"。

[2]视:《罗惠致学诗·华严之什》为"看"。

[3]谁:《罗惠致学诗·华严之什》为"何"。螮蝀(dì dōng):虹的别名,借指桥。

醉　书[1]

便令青春作酒狂，衣襟尘满好还乡。可怜梅柳俱无赖，分付东风自主张。

试听盲辞三两声[2]，系人春思不分明。与君共踏芳林月，淮水悠悠无限情。

注　释

[1]以下5首又见《罗惠致学诗·遵大路之什》，作于癸亥年(1923)。

[2]盲辞：旧时一种民间的说唱文学。演唱者多盲人，故称。

少年子[1]

嫣红姹紫迎风开，化为杜宇鸣声哀[2]。一双飞入西园去，又见满空黄叶来。徘徊漫涉寒江水，烟横露白芙蓉死[3]。夕阳虽好能几时，似我多情少年子。

注　释

[1]此诗原有副标题"悲公斡",后圈去。

[2]杜宇鸣声哀:古蜀国国王杜宇,号望帝。传说他因禅位其相鳖灵而归隐,魂化为杜鹃,初夏时节常闻其鸣。后人亦称杜鹃为杜宇。

[3]此句语出唐张籍《吴宫怨》:"吴宫四面秋江水,江清露白芙蓉死。"

啬师询生日,敬赋一绝

我生清明后一日,其时夜半花如烟。懵懵洄洄曾未觉[1],马齿于今二十年。

注　释

[1]懵(méng)懵:昏昧;糊涂。洄洄:水回旋而流。

泪　泉[1]

有生不生,有灭不灭。我身则死,我心则热。投之江中,惟恐江沸。埋之地底,惟恐地裂。骑兔上天,化为明月。寒夜三更,照人如血。星河万里,旁有茅屋。伫立停机,其人如玉[2]。赠我一石,其形甚坚。悬之心畔,流为泪泉。

注　释

[1]此诗又见散页手稿,其后有“啬庵夫子赐正,罗惠致呈草”。

[2]其人如玉:那人如玉般美好。语出《诗·小雅·白驹》:“皎皎白驹,在彼空谷。生刍一束,其人如玉。”

式庵别道见枉[1],谓将归娶也

五年三载不相见,两年相见还三别。朅来人事真可诧,少年同学几黄叶。只今相见益我愁,北去南来那堪说。堪说不堪说,我愁君莫愁。欢娱日短短,明月易西流。明朝君走桐江道[2],归觐亲闱颜色好。更取佳人作贤妇,既结同心复偕老。偕老同心自古难,佳人贤妇于今少。我本天涯淡荡人,频年寂寞厌风尘。会将被发恒河畔[3],肯著无明累此身[4]?独有白云黄岳下[5],年年岁岁一思亲。

注　释

[1]式庵:罗运检(1903—?),字式庵,作者省立三中的同班同学。

[2]桐江:水名,在浙江省中部,为钱塘江的上游之一。东汉初年严光曾隐于此。

[3]被(pī)发恒河:指湿婆神披散头发驯服恒河的传说,反映了作者当时对佛学的景仰。被发,散发不作髻。

[4]无明：佛教语，为"烦恼"之别称，泛指无智、愚昧，特指不解佛教道理的世俗认识。

[5]黄岳：黄山，指作者家乡。

秋　去[1]

秋去如春去，思秋复怨秋。天寒日将暮，山长水不流。忽闻霜雁叫，缄我石城愁[2]。结发华冠子[3]，如何事远游。

注　释

[1]此诗又见散页稿，原题为"寄元絜"，后改为"有寄"。

[2]石城愁：语出元高启《小长干曲》："石城愁日暮，各自拨归船。"

[3]冠子：此处指道士帽。

癸亥十月杂诗四十首并序[1]

盖闻情之戚也，无假于物；物之所极，实伤人情。是以思春者，春至而益思；悲秋者，秋去而益悲。昔人云：哀乐之来，吾不能御，其去弗能止，不其悲乎[2]！仆不才生二十年矣，旅寓崇川[3]，五更寒暑，国中大鸟止而不鸣[4]，枥下老骥伏而思奋。羽毛未满，良乐莫顾[5]。转于溟海，遂有扶摇之情[6]；仰彼朔风,能无倏忽之思[7]。顾以不犹之命[8],当失职之时,人情险于春冰[9],人命促于朝露[10],从井救人[11],无好谋之智,以手援溺[12],鲜临事之勇[13],既负死者,复负生者。方且吊影惭魂[14],闭门谢客,荷甑既破,竟陵无事不平[15];邻笛暂闻[16],子期讵能无恨[17]? 加以忽婴痡疾[18],苦乏药资,不无问疾之朋,亦有馈药之友。然而靦颜之受,不可以数,冥报相遗,未知何日也。至若高堂望子,弱弟南归,同为千里之游,不尽三釜之养[19]。于是魂销黯然,别惜俄顷,它乡异县,望浮云而意驰;同气连枝[20],闻雁声而肠断。况复四郊多垒,万姓流离,君子为蛮触之争[21],小人有虫沙之惧[22],都尉烂于羊胃[23],群盗多于牛毛,外不宁而内忧已深,吾其被发左衽矣[24]!于时月在诹訾[25],朔日乙酉[26],去昭昭之白日,袭悠悠之长夜[27],风惟振柯[28],野无遗物,登山寡欢,临水不乐,廓居寥处,抚景增叹,忧时者行吟岁暮,感物者作赋日斜。遂乃含毫邈然,著之篇什,顷复研穷大《易》,覃心玄门[29],探消息之几[30],究无为之用,虽在尘埃之内,实存丘壑之心。贫者士之常,死者人之分,德人知命,我何忧哉? 悲歌牢愁,可无作矣! 倚枕无寐,聊书所怀,将以遗之好我,质之君子云尔。

啼笑任情谁可禁,静观衰世多哀音。《周南》《大雅》久澌灭[31],贵复滂沱吐寸心。

日月如轮轹岁华[32]，所思寥廓入无涯。经师朴学浑闲事，晋石能言鬼亦嗟[33]。

闻说巫彭有异方[34]，鳏生今日好医创。中原荡荡无禾黍，不涤谗夫反侧肠。

日寒风去更焉如，亦有穷经作饿夫。我傲能仁夸墨翟，今朝余沥溉狸奴[35]。

古树纠缭月一钩，置身于此不须愁。千春绚烂归萧夜，不见东门与宛丘[36]。

少年胡不惜芳年，一惜芳年一怅然。绝有风怀赠来世[37]，夔龙稷卨未云贤[38]。

大布逢衣勉自持[39]，《桑中》宁为辍风诗[40]。从知此诣皆糟魄，鱼沫相呴亦可蚩[41]。

儇子姚姚动四邻[42]，豳营燕越我犹人[43]。眼中惬意惟哀乐，他日河山一累尘。

宗邦极目日漂摇[44]，沦丧何由告堵敖[45]。未死儒生且扪舌[46]，敢非盗跖敢誉尧[47]。

前辈温恭最可钦，殷勤诲我意何深。语中往往称先德，贱子低回数正襟。陈星南先生[48]。

白日堂堂照至诚，亦能木讷亦纵横[49]。要凭炙毂开风气[50]，留取雕虫让后生[51]。

鳣鲔潜渊大可哀[52]，扫除荒薉待谁来[53]。山林皋壤周流遍，不见栖栖揽辔才[54]。

日暮冲寒酒半升，词源汩汩与愁生[55]。聊将跋扈飞扬气，并入潇潇夜雨声。

披图四望意如何[56]，雪岭天山足浩歌。抛却南东金粉地[57]，褰衣端欲渡黄河[58]。

叔世颓风水下滩[59]，素冠不见见南冠[60]。非关酒后心情恶，城阙闺门一例看。

捃摭馀欢并入诗[61]，已成懊恼不须疑。飘零欲诉凭谁诉，绝世佳人阁泪垂。

人到成名鬓易残，如松似柏古来难。应知天意怜幽草，不遣黄花耐岁寒。

易水萧萧去庆卿[62],纵疏剑术亦成名。颇思游侠扶清议[63],一击能教万恨平。徐国梁案[64]。

创痛禁人自在行,小窗幸喜夜来晴。树桠不动月初堕,更漏渐残烟有声。

孤衾不暖压布衫,睡乡风味幽人谙。初冬晓日似春好,小鸟唤晴啼枕函。

静夜无言坐树根,打头一叶道心存[65]。此生历落无他事,未报亲恩与佛恩。

欲语教人嗤吃语,无言不奈涌卮言[66]。何时得向空山里,结个茅庐长闭门。

旧梦重温《玉漏迟》[67],新词自唱《丑奴儿》[68]。千门万户朦胧月,正照钿车归去时[69]。

重到城西拂锦茵,座中相对尽乡亲。华灯漾眼各言醉,归去无须谢主人。

稍出狂言四座惊,虎创带镞亦横行。剧怜学道如儿戏,意气未除犹好名。

同是盐梅味绝殊[70],割烹宰肉亦吾徒[71]。自怜洗手如新妇,枉读《齐民要术》书[72]。

来日如今有好怀,夜中辗转眼常开。只闻钟漏沉沉去,一息差池万载哀。

作直成人妄慨慷,芳兰渐滫亦寻常[73]。天心冷酷真难问,视汝浮沉若一虻。

心如皦日气如虹[74],敛气归心正法中。但有亲慈终未澈,娑罗双树任成空[75]。

濠上重思携手亲,云疑奔马柳疑人。巫阳莫救沉沦恨[76],为颂金经泪满巾。吊公榦[77]。

嫛婗殷勤劝我时[78],我心嫛婗岂能知。书生自审曾无命,洒血宁甘诀绝辞。

百里贤人见太丘[79],不同正始自风流[80]。湛心金石今无此[81],垂老情怀为我愁。

欲惜园葵恐已难[82],纷纷鹬蚌几时安。毡裘酪饮非吾物,如此河山不忍看。

粉饰升平要俊才，诸公渐见渡江来。令人长忆王丞相，佳日新亭一举杯[83]。

暇日能为侧艳词[84]，何如猛虎谢杨儿[85]。百年志士心多苦，立儒廉贪在此时。

吾弟南归侍二亲[86]，汝兄送汝泪沾巾。倚门会见慈亲笑，啜菽承欢好食贫[87]。

微雨萧疏送客行，他乡离别几经曾。明朝忆弟春江畔[88]，四壁凄然剩一灯。

何时沪渎抵江干[89]，何日严滩上尾滩[90]。莫使汝兄牵望眼，沿途发简报平安。

赧我三年携汝来，今朝归去亦悠哉。不闻饿死轮舆辈[91]，游学翻成雁鹜才[92]。

阅世浮名底用传，作诗聊以慰吾年。兴来独立千峰上，自有歌声足动天。

注　释

[1]此 40 首作于 1923 年，又见于《艺观》第 3 期

(1929年5月),署名“长子”。

[2]前3句出自《庄子·知北游》,颜回问孔子“无有所将,无有所迎”的道理,孔子回答中有此三句话,其后接有:“悲夫,世人直为物逆旅耳!”故作者有“不其悲乎”之叹。

[3]崇川:是今南通市辖区,此指南通。

[4]此句语出《史记·滑稽列传》:“淳于髡说之以隐曰:‘国中有大鸟,止王之庭,三年不蜚又不鸣,王知此鸟何也?’王曰:‘此鸟不飞则已,一飞冲天;不鸣则已,一鸣惊人。’”

[5]良乐:春秋时晋王良和秦伯乐的并称。王良善御马,伯乐善相马。

[6]此两句语出《庄子·逍遥游》:“鹏之徙于南冥也,水击三千里,抟扶摇而上者九万里。”

[7]此两句语出三国魏曹植《朔风诗五章》:“仰彼朔风,用怀魏都。愿骋代马,倏忽北徂。”忽,疾。

[8]不犹:不同平常。

[9]春冰:春天的冰。因其薄而易裂,多喻指危险的境地或容易消失的事物。《书·君牙》:“心之忧危,若蹈虎尾,涉于春冰。”

[10]此句语出《汉书·苏武传》:“人生如朝露,何久自苦如此!”朝露,早晨的露水,比喻人生短促。

[11]从井救人:语出《论语·雍也》:“宰我问曰:‘仁

者，虽告之曰：井有仁焉，其从之也？’子曰：‘何为其然也？君子可逝也，不可陷也；可欺也，不可罔也。’”有人落井，跟着就有人下井救人，既无益于落井人，又害了自己，实为蠢笨。从，跟着。

[12]以手援溺：语出《孟子·离娄上》：“嫂溺不援，是豺狼也。男女授受不亲，礼也。嫂溺援之以手者，权也。”

[13]鲜（xiǎn）：少。临事：遇事。《礼记·乐记》：“临事而屡断，勇也。”

[14]吊影：即形影相吊。语出三国魏曹植《上责躬应诏诗表》：“窃感《相鼠》之篇，无礼遄死之义，形影相吊，五情愧赧。”惭魂：谓有愧于心魂。语本《晏子春秋·外篇下》：“君子独立不惭于影，独寝不惭于魂。”南朝宋江淹《恨赋》：“至如李君降北，名辱身冤。拔剑击柱，吊影惭魂。”

[15]此三句语出南朝宋刘义庆《世说新语·黜免》：“邓竟陵免官后赴山陵，过见大司马桓公。公问之曰：‘卿何以更瘦？’邓曰：‘有愧于叔达，不能不恨于破甑！’”破甑，指孟敏（叔达）“荷甑堕地，不顾而去”之事（《后汉书·孟敏传》）。后以“破甑”喻不值一顾的事物。竟陵：邓遐，字应远，陈郡（今河南太康）人，曾任桓温手下的参军，官至竟陵太守，后桓温在枋头兵败，迁怒于他，被免官。

[16]邻笛暂闻：语出汉马融《长笛赋序》：“融既博览

典雅，精核数术，性好音，能鼓琴吹笛，而为督邮，无留事，独卧郿平阳邬中。有洛客舍逆旅，吹笛为《气出》《精列》相和。融去京师，逾年，暂闻，甚悲而乐之。”后因以“马融笛”称美笛子或笛音。

[17]子期讵能无恨：语出《吕氏春秋·本味》“伯牙善鼓琴，钟子期善听”的故事。“钟子期死，伯牙破琴绝弦，终身不复鼓琴，以为世无足复为鼓琴者。”

[18]婴：遭受。痡(yù)：病。

[19]三釜：古代低级官吏的俸禄数量。一釜为六斗四升。宋黄庭坚《初望淮山》：“三釜古人干禄意，一年慈母望归心。”

[20]同气连枝：语出南朝梁周兴嗣《千字文》：“孔怀兄弟，同气连枝。”比喻同胞的兄弟姐妹。

[21]蛮触之争：出自《庄子·则阳》：“有国于蜗之左角者，曰触氏，有国于蜗之右角者，曰蛮氏。时相与争地而战，伏尸数万，逐北旬有五日而后反。”比喻因细事引起的争斗。

[22]虫沙：比喻战死的兵卒。亦泛指死于战乱者。

[23]此句语出《后汉书·刘玄传》：西汉末刘玄为更始帝时，李轶、王匡等“其所授官爵者，皆群小贾竖，或有膳夫庖人，多著绣面衣、锦裤、襜褕、诸于，骂詈道中。长安为之语曰：‘灶下养，中郎将。烂羊胃，骑都尉。烂羊头，关内侯。’”后以“烂羊头”为典，比喻滥授名器、官爵。

[24]被发左衽：语出《论语·宪问》："微管仲，吾其被发左衽矣。"左衽，衣襟向左掩。原指古代中原地区以外少数民族的装束，借指沦陷为异族统治。

[25]诹訾（zōu zī）：即娵訾。十二星次之一，与十二辰相配为亥，与二十八宿相配为室宿与壁宿。节气为立冬至小雪。

[26]朔日乙酉：农历癸亥年十月初一（1923 年 11 月 8 日），是日立冬。

[27]此两句语出《楚辞·九辩》："去白日之昭昭兮，袭长夜之悠悠。"意思是：远离光明的太阳，处于悠长的黑夜。

[28]风惟振柯：语出元倪瓒《双寺精舍新秋追和戎昱长安秋夕》："清风振庭柯，寒蛩吟露草。"庭柯，庭园中的树木。

[29]覃心：犹潜心，谓深入钻研。玄门：指道教。

[30]消息：消长，增减。出自《易·丰》："日中则昃，月盈则食，天地盈虚，与时消息，而况于人乎？况于鬼神乎？"

[31]《周南》《大雅》：是《诗经》的两部分，此处泛指《诗经》。

[32]轹（lì）：车轮碾过。

[33]晋石能言：语出《左传·昭公八年》："八年春，石言于晋魏榆。晋侯问于师旷曰：'石何故言？'对曰：'石

不能言,或冯焉。不然,民听滥也。抑臣又闻之曰:作事不时,怨讟动于民,则有非言之物而言。今宫室崇侈,民力凋尽,怨讟并作,莫保其性,石言,不亦宜乎?'于是晋侯方筑虒祁之宫。"指有怨恨托石而言。

[34]巫彭:传说中的商代巫医。《山海经·海内西经》:"开明东有巫彭、巫抵、巫阳、巫履、巫凡、巫相,夹窫窳之尸,皆操不死之药以距之。"郭璞注:"皆神医也。"

[35]余沥:残酒。沥,清酒。《史记·滑稽列传》:"侍酒于前,时赐余沥。"狸奴:猫的别称。

[36]东门与宛丘:指《诗·陈风》中两首诗《东门之枌》和《宛丘》。前者写男女在良辰会舞于市井,后者描写对一位跳舞女子的爱怜。二者都反映了陈国的风俗。陈国国境在今天河南省开封以东到安徽亳州一带。

[37]风怀:犹风情。指男女相爱的情怀。

[38]夔(kuí)龙:舜的二臣。夔为乐官,龙为谏官。《书·舜典》:"伯拜稽首,让于夔龙。"稷离(jì xiè):尧的二臣,稷为农师,离为司徒。《全唐文·起义堂颂序》:"尧以天下禅舜,舜以天下禅禹,禹将宅百揆,总万国,一让于稷离,再让于皋繇。"后用以喻指辅弼君王的良臣。

[39]大布:古指麻制粗布。逢衣:义同"逢掖",一种袖子宽大的衣服,古代儒生所穿。"逢"亦作"缝"。

[40]《桑中》:《诗·鄘风》中的一首描写男女幽期密约的恋诗。

[41]鱼沫相呴(xǔ):语出《庄子·大宗师》:“泉涸,鱼相与处于陆,相呴以湿,相濡以沫,不如相忘于江湖。与其誉尧而非桀也,不如两忘而化其道。”蚩,古同“嗤”,讥笑。

[42]儇(xuān)子:指轻薄刁巧的男子。姚姚:妖艳的样子。语出《荀子·非相》:“今世俗之乱君,乡曲之儇子,莫不美丽姚冶,奇衣妇饰,血气态度,拟于女子。”

[43]豳(bīn):古都邑名,在今陕西旬邑西南,周的祖先公刘迁居于此。营:指营州,今辽宁西部一带。豳在西,营在东。燕越:古燕国和越国。燕在北,越在南。豳营燕越:泛指相距遥远之地。

[44]宗邦:父母之邦,祖国。

[45]何由告堵敖:语出《楚辞·天问》:“吾告堵敖以不长,何试上自予,忠名弥彰?”堵敖,据王逸注屈原《天问》:“堵敖,楚贤人也。屈原放时,语堵敖曰:‘楚国将衰,不复能久长也。’”

[46]扪舌:按住舌头,表示不说话或不发声。语本《诗·大雅·抑》:“莫扪朕舌。”

[47]盗跖(zhí):原名展雄,春秋时期人,鲁国大夫柳下惠之弟。传说中的大盗,曾率领盗匪数千人,人称盗跖。

[48]陈星南:见甲集《十月十四夜从星南先生、王君游湖上》注[1]。

［49］纵横：雄健奔放。

［50］炙毂(gǔ)：语出《史记·孟子荀卿列传》："谈天衍，雕龙奭，炙毂过髡。"过，"輠"的假借字，车毂下盛脂之器，炙之而其流不尽。言淳于髡善辩。

［51］雕虫：指虫书，为秦书八体之一，西汉时蒙童所习。喻词章小技。

［52］鳣(zhān)：鲟鳇鱼的古称。鲔(wěi)：白鲟的古称。

［53］荒薉：亦作"荒秽"，犹荒芜。

［54］揽辔才：指定国安邦之才。揽辔，掌握马缰绳。语出《后汉书·范滂传》："时冀州饥荒，盗贼群起，乃以滂为清诏使，案察之。滂登车揽辔，慨然有澄清天下之志。"明李梦阳《酬聂监察淮上见寄》："夷门合是投簪地，淮海须凭揽辔才。"

［55］汩(gǔ)汩：本意形容水或其他液体流动的声音。比喻文思源源不断或说话滔滔不绝。《罗长铭集》第37页依《长铭诗词钞》误为"汨汨"。

［56］披图：指展阅图籍、图画等。

［57］金粉地：指南京。金粉，喻指繁华绮丽的生活。明吴伟业《残画》："六朝金粉地，落木更萧萧。"

［58］褰(qiān)衣：提起衣服。《诗·郑风·褰裳》："子惠思我，褰裳涉溱。"

［59］叔世：末世，衰乱的年代。《左传·昭公六年》：

"三辟之兴,皆叔世也。"

[60]素冠:白色的帽子。古代遭凶丧事时所戴。南冠:春秋时楚人之冠。《左传·成公九年》:"晋侯观于军府,见钟仪,问之曰:'南冠而絷者,谁也?'有司对曰:'郑人所献楚囚也。'"后世以"南冠"为被俘的代称。

[61]捃摭(jùn zhí):搜集。

[62]语出《易水歌》:"风萧萧兮易水寒,壮士一去兮不复还!"(《史记·刺客列传》)庆卿,即荆轲,卫人称为庆卿。

[63]清议:即以儒家的伦理道德为依据,臧否人物。清议始于东汉。

[64]徐国梁案:上海淞沪警察厅厅长徐国梁1923年11月10日在上海爱多亚路(今延安东路)遭杀手枪击身亡,成为民国时期一轰动案件,也是江浙战争的导火索之一。

[65]一叶:出自佛家经典名言"一叶一菩提"。

[66]卮(zhī)言:自然随意之言,一说为支离破碎之言。后人常用为对自己著作的谦词。

[67]《玉漏迟》:词牌名。古琴曲亦有《玉漏迟》。

[68]《丑奴儿》:词牌名。又名"采桑子""罗敷媚"等。

[69]钿车:用金宝嵌饰的车子。

[70]盐梅:盐和梅子。盐味咸,梅味酸,均为调味所

需。亦喻指国家所需的贤才。

[71]割烹：割切烹调，泛指烹饪。

[72]《齐民要术》：是北魏时期农学家贾思勰所著的一部综合性农书。

[73]芳兰渐滫（xiǔ）：语出《荀子·劝学》："兰槐之根是为芷，其渐之滫，君子不近，庶人不服。其质非不美也，所渐者然也。"把兰、芷浸泡在泔水里，比喻受恶环境的影响。滫，发臭的淘米水。

[74]皦（jiǎo）日：明亮的太阳。多用于誓辞。

[75]娑罗双树：即两棵娑罗树，相传释迦牟尼于娑罗双树间进入无余涅槃。娑罗树，属龙脑香科常绿乔木，树干可割采龙脑香。

[76]巫阳：本诗注[34]，亦指古之名医。

[77]金经：即《金刚经》。

[78]嬃（xū）：古代楚人对姐姐的称谓。

[79]此句是说方圆百里内的贤人，已见到太丘。太丘，陈寔（shí）（104—187），字仲弓。颍川许（今河南长葛市）人。东汉时期官员、学者。因曾任太丘长，故又称"陈太丘"。与子陈纪、陈谌并著高名，时号"三君"，又与同邑钟皓、荀淑、韩韶等以清高有德行闻名于世，合称为"颍川四长"。

[80]正始：三国时期魏齐王曹芳的年号（240—248）。当时玄风渐兴，士大夫唯老庄是宗，竞尚清谈，世称"正始

之风”。当时嵇康、阮籍等人的诗，被称为“正始体”。正始文学包括正始以后至西晋立国时期的文学。

[81]湛心：沉浸，醉心。

[82]惜园葵：语出唐李白《书怀赠南陵常赞府》：“将无七擒略，鲁女惜园葵。”指春秋时期鲁国有女子，因忧国乱，过了出嫁的年龄还没有出嫁之事。（刘向《列女传·鲁漆室女》）这里指关心国事。

[83]这首诗写东晋开国丞相王导建立东晋，治理江南的故事。诸公渐见渡江来，指永嘉之乱，衣冠南渡事。王导依赖南渡的北方士族，团结江东豪强，协助司马睿建立了东晋政权。新亭一举杯，指史上非常著名的新亭会（新亭在今南京市南）。“过江诸人，每至美日，辄相邀新亭，藉卉饮宴。周侯中坐而叹曰：‘风景不殊，正自有山河之异！’皆相视流泪。唯王丞相愀然变色曰：‘当共勠力王室，克复神州，何至作楚囚相对！’”（南朝宋刘义庆《世说新语·言语》）

[84]侧艳词：浮华艳丽之词。

[85]猛虎谢杨儿：语出唐李白《闻谢杨儿吟猛虎词，因有此赠》：“同州隔秋浦，闻吟猛虎词。晨朝来借问，知是谢杨儿。”

[86]吾弟：指作者二弟罗惠度（此年罗惠度才 13 岁），曾随作者到南通生活三年，将随他人回徽州，此首及后 3 首皆为其送行诗。

［87］此句语出《礼记·檀弓下》："子路曰：'伤哉，贫也！生无以为养，死无以为礼也。'孔子曰：'啜菽饮水尽其欢，斯之谓孝。'"后以菽水称晚辈对长辈的供养。

［88］春江：春日的江水。

［89］沪渎：古水名。指吴淞江下游近海处一段（今黄浦江下游），此指上海。江干：指杭州市江干区，此指杭州。此二处都是回徽州的必经地。

［90］严滩：即严陵濑，见甲集《送友还乡》注［2］。尾滩：江滩名。在富春江中，由此上溯歙县的薛坑口、深渡。

［91］轮舆：轮人和舆人，指古代造车的人。《周礼·考工记》："攻木之工，轮、舆、弓、庐、匠、车、梓。"

［92］雁鹜：鹅和鸭。雁鹜才，指不成材。

日晡时与友人游黄泥山、狼山，踏月而归

旅居岁晏念同群，喜共郊原盼夕曛。烟幂平林愁似织[1]，风吹流潦静成文。不妨杖策寻萧寺[2]，更欲摩碑过沈坟。沈雪君坟[3]。缓步却忘行近远，待看山月落江云。

注　释

［1］语出唐李白《菩萨蛮·别意》："平林漠漠烟如织，寒山一带伤心碧。"

［2］萧寺：唐李肇《唐国史补》卷中："梁武帝造寺，令

萧子云飞白大书‘萧’字，至今一‘萧’字存焉。”后因称佛寺为萧寺。

[3]沈雪君：沈寿（1873—1921），字雪君，苏州吴县（今苏州市吴中区）人。精研绣艺，其绣品驰名海内外，曾获1911年意大利都灵万国博览会“世界最高荣誉奖状”。1914年，沈应邀到南通主持张謇兴办的女工传习所。沈寿去世后，张謇按照沈寿的遗愿把她安葬在南通马鞍山南麓，张謇题写“世界美术家吴县沈女士灵表”。

今日五首

今日河山异，他乡岁月残。避兵无处所，失路独悲酸。身世供生计，安危付大官。高楼风雪夜，流涕倚阑干。

举国方为肉，中原尚养痈[1]。军需无竭蹶，庙略必从容。言利思民贼，丧权任大农[2]。兴亡浑不同，所愿饱飧饔[3]。

闻道黄巾灭，孙美瑶辈[4]。翻忧墨吏多[5]。室空民用暴，世乱政先苛。割据徒为尔，纵横可奈何。良图诚梦想，劳者属悲歌。

异种冯陵渐[6]，诸生愤慨深。指陈能立说，痛哭每沾襟。贾谊差相似[7]，刘蕡素所钦[8]。衣冠重学步[9]，袿衩索知音[10]。

沧海知何极，朱颜惜此时。艰难宁足畏，摧折绝堪悲。会见风尘息，还求菽水资[11]。不愁逢岁腊，村酒共盈卮。

注　释

[1]养痈：谓不治疗肿毒而听其滋长发展。此句指20世纪20年代初中国北方混乱的政局。

[2]大农：秦汉时全国财政经济的主管官，后逐渐演变为专掌国家仓廪或劝课农桑之官。汉景帝后元元年（前143），更名为大农令，武帝太初元年（前104），改为大司农。

[3]飧饔（sūn yōng）：晚餐和早餐，引申为吃饭。

[4]孙美瑶（1898—1923）：山东枣庄人，曾在1923年5月制造轰动国际的"临城劫车案"，后被曹锟所杀。

[5]墨吏：贪官污吏。

[6]冯陵：侵陵。《左传·襄公八年》："焚我郊保，冯陵我城郭。"

[7]贾谊（前200—前168）：洛阳人，西汉初年著名的政论家、文学家。18岁即有才名，重要政论散文有《过秦论》《论积贮疏》《陈政事疏》等。

[8]刘蕡(？—838)：字去华，幽州昌平县(今北京市昌平区)人。他生性耿介，嫉恶如仇，对宦官专权极为愤恨。后遇唐文宗策试贤良，刘蕡写《对贤良方正直言极谏策》，得罪了宦官，被罢黜。

[9]衣冠：衣和冠。古代士以上戴冠，因用以指士以上的服装。后引申指世族、士绅。

[10]袿(guī)：长襦。即妇女的上衣，也指古代妇女所穿的华丽的衣服。衩：位于衣裙下摆或裤边(或称裤底边)的开口。此处"袿衩"与上句"衣冠"相对，指世家或有知识的女性。

[11]菽水：豆和水。所食唯豆和水，形容生活清苦。见甲集《癸亥十月杂诗四十首并序》注[87]。

夜过西南营[1]，闻室中歌声，又闻道旁盲妪哀乞声，囊中只一铜币，因掷与之。归而不怡者竟夜，作诗自遣

闲街寂夜独经过，左听哀鸿右听歌。痴立一时行不得，看侬囊底奈渠何。

注　释

[1]西南营：南通市一街区。

春　感

吁嗟春气何诞漫，久客独居晨不盥。窗外桃花三两枝，各倚娇姿斗轻暖。少年坐此同老夫，为人懒怠才读书。却忘书中何等语，但觉意气今渐无。渐无意气羞争竞，缊袍决踵贫非病[1]。物理衰荣自有时，归去山中抱镵柄[2]。

注　释

[1]缊袍：见甲集《有会而作》注[5]。决踵：即纳履踵决。决，破裂。踵，脚后跟。比喻穷困、窘迫。语出《庄子・让王》："曾子居卫……十年不制衣，正冠而缨绝，捉襟而肘见，纳履而踵决。"

[2]镵(chán)：古代的一种铁制的刨土工具。

见有咏梅者盛自许，同作一首

清名动四方，掩抑在篱旁。白雪助君态，夭桃无此香[1]。未开宜却月[2]，已落近含章[3]。纵便遭迁谪，孤山讵有郎[4]。

注　释

[1]夭桃：语出《诗·周南·桃夭》："桃之夭夭，灼灼其华。"后以"夭桃"称艳丽的桃花。

[2]却月：半月形。亦作"却月眉"。唐代妇女眉型之一。唐杜牧《闺情》："娟娟却月眉，新鬓学鸦飞。"

[3]含章：包含美质。《易·坤》："六三，含章可贞。"

[4]孤山：位于杭州西湖西北角，多梅花，是北宋初年著名隐逸诗人林逋隐居处。讵有郎：似用李商隐"小姑居处本无郎"之意，语出南朝乐府《神弦歌·青溪小姑曲》："开门白水，侧近桥梁。小姑所居，独处无郎。"此两句的大意是轻诋那位以咏梅诗自许者，谓你纵然遭迁谪而与梅花为伴，可也做不成孤山上的林和靖（即林逋），就梅花而言，到底还是"小姑居处本无郎"。

复作一首，以道不敢咏梅之意

霜质植谁家[1]，孤根泊水涯。北人虽不识，南客尚兴嗟。本是云阶种[2]，今容处士夸[3]。梅花愁欲绝，吾敢咏梅花。

注　释

[1]霜质：指植物耐寒的品格。南朝宋鲍照《梅花落》："念尔零落逐寒风，徒有霜华无霜质。"

[2]云阶：高阶。

[3]处士：古称有德才而隐居不愿做官的人。

桃　花

去年桃花开，上有好鸟双徘徊。鸟啼花落自常事，我时持经绕树百匝为花哀[1]。今年清明春尚冷，桃花漠漠令我心惊猜。我宁为花悲吟下泪三百斛，焉能任花解脱无开无落违花才。飞腾二十天涯过，酡颜有酒再命新诗催[2]。其夜月明星穊穊[3]，桃花含感泪满腮。自云薄命意惨淡，缠绵方寸不得辞尘埃。我不负花花终莫怨命，但祝风恭雨顺将护无为灾。明朝披衣造花下，流莺沸渭春归来[4]。

注　释

[1]持经：受持、读诵经典，并依经典的经义去修行。

[2]酡(tuó)颜：饮酒脸红貌。

[3]穊(jì)穊：稠密。

[4]沸渭：形容声音喧腾嘈杂。唐元稹《春鸠》："免教争叫噪，沸渭桃花前。"

不　寐

白昼意不适，中夜闻鸡鸣。露气下甃砌[1]，披帷伤我情。静阅古人书，灯光暗且明。感激立言士，纷纷竟何成。独有《梁父吟》，抱膝不图名[2]。遂令千载后，寂寞无嗣声。

注　释

[1]甃(zhòu)砌：以砖石等砌垒的井壁。疑此处或指庭院的台阶。

[2]此两句语出《三国志·蜀书·诸葛亮传》："亮躬耕垄亩，好为《梁父吟》。"裴松之注引《魏略》言：諸葛亮"每晨夕从容，常抱膝长啸"。《梁父吟》，是古代用作葬歌的民间曲调，音调悲切凄苦，古辞今已不传。

留别南通诸同乡

世事如秋云，诸君似春水。殷勤临歧意[1]，感激曷云已[2]。客子畏离别，况乃同乡里。乡里江之南，去去一千里。云树有余阴，岩壑信清美。吾亲笑相语，吾儿可归矣。一箪亦疗饥，胡为滞泥滓[3]。相期文殊院[4]，与君同洗耳。

注　释

[1]临歧：古人送别常在岔路口处分手，往往把临别称为临歧。唐杜甫《送李校书二十六韵》："临歧意颇切，对酒不能吃。"

[2]曷(hé)云已：怎么能终止。曷，何，怎么。

［3］胡为：为什么。泥滓（zǐ）：泥淖，比喻尘世。唐杜甫《奉先刘少府新画山水障歌》："吾独胡为在泥滓，青鞋布袜从此始。"

［4］文殊院：黄山文殊院，代指故乡徽州。

见羁作

少年矜任侠，慷慨南州行。举世忘直道，斯人被恶名。狴犴宁足悔[1]，轩冕亦何荣[2]。愧对深井里[3]，平生徒自轻。

注　释

［1］狴犴（bì àn）：传说中的兽名。为龙生九子之一，形似虎，又名宪章。它平生好讼，有威力，立于狱门，为狱神，执掌狱事。狱门上部虎头形的装饰是其头像。后借指监狱。

［2］轩冕：古时大夫以上官员的车乘和冕服。借指官位爵禄。唐崔涂《过陶征君隐居》："田园三亩绿，轩冕一铢轻。"

［3］深井里：古地名，指战国韩国轵邑深井里（在今河南省济源市轵城镇），是刺客聂政的乡里。《史记·刺客列传》："聂政者，轵深井里人也。"

病　酒[1]

病酒因为戒酒诗，穷愁与酒不相宜。风花故故撩人眼，岁月漫漫搅酒脾。何日青春容料理，未应红袖强扶持。醉醒一夕余寒在，空著重衾尔许悲。

注　释

[1]此诗又见散页手稿。

东后饮台

东涧旁[1]，东后台[2]，昔人已去今人来。昔人置酒饮东后，曜灵呼吸青山隈[3]。六龙顿辔不肯驻[4]，玉女大笑如婴孩[5]。我生乡中十五载，六年淮海生尘埃。不知斯台在何处，讵识东后曾此倾金罍[6]。归来百事不称意，鹰鞲虎柙心悠哉[7]。欻闻奇文出东涧，巨石剥落饶莓苔[8]。登临失喜欲长啸，沉沦自古多天才。鲁阳挥戈竟何德[9]，逝舟苍茫真可哀。春风离离嫠妇泪[10]，野花没没辛夷开[11]。幽情直觉九天近，愿举万古同一摧。更浴兰汤酌桂醑[12]，遍张伎乐歌徘徊[13]。孰当沉沉为死别[14]，空教玉匣归蒿莱[15]。

注　释

［1］东涧：呈坎村的一条溪水，潨川河的一支流。

［2］东后台：呈坎灵山岭脚下的两块大石，上有“东海瀛台”四字，“文革”中被炸毁。东后，指古代神话中五位天帝之一的东方青帝。

［3］曜（yào）灵：指太阳。《楚辞·天问》：“角宿未旦，曜灵安藏？”

［4］六龙顿辔：语出南朝宋沈约《齐故安陆昭王碑文》：“四牡方驰，六龙顿辔。”六龙，指太阳。神话传说日神乘车，驾以六龙，羲和为御者。顿辔，犹停车，死的婉称。

［5］玉女：指美女、仙女。与“金童”相对时，指的是侍奉仙人的女童。

［6］金罍（léi）：大型盛酒器和礼器。流行于商晚期至春秋中期。

［7］鹰鞲（gōu）：豢鹰者所用的皮臂套，打猎时用以保护手臂，停立猎鹰。虎柙：关老虎的木笼。此处“鹰鞲虎柙”是“鹰在鞲上，虎在柙中”之意。

［8］此两句的意思是：忽然听说东涧出现了石碑，字迹已剥落，长了青苔。欻（xū），忽然。

［9］鲁阳挥戈：力挽危局。语出《淮南子·览冥训》：“鲁阳公与韩构难，战酣日暮，援戈而抐之，日为之反三舍。”

[10]嫠(lí)妇:寡妇。

[11]辛夷:即紫玉兰,为中国特有植物。紫玉兰的树皮、叶、花蕾均可入药;花蕾晒干后称辛夷。辛夷花,又名木笔花、望春花、玉兰花、木兰花。二三月开花。

[12]桂醑(xǔ):桂花酒。亦泛指美酒。

[13]伎乐:我国传统的一种由专职乐工舞伎露天演出以供观赏的娱乐性音乐舞蹈剧,与雅乐舞蹈共同构成我国乐舞艺术的重要两翼。

[14]沉沉:深沉,常指人心或事物沉重。

[15]玉匣:玉饰的匣子,又指葬饰。蒿莱:野草,杂草。

李　花

朱朱复白白[1],山中相与邻。梨花多别恨,桃花偷眼向行人。李花不敢轻颦笑,遮莫春风托此身[2]。

注　释

[1]朱朱:指桃花。白白:指李花。

[2]遮莫:莫非。

古诗四首[1]

平生意无多,所怀不在远。读书得大略[2],观山遂游衍[3]。遭逢乱离世,来往多屯蹇[4]。家无二顷田,足以供餐膳。既多毛生义[5],复耻仲由贱[6]。古贤有抱关[7],余敢辞黾勉[8]。

闺中临别时,赠我一明镜。夫妻同苦乐,明镜共形影。君子有远行,贱妾当定省[9]。岂无儿女恋,大义夙所秉。窗隙生秋风,寒气袭衣领。锦衾今夕烂,角枕何时并[10]。携手念春华,中宵泪如绠。

明发辞二亲,高堂苦谆嘱。儿今已长大,世务宜谙熟。道远频寄书,天寒慎衣服。反复不能言,欲唯声断续。贫家离别苦,出门心转毂[11]。

弱弟送我行,行行至中野。征夫问前路,反顾不能捨。朝日照林端,飞鸟鸣上下。感彼《杕杜》诗[12],簌簌泪盈把。盛年重阅历,令名自宽假[13]。天命岂无因,踟蹰胡为者。

注 释

[1]此4首又见于1926年1月15日《南通》报文艺版,题名为“辞家四首”,署名铭孟。

[2]此句语出《三国志·蜀书·诸葛亮传》裴松之注引《魏略》云:“亮在荆州,以建安初与颍川石广元、徐元

直、汝南孟公威等俱游学，三人务于精熟，而亮独观其大略。每晨夜从容，常抱膝长啸，而谓三人曰：‘卿三人仕进，可至刺史、郡守也。’三人问其所至，亮但笑而不言。”

[3]游衍：恣意游逛。

[4]屯蹇(jiǎn)：《易》的屯卦和蹇卦的并称。意谓艰难困苦，不顺利。东汉秦嘉《留郡赠妇诗》：“人生譬朝露，居世多屯蹇。”

[5]毛生：指汉学大儒毛苌，撰《诗传》10卷。南朝梁颜之推《颜氏家训·书证》：“今以《诗传》良马，通于牧草，恐失毛生之意，且不见刘芳《义证》乎?”

[6]复耻仲由贱：见甲集《有会而作》注[5]。

[7]抱关：监门，借指小吏的职务，泛指职位卑微者。晋陶渊明《读史述九章·韩非》：“君子失时，白首抱关。”

[8]黾勉：勉励，尽力。

[9]定省(xǐng)：子女早晚向亲长问安。泛指探望问候父母或亲长。

[10]此两句出自《诗·唐风·葛生》：“角枕粲兮，锦衾烂兮。”锦衾，锦缎的被子。角枕，角制的或用角装饰的枕头。

[11]转毂(gǔ)：飞转的车轮。比喻行进迅速。

[12]《杕(dì)杜》：《诗·唐风》篇名。为先秦时代晋地汉族民歌。全诗二章，每章九句。流浪人孤单单地徘徊，

诗人对他深表同情。“杕”,《罗长铭集》第6页误为“秋”。

[13]令名:指好的名声。宽假:宽容,宽纵。

哭啬公[1]

昔我年十六,谒公濠之阳。公独许我诗[2],置之弟子行。北面五六年[3],人事多仓皇。严命授室归[4],春风一苇杭[5]。是时月在辰,孟冬复登堂。流涕别公去,公也为我伤。朅来又三载,茕茕走四方。坐此念知己,即事何时忘。今年山中旱,秋至气不凉。俄传大星殒,草木咸歌商[6]。老成见凋谢,国家谁纪纲?江左失夷吾[7],良史应能详。世味真如荼,几人容我狂。俯仰天地间,沉痛迫中肠。作诗投黄泉,忧来不成章。此事久抛弃,行己惧怠荒[8]。在天常默牖[9],愿得全愚刚。他年过南州[10],再拜墓道旁。庶从孺子张安世字。游[11],复揽名山藏[12]。林溪开精舍[13],东奥憩旧庄[14]。田父日荷锄,沧海看成桑[15]。功成身则退,此理有固当。百年如转毂,来日添思量。诸葛真名士,公见勖语。无为负此望。

注　释

[1]此诗录自1926年许彭年等编《张南通先生荣哀录》(卷八)(中华书局),署名罗会钛。

[2]指张謇《罗生示所作黄山诗有逸致,赋此答之,以为生勖》一诗,见甲集。

[3]指作者1919—1924年师从张謇。

[4]授室:本谓把家事交给新妇。语本《礼记·郊特牲》:“舅姑降自西阶,妇降自阼阶,授之室也。”后以“授室”指娶妻。

[5]一苇杭:一叶苇舟可渡航。语出《诗·卫风·河广》:“谁谓河广?一苇杭之。谁谓宋远?跂予望之。”此诗描述了一位旅居卫国的宋国人思乡之情。

[6]咸:都,全部。商:为五音之一,其音凄切。《淮南子·道应训》:“宁越饭牛车下,望见桓公而悲,击牛角而疾商歌。”

[7]此句语出《晋书·温峤传》:“于时江左草创,纲维未举,峤殊以为忧。及见王导共谈,欢然曰:‘江左自有管夷吾,吾复何虑!’”江左,江东。夷吾,管仲名夷吾,字仲,颍上(颍水之滨)人,相齐桓公成霸业。后来多称有辅国救民之才的人。

[8]行己:谓立身行事。《论语·公冶长》:“子谓子产:‘有君子之道四焉:其行己也恭,其事上也敬,其养民也惠,其使民也义。’”己,《罗长铭集》第6页误为“已”。

[9]默牖:暗中启迪。牖,通“诱”。

[10]过:《罗长铭集》6页误为“遇”。

[11]张安世(?—前62):字子孺。西汉武帝时为尚书令,昭帝时为右将军,封富平侯。宣帝时官至大司马卫将军,领尚书事,集军政大权于一身,以为官廉洁著称。

此处指代张謇之子张孝若。“孺子”疑为“子孺”之误。

[12]名山藏：指收藏的各种典籍，语出司马迁《史记·太史公自序》：“整齐百家杂语，藏之名山，副在京师，俟后世圣人君子。”

[13]此句指1916年张謇在狼山北麓林溪所建的“林溪精舍”，此处常贴有“啬庵居士习静之所”的字条。张謇曾给林溪精舍题写门联：“或因求仲开三径，自爱泾溪筑一亭。”寄寓仿效汉代蒋诩、求仲等人的隐逸精神，实现他七十退而读书的想法。张謇晚年的许多日子就是在这里度过的。

[14]此句指1919年张謇在军山东麓所建的东奥山庄，是张謇营建的五山别墅中规模最大的一座，也是张謇晚年经常休憩、会友、宴客之所。

[15]此两句是记述张謇在南通兴办实业、创导文教建设之事。田父日荷锄，语出唐孟浩然《渭川田家》：“田父荷锄至，相见语依依。”

宋玉八首[1]

宋玉微词可是真[2]，愁中风月梦中春。女儿亭下鸱夷去，一舸犹传载玉人[3]。

袖障西风独晏安[4]，桃花若雪满神山。刘郎空食胡麻饭[5]，不遣玄霜为驻颜[6]。

海燕犹栖玳瑁梁[7],扶来侍女爇余香。金针不死神方在,帷帐风开泪数行。

娇鸟啼花亦助情[8],月华如练太分明[9]。如何老去还惆怅,应有无端锦瑟声[10]。

微之诀绝是何时[11],轻薄传文信有之[12]。观过知仁今日事[13],请看一首杜秋诗[14]。

旧事如云去太虚,更从何处觅须臾。始知司业真才子[15],来世相逢未有夫。

名理潭潭惜晋贤[16],轻将慧业损华年[17]。一池春水干卿甚[18],六甲灵飞得妄传[19]。

月下轻偎脸似霞,灯前坐拥泪如麻。伶玄一传真多事,终古身轻说汉家[20]。

注　释

[1]此8首诗录自作者散页手稿。宋玉(约前298—约前222),战国后期楚国辞赋作家。其艺术成就很高,为屈原之后最杰出的楚辞作家。

[2]宋玉微词:登徒子在楚王面前诋毁宋玉:“玉为人

体貌闲丽，口多微词，又性好色。”（宋玉《登徒子好色赋》）

［3］这两句是说西施与范蠡的故事。女儿亭，据冯梦龙《情史》：“今嘉兴县南有女儿亭。《吴越春秋》云：‘越王以吴夫差淫而好色，乃令范蠡取西施以献之。’西施于路与范蠡潜通，三年始达于吴。遂生一子，至此亭，其子一岁能言，因名‘女儿亭’。”鸱夷，即鸱夷子皮，范蠡功成名退后的化名。唐杜牧《杜秋娘诗》：“西子下姑苏，一舸逐鸱夷。”《史记·货殖列传》：“（范蠡）乃乘扁舟，浮于江湖，变名易姓，适齐为鸱夷子皮。”

［4］袖障西风：语出金段克己《满江红·登河中鹳雀楼》：“对西风、舞袖障飞尘，沧溟窄。”晏安：安乐，安定。

［5］刘郎：刘晨，东汉浙江剡县（今浙江嵊州）人。相传汉永平年间（58—75），刘晨与阮肇去天台山采药，遇两仙女，邀至家中，食胡麻饭，睡前行夫妇之礼，半载返家，子孙已过了六七代。后重返天台山寻访仙女，行迹渺然。事见刘义庆《幽明录》。胡麻饭：俗称“麻糍”，是将上好的糯米经水浸透后蒸熟，捣烂后揉成小团，再拌上芝麻、白糖等，即可食用，味道香甜。据传常为神仙待客所用，故又称为“神仙饭”。

［6］玄霜：传说中的仙药。

［7］语出唐沈佺期《独不见》：“卢家少妇郁金堂，海燕双栖玳帽梁。”叙述一个新婚少妇对远方丈夫的思念，

是一首著名的闺怨诗。

[8]语出唐卢照邻《长安古意》:“百丈游丝争绕树,一群娇鸟共啼花。”

[9]月华如练:语出宋范仲淹《御街行》:“年年今夜,月华如练,长是人千里。”这是一首怀人的婉约词。

[10]语出唐李商隐《锦瑟》:“锦瑟无端五十弦,一弦一柱思华年。”无端:没有来由。《锦瑟》是李商隐极负盛名的一首诗。

[11]微之诀绝:元稹(779—831),字微之,唐河南府(今河南洛阳)人。与白居易终生诗友,二人共同倡导新乐府运动,世称“元白”。其名作《莺莺传》所叙张生于莺莺始乱终弃事,学者认为《莺莺传》本事系元稹之恋爱经历,故云“微之诀绝”。

[12]传文:指元稹所撰《莺莺传》。

[13]观过知仁:语出《论语·里仁》:“人之过也,各于其党,观过,斯知仁矣。”

[14]杜秋诗:指杜牧《杜秋娘诗》,记述杜秋娘一生之悲惨遭遇,也寄寓了杜牧自己仕途坎坷、愤世嫉俗的感慨。

[15]司业:即张籍(766—830),字文昌,唐和州乌江(今安徽和县)人。世称“张水部”“张司业”。张籍为韩门大弟子,其乐府诗与王建齐名,并称“张王乐府”。

[16]名理:特指魏晋及其后清谈家辨析事物名和理的是非同异。《晋书·范汪传》:“博学多通,善谈名理。”

表，矧惟人面，含仁保德，靡不得其所。”

[5]亲亲：第一个“亲”为动词，亲近、亲爱；第二个“亲”为名词，父母、亲人。语出《诗·小雅·伐木序》：“亲亲以睦友，友贤不弃，不遗故旧，则民德归厚矣。”

别体诗十章[1]

有爱则有恨，有恨则有想。我是世间人，那能断爱网。

我思令人想，不可令人恨。人想我亦想，人恨我亦恨。

又思令人恨，不可令人想。人想我不恨，人恨我不想。

既思令人恨，又思令人想。人想即是恨，人恨即是想。

我不令人恨，亦不令人想。想恨两俱绝，立地生天上。

天上非世间，一切须摒弃。我佛若如此，何因复入世。

佛力无所畏，佛爱无有边。流澍洽率土[2]，是名大因缘。

佛爱如大海，波浪出其中。众生如波浪，颠倒爱海中。

众生爱缘他，佛爱缘自我。故佛能入世，众生则不可。

勤修入山林，摒弃于一切。平等见真爱，成佛何须说。

注 释

[1]以下2篇11首诗录自散页手稿。

[2]此句语出《妙法莲华经卷第三·药草喻品第五》："流澍无量，率土充洽。"澍（shù）：及时雨。洽：沾湿，浸润。

乡村女儿插花行

乡村五月花似霞，乡村女儿好插花。手牵黄犊渡头饮，侧岸一行浓树遮。浓树遮，一双玉足濯溪沙。非关浓树能遮面，但怪浓花压鬓鸦[1]。压鬓鸦，照水定无差。游鱼水底真堪羡，游客隔林空自嗟。堪羡游鱼能唼影[2]，自嗟堪复日西斜。日斜牵犊归村去，茅屋朝南第一家。

注　释

[1]鬓鸦：形容鬓发漆黑如鸦色。明李渔《奈何天·媒欺》：“儿女催人改鬓鸦，只恐虚度年华。”

[2]唼（shà）：鱼吃食。

霜天晓角[1]

春归何处？寂寞江南路。燕子不知离恨，犹自向、风前舞。　落红泥径雨，飞黄天际絮[2]。愁入炊烟丛外，尽化作、相思句。

注　释

[1]自此以下2阕词录自《腐鼠集乙》，作于己未年（1919）。

[2]飞黄：亦名“乘黄”。传说为八骏中的神马，背有角，善飞驰，乃马中之王。

如梦令

瘦影双双如雾，细语喙喙不住。深夜有谁来，知否相思清苦。休去，休去，门外一天风露。

浣溪沙[1]

遥夜流星望断魂，前尘怅惘不堪言，名香已烬不须温。　碧海青山能葬我，翠绡红袖更怜君[2]，珍珠无语怨空樽。

注　释

［1］自此以下3阕词录自《咏史之什》之后作者的手迹，作于壬戌年(1922)。

［2］翠绡：绿色的薄绢。宋秦观《八六子》："素弦声断，翠绡香减。"

浣溪沙

双树栖鸦白板门，疏枝流影月黄昏，蓦闻人语唤桃根[1]。　怯怯却怜欢犯露，郎君行雨妾行云，相思惟有梦无痕。

注　释

［1］桃根：晋王献之爱妾桃叶之妹。晋王献之《桃叶歌》："桃叶复桃叶，桃树连桃根。相怜两乐事，独使我殷勤。"后借指歌妓或所爱恋的女子。

水仙子

赠欧阳予倩南行[1]

阳春虽好与谁听，枉向崇州走一程[2]。怕江南近日也无风景。不沾泥人怎醒[3]，便沾泥同是飘零。对暮雪心空热，怪梅花心太冷，慕飞鸿来去冥冥。

注　释

[1]见甲集《赠予倩南行》作者自序。

[2]崇州：即南通。后周时期筑城，定名通州，宋天圣元年(1023)改称崇州，又名崇川。

[3]沾泥：苏轼在彭城时，参寥和尚从杭州特地去拜访他。在酒席上，苏轼跟参寥开玩笑，叫一个妓女去向他讨诗。道潜当时口占一诗《子瞻席上令歌舞者求诗，戏以此赠》："底事东山窈窕娘，不将幽梦嘱襄王。禅心已作沾泥絮，肯逐春风上下狂？"苏东坡见之大喜："我尝见柳絮落泥中，私谓可以入诗，偶未曾收拾，遂为此人所先，可惜也。"(孔凡礼《苏轼年谱》412页，中华书局2005年版)

减字木兰花[1]

客中作客，转瞬别离何所惜。却是初秋，流水飞花易惹愁。　　明朝归去，长笛一声红日暮。人似飘蓬，极目天涯有断鸿。

注　释

[1]自此以下3阕词录自《昔在集》附三，作于壬戌年(1922)。

清平乐

相思无侣，怎说相思苦。情愿相思不说苦，谁是相思伴侣。　　多情偏是黄蜂，无情只有春风。休学桃花轻薄，游丝不系残红[1]。

注　释

[1]语出宋叶梦得《虞美人》："晓来庭院半残红，惟有游丝，千丈袅晴空。"

洞仙歌

吊沈雪君[1]

东南飞孔雀，拈丝微笑。聪慧天生夺神巧。月初圆、嫁得山阴少年[2]。风正好,吹遍京华芳草[3]。　　野棠如雪后,不去朝天,曼寿堂深护春晓[4]。最难得、诗人乞与金针[5],翻绣谱[6],与针并妙。到今日、芳魂泣明珠,应惹得、几多绿愁红悼。

注　释

［1］沈雪君:见甲集《日晡时与友人游黄泥山、狼山,踏月而归》注［3］。

［2］山阴少年:指余兆熊,浙江绍兴人,沈雪君之夫。山阴,绍兴古称。

［3］光绪三十年(1904)慈禧太后七十大寿,沈寿绣成山水、花鸟、佛象、法画各四幅,联缀成四个屏障,被送到北京,为慈禧太后看中而被召见。

［4］曼寿堂:张謇别墅濠阳小筑的主楼,其地与女工传习所临近,小筑落成时曾借其半供沈寿暂住,张謇于《曼寿堂匾跋》里记其事。

［5］诗人:指张謇,因沈寿曾向张謇学诗。金针:即"金针度人",谓张謇曾说沈寿编《绣谱》传技于世。

［6］绣谱:即《雪宧绣谱》。沈雪君卧病在床时口述,张謇笔录,整理修改,历时一年完成。

乙集(1928—1936)

1928—1936年为作者文学活动的“上海”时期。作者1928年赴上海,任神州国光社编辑,编校《艺观》《美术丛书》,曾任上海美术专门学校教员等。除从事钟鼎铭文考释、著述,参与编纂《歙县志·人物志》,时有诗词发表。时与黄宾虹、许承尧及汪鞠友等交往甚密,相互唱和及研讨诗词创作。在上海曾与黄宾虹及张善子、张大千等画家为邻,常在一起鉴赏书法名画,并多题画之作。近发现作者一本诗词草稿,作于20世纪30年代中期,内容大多是为大千兄弟的画代拟的题跋。作者在1936年3月3日给许承尧的信中曾言代大千作题画词3阕①,张大千1936年2月21日致作者的信中也明确表示了为其画题诗的请求②。此外在上海期间作者还与文化界人士余空我、宣

---

① 作者在1936年3月3日给许承尧信言及此事:“更近为人作题画词数首,则真油腔滑调矣,别纸录呈,一笑!”信后附有为张大千《仕女四屏》《天女散花》图作的《浣溪沙》3阕。现藏安徽省博物院。

② 张大千在信中,请作者为其在北平中央公园的画展作展览启事,为其《颐和园》画“作长调一首,不胜盼切祷切,词中如用僻典,祈注明示知我。兄近已周览黄山抒写胜景,尤为生色,祈为弟作《汤泉》《紫云庵》《白龙潭》《鸣弦泉》《人字瀑》《慈光寺》《文殊院》《天都峰》《莲花峰》《始信峰》《狮子林》《西海门》《九龙潭》等处各一绝句或一小令,俾弟画藉以生色,是所盼祷”(详见附录五)。

哲、金山、宝显廷、程龣父、周仲武、陶行知、胡朴安、陈邦福、李拔可、林逊之、谢玉岑、陆丹林、许玉田等有诗词交往。

1936 年作者随黄宾虹到北平故宫博物院鉴定和整理所藏古器和法书名画,曾住在宣武地区,所写诗词也收录在本集中。

乙集共收录这一时期诗 74 篇 88 首,词 36 阕。主要录自《长子诗》(1928 年以后 26 篇 36 首)、《长子词》(11 阕),作者 30 年代中期的一本手稿(诗 36 篇 38 首,词 10 阕,其中大多是代张善子、张大千兄弟作的题画诗词)以及许承尧集友朋书札集[①](词 12 阕),其余诗 12 篇 14 首和词 3 阕收集于《艺观》《南通》报等报刊及一些散页手稿。

① 许承尧集友朋书札集是许承尧生前按年份收集的友人书信集,有《惜旧集·己巳》《三十六鱼鳞·辛未》《晚娱集·乙亥　丙子》《如见集二·丙子》《如见集三·壬午　丁丑　戊寅》等,也有未定名的集子,封面仅标明"(60)158"等,现藏安徽省博物院。

金陵五首[1]

艇子城西过[2],卢家尚有堂[3]。眉销一湖黛[4],额染四山黄[5]。妾梦依辽戍[6],君行忆洛阳[7]。争如刘碧玉,得嫁汝南王[8]。

曾住青溪曲[9],能歌白纻词[10]。姿容原绝代,嫵婉记当时[11]。凉月箜篌细[12],繁霜晓幕知。郎心似磐石,银碗奠荒祠。

今日台城客[13],前身江总持[14]。新词羞璧月,艳质恼琼枝。映户娇难进[15],倾身事可思。恩波定不负,智井涴胭脂[16]。

十五长干女[17],盈盈上凤台[18]。愁风复愁水[19],春去又春来。粉重沾云鬓,珠寒缀石苔。练香薰绣被,双匳待君开。

旧院春无主,凄凉白下城[20]。画屏停舞凤,宫柳黯啼莺。淮水鳞鳞去[21],炊烟澹澹生。闲来翻《闰集》,谁识郑如英[22]。

注 释

[1]以下36首录自《长子诗》。此5首原发表于《艺观》第4期(1929年6月),题名为“金陵古艳歌五首”,署名长子。后录入《长子诗》,划去“古艳歌”三字。其中1、2、4、5首又见作者1929年8月8日致许承尧信(见许承尧集友朋书札集《昔旧集·己巳》)。《长子诗》中在这5首诗后依次注有“莫愁湖”“青溪”“台城”“长干”“秦淮河”,后都划去。

[2]语出《乐府诗集·莫愁乐》:“莫愁在何处,莫愁石城西。艇子打两桨,催送莫愁来。”

[3]卢家尚有堂:莫愁湖郁金堂,为莫愁故居。相传南齐时,有洛阳少女莫愁,嫁江东富户卢家,移居南京石城湖畔。莫愁端庄贤惠,后人为纪念她,便将该湖改名为莫愁湖。

[4]黛:古代妇女画眉用的青黑色颜料。

[5]额染四山黄:额黄是一种流行于我国古代的妇女美容妆饰,以黄色颜料染画于额间。

[6]语出唐金昌绪《春怨》:“啼时惊妾梦,不得到辽西。”辽西,古郡名,在今辽宁省辽河以西,是当时少妇梦见丈夫所去的征戍之地。

[7]此句及上一句在《艺观》《昔旧集·己巳》原为“海燕归兰室,寒砧忆洛阳”,《长子诗》改为此。

[8]这两句写西晋汝南王司马亮姬妾刘碧玉,受汝南

王百般宠爱，孙绰作有《碧玉歌》：“碧玉小家女，不敢攀贵德。感郎千金意，惭无倾城色。”后世以“小家碧玉”指小户人家美丽的年轻女子。

[9]青溪：青溪发源于南京紫金山，又称“白水”。据传说，东汉末年广陵（今扬州）人蒋子文时任秣陵尉，因追逐强盗至钟山脚下负伤战死，与所乘白马一同葬于钟山。其妹蒋三妹闻讯，万念俱灰，投青溪追随哥哥而去。后人在蒋王庙后殿为之立像，尊为青溪小姑。

[10]白纻词：即《白纻舞歌》。纻麻本吴地所出，白纻舞指吴舞，《白纻词》亦指吴歌。

[11]嬿婉：美好的样子。代称美女。

[12]箜篌：一种古老的弹弦乐器，在古代除宫廷雅乐使用外，在民间也流传广泛。

[13]台城：指六朝时的禁城（宫城），又称“苑城”，是当时的皇帝用于办公居住的场所。台城故址在今南京玄武湖南岸、鸡鸣寺之后，东端与明都城相接。

[14]江总持：即江总(519—594)，字总持，幼聪敏，有文才。陈后主时，官至尚书令，不持政务，但与后主游宴后庭(《陈书·江总传》)。宫体艳诗的代表诗人之一，其诗意浮艳靡丽。

[15]语出南朝陈陈叔宝《玉树后庭花》：“映户凝娇乍不进，出帷含态笑相迎。”这两句写美人们应召见驾时的情态。

[16]此句指隋军克台城时，陈后主与张贵妃、孔贵人三人投井之事。眢(yuān)井，枯井。此指南朝陈国景阳殿之井，又名胭脂井。隋军克台城，“三人俱投之井也”，“世传二妃将坠，泪渍石栏，故石脉类胭脂，俗又曰胭脂井”(宋周必大《二老堂杂志》)。涴(wò)，污，弄脏。

[17]长干：即长干里，南京古地名，遗址在今秦淮河以南至雨花台以北。秦、汉、六朝时期，长干里是南京最繁华的地方，是著名的商业区和货物集散地。唐李白《长干行》之一有“同居长干里，两小无嫌猜……十五始展眉，愿同尘与灰。常存抱柱信，岂上望夫台”。

[18]凤台：古台名。见甲集《蓬山》注[3]。后泛指华美的楼台。

[19]语出唐李白《长干行》之二：“自怜十五余，颜色桃花红。那作商人妇，愁水复愁风。”

[20]白下城：南京的别称。白下城是一座军事城堡，与石头城、新亭城并称六朝京师三大江防重镇。

[21]淮水：即秦淮河，古称淮水，本名“龙藏浦”，全长约110千米，是南京地区的主要河道。

[22]钱谦益《金陵杂题绝句》有“闲开闰集教孙女，身是前朝郑妥娘”。钱谦益编撰的《列朝诗集·闰集》载：郑如英，字无美，小名妥，明末金陵名妓。冒伯麟的《秦淮四美人选稿》将其与马湘兰、赵令燕、朱泰玉并称为四美人。

李花行

城西一株杨，垂烟曳月似含嗟。城北一株李，无邪有意开好花。前年正月初七夜，我时系马杨树下。语涩声低欲断魂，天流弦月香盈把。今年二月城北时，醉后蹑舄寻蛾眉[1]。李花一树剪冰雪，明月万顷堆琉璃。缟裙乍立香雾湿，玉颜羞晕云鬟低。三年灵境事仿佛，花耶人耶翻自疑。靓妆为问何所奉？天与芳菲故惊众。啮唇未觉妾身轻，啮臂何由欢意重[2]。却笑狂夫更不狂，微词绝倒墙东宋[3]。堕溷方为陌上尘[4]，牵情犹作枝头梦。陌上枝头共一家，蜂阒鸟咽总纷拏[5]。泥涂终古春心在，漫说杨花共李花。

注　释

[1]蹑：追踪，引申为暗暗跟随。舄(xì)：鞋。

[2]啮臂：咬臂出血，以示诚信。《史记·孙子吴起列传》："(吴起)与其母诀，啮臂而盟曰：'起不为卿相，不复入卫！'"后称男女密约婚嫁为啮臂之盟。

[3]微词：见甲集《宋玉八首》注[2]。墙东宋：即宋玉东墙。宋玉《登徒子好色赋》谓东邻有一女姣好，为楚国之冠，登墙窥视宋玉三年而宋玉不与之交往。宋玉以此向楚王辩解，说明自己不好色。

[4]堕溷(hùn):比喻由于偶然的机缘而有富贵贫贱的不同命运。亦多指女子堕落风尘。

[5]蜂阗(tián):指蜂鸣声。

赠余空我[1]

黄浦之水流不断,吾人阅世几回换。种瓜玄冬不得瓜[2],经春野草皆成花。区区浪迹萍与絮,我自奔驰偶相聚。十载浮名苦累人,论交何许披情素。河西桥畔草芊芊,君我同时两少年。高步顿教云变色,清谈能使气如泉。君今失偶同潘岳[3],我复辞家似仲宣[4]。国是抢攘馀涕泪,齐人不返汶阳田[5]。少年何好今何恶,茂陵卧病秋萧索[6]。日暮空吟《白马篇》[7],孱躯终见填沟壑[8]。磨刀伤手君勿磨,饮酒《酒狂》吾请歌[9]。土伯豺狼歌不得[10],残更同坐望天河[11]。

注 释

[1]余空我(1898—1977):字哲文,笔名小记者,安徽歙县人。作者省立第三中学同学,先后任《上海新闻报》编辑、社会新闻版主任编辑,被推为上海新闻记者公会执行委员、常务委员。曾为纂修民国《歙县志》提供大量资料。任上海《正言报》副刊"大众座谈"主编。1949年后,任上海市报刊图书馆资料室主任。擅长古体诗词。

[2]玄冬:古代冬天的别称。

［3］潘岳（247—300）：字安仁，后人多称潘安，巩县（今河南巩义）人。西晋文学家。夫妻情深。妻子早亡后，潘安念念不忘，作了有名的《悼亡诗》来怀念她，以后未再娶。

［4］仲宣：王粲（177—217），字仲宣，山阳郡高平（今山东微山）人。“建安七子”之一，以诗赋见长，著有《登楼赋》传世。少有才名，受蔡邕赏识；后投刘表手下多年，始终未获重用；30岁后归曹操，官至侍中。

［5］汶阳地处泰山脚下，汶河之畔，原春秋鲁国之地。自古称“文明膏腴之地”。《左传》记“齐鲁必争汶阳田”，公元前500年，汶阳之战后，齐将汶阳交还鲁国。

［6］茂陵卧病：指西汉司马相如因病免职，家居茂陵。

［7］《白马篇》：“建安七子”之一曹植所作，是《杂曲歌·齐瑟行》歌辞，又作《游侠篇》，写的是边塞游侠的忠勇，也可能是作者自况。

［8］孱躯：衰弱的身体。填沟壑：谓填尸于沟壑。指死，多用作婉辞。《战国策·赵策》：左师触龙对赵太后言，“（小儿子舒祺）十五岁矣。虽少，愿及未填沟壑而托之”。

［9］《酒狂》：中国古代琴曲，是晋代“竹林七贤”阮籍所作。阮籍通过描绘混沌的情态，发泄内心积郁的不平之气，音乐内在含蓄，寓意深刻。

［10］土伯：神怪名。《楚辞·招魂》：“魂兮归来！君无下此幽都些。土伯九约，其角觺觺些。”王逸注：“土伯，

后土之侯伯也。”

[11]残更：旧时将一夜分为五更，第五更时称残更。

首　都[1]

五饮建邺水[2]，黯然销客魂。驱车入城去，投止竟无门。秋气侵残垒，斜阳下古原[3]。不堪西向意[4]，荒落对谁论。

注　释

[1]首都：此指南京。

[2]建邺：南京的古称之一，源于晋太康三年(282)。

[3]古原：即乐游原，是位于西安市南郊大雁塔东北部、曲江池北面的黄土台塬。汉宣帝立有乐游庙，是唐代的游览胜地。唐李商隐《乐游园》："向晚意不适，驱车登古原。夕阳无限好，只是近黄昏。"

[4]西向意：指西望，即用"西望长安不见家"(李白《与史郎中钦听黄鹤楼上吹笛》)之意，谓自己漂泊无定。

昔　年[1]

昔年学道乘牛车[2]，空中雨曼陀罗华[3]。漏因早尽法王子[4]，妙眼不觑摩登伽[5]。如何堕落尘海中？岁暮天寒歌转蓬。黄金不成红袖老，坐望沅澧愁蒙蒙[6]。思公子兮未敢言[7]，博山都梁历历温[8]。名香可爇炉可铸[9]，神销骨蚀何由抟。折节归儒有如此[10]，金坛未谷衙官耳[11]。超声随鼻舌根声[12]，三十六位如翻水[13]。愿以声音通八垓[14]，更从江夏谈名理[15]。

注　释

[1]此诗又见于《艺观》第2期(1929年4月)，署名长子，题为"治朴学"。

[2]学道乘牛车：《法华经》以羊车喻声闻乘，鹿车喻缘觉乘，牛车喻菩萨乘，这三乘都是权乘，大白牛车喻佛乘，这一乘才是实乘。

[3]雨曼陀罗华：语出《法华经·序品》："是时天雨曼陀罗华、摩诃曼陀罗华、曼殊沙华、摩诃曼珠沙华，而散佛上及诸大众。"曼陀罗华，指白色彼岸花，也就是白花石蒜，是"乱坠天花"的四花之一。在佛经中，曼陀罗花是适意的意思，就是说，见到它的人都会感到愉悦。它包含着洞察幽明，超然觉悟，幻化无穷的精神。

[4]漏因：指招感三界果报的业因。如五戒十善为善法之因，五逆十恶为恶法之因。法王子：为大菩萨的尊称，因大菩萨出生于法王之家，而且能够传承佛法。

[5]摩登伽：即摩登伽女，此句指摩登伽女与佛陀的十大弟子之一阿难的故事。摩登伽女因阿难口渴讨水而认识阿难，穷追欲嫁阿难，阿难无奈，求助佛陀。佛陀让

摩登伽女在僧团修漏行，使其幡然醒悟，忏悔自己的愚痴行为，发愿服膺佛陀的教法，做一个真理的使者。

[6]沅澧(yuán lǐ)：即沅芷澧兰。本指生于沅澧两岸的芳草，后用以比喻高洁的人或事物。《楚辞·九歌·湘夫人》："沅有芷兮澧有兰，思公子兮未敢言。"王逸注："言沅水之中有盛茂之芷，澧水之内有芬芳之兰，异于众草。"

[7]见前注。

[8]博山：博山香炉，是中国汉、晋时期汉族民间常见的焚香所用的器具。都梁：亦称都梁香，泽兰的别名。北魏郦道元《水经注·资水》："县(都梁县)西有小山，山上有渟水，既清且浅，其中悉生兰草……俗谓兰为都梁。山因以号，县受名焉。"

[9]爇(ruò)：点燃，焚烧。

[10]折节：强自克制，改变平素志行。《北史·魏收传》："伯起少颇疏放，不拘行检，及折节读书，郁为伟器。"

[11]金坛：指段玉裁(1735—1815)，字若膺，号懋堂，江苏金坛(今江苏常州市金坛区)人。未谷：桂馥(1736—1805)，字冬卉，号未谷，山东曲阜人。二者皆清代乾嘉时期著名学者，尤精语言文字之学。未，《罗长铭集》14页误为"米"。衙官：原指刺史的属官，后泛指下属小官。

[12]此句指《大般涅槃经》所说吸气之声、舌根之声、随鼻之声、超声、长短声等五声中之三种。

[13]三十六位：指音韵学上传统的“三十六字母”，大体上代表唐宋间汉语语音的36个声母。

[14]八垓：八方的界限。唐任公叔《通天台赋》：“八垓可接于咫步，万象无逃于寸眸。”

[15]江夏：是黄姓祖居地之一，此处指黄宾虹、黄居素两先生。此诗发表于《艺观》时此句后有注：“宾虹，居素二先生皆覃精内典。”宾虹即黄宾虹（1865—1955），原名懋质，后改名质，字朴存、朴人，亦作朴丞、劈琴，号宾虹，别署予向、虹叟、黄山山中人等，安徽歙县人，生于浙江金华。1907年后居上海30年，从事新闻与美术编辑和美术教育工作，先后任上海各艺术学校的教授。1935年被聘为故宫古物鉴定委员。1937年由上海迁居北平，兼任国画研究院导师及北平艺专教授。1948年返杭州，任国立杭州艺专教授。晚年任中国美术家协会华东分会副主席、中国美术家协会理事。居素即黄居素（1897—1986），广东石岐（今中山市石岐区）人。曾追随孙中山参加革命，1928年随黄宾虹学习中国山水画。1954年为中央文史馆馆员，著有《光纲楼诗》。

佣书

我食农夫耕，我衣工人织。我不能耕织，佣书聊易食。既异儒生素，不同佛陀乞。怡然有余闲，如何不自惜。博塞徒玩日[1]，酬对亦愒岁[2]。粤侠我所拙[3]，醇酒腐肠胃。本无妙明性，声明自缠执[4]。庶几百年中，什一予可得。

注　释

[1]博塞：亦作“博簺”，即六博、格五等博戏。

[2]愒(kài)岁：荒废时日。

[3]甹(pīng)侠：谓轻财重义者。

[4]声明：古代印度学者研究的五明之一，近于语言学中的训诂和词汇学。

读《唐风·蟋蟀》之篇[1]，感而有作

何者为乐何者苦，岁月驱人似俘虏。平等之中万差别，过去未来同一吷[2]。忽辞青山逐尘市，落拓为人了无异。诗人触物低回多，每自寒蛩咽甃砌[3]。今我不苦思高丘，高丘有女能温柔[4]。颜如璧月照海水，眼如菊朵澄清秋[5]。回眸一扫众星陨，花明柳亸啮我头[6]。暑暍贻我大谷梨[7]，凉津缕缕沁肝脾。冰天贻我白狐裘[8]，温香浃骨无与媲。秦王女骑青凤凰[9]，欲回若翔映日光。亦能轻举能相见，胁间双翅小如燕。微风倒入君怀抱，子夜娇娆何足道。枕边欢浅泪凝脂，窗畔愁深霜皓皓。不如置身沙碛边，自修智慧得忘筌[10]。荒唐云雨荒唐梦，筵短龟长无百年[11]。

注　释

［1］《唐风·蟋蟀》之篇：指《诗·唐风·蟋蟀》。这首诗主要写诗人感物伤时，劝诫自己和别人勤勉。

［2］啜(chuò)：同"啜"，饮，喝。

［3］寒螿(jiāng)：古书上说的一种蝉，比较小，墨色，有黄绿色的斑点，秋天出来鸣叫。

［4］高丘有女：高丘，楚国山名。《楚辞·离骚》："忽反顾以流涕兮，哀高丘之无女。"王逸注："楚有高丘之山。女以喻臣。言己虽去，意不能已，犹复顾念楚国无有贤臣，心为之悲而流涕也。"此诗中"高丘有女"反《离骚》原意而用之。

［5］眼如萄朵：语出《楞严经》："眼如葡萄朵，耳如新卷叶。"

［6］花明柳亸(duǒ)：清归懋仪《水龙吟·题含翠阁主人遗影》："万峰环绕西湖，一楼临水延空翠。花明柳亸，名姝国士，一双同倚。"亸，下垂。

［7］暍(yē)：中暑。大谷梨：陕西关中出产的梨。唐独孤及《代书寄上裴六冀、刘二颍》："尔来大谷梨，白花再成雪。"

［8］白狐：《罗长铭集》15 页依《长铭诗词钞》，误为"狐白"。

［9］此句意见甲集《蓬山》注［3］。

［10］忘筌：语出《庄子·外物》："荃者所以在鱼，得鱼而忘荃。"引申喻不值得重视的事或物。荃，通筌，捕鱼的竹器。

[11]筮(shì)短龟长:谓筮占所言理短,龟卜所言理长;而卜筮实无长短。比喻粉饰骗人之词。《左传·僖公四年》:“初,晋献公欲以骊姬为夫人,卜之,不吉;筮之,吉。公曰从筮。卜人曰:‘筮短龟长,不如从长。’”孔颖达疏:“卜人欲令公舍筮从卜,故云筮短龟长,卜筮实无长短。”

己巳元旦[1]

强分节序为欢日,明知欢笑真无益。不见山河今变色,汉正爆声难可得[2]。我生怀古幽情多,龙蛇兴废将奈何[3]! 宁见鸿蒙开辟手,肯随毚兔入罝罗[4]。

注　释

[1]此诗又见于《艺观》第2期(1929年4月),署名长子。作于1929年2月10日。

[2]汉正爆竹:谓传统正月里的鞭炮声。北伐后成立的民国政府其时曾废止旧历,故于春节听到鞭炮声,作者才感到“难可得”。

[3]龙蛇兴废:己巳元旦,则戊辰(龙)年已过去,己巳(蛇)年已来到,故曰。

[4]毚(chán)兔:狡兔,大兔。《诗·小雅·巧言》:“跃跃毚兔。”罝(jū)罗:泛指捕捉鸟兽的网。《国语·鲁语上》:“兽虞于是乎禁罝罗。”

立夏前一日闻山中匪警，凄然有作[1]

时难人穷欲怨谁，荒荒四海一流离。青阳不分今朝去[2]，故国唯应燕子知。猿鹤有书哀贼盗[3]，星辰无语入陂池[4]。请看斯世成刍狗[5]，独对昏灯诵杜诗。

北去南来已十年，恶游何事不归田。买山恐被巢由笑[6]，入市还欣瓦砾全。几处农氓馀饿殍，一时鸡犬尽神仙。陆沉聋瞽君休问[7]，吾舌虽存也枉然。

注 释

[1]此两首又见《艺观》第5期(1929年7月)，署名长子，题名为“立夏前一夕闻山中兵匪焚掠，凄然有作”。1929年4月间，贵池地方武装头领朱富润(朱老五)率部进入祁门、休宁，又犯屯溪，纵火焚烧，长街尽毁，大火三日始熄。即此诗所述“闻山中匪警”之事。许承尧亦有诗记此事。

[2]青阳：即春天。《尔雅·释天》：“春为青阳。”郭璞注：“气青而温阳。”

[3]猿鹤：猿与鹤，亦借指隐士。清方文《饮从兄播公民部》：“猿鹤岂无干禄意，江关只恐厌人稠。”

[4]陂池：池沼，池塘。《书·泰誓上》：“惟宫室、台

榭、陂池、侈服，以残害于尔百姓。”孔安国传：“泽障曰陂，停水曰池。”

［5］刍狗：古代祭祀时用草扎成的狗，祭祀完即丢弃。语出老子《道德经》：“天地不仁，以万物为刍狗；圣人不仁，以百姓为刍狗。”

［6］买山：典出南朝宋刘义庆《世说新语·排调》：“支道林因人就深公买印山，深公答曰：‘未闻巢、由买山而隐。’”后以“买山”喻贤士的归隐。亦用以形容人的才德之高。巢由：见甲集《咏史》注［28］。

［7］陆沉盲瞽：语出汉王充《论衡·谢短篇》：“知古不知今，谓之陆沉……知今不知古，谓之盲瞽。”陆沉，陆地下沉或沉没，喻泥古而不解世事。盲瞽，看不见东西，喻不明事理。

小病游顾家宅公园[1]

小病得心清，翻然悟死生。世缘随所遇，吾道若为成。寂寞非真境，虚空是假名。园中有嘉木，聊复寄吾情。

讵敢薄周孔[2]，亦能归释迦。天龙八部众[3]，海水一莲华[4]。宵梦移人意，歧途问我家。只愁词曼衍，未必合瑜伽[5]。

吾爱嵇叔夜[6],养生有至言[7]。明知一溉益[8],不与众禾燔[9]。却笑彭殇并[10],相看矢溺尊[11]。榆枋能尽性[12],溟海失篱樊[13]。

道不在身外,如何言舍生。政须名字执[14],差别智愚情。曲沼观鱼跃[15],闲林伫鸟鸣[16]。乘时不妨物,底是世尘婴[17]。

注 释

[1]顾家宅公园是法国公园(即今上海复兴公园),是当年法租界文化、社交活动的中心。

[2]薄周孔:轻视周公和孔子。见三国魏嵇康《与山巨源绝交书》:"又每非汤武而薄周孔,在人间不止,此事会显,世教所不容,此甚不可一也。"

[3]天龙八部众:天龙为八部众中之二众,八部之中以此二部为上首,故标举曰天龙八部。八部为守护佛法而有大力之诸神。

[4]莲华:即莲花,一种生长在浅水中的宿根草本植物。夏季开花,古来于印度,最受珍视。《法华经》以莲华比喻正法的经典。

[5]瑜伽:梵文,意思是自我和原始动因的结合或一致。瑜伽是一个通过提升意识,帮助人们充分发挥潜能的哲学体系及其指导下的运动体系。

[6]嵇叔夜：即嵇康，见甲集《效杨炯》注[7]。

[7]养生：指嵇康所著《养生论》，主张形神共养，尤重养神。

[8]一溉益：即一溉之益，浇灌一次庄稼的效果。语出三国魏嵇康《养生论》："然则一溉之益，固不可诬也。而世常谓一怒不足以侵性，一哀不足以伤身，轻而肆之，是犹不识一溉之益，而望嘉谷于旱苗者也。"

[9]燔(fán)：焚烧。。

[10]彭殇并：见甲集《代挽杨石秋》注[3]。

[11]矢溺(niào)：即屎尿。

[12]榆枋：榆树与枋树，比喻狭小的天地。后用以比喻浅薄的见解。

[13]溟海：神话传说中的海名。《列子·汤问》："终北之北有溟海者，天池也。"篱樊：篱笆。比喻限制范围。

[14]此句意是为政必须名正言顺。

[15]曲沼：曲折迂回的池塘。唐秦韬玉《曲江》："曲沼深塘跃锦鳞，槐烟径里碧波新。"

[16]闲林：闲居林下。唐李德裕《郊外即事寄侍郎大尹》："高秋惭非隐，闲林喜退居。"

[17]世尘婴：指世俗之事。唐杜甫《别赞上人》："还为世尘婴，颇带憔悴色。"

与苞公谈长生久视之道[1]，时读《公羊春秋》[2]，次韵一首

继绝兴亡圣所任[3]，阎浮世界海潮音[4]。端门受命三科立[5]，鹿野传灯一指深[6]。未必长生成外道，要于尺宅见天心。文儒尚有非常义，何况愔愔太古琴[7]。

注　释

[1]苞公：许承尧（1874—1946），字际唐，亦作霁塘，一字苞公，别署疑庵，安徽歙县唐模（今属黄山市徽州区）人。方志学家、诗人、书法家、文物鉴赏家。光绪三十年（1904）中进士。辛亥革命后，任全省铁路督办等职，后任甘肃省府秘书长、兰州道尹、甘肃省政务厅长等职。1924年辞官返歙，从此绝迹仕途，在家乡以著述终老。工善诗文，一生撰述不辍，著有《歙事闲谭》《疑庵诗》《疑庵文剩》《疑庵藏书画录》《疑庵日记》，主编民国《歙县志》等，保存了徽州大量文史资料。

[2]公羊春秋：即《公羊传》，或叫《春秋公羊传》。相传为战国齐人公羊高所著，专门阐释《春秋》。

[3]继绝兴亡：语出《论语·尧曰》："兴灭国，继绝世，举逸民，天下之民归心焉。"古人认为这是圣贤者的责任。

[4]阎浮：梵语“阎浮提”的省称。阎浮是树名，阎浮提就是佛家所说四大部洲中的南赡部洲，因洲上阎浮树最多而得名。阎浮提原指印度，后泛指中华及东方各国，又称阎浮洲、阎浮界、阎浮世等，代指人间世界。海潮音：喻指佛、菩萨应时适机而说法的音声；海潮无念，不违其时。

[5]三科：佛教中，五蕴、十二处（又称十二入）、十八界的合称，意指教诫佛教徒所分的科目。

[6]鹿野：即鹿野苑，印度佛教圣地，意为仙人住处，位于印度北方邦，为佛教发祥地。传灯：传法的别称，有时专指禅宗传法。因佛教认为佛法如灯，能照破幽暗，故以灯喻为佛法。

[7]太古：远古，上古。

空　室

空室客漂泊，零雨天汍澜[1]。贫贱计不就，悱愤心苦慱[2]。昔寻孔颜乐[3]，今见箪瓢艰[4]。世网驱我去[5]，荆棘当我欑[6]。夸毗者谁子[7]，高语声亶亶[8]。大妇呕轻暖[9]，小妇嘘薄寒。自陈狗马疾[10]，颇谢樗蒲欢[11]。对此不能慕，意气创我瘢。

注　释

[1]汍（wán）澜：流泪的样子。《后汉书·冯衍传

下》:“泪汍澜而雨集兮,气滂浡而云披。”

[2]悱愤:谓积思求解。语出《论语·述而》:“不愤不启,不悱不发。”慱(tuán):忧虑。

[3]孔颜:指孔子和颜回。

[4]箪瓢:盛饭食的箪和盛饮料的瓢。亦借指饮食。语出《论语·雍也》:“一箪食,一瓢饮,在陋巷,人不堪其忧,回也不改其乐。”后用为生活简朴、安贫乐道的典故。

[5]世网:比喻社会上法律礼教、伦理道德对人的束缚。

[6]欑(cuán):丛聚,密集。

[7]夸毗:以谄谀、卑屈取媚于人。《诗·大雅·板》:“天之方懠,无为夸毗。”

[8]譠(tán):欺。

[9]呕(xù):通“煦”,呵气使温暖。《长子诗》为“妪”,疑笔误,故改。

[10]狗马疾:同“狗马病”,谦称自己的疾病。

[11]樗(chū)蒲:古代的一种博戏,后世亦以指赌博。

赠宣愚公[1]

兵戈何处可潜辟[2],海上相逢如蠹鱼。不能清谈误天下,应门无仆出无车[3]。少年蜂起肆讥评,抱残儒生不读书。朝出暮入结名誉,蜉蝣楚楚屋渠渠[4]。呻吟章句郑海藏[5]，刻画金石罗雪堂[6]。散原穷饿静安死[7]，人间得失何茫茫。静安终是为人者，海水横飞足悲咤。岂如赁庑平陵人[8]，刊落声华自潇洒[9]。稽古讴歌术未工，全生往往逃虚空。舌舐掌钞忘岁月[10]，老入愚谷名愚公。

注　释

[1]宣愚公：宣哲(1866—1942)，又名宣人哲，字古愚，晚号愚公，别号黄叶翁、哲子野。江苏高邮人。清末监察大员。收藏、鉴赏家，亦擅写山水。曾与黄宾虹结贞社，各出藏品，以相赏玩。能词，有《寸灰集》。

[2]潜辟：不被用的时候就静静地隐蔽起来。语出汉李尤《屏风铭》："舍则潜辟，用则设张。"后引申为儒家道德伦理的一种具体的象征。

[3]应门：照管门户。指应接叩门之意。

[4]蜉蝣楚楚：语出《诗·曹风·蜉蝣》："蜉蝣之羽，衣裳楚楚。心之忧矣，于我归处？"蜉蝣，一种昆虫，幼虫生活在水中，成虫有两对翅膀，薄而透明，常在水面飞行，寿命很短，一般只有几个小时到一星期左右。楚楚，整齐干净。屋渠渠：即夏屋渠渠。语出《诗·秦风·权舆》："於我乎，夏屋渠渠。"渠渠，深广貌。

[5]郑海藏：郑孝胥(1860—1938)，号太夷，别号海藏楼主，福建闽南人。清光绪八年(1882)举人，辛亥革命后以遗老自居，1932年任伪满洲国总理兼文教部总长等。

书法工楷、隶，尤善楷书；为诗坛“同光体”倡导者之一。

[6]罗雪堂：罗振玉(1866—1940)，字叔言、叔蕴，号雪堂，晚年更号贞松老人，江苏淮安人。辛亥革命后逃亡日本，后曾参与制造伪满洲国活动。书法善篆、隶、楷、行，是创以甲骨文入书者之一。编著有《贞松堂历代名人法书》《高昌壁画精华》《殷墟书契》《三代吉金文存》等。

[7]散原：陈三立(1859—1937)，字伯严，号散原，江西义宁(今修水)人。“同光体”诗派重要代表人物。清末戊戌变法志士，与其父陈宝箴联手启动“湖南新政”。“戊戌变法”失败后父子同被问罪革职。未几丧父，三立更无心于仕途，与友人诗酒相遣。1937年卢沟桥事变后，其在北京，拒绝日本人诱使其出任伪职，绝食五日，忧愤而死。

[8]赁庑(wǔ)平陵人：指梁鸿夫妇举案齐眉的故事。西汉时期扶风平陵(今陕西咸阳)人梁鸿，少孤，受业太学，家贫而尚节操。娶同县孟女光，貌丑而贤，隐居于吴，“居庑下，为人赁舂。每归，妻为具食，不敢于鸿前仰视，举案齐眉”(《后汉书·梁鸿传》)。赁庑，指租借房屋，亦指租借的房屋。

[9]刊落声华：即删除、削去那些声誉荣耀之事。

[10]舌舐(shì)：指写诗作文或绘画等。舐，以舌舔物。掌钞：抄写书本。

同诸公夜饮市楼[1]

铺馁无好怀[2]，旅寄无好音。畴知市楼饮，清夜开幽襟。主客四五人，相对忘世今[3]。虽非西园游[4]，颇惬处士斟。酒酣话耆旧，赠我以南琛[5]。三绝各有寄[6]，贱子嗟未挦[7]。吾观生民瘁，朝野竞荒淫。岩穴伏戎马，耿介膏斧椹[8]。烈风摧隰榆[9]，涸水亡池鳛[10]。忧生迫来岁，公怨劳者吟。

注　释

[1]此诗又见作者致许承尧信(见许承尧集友朋书札集《晚娱集·乙亥　丙子》，诗后有：“同诸公夜饮一首录呈际唐先生教政。长铭拜上。”此诗作于1930年，作者与黄宾虹、许承尧、洪汝闿会饮时所作，另许疑庵有和诗《与宾虹、泽丞、长铭会饮，长铭有诗，作此和之》(见黄山书社《疑庵诗》187页)：“奇人抱冷癖，小饮聆清言。局曲沧海隅，宿泪偶一翻。不敢妄有陈，聊记雪爪痕。多君席令姿，劬学情温温。从横了百家，要眇窥玄门。眤古移盼睐，过为衰朽存。嘘梦落市楼，明灯照奇磨。惜此一俯仰，未免摇心魂。酒阑太息去，嗟世方艰屯。”

[2]铺馁(bū zhuì)：亦作餔餟，吃喝。

[3]相对：《晚娱集》中为“酬对”。

[4]西园游：三国时期，魏国邺都的西园（即铜雀园）是曹丕、曹植兄弟集文学侍从之臣游宴、赏月的地点，在他们的诗中也常提到西园。三国魏曹植《公宴》："清夜游西园，飞盖相追随。"后世因用"西园"作为游宴或赏月的典故。

[5]南琛：南方所产的珍宝。古代常用以朝贡。

[6]三绝：指黄宾虹的画、许疑庵的诗、洪汝闿的词。《晚娱集》中此处有作者注："宾虹先生自谓寄兴于画，谓际唐丈寄兴于诗，谓泽丞丈寄兴于词。"

[7]挦（xián）：引用、摘录或抄录（某人的文章或诗）。

[8]此句意思是耿介之士遭腰斩。耿介，正直，不同于流俗，光明正大。《楚辞·九辩》："独耿介而不随兮，愿慕先圣之遗教。"膏，指人体心下膈上的重要部位，此处指腰部。椹，即砧板，古时称腰斩时所用垫板为"椹质"。

[9]隰（xí）：低湿之地。榆：又名枌，落叶乔木。《诗·唐风·山有枢》："山有枢，隰有榆。"

[10]鳍（jīn）：鱼名。

论　诗[1]

天运健不息[2]，《黍离》丁我躬[3]。于嗟《小雅》废[4]，周道委《王风》[5]。往者不见今，高语追羲农[6]。来者不溯旧，裨贩纷嘲讧[7]。辞拾古人慧，意非倾国工[8]。拘儒吓腐鼠[9]，曲士嗤雕虫[10]。改服觊英俊[11]，回车排瘖聋[12]。恢炱入窔夏[13]，局蹐摩苍穹[14]。苦语或甘蓼[15]，微词无遗葑[16]。耽思瘝开塞[17]，历载从污隆[18]。幽忧适相觌[19]，兴怨诚可宗[20]。南箕方翕舌[21]，潸涕宁为穷[22]。

注　释

[1]此诗又见作者致许承尧信(见许承尧集友朋书札集《晚娱集·乙亥　丙子》)，诗后有："论诗呈芚公先生斧藻。晚长铭拜上"。

[2]语出《易·乾》："天行健，君子以自强不息。"

[3]《黍离》：《诗·王风》的首篇，是东周时代洛邑的民间歌谣，表达了对国家昔盛今衰的痛惜伤感之情。"黍离之悲"成为重要典故，用以指亡国之痛。丁我躬：让我遭到。丁，当，遭逢。《诗·大雅·云汉》："耗斁下土，宁丁我躬！"

[4]《小雅》：《诗》的一部分，共有74篇。《小雅》中一部分诗歌与《国风》类似，其中最突出的是关于战争和劳役的作品。

[5]《王风》：《诗·国风》的十五国风之一。《王风》是东周洛邑一带的民歌，包括《黍离》等十篇。周平王宜臼在位时(公元前770—前720)，东迁洛邑(也称王城，今河南洛阳市)，实力衰弱，王室之尊与诸侯无异，其诗不能

复雅,故贬之,谓之王国之变风。其音哀以思,后以象征王道之衰微。

[6]羲农:伏羲氏和神农氏的并称。

[7]裨(bì)贩:小贩。《文选·张衡〈西京赋〉》:“尔乃商贾百族,裨贩夫妇。”薛综注:“裨贩,买贱卖贵,以自裨益。”

[8]国工:一国中技艺特别高超的人。《周礼·考工记·轮人》:“故可规、可萬、可水、可县、可量、可权也,谓之国工。”郑玄注:“国之名工。”

[9]拘儒:固执守旧、目光短浅的儒生。腐鼠:典出《庄子·秋水》。意思是腐烂的死鼠,喻毫无价值的东西。

[10]曲士:乡曲之士。比喻孤陋寡闻的人。

[11]觊(jì):希望,希图。

[12]瘖聋:哑和聋。喻对事物不闻不问,闭目塞听。

[13]恢炱(tái):亦作“恢胎”,旺盛貌。穾(yào)夏:亦作“穾厦”,结构重深的大屋。《楚辞·招魂》:“冬有穾厦,夏室寒些。”王逸注:“穾,复室也。厦,大屋也。”。

[14]局蹐(jí):语出《诗·小雅·正月》:“谓天盖高,不敢不局。谓地盖厚,不敢不蹐。”郑玄笺:“局蹐者,天高而有雷霆,地厚而有陷沦也。此民疾苦王政,上下皆可畏怖之言也。”后因以形容戒慎、畏惧之貌。局,曲。蹐,小步轻走。

[15]苦语:犹苦言。甘蓼(liǎo):谓甘于困苦,不易操守。

[16]无遗葑(fēng):不遗葑菲,原意是采集蔓青和萝卜时,不要因茎叶不好而连根部都抛弃。比喻对有可取之处的人要尽量收罗利用。语出《诗·邶风·谷风》:“采葑采菲,无以下体。”

[17]寤:古同“悟”,理解,明白。开塞:开启和阻塞。引申指兴革、取舍。

[18]污隆:升与降。常指世道的盛衰或政治的兴替。

[19]觌(dí):相见。“拘儒吓腐鼠……幽忧适相觌”11句在《晚娱集》中为7句:“纵能吓腐鼠,未得嗤秋虫。一字冶经论,百世幡肺胸。褊迫见真宰,局蹐摩苍穹。污淦适相靚。”

[20]可宗:可靠。

[21]语出《诗·小雅·大东》:“维南有箕,载翕其舌。”箕,星座名,共八星,排列成簸箕状。翕,向内缩,指用力吸取的样子。这里是说箕星的形状口大底小,状如缩舌吸引,有吞噬的样子。

[22]潸(shān):流泪的样子。

偶 作

诟暑诅寒体气孱,少年行作耄荒看。辞家萍梗惊霜冱[1],将父瓶罍茹泪酸[2]。自古飞腾无笔札,及今辛苦为盘餐。渐尝世味忘荼味,窥牖苍凉月一丸。

注　释

[1]萍梗：比喻行踪如浮萍断梗一样，漂泊不定。冱(hù)：冻。

[2]将父：奉养父亲。《诗·小雅·四牡》："不遑将父。"瓶罍(léi)：盛酒器，小者为瓶，大者为罍。《诗·小雅·蓼莪》："瓶之罄矣，维罍之耻。"意思是：小瓶没有了酒，这是酒缸的羞耻。喻两者关系密切。

某君诗学定庵，而自云瓣香伏敔堂，以诗卷见示，题其尾[1]

定庵沉丽依稀到，弢叔精能取次亲[2]。杼柚不随天地尽[3]，风华自与岁时新。中年嗤点伤哀乐，异代流传别伪真。说与江南庾开府[4]，凌云健笔老逾神[5]。

注　释

[1]此诗又见作者致许承尧信(见许承尧集友朋书札集《晚娱集·乙亥　丙子》)，诗题为"题松江某君诗"。某君疑指上海画家陆元鼎(1911—1998)，时随作者学诗。定庵：龚自珍(1792—1841)，字璱人，号定盦，浙江仁和(今杭州)人。历官内阁中书等。著有《定盦文集》《续编》和《补编》。瓣香：师承，敬仰。伏敔(yǔ)堂：指江堤的诗集，见下注。

[2]弢(tāo)叔：江堤(1818—1868)，字弢叔，又字持

正,江苏长洲(今苏州)人。道光间官浙江候补县丞。有《伏敔堂诗录》《伏敔堂诗续录》和《集道堂外集》。

[3]杼柚(zhù zhóu):亦作“杼轴”。杼,梭子。柚,筘。为织布机上的两个主要部件。比喻诗文的组织、构思。晋陆机《文赋》:“虽杼轴于予怀,怵佗人之我先。”

[4]江南庾开府:即庾信,曾在北魏、北周任开府仪同三司。见甲集《闻屯溪乱事》注[6]。

[5]凌云健笔:为文作诗的高超雄健的笔力。唐杜甫《戏为六绝句》之一:“庾信文章老更成,凌云健笔意纵横。”赞庾信集南北文章之大成。

题石涛画册[1]

寝瘵寡人事[2],丘园绝心赏[3]。玄文倦幽讨[4],名踪契孤往。清湘信磊落,余意何辽莽。乱石粲粼粼,悬崖阴坱坱[5]。绿箬秀如发[6],奔湍搏过颡[7]。沿洄薄清旷[8],栖止倚平壤。负手有时来[9],白云无心想。怀古耕未偶,待今憩成两。登顿谢客劳[10],周流楚人怆[11]。愿言乞晨暮[12],庶用慰鞅掌[13]。

注　释

[1]此诗是作者为张善孖、张大千题《石涛画册》,原件现藏美国普林斯顿大学东方艺术馆。原件此诗后有文:“善孖、大千二君好石师画,其所作沉着痛快,一洗清

代学四王者板碎之习，盖得石师之力为多。今出此帧属题，因赘数语。长子。”四王，是清初山水画家王时敏、王鉴、王翚、王原祁四人的合称，他们画技功力深，对清代山水画家有深远影响。此诗又见作者致许承尧信（见许承尧集友朋书札集《晚娱集·乙亥　丙子》）。石涛（1642—1707），原名朱若极，字石涛，又号苦瓜和尚、大涤子、清湘陈人，广西全州人。明靖江王之后。晚年定居扬州，出家为僧，法名原济。为清初四僧之一，擅画山水。

[2]寝瘵（zhài）：卧病。

[3]丘园：家园，乡村。《易·贲》：“贲于丘园，束帛戋戋。”王肃注：“失位无应，隐处丘园。”后以“丘园”指隐居之处。

[4]玄文：指幽深微妙、高远莫测的文理文义。

[5]坱（yǎng）坱：地势高低不平貌。

[6]箬（ruò）：一种竹子，叶大而宽，可编竹笠，又可用来包粽子。

[7]颡（sǎng）：额头。

[8]沿洄：顺流而下或逆流而上。引申为徘徊。

[9]负手：两手反交于背后。《淮南子·说林训》：“过府而负手者，希不有盗心。”

[10]登顿：上行下行。登，升，上。顿，从高处往下行。晋谢灵运《过始宁墅》：“山行穷登顿，水涉尽洄沿。”

[11]楚人怆：即楚囚对泣。此句谓看到画中山水，痛

恨自己处境窘困,无从去遍游天下。

[12]愿言:思念殷切貌。《诗·卫风·伯兮》:“愿言思伯,甘心首疾。”

[13]鞅掌:繁忙劳累的样子。语出《诗·小雅·北山》:“或栖迟偃仰,或王事鞅掌。”毛传:“鞅掌,失容也。”

无闻乞余市楼卷子,属留数语,夜中信笔,聊叙别怀一月二十四夜[1]

赵生嗜痴爱我字,我字与诗皆偶然。竭来海上常醉呓,相亲相近飞鸿缘。狂言不斥意深苦,酒阑悲逝如在川。更后十年谁作健,可能诸老与周旋。

卷上温馨丽词句,正是当时刿骨游[2]。穆倩风流照前代[3],经巢述作起遐陬[4]。达人不惜前后水,赠子滔天发一沤。堕泪至今留岘首[5],世间得失政难酬。

人生金石非为固,铄石流金古有之[6]。快意行程好山水,一舟卧看过严祠[7]。宵深走笔龙蛇动,述别仓黄颇费辞[8]。吾意已无文字在,重来坐听汝谈诗。

注　释

[1]原题为“缄可天姿英发,学诗未久,斐然可观,乞余市楼卷子,临别依依,属留数语,夜中信笔,殊不成句。

一月二十四夜”，后再三改动，定为此题。无闻：即金山(1911—1982)，原名赵默，字缄可，江苏吴县(今苏州)人。中国电影、戏剧表演艺术家、导演。20世纪20年代末，到上海学习诗画，业余参加京剧演出。1949年后他曾任中央戏剧学院院长、中国戏剧家协会副主席。

[2]刿（guì）：刺伤，割伤。

[3]穆倩：程邃(1607—1692)，字穆倩、朽民，号垢区、青溪、垢道人，歙县岩镇(今安徽黄山市徽州区)人。明末歙县诸生。入清后寓居扬州，绘画纯用枯笔渴墨，自成一格，是清初画坛宗师。

[4]经巢：郑珍(1806—1864)，字子尹，号柴翁，别号巢经巢主等，贵州遵义人。学宗许郑，治经学、小学，亦工书善画，晚清宋诗派作家。所著有《仪礼私笺》《说文逸字》《说文新附考》《巢经巢经说》等。遐陬(zōu)：边远一隅。《宋书·谢灵运传》：“内匡寰表，外清遐陬。”

[5]堕泪：指羊祜的堕泪碑。岘首：即湖北襄阳南的岘山。《晋书·羊祜列传》：“祜立身清俭，被服率素，禄俸所资，皆以赡给九族，赏赐军士，家无余财……襄阳百姓于岘山祜平生游憩之所建碑立庙，岁时飨祭焉。望其碑者莫不流涕，杜预因名为堕泪碑。”

[6]铄石流金：石头被熔化，金属变成了水。《淮南子·诠言训》：“大热铄石流金，火弗为益其烈。”

[7]严祠：严子陵祠。见甲集《送友还乡》注[2]。

[8]仓黄:即苍黄。语出《墨子·所染》:“染于苍则苍,染于黄则黄;所入者变,其色亦变。”后因以“苍黄”喻事情变化不定,反复无常。

宝显廷精技击[1],在蜀中组积健社垂十年,海上相遇乞诗

关中宝夫子,颁白气精深。龙战通《三略》[2],猿伸演五禽[3]。世荒争越货,吾倦欲投簪[4]。他日从公去,西川一短襟。

注　释

[1]宝显廷:宝鼎(1860—1947),陕西西安人。国内闻名的形意拳大家,一代军旅武术大师,1921年在四川创“积健武术社”授徒。

[2]《三略》:即《黄石公三略》,是中国古代的一部著名兵书,与《六韬》齐名。此书侧重于从政治策略上阐明治国用兵的道理。它是一部糅合了诸子各家的思想,专论战略的兵书。

[3]五禽:即五禽戏。

[4]投簪:丢下固冠用的簪子。比喻弃官。

送善孖东渡参观元明清画展会[1]

浮海昔有愿，求野非廷言[2]。君行适异邦，吾道其东辕[3]。观象古人重，援与当代谨[4]。天机清晖俊[5]，逸笔苦瓜尊[6]。或拔倪黄帜[7]，谁窥马夏樊[8]。运开朝华粲，节往夕英存[9]。朴僿蕴珠玉[10]，驰骛绝本根[11]。国家兴画囿，回棹伫精论。

注 释

[1]1931年张善孖代表中国美术界赴日本参加国际画展，行前作者作此诗送他。善孖：张善孖（1882—1940），张大千二兄。原名正兰，后改名泽，字善孖，晚年改称善子，别署善之，号虎痴，室名大风堂，四川内江人。擅画虎。

[2]求野：即"礼失求诸野"。意思是如果礼制沦丧后，那就要到民间去访求。礼，礼仪、礼制。野，郊外，泛指民间。廷言：指公正的言论。

[3]东辕：谓领兵东出或驻守东境。此指东去日本交流国画艺术。

[4]谨(huān)：通"欢"，喜悦。

[5]清晖：明净的光辉、光泽，这里指代山水。

[6]苦瓜：即石涛，见乙集《题石涛画册》注[1]。

[7]倪黄：指“元季四家”的倪瓒、黄公望。倪瓒(1301—1374)，初名珽，字泰宇，后字元镇，号云林居士、云林子、云林散人，别号懒瓒、东海瓒、奚元朗，江苏无锡人。工诗画，画山水意境幽深。黄公望(1269—1354)，字子久，号一峰道人，又号大痴道人，常熟(今江苏常熟市)人。为全真派道士。有《富春山居图》等传世。

[8]马夏：指“南宋四家”的马远、夏圭。马远(约1140—约1225)，字遥父，号钦山，原籍河中(今山西永济)，侨寓钱塘(今浙江杭州)。擅画山水、人物、花鸟，山水取法李唐，存世作品有《踏歌图》《梅石溪凫图》《西园雅集图》等。夏圭，生卒年不详，字禹玉，临安(今浙江杭州)人。早年画人物，后来以山水著称。虽然与马远同属水墨苍劲一派，但却喜用秃笔，下笔较重，因而更加老苍雄放。传世作品有《溪山清远图》《西湖柳艇图》《雪堂客话图》等。

[9]夕英：指晚间开的花。出自《楚辞·离骚》：“朝饮木兰之坠露兮，夕餐秋菊之落英。”

[10]朴僿 (pǔ sài)：朴实。清谭献《复堂日记》：“敩艺斋遗书，朴僿而不冗，敦碻而不夸。”

[11]驰骛：指在某个领域纵横自如，并有所建树。宋徐铉《奉酬度支陈员外》：“古来贤达士，驰骛唯群书。”

皛父先生得宋淮西制置使杜杲剑，作诗记之[1]

客从江西来，求沽宋时剑。上详嘉熙年[2]，名姓可稽按。哀哉国命微，北门守淮甸[3]。杜公起文吏，捍御勋业烂。不知疆场上，胡血曾几溅。出匣土花碧[4]，入手百金贱。岂伊殉葬物，丘垄遭发窜。世乱鬼亦艰，吾辈焉所逭[5]。摩挲竟中夜，抚事乖夙愿。

注　释

[1]皛（xiǎo）父：程皛父，上海文人，曾在《新上海》发表《魔窟》等。杜杲（gǎo）（1173—1248）：字子昕，福建邵武人。南宋嘉熙元年（1237）任安丰军（今安徽寿县）知军，曾任淮西制置使兼转运副使。后迁庐州（今安徽合肥）知州。嘉熙二年蒙古大将察罕率军猛攻庐州，杜杲率军民英勇抗击，以功升兵部侍郎。后又多次击退来犯之蒙古军。淳祐二年（1242），任建康（今江苏南京）知府。六年，告老去官。进敷文阁学士，刑部尚书。

[2]嘉熙：南宋理宗赵昀年号（1237—1240），适宋蒙大战。

[3]淮甸：淮河流域。

[4]土花碧：语出唐李贺《金铜仙人辞汉歌》：“画栏

桂树悬秋香，三十六宫土花碧。”原意苔藓。这里指金属器皿表面长期受泥土剥蚀而留下的痕迹。

[5]逭（huàn）：逃避。

题大千仿渐江画[1]

“传说云林子，恐不尽疏浅”[2]，渐师句也。世论以云林目渐师，渐师在画苑中称尊作祖，实与云林逸笔不侔，辄发之以祛来者之惑。

断无疏浅同迂瓒[3]，恐有纵横出大痴[4]。君向顶门安慧眼，应知耳食失多师[5]。

注　释

[1]大千：张大千（1899—1983），原名正权，后改名爰，小名季，又名季爰，四川内江人。一度为僧，法号大千。擅山水、花鸟、人物、工意俱佳，有“东张西毕（毕加索）”之称。渐江：江韬（1610—1663），字六奇、鸥盟，又名江舫，出家后，法名弘仁，字无智，别号渐江、渐江学人、渐江僧，又自号梅花老衲、梅花古衲，徽州府歙县（今属安徽黄山市）人。是新安画派的开创大师，和查士标、孙逸、汪之瑞并称为“海阳四家”。他兼工诗书，爱写梅竹，但一生主要以山水名重于时，属“黄山派”，又是“新安画派”的领袖。

[2]此两句为渐江题画诗。云林子：即倪瓒。

[3]迂瓒:即倪瓒。见乙集《送善孖东渡参观元明清画展会》注[7]。

[4]大痴:即黄公望。见乙集《送善孖东渡参观元明清画展会》注[7]。

[5]耳食:比喻不假思索,轻信所闻。

戏招周仲武[1]

周郎顾曲天下稀[2],兴酣引吭口如箕。黑眼向天白眼直,左脚踏地右脚踦。弹棋蹴鞠贵游子[3],三十守身如寡妻。东邻好女拥丑婿,窗隙一见卧僵痿。与我游二三月耳,真气所到无町畦[4]。世上儿子徒作态,流涎权势巧邪辞。忸怩而来称病去,时柄政者称病赴欧洲[5]。折足覆悚取众讥[6]。岂如吾兄不惭怍,行歌坐讴四坐睐。剖析音律极分刌[7],老伶或恐吹毛疵。何当过我煮苦茗,倾耳恭听优握伊[8]。

注 释

[1]周仲武:20 世纪 30 年代上海的一位戏曲演员。

[2]周郎顾曲 :原指周瑜精通于音律,后泛指精通音乐戏曲的人。《三国志·吴书·周瑜传》:"瑜少精意于音乐,虽三爵之后,其有阙误,瑜必知之,知之必顾,故时人谣曰:'曲有误,周郎顾。'"

[3]弹棋:是西汉末年始流行的一种古代棋戏,最初

主要在宫廷和士大夫中间盛行。蹴鞠:用脚踢球,它是中国一项古老的体育运动。

[4]町畦:原意为田界,引申为界域、界限,比喻拘束、仪节。《庄子·人间世》:"彼且为无町畦,亦与之为无町畦。"

[5]柄政者:指张学良。此句指张学良1933—1934年赴欧洲考察。

[6]折足覆悚(sù):语出《易·系辞下》:"《易》曰:'鼎折足,覆公悚,其形渥,凶。'言不胜其任也。"比喻力不能胜任,必至败事。悚,鼎内食物。

[7]分刌(cǔn):划分,分切。

[8]优握伊:形容讴歌之声。

与知行夜坐[1]

弃帽君能戴[2],吾情愧已奢。匈奴方入塞,张俭未无家[3]。人祸扬原燎[4],生涯搅乱麻。政须留视息[5],它日化虫沙[6]。

注 释

[1]知行:陶行知(1891—1946),原名文濬,1911年改名知行,1934年改名行知,安徽歙县人。曾任南京高等师范学校教务主任,继任中华教育改进社总干事。先后创办晓庄学校、生活教育社、山海工学团、育才学校和社

会大学。提出了“生活即教育”“社会即学校”“教学做合一”三大主张,生活教育理论是陶行知教育思想的理论核心。“知行”,《罗长铭集》20 页误为“行知”。

[2]此句典出孟嘉“龙山落帽”,见甲集《九日载酒龙山庙》注[3]。这里用来称赞陶行知。

[3]张俭(115—198):字元节,山阳郡高平(今山东邹城)人。汉桓帝时任山阳郡东部督邮,曾上书弹劾宦官侯览及其家属在山阳郡作恶,被侯览报复,遭到诬陷,被招官府通缉,张俭被迫流亡,望门投止,许多人为收留他而家破人亡。直到党锢解禁才回到家乡。

[4]原燎:原野上大火延烧。

[5]视息:仅存视觉、呼吸等。谓苟全活命。汉蔡琰《悲愤诗》:“为复彊视息,虽生何聊赖!”此句意是为政者要关心下层民众的生存。

[6]虫沙:比喻战死的将士或因战乱而死的人民。

三十生日[1]

三十年华弃若遗,更知来日是虚期。居贫已不耽诗句,忍死何由忘鼓鼙[2]。斗室寒酸天作伴,层阴黯淡柳舒眉。殷盘周诰儿曹笑[3],奸黠多应让退之[4]。

注　释

[1]此诗作于 1933 年,当时作者为程霖生考释殷周

青铜器金文。

[2]鼓鼙(pí):古代军中常用的乐器。指大鼓和小鼓。这里指征战。

[3]殷盘周诰:原指《尚书》中的《周书》和《商书》。此处言作者当时在上海从事殷周青铜器铭文考释研究。

[4]此句语出唐韩愈《醉留东野》:“韩子稍奸黠,自惭青蒿倚长松。”孟郊(字东野)离汴州南行,韩愈赋此诗留别。退之:韩愈(768—824),字退之,河南河阳(今河南孟州市)人,自称“郡望昌黎”,世称“韩昌黎”“昌黎先生”,唐宋八大家之一。

朴安先生赠所著《文字学》,诗以谢[1]

一见惊冉异,相逢问字奇。苍黄成绝诣,旷隶益多师[2]。沧海今粗奠,名山许浪窥。他年赏溪水,归棹好追随。

注 释

[1]此诗录自《艺观》第2期(1929年),署名长子。朴安:胡朴安(1878—1947),本名有忭,学名韫玉,字仲明、仲民、颂明,号朴安、半边翁,安徽泾县人。近现代著名文字训诂学家、南社诗人。曾任教于上海大学等大学,历任《民国日报》社长、江苏省民政厅厅长、上海通志馆馆长、上海文献委员会主任等职。一生留下大量诗作和《文

字学 ABC》《朴学斋丛书》等著作。

[2]甿(méng)隶:农夫与皂隶。泛指社会地位低下的人。

投黄宾虹先生[1]

小阁幽居日未晡,行吟不用杖藜扶[2]。闲将阳朔溪山好,写入营丘处士图[3]。

摩挲古玺到先秦,绝学旁搜覆瓿尘[4]。耆旧风流百年事[5],练江今日几传人。

疑庵太史谓先生之金石绘事,与检斋之朴学[6],庶几传人。予谓疑庵之诗,可云鼎足也。

注　释

[1]此两首录自《艺观》第 2 期(1929 年 4 月),署名长子。

[2]杖藜:拄着手杖行走。藜,野生植物,茎坚韧,可为杖。宋苏轼《鹧鸪天》:"村舍外,古城旁。杖藜徐步转斜阳。"

[3]营丘处士:指李成(919—967),字成熙,长安(今陕西西安)人,唐之宗室。五代战乱之际,流寓四方,后避地于营丘(今山东临淄),故有李营丘之称。五代宋初山水画大家。黄宾虹师法李成。

[4]覆瓿:即“覆酱瓿”。语出《汉书·扬雄传下》:刘歆谓雄曰:“今学者有禄利,然尚不能明《易》,又如《玄》何?吾恐后人用覆酱瓿也。”喻著作毫无价值或不被人重视,只能用来盖盛酱的瓦罐。此处指各种罕见而不被重视的著作。

[5]耆旧:年高望重者。

[6]检斋:吴检斋(1884—1939),名承仕,安徽歙县人。章太炎弟子。近代著名法学家、古文字学家、教育家。历任北京师范大学、中国大学、东北大学、北京大学、国民大学等校教授和北京师范大学中文系主任、中国大学国学系主任,并创办《文史》杂志等。

无　题[1]

独去深山绝壑中,参天四覆万年松。往来龙虎皆元气,嘘是青云啸是风。

注　释

[1]此诗录自《艺观》第3期(1929年5月),署名长子。20世纪80年代以来有关黄山的诗词集多收有此诗,题为“绝句一首”。

题丹徒陈墨迻著书易米图[1]

岁暮朔风吹不已，长安臣朔饥欲死[2]。墨迻陈子持图来，为说著书能易米。韩非说难古有之[3]，处士横议罪当夷[4]。曲学阿世非所宜[5]，深心苦语谁得知。君家井上螬李垂，劝君三咽定疗饥[6]。著书且作藏山业，易米看成画饼词。

注　释

[1]此诗录自 1931 年 2 月 26 日《南通》报，署名长子。陈墨迻(yí)：陈邦福(1892—1977)，字墨迻，江苏丹徒(今江苏镇江市丹徒区)人。专攻甲骨文，1930 年代曾任《东台报》编辑，有《殷墟霾契考》等著作。

[2]语出《汉书·东方朔传》："朱儒饱欲死，臣朔饥欲死。臣言可用，幸异其礼；不可用，罢之，无令但索长安米。"谓官低俸微的人贫寒饥饿。朔，指东方朔。

[3]韩非说难：《说难》是《韩非子》中最重要的作品之一。说难，即游说的困难。

[4]处士横议：语出《孟子·滕文公下》："圣王不作，诸侯放恣，处士横议。"意思是没有做官的读书人纵论时政。

[5]曲学阿(ē)世：语出《史记·儒林列传》："务正学

以言,无曲学以阿世。”指歪曲自己的学术,以投世俗之好。

[6]这两句借战国隐士陈仲子的故事规劝陈邦福不必著书易米。语出《孟子·滕文公下》:“匡章曰:‘陈仲子岂不诚廉士哉?居于陵,三日不食,耳无闻,目无见也。井上有李,螬食实者过半矣,匍匐往,将食之,三咽,然后耳有闻,目有见。’”

履妹惠对[1]

雄凤飞腾不顾家,江湖千里涨风沙。文通空有销魂赋[2],孤负青山满眼花。

说剑谈兵未得归,陌头三见柳依依。留将京洛溜尘影,寄与闺中鲍令晖[3]。

注　释

[1]此两首录自《长铭诗词抄》。履妹:鲍履贞(1904—1987),安徽歙县人,作者妻。

[2]文通:江淹(444—505),字文通,济阳考城(今河南民权县)人。历仕南朝宋、齐、梁三代。少年时以文章著名。小赋遣词精工,著有赋作30余篇。销魂赋:指江淹的《别赋》《恨赋》等赋作。

[3]鲍令晖:南朝女文学家,东海(今山东郯城)人。

题晏济原画[1]

骄阳炙屋起黄尘,穷巷臭风愁杀人。清晓堂前安枕席,老夫僵卧老妻呻。癞狗拖舌一尺长,车夫瞪目汗如浆。召子调冰携小妇,高楼大道有炎凉。

注 释

[1]此诗题晏济原画的扇面上,扇面有题:“甲戌夏写奉长铭夫子教正,晚晏济原海上。”诗后书“长名戏书”,作于1934年。由作者二弟罗惠度提供。晏济原是张善孖外甥,善画。

题张善孖泄露天机手卷[1]

髯须张季住吴门[2],澹泊能甘老瓦盆[3]。不借丹青开烂漫,四时生意足琴尊[4]。善孖二兄哂政,亡羊居士更。

注 释

[1]此诗录自张善子《泄露天机》画题跋,后有钤印“罗更”,此诗原无题,作于1935年。

[2]吴门:历史上苏州的别称之一,为春秋吴国故地,故称。当时张善孖住在苏州。

[3]老瓦盆:陈旧的陶制酒器。语出唐杜甫《少年

行》:“莫笑田家老瓦盆,自从盛酒长儿孙。”

[4]琴尊:琴和酒樽,古时文人雅士生活中常用的东西。

赠孙老元[1]

孙老元胡琴,为近日第一手,暮年潦倒不堪。余遇于国剧研究会,冠服淳古,犹是承平时遗制。既重有所感,爰为赋诗,冀海上好事之家,或有能赒给之者。

不见琴师孙老元,当年供奉入梨园。可怜皓首江湖上,长乞人间豢养恩。

注　释

[1]此诗录自作者手稿。孙老元:孙佐臣(1862—1936),乳名老元,初名光通,北京人。京剧著名琴师,京剧界常尊称孙老元。孙老元晚景甚是悲惨,岁冬棉衣不能着体,沿街乞讨裹腹,逝于上海。

俭岁一首呈拔可[1]

俭岁辛勤负米行,妻孥计拙语言伧。向人怀抱期期尽[2],自抒文章汩汩生[3]。蒙袂未忘名世业[4],逃虚时动索居情[5]。偶闻塞纸堪充腹[6],径欲从公乞百城[7]。

注　释

［1］此诗录自作者手稿。原稿后有："俭岁一首敬呈拔老吟坛哂政。后学罗更献稿。"此诗又见作者致许承尧信(见许承尧集友朋书札集《晚娱集·乙亥　丙子》),诗后书："俭岁一首呈拔可先生。"俭岁：荒年,歉收的年岁。此处指1935年中国曾遭遇空前水旱灾害。拔可：李宣龚(1876—1953),字拔可,号墨巢,福建闽县(今福州)人。光绪二十年(1894)举人。曾任湖南桃源县知县、江苏候补知府。后佐张元济主持商务印书馆,民国初年以来任经理多年,为商务股东之一。家中收藏珍本、墨迹及名画甚多,择优借供商务影印,凡印有"墨巢藏本"者均其所藏。1941年任合众图书馆董事。

［2］期期：源自周昌的故事。周昌为刘邦的御史大夫,说话就有点口吃。对刘邦想废掉原太子,立如意为太子一事,众臣皆反对。周昌也反对,脱下官帽道："臣口不能言,然臣期期知其不可！陛下虽欲废太子,臣期期不奉诏！"(《史记·张丞相列传》)

［3］汩汩：《罗长铭集》第24页依《长铭诗词钞》,误为"泪泪"。

［4］此句指1932年"一·二八"事变中上海商务印书馆被日寇炸毁,几乎全部焚毁,资产损失达80%以上,而当年8月1日即复业。

［5］逃虚：逃避世俗,寻求清静无欲的境界。

［6］见甲集《七绝四首》注［3］。

［7］百城：原指各个城邑。这里指遍布全国各地的商务印书馆及分馆。1935 年商务印书馆有 35 家分馆，另有香港分馆和北平、香港 2 家印刷分厂。

望　岳[1]

齐鲁古名邦，兹山作重镇。连峰郁嶦崒，远望森削刃。黄沙衍淮甸，千里无留轫。意兴殊索然，失喜见雄峻。颇怪溪涧涸，绝少草木润。有如见鞟牛[2]，黤黯色粗认[3]。又如伏枥骥，陟陨骨空骏。喉吻渴欲焦，登临气先尽。居民复湫陋[4]，袒裼走童龀[5]。松柏日以摧，文献存亦仅。哀哉七二遗[6]，天废谅难振。迟迟行未能，悲风激双鬓。

注　释

［1］以下 3 首录自散页手稿。作于 1936 年。

［2］鞟（kuò）：去了毛的兽皮。

［3］黤（yǎn）：黑，昏暗。

［4］湫陋：低下简陋。或指低下简陋的建筑。

［5］袒裼（tǎn xī）：脱去上衣，裸露肢体。

［6］七二遗：泰山作为五岳之首，自远古时期至 18 世纪末，一直为历代帝王祭祀、封禅、巡游的首选之地。相传上古时期就有 72 代君王到泰山封禅。唐李隆基《纪泰

山铭》:“古封泰山,七十二君,或禅奕奕,或禅云云,其迹不见,其名可闻。”

夜渡浦口

车渡横江黑,星星列炬繁。始知天堑失,只觉鬼工存。人语遮帷细,涛声隔枕翻。金陵偏霸地,此局未容论。

风雨鸡鸣[1]

风雨鸡鸣不自量[2],廿年行迹踽凉凉[3]。古人性命今人续,前世冤亲后世偿。文字久惊榛莽塞[4],河山重见黍禾荒。晨门颇会尼丘意[5],肯作匏瓜系夕阳。

注　释

[1]此诗原无题。

[2]风雨鸡鸣:语出《诗·郑风·风雨》:“风雨如晦,鸡鸣不已。既见君子,云胡不喜?”“风雨如晦,鸡鸣不已”常被后来文人引用,表达艰难境遇里自勉自励的情怀。

[3]踽(jǔ)凉凉:形容孤独寡合的样子。

[4]榛莽:杂乱丛生的草木。泛指荒原。喻艰危,荒乱。

[5]晨门：掌管城门晨开夜闭的人。《论语·宪问》："子路宿于石门。晨门曰：'奚自？'子路曰：'自孔氏。'曰：'是知其不可而为之者欤？'"

玄　猿[1]

坐啸称谈客[2]，飞腾结墨缘。何须太孤洁，日日浴汤泉。

注　释

[1]以下36篇38首录自20世纪30年代中期作者的一本手稿，大部分是代张善孖、张大千兄弟作的题画诗词。玄猿，黑色的猿猴。亦作玄猨、玄蝯。

[2]坐啸：闲坐吟啸，谓坐而发声。

白　凤

瑞世时一鸣，为具九苞德[1]。生就好羽仪，何必假颜色。

注　释

[1]九苞：凤的九种特征。后为凤的代称。《论语谶》曰："凤有六象九苞。""九苞者，口包命，心合度，耳聪达，舌诎伸，色光彩，冠矩朱，距锐钩，音激扬，腹文户。"唐

李峤《凤》:“九苞应灵瑞,五色成文章。”

猿

学得种瓜人,闲却穿杨手。山居阅古今,结此忘言友[1]。

注　释

[1]忘言友:指无须用言语说明而能互知其意的朋友。

凤

丹山云五色,阿阁树三珠[1]。萧史休相引[2],翱翔指太虚。

注　释

[1]阿阁:四面都有檐溜的楼阁。树三珠:即三珠树,本作“三株树”,出自《山海经·海外南经》,原指古代传说中的珍木。

[2]萧史:见甲集《蓬山》注[3]。

猿

劫尽果未熟,丹成泉尚温。何须啸虚壁[1],吾意已忘言。

注　释

[1]虚壁：空寂高峻的山崖。唐杜甫《猿》："袅袅啼虚壁，萧萧挂冷枝。"

白　凤

银汉无声夜未央，玉箫吹彻满天霜[1]。休将文采夸凡鸟，我自低头相素王[2]。

一自来仪爰帝廷，珠宫贝阙玉珑玲[3]。是谁雪夜朝王母，为乞飞陵授素经[4]。

注　释

[1]玉箫：见甲集《蓬山》注[3]。

[2]素王：即孔子。汉王充《论衡·定贤篇》："孔子不王，素王之业在于《春秋》。"

[3]珠宫贝阙：用珍珠宝贝做的宫殿。形容房屋华丽。

[4]此两句出自《太平广记》卷五六《西王母》：西汉茅盈、王褒、张道陵三人得道授书，乘车驾龙，越山涉水，到昆仑山宫阙去朝拜王母。王母授给王褒《琼华宝曜七晨素经》。茅盈求长生之道，王母授以《玄真之经》。

红　风

车马栖栖谢楚狂[1],三科九旨费商量[2]。如今可是升平世,剩有微言托素王。

注　释

[1]栖栖:忙碌不安貌。《论语·宪问》:“丘何为是栖栖者与?无乃为佞乎?”楚狂:楚人陆通,昭王时,政令无常,乃披发佯狂不仕,时人谓之楚狂也。后常用为典,亦用为狂士的通称。此句指楚狂曾经劝说孔子不要热衷政治一事。《论语·微子》:“楚狂接舆歌而过孔子曰:‘凤兮凤兮!何德之衰?往者不可谏,来者犹可追。已而,已而!今之从政者殆而!’孔子下,欲与之言。趋而辟之,不得与之言。”

[2]三科九旨:指三个科段之内,含九种意旨,作为评说、褒贬世事的准绳。春秋公羊学派认为这是孔子大义微言和《春秋》之纲领。

凤　凰[1]

翰墨淋漓酒满堂[2],白头词客试平章[3]。老夫绝爱鬘持语[4],昨夜枫林叫凤凰[5]。

注　释

[1]此首诗原无题。

[2]翰墨淋漓：形容美好的书画作品。翰墨，义同"笔墨"，原指文辞。后世亦泛指文章、书法和中国画。淋漓，美好的样子。

[3]平章：出自《书·尧典》："九族既睦，平章百姓。"意为辨别显明。

[4]鬘(mán)持：余怀(1616—1696)，字澹心、无怀，号曼翁，晚年自号鬘持老人，福建莆田人，侨居南京。明末清初文学家。余怀才情艳逸，其诗词用笔较为深细，表现出悠情绵邈的意境。

[5]清余怀《褚河南书枯树赋歌为孝升作》："昨夜枫林叫凤凰，朱帘宛转明月光。"

相逢行

四座且勿喧，听我《相逢行》，相逢在何处，乃在长沙城。

十四相逢木兰渡，梢头黄蔻苞才吐。十五相逢君子堂，娇态讶是左家女[1]。十七相逢海上行，征轮相伴奈何许[2]。十九相思擘锦笺[3]，前尘如梦复如烟。寄将璧月娉婷影，卧看南溟卵色天。廿二相逢书肆里，憔悴容仪如隔世。暗留药费托良朋，明朝泪洒湘江水。明年身逐故乡萍，不断愁根荆又生。何意相逢剧场上，低回欲绝疫菌成。苦心拼作东飞燕，恼人又向蓬舱见。江湖几载同流转，天长地久长相伴。座客闻之起叹嗟，如君奇遇已堪夸。管他异日沟头水[4]，流出定情过别家。

注　释

[1]左家女：即“左家娇女”，指美丽可爱的少女。语出晋左思《娇女诗》：“吾家有娇女，皎皎颇白皙。”

[2]征轮：远行人乘的车。宋韩缜《凤箫吟》：“绣帏人念远，暗垂珠露，泣送征轮。”

[3]擘（bāi）：同“掰”。锦笺：精致华美的信纸，供题咏书札之用。

[4]沟头水：语出汉卓文君《白头吟》：“今日斗酒会，明旦沟头水。”汉武帝时，司马相如在长安以一篇《上林赋》得宠，封郎官，一时春风得意，意欲纳茂陵女为妾，卓文君无法忍受，写下了流传于世的《白头吟》，使司马相如大为感动，想起往昔恩爱，打消了纳妾的念头。

岁岁防河[1]

岁岁防河河不宁[2]，侧身北望泪长倾。鄄城菏泽无干土，巨野东平只哭声。天意不为黔首动[3]，人谋端赖悔心萌。茫茫欲济舟无楫，乞粜犹殷惹难情。

注 释

[1]此首诗原无题。

[2]20 世纪 30 年代初中国发生了数年水灾,1931 年江淮大水,1933 年黄河水灾,1935 年 7 月黄河、长江水灾。此诗描述的是这次黄河水灾,时山东鄄城决口,鲁西南鄄城、菏泽、巨野、东平等 15 县黄灾惨重。

[3]黔首:以黑色头巾作为出门的行头。战国时期和秦代对普通百姓的称呼。

益然大师塔在青鸾峰下[1],寻访未得

五月五日三间死[2],易代读之犹郁挹。自古逸民皆义士,南雷片褐叹榛芜[3]。

注 释

[1]益然大师塔:在慈光寺毗卢殿东上 50 米处,塔已毁,基尚在。益然大师即汪沐日(? —1629),徽州府歙县(今属安徽)人。崇祯年间官至兵部武选司主事,明亡后出家为僧,与渐江同时受发于闽之吴山古航禅师。黄宗羲其为撰塔铭。据《渐江资料集》(安徽人民出版社 1964 年版)第 217 页注⑤,黄山云谷僧为其祖寄师请书塔铭,许楚《青岩集》中误“寄师”为“益师”,黄宾虹《渐江大师事迹佚文》中又误“益师”为“益然”。青鸾峰:黄山三十六大峰之一,海拔 1589 米,又名立马峰。

[2]三闾:指屈原。他被贬后曾任三闾大夫。

[3]南雷:黄宗羲(1610—1695),字太冲,号南雷,浙江余姚人。与顾炎武、王夫之并称明末清初三大思想家。明亡抗清,兵败隐居,入清拒仕,著述以终。榛芜:草木丛杂。形容荒凉的景象。

苍昊无情[1]

苍昊无情极,连宵雨注绳。已闻江泛滥,又报汉奔腾[2]。壁上闲游蝎,窗间痴然蝇。徙薪思献策[3],衰贱百无能。

何处堪逃死,荆襄百万家[4]。荒墟张疫疠,断坝舞鱼虾。野旷苍云合,天低国步赊[5]。艰难那图得,西面一咨嗟[6]。

注 释

[1]此两首诗原无题。

[2]这两句指:1935 年 7 月 4 日长江南岸澧水、清江一带降雨强度达到高峰,7 月 5 日、6 日长江以北、汉江以南降雨继续加强。

[3]徙薪:即“曲突徙薪”。比喻有先见之明,防患于未然。

[4]荆襄:即东汉的荆襄九郡,大致位于今天的湖北、

湖南一带。

[5]国步:国家的命运。赊:渺茫,稀少。清嬴宗季女《六月霜·负笈》:"天步艰难国步赊,流水无心恋落花。""天步艰难"出自《诗·小雅·白华》:"天步艰难,之子不犹。"天步,时运。不犹,拙于生计。

[6]咨嗟:叹息。

题水灾图廿韵[1]

时全国赈灾会许、黄诸公与虎标永安堂文虎先生昆季及南洋华侨[2],多有□□之雅意,属将拙画及爰弟大千所作选赴星洲赈灾会[3],鬻资助赈事,先以此帧题寄,即希覈政。

汉家三八遭水厄[4],江襄溃滥洪河沸。天门汉川十万户,一夕沦为鱼鳖窟[5]。屋颠木杪竞攀跻,父子夫妻瞬相失。馀生露处疫疠侵,号呼转作沟中物。鲁西十县成沼泽,崩涛泱漭遝奔突[6]。迅如铁骑大合围,人畜漂流饱蛟吻。湘豫冀皖同告灾,鸁集孑遗泣见骨[7]。政府仓黄头额烂,司农杯水穷罗掘[8]。泪尽声吞仰海南[9],永定弟罣两生佛[10]。揾困义问周海外[11],一请果尔巨万掷。群贤踊跃劝输力,儻脱眷念休戚密[12]。鄙夫濩落伏昊会[13],作谣消忧遣长日[14]。怀仁慕德安敢后,书生无力心苑结。静老舟车席不暖[15],见语殷忧匹夫粟。伯兄夙夜勤簿书[16],痌瘝民物陈词切。以兹感奋忘老丑,聊事丹青罗卷襄。庶几卧薪抒国难，要令披图以心怵。江山如此风景殊，宁止《豳风》戒无逸[17]。其余点染各生态，远同顾陆愁技拙[18]。笔芜墨薉靳勿嫌，愿与诸君共衔恤[19]。

注释

[1]此诗是20世纪30年代为张善孖捐画赴新加坡赈灾会题诗。

[2]许黄：指许世英与黄伯度。许世英(1873—1964)，字俊人、静仁，安徽至德县(今安徽东至县)人。在民国政府中历任大理院院长，民政总长，福建、安徽省省长，国务总理；1927年任国民政府赈务委员会委员长，主持全国救灾事务，达8年之久。黄伯度(1891—1970)，安徽舒城人。曾任太湖、贵池两县知事，驻外一等秘书等，时任赈济委员会总干事。文虎先生昆季：指胡文虎(1882—1954)及其弟胡文豹，原籍福建龙岩市永定县，生于缅甸仰光。胡文虎是南洋著名华侨企业家、报业家和慈善家，其父在仰光创办永安堂中药铺，后胡氏兄弟继承父业，以虎标万金油等成药致富，号称“万金油大王”。

[3]星洲：新加坡。

[4]汉家：汉民族自称。三八：民国二十四年(1935年)。

[5]此两句写1935年7月湖北省天门、汉川等51县遭长江洪灾。

[6]此两句写鲁西10余县遭黄河洪灾惨重。泱漭，广大，浩瀚。澒(yǒng)，动。奔突，横冲直撞，奔驰。

[7]麕(qún)集：即"麇集"，聚集，群集。孑遗：遭受兵灾等大变故多数人死亡后遗留下的少数人。

[8]司农：官名。汉始置，掌钱谷之事。亦称大司农。清代以户部司漕粮田赋，故别称户部尚书为大司农。穷罗掘：罗掘俱穷，意思是罗雀掘鼠，而雀鼠已尽。比喻无法筹到款项。

[9]海南：此处指南洋各地。

[10]罤(kūn)：同"昆"，兄。两生佛：指胡文虎、文豹两先生。

[11]擗 囷(pì qūn)：破仓。囷，古代一种圆形谷仓。义问：美好的声誉。

[12]㩦(xié)脱：离开。

[13]伏昊：即伏天。

[14]谣：古时谓没有音乐伴奏的歌唱为谣。

[15]静老：许世英。

[16]伯兄：黄伯度。

[17]《豳风》：是《诗经》十五国风之一。豳(bīn)，同"邠"，古都邑名，在今陕西彬县。《豳风》共有诗七篇，其中多描写农家生活，辛勤力作的情景，是我国最早的田园诗。《无逸》：《尚书》篇名，首曰："周公曰：'呜呼！君子所，其无逸。'"篇中表达了禁止荒淫的思想。无逸，不要

贪图安逸。

[18]顾陆：东晋画家顾恺之与南朝宋画家陆探微的并称。唐李嗣真《续画品录》："万代蓍龟衡镜者，顾陆同居上品第一。"

[19]衔恤：关怀，顾恤。

赠江汉罗[1]

一别南州岁月迁，与君哀乐各中年。未知桥下馄饨面，今日思量直几钱？

注　释

[1]江汉罗：作者南通同事。

昔昔盐[1]

东邻麻将声噼啪，西邻老枪咳声如怪鸱[2]。南邻猫啼似儿哭，北邻哀弦急管收音机。以兹昔昔不成寐，况复木蝨缘须沿腹嘬我肌。人间何者地狱相，玻窗无幕炎朝曦。

注　释

[1]昔昔盐：隋、唐乐府题名。昔昔，夜夜。盐，即艳，曲的别名。

[2]老枪：沪语方言，指烟瘾大的人。

孙履平席上喜晤汉罗夫妇[1]

濩落风尘畏见人，十年遘汝沪江滨。微闻结客同日宾[2]，况复驱轮走越秦[3]。蒿目工商如决痔[4]，侧身危乱敢翻唇。诸兄终是近风蹭[5]，挈妇将雏合婉驯。

注　释

[1]孙履平：时为上海警备司令部杨虎将军的英文秘书。汉罗即江汉罗。

[2]结客：结交宾客。常指结交豪侠之士。

[3]越秦：古代越国与秦国相距邈远，故以之喻称漠不相关的人或事。

[4]蒿目：极目远望。语出《庄子·骈拇》："今世之仁人，蒿目而忧世之患。"

[5]蹭（céng）：膝下白色的马。

沙市振灾会[1]

乙亥长江水灾，惨于辛未。哀乱之余，民力尽矣。因此沦胥[2]，朝不保暮。即事有作，惟以长哀。

五年两大水[3]，江关尽哀鸿。创痍犹未复，田舍又成空。愿逐妻孥去,投身鱼腹中。相看劝不得,凄绝邻家翁。

注　释

[1]此诗作于1935年。振,通"赈",救济。

[2]沦胥:沦陷。

[3]此句指辛未(1931年)及乙亥(1935年)二次长江水灾。

画虎不射虎[1]

庙堂韬略定和亲[2],谈笑居然净塞尘[3]。此生画虎不射虎,甘作太平无事人。

注　释

[1]此诗原无题。

[2]庙堂:太庙的明堂,是古代帝王祭祀、议事的地方。借指朝廷。

[3]塞尘:塞外的风尘。代指对外族的战事。

题画虎[1]

余画虎三十年,每一搦管虎辄跃然纸上,不自知其心与手合、笔与墨合、形与神合也。系之以诗。

郢人斫垩不见鼻[2]，以为虫臂为鼠肝[3]。牙爪皮毛随发落，蓬蓬真气流毫端。

注　释

[1]此诗原无题，代张善孖作。

[2]语出《庄子·徐无鬼》："郢人垩(è)慢其鼻端若蝇翼，使匠石斫之。匠石运斤成风，听而斫(zhuó)之，尽垩而鼻不伤，郢人立不失容。"匠石挥斧削去郢人涂在鼻翼上的白粉，而不伤其人。比喻纯熟、高超的技艺。

[3]语出《庄子·大宗师》："以汝为鼠肝乎？以汝为虫臂乎?"言人死后化为虫臂鼠肝等微小卑贱之物。"虫臂鼠肝"比喻随缘而化，并无常则。

风云际会图[1]

有松夭矫不可名，有虎箕踞气峥嵘。松似云龙多变化，虎如猛士守长城。

注　释

[1]此诗是代张善孖《风云际会图》画作的自题诗。

题泄露天机[1]

寒暑有代谢，众芳无歇时。达人贵适性，观物齐妍媸[2]。

荷菊与梅杏,园丁咸植之。吾亦随手抹,刊落青红姿。南阳诸葛公,澹泊取自怡。独抱矍铄姿[3],林卧观元化[4]。

注　释

[1]此诗原无题,代张善孖作泄露天机画自题诗,作于1935年。在此画上作者另有以“亡羊居士更”落款的题诗,见乙集《题张善孖泄露天机手卷》。

[2]妍媸(chī):美和丑。

[3]矍(jué)铄:形容老人目光炯炯、精神健旺。

[4]元化:造化。

为逊之先生题[1]

寂寞荒江奏苦弹,一童樵爨掩柴关[2]。只今惟有西湖月[3],应照吟魂自往还。

赵原名之璧[4],字十五。与陈叔度合葬福州小西湖[5],见《列朝诗集》。乙亥秋十月,歙县罗长子更为逊之先生题。

注　释

[1]此诗作于1935年。逊之:林鸿超(1880—1953),又名开敏,字逊之,号超声,福建永定(今福建龙岩市永定区)人。艺术家、建筑设计师。民国二年(1913)被推选为民国众议院议员。他主持建造了永定土楼振成楼。他善

诗词而工书法、国画，著有《超庐题画诗钞》。

[2] 樵爨(cuàn)：打柴做饭。

[3] 西湖：此指福州之西湖。

[4] 之璧：赵之璧，字十五，明福建莆田人。亦工诗，善作画，所为枯木竹石类，闽人珍之。然性孤僻，不多为人作，惟山房寺壁，则淋漓泼墨。

[5] 陈叔度：陈鸿(1574—1646)，字叔度，福建人。工诗，有《叔度集》传后。以贫病死，无子，不能葬。戊子(1648)周亮工入闽时，助以金，诸生徐存永因举十五之棺，与叔度合墓于小西湖之侧。周亮工为书碑曰："明诗人陈叔度、赵十五合墓。"

石楠

南国孤根莫浪攀，枝枝叶叶自团圞[1]。缘何移植空岩畔，不与乘舆一解颜[2]。《南方记》石楠出九真[3]，唐明皇爱玩亡国，呼为端正树[4]。

注释

[1] 团圞(luán)：环绕状。

[2] 乘舆：古代特指天子和诸侯所乘坐的车子。

[3] 据徐衷《南方记》："石楠树野生。二月花色仍连着实。实如燕卵，七八月熟。……出九真。"九真郡，中国古代行政区，位于今越南北部。

[4]端正树：华清宫有端正楼，为杨贵妃梳洗处。唐温庭筠《题端正树》："路傍佳树碧云愁，曾侍金舆幸驿楼。草木荣枯似人事，绿阴寂寞汉陵秋。"

龙　藤

静院花飞不见春，绿垂风动日鳞鳞。千年蜩沸何由定[1]，多事应许手种人。玉泉院有龙藤十二株[2]，夭矫多节，相传希夷所植[3]。

注　释

[1]蜩沸：语出《诗·大雅·荡》："如蜩如螗，如沸如羹。"像秋蝉鸣叫，像羹汤滚沸。比喻政局混乱，时势纷扰不宁。

[2]玉泉院：位于陕西华阴市玉泉路最南端，是华山道教活动的主要场所，玉泉院为登临华山的门户。

[3]希夷：陈抟(？—989)，字图南，号扶摇子，宋太宗赐号"希夷先生"，亳州真源县(今河南鹿邑县)人。五代宋初著名道教学者、隐士。

枇　杷

卢橘加酸胜蜜脾[1]，此中风味少人知。山僧护惜休轻摘，待我明年五月时。北地无枇杷，独华山有之。

注　释

［1］卢橘：即枇杷。蜜脾：蜜蜂营造的酿蜜的房。其形如脾，故称。

栗

生理全凭栗树林，居人长伴野猿吟。客行偶见霜蓬大[1]，翻倒儿时扑拾心。华山有栗子林。

注　释

［1］霜蓬(péng)：此处或指栗子成熟时落地的包藏果实的密生尖刺的总苞。

柿

霜重寒多日易曛，离离朱实欲然云[1]。只因落叶堪题字，三绝流传郑广文[2]。朱柿出华，皮药而甘。

注　释

［1］朱实：红色的果实。然：同“燃”。

［2］郑广文：郑虔(685—764)，字若齐，亦作弱齐，河南荥阳人。天宝九载(750)，郑虔作山水画一幅，并自题诗献上，唐玄宗大加赞赏，御署“郑虔三绝”(指郑虔诗、书、画皆精)，特地设置了广文馆，任郑虔为广文馆博士。

山樱桃[1]

匀园万颗缀幽岩，色比珊瑚惜未甘。却恨荆桃太无赖[2]，春来先自许莺含。山樱桃当秋结实，熊熊如火齐[3]。

注　释

[1]山樱桃：蔷薇科，落叶灌木，叶子卵形或者椭圆形，花白色微红。果实球形，深红色，有光泽，可以吃。

[2]荆桃：即樱桃。

[3]火齐（qí）：即火齐珠，古代一种玉质的珍宝。此处比喻山樱桃的果实。

千叶白莲[1]

玉骨冰肌旷世妍，野风零乱堕愁烟。若教悟得无生理[2]，应笑藏舟华顶仙[3]。玉井生千叶白莲[4]，服之令人羽化。

注　释

[1]千叶白莲：是珍奇的观赏植物，叶小、藕窳，不结莲蓬，即多瓣白莲花，梵文音译为芬陀利。佛经说：此花生于佛国阿耨达池中，人世间难以见到。释迦牟尼的舌根中闪出千道金光，每道化作一朵千叶白莲花，每朵白莲

中坐着一位盘脚交叉、足心向上的小菩萨。所以千叶白莲便是佛的象征。

[2]无生理:佛教语。谓无生无灭的真谛。

[3]藏舟:语出《庄子·大宗师》:“夫藏舟于壑,藏山于泽,谓之固矣。然而夜半有力者负之而走,昧者不知也。”比喻事物不断变化,不可固守。

[4]玉井:在华山西峰下镇岳宫院内。民间传说玉井内生有千叶白莲,人吃了可以升仙。

百合花

珍重名花三两丛,暗香微度倚西风。酒醒却忆林中见,睡觉还疑月下逢。

秋牡丹[1]

魏紫姚黄枉自夸[2],输将秋色付寒葩。芳心也怨繁华歇,特着残妆斗晚霞。

注　释

[1]秋牡丹:又名野棉花,原产于我国中部。多年生草本,高30厘米—80厘米,花期9月—11月。

[2]魏紫姚黄:魏紫指千叶肉红牡丹,出于魏仁溥家;姚黄指千叶黄花牡丹,出于姚氏民家。原指宋代洛阳两

种名贵的牡丹,后泛指名贵的花卉。宋欧阳修《绿竹堂独饮》:“姚黄魏紫开次第,不觉成恨俱零凋。”

剪秋萝[1]

秋云片片似飞凫[2],又似闺中锦字书[3]。开向枝头还烂漫,待裁羞袒寄狂夫[4]。

注　释

[1]剪秋萝:石竹科,属多年生草本植物。为观赏花卉。全草入药,能解热、镇痛、消炎。

[2]飞凫:飞翔的野鸭。

[3]锦字书:前秦秦州刺史窦滔被徙流沙,其妻苏氏织锦为回文诗以寄,可循环读之,辞情哀切缠绵。(《晋书·列女传》)后世因称妻寄夫之书为锦字书。

[4]羞袒:古时汗衣的别名,即贴身背心。

龙　门

昔读杜陵诗,象纬逼天阙[1]。今游龙门境,水木惬所悦。冈峦郁盘纡,川原互萦越。崖翠凝衣屦,潭光影毛发。缅怀跻鞅功[2],尚想武安烈[3]。时危重关塞,世乱资英杰。踏足樵径微[4],决眦飞隼灭[5]。临风发长叹,吊古聊一吷[6]。

注　释

[1]语出唐杜甫《游龙门奉先寺》:“天阙象纬逼,云卧衣裳冷。”象纬:天上星象错列,如经纬一般。天阙:指洛阳龙门石窟处的龙门山与香山隔河对峙,望之如阙,故称。

[2]跞(lì):走动。鞅:即鞅掌。见乙集《题石涛画册》注[13]。

[3]武安烈:武安者,以武功治世、威信安邦誉名。白起数立战功,秦封其为武安君,最终自刎而死。赵武安君李牧横扫匈奴,楚武安君项燕屡败秦军,武安君苏秦为燕国去齐国做内应,均有功于国,但都死于非命。

[4]踖(jí)足:长腿行路。

[5]决眦:睁裂眼眶,形容张目极视的样子。唐杜甫《望岳》:“荡胸生曾云,决眦入归鸟。”飞隼(sǔn):鸟名。凶猛善飞,故名。

[6]聊:姑且。吷(xuè):如口吹物发出的小声音。

拓跋氏佛龛[1]

兹龛谁所建,云在景明初[2]。人主隆佛法,追凿跨穹虚。顶礼相好足,发心龙象俱[3]。用功数十万,涌现千百区。宏丽动殊俗,嗲慕纷填趋[4]。兼金购盗斫,有如发冢儒[5]。六道愍不畏[6],焉得嗤氓愚。即事寓兴废,衰俗良自污。用心锥刀末[7],挟弹投明珠[8]。吾亦逐攘往,愧汗悲有余。

注　释

[1]龙门石窟开凿于北魏孝文帝年间，北魏是由鲜卑族拓跋氏建立的封建王朝。此佛龛应指宾阳中洞。宾阳三洞开凿于北魏时期，是北魏的宣武帝为他的父亲孝文帝做功德而建。它开工于公元500年，历时24年，用工达到了802366个，后因变仅完成宾阳中洞，南洞和北洞都是到初唐才完成了主要造像。

[2]景明：北魏宣武帝元恪年号。

[3]发心：佛教语。发菩提心（包括直心、深心和大悲心）。《现观庄严论》说："发心为利他，求正等菩提。"龙象：龙与象。水行中龙力大，陆行中象力大，故佛氏用以喻诸阿罗汉中修行勇猛有最大能力者。

[4]喭（yàn）：同"唁"。

[5]发冢儒：语出《庄子·外物》："儒以《诗》《礼》发冢。"谓儒生们披着《诗》《礼》之教的外衣，却干着盗掘坟墓的事，指一种口是心非、言行不一的伪君子。

[6]六道：佛教语。意指六种欲界众生的种类形态（境界）：天道、人间道、阿修罗道、畜生道、饿鬼道、地狱道（前三为善道，后三为恶道），也是在凡夫众生轮回之道途。愍（mǐn）：同"悯"。

[7]锥刀末：锥刀之末，比喻微小的利益，也比喻极小的事情。语出《左传·昭公六年》："锥刀之末，将尽争之。"

[8]此句语出《庄子·让王》："今且有人于此，以隋侯之珠弹千仞之雀，世必笑之，是何也？则其所用者重，而所要者轻也。"意指以昂贵代价去做一些微末小事。

行尽黄山卅六峰[1]

行尽黄山卅六峰，峰峰削出青芙蓉。容成浮丘住何处[2]，仰望白云迷所从。黄山之云如釜蒸，黄山之松如龙腾。攀萝附葛不到处，有人长啸似孙登[3]。云窟生寒不登秋[4]，左携松子右浮丘。借问山中谁耐久，高致我里罗远游[5]。为有黄山画不成，十年两度绝顶行[6]。如觉涛师笔力好[7]，渊公梅壑总平平[8]。

注 释

[1]此诗原无题。

[2]容成浮丘：容成峰、浮丘峰均为黄山三十六峰之一，相传黄帝与容成子、浮丘公炼药于此。容成、浮丘是神话传说中的两位仙人。晋郭璞《游仙诗》："左挹浮丘袖，右拍洪崖肩。"

[3]孙登（约220—280）：字公和，号苏门先生，妙真道大宗师。魏国汲郡（今河南卫辉）人。长年隐居云台山，博才多识，会弹一弦琴，尤善长啸。阮籍和嵇康都曾求教于他。

[4]登秋：入秋，进入秋凉。

[5]罗远游：明末清初徽州歙县呈坎人，“以布衣工诗，名动公卿间。诗则写景状情，飘然有致”（汪世清《罗长铭诗词钞序》）。

[6]此两句是指张大千为画黄山十年曾两度登临黄山。

[7]涛师：即石涛。见乙集《题石涛画册》注[1]。

[8]渊公梅壑：指梅清与查士标。梅清（1623—1697），字渊公，亦作远公，号瞿山、敬亭山农，宣城（今属安徽）人。顺治十一年（1654）举人，与石涛交往友善，相互切磋画艺。石涛早期的山水，受到他的一定影响，而他晚年画黄山，又受石涛的影响。所以石涛与梅清，皆有“黄山派”巨子的誉称。查士标（1615—1698），字二瞻，号梅壑散人、懒老，新安（今安徽歙县）人，流寓江苏扬州。明末生员，家富收藏，故精鉴别，擅画山水，为海阳四家之一，清初著名画家、书法家和诗人。与孙逸、汪无端、僧弘仁等书画家一起被称为“新安四家”。

钟阜何岧峣[1]

钟阜何岧峣[2]，北湖瞰城雉[3]。京华埃壒中[4]，吾辈乐重禊。春风转骀荡[5]，衰疾良有喜。百卉纷葳蕤[6]，鸣禽变清丽。主人敬爱客，酌醴肴核肆。诗老拈吟髭，咏歌发幽思。且愿时清明，八紘窜袄疠[7]。日斜酩酊归，饫德不能置[8]。

注　释

[1]此诗原无题。

[2]钟阜:紫金山。岧峣:山高峻貌。

[3]北湖:指玄武湖,其在南京城东北。

[4]埃壒(ài):犹尘土。唐姚合《赋月华临静夜》:“长空埃壒灭,皎皎月华临。”

[5]骀(dài)荡:舒缓荡漾。常用来形容春天的景色。南朝齐谢朓《直中书省》:“朋情以郁陶,春物方骀荡。”

[6]葳蕤(wēi ruí):形容枝叶繁盛。

[7]八紘:出自《古亭记·神武纪》中的“八紘为宇”,意即“一统天下”。祆(xiān):天神的省义字,不称“天”而称“祆”,说明这是外国的天神,和中国的天神是有区别的。此句是指日本人入侵。

[8]饫(yù)德:以道德为自己的追求。饫,饱食。明李贽《自赞》:“志在温饱,而自谓伯夷、叔齐;质本齐人,而自谓饱道饫德。”

丑奴儿[1]

相逢挟瑟弹筝夜,泥饮炉前[2]。醉倒裙前,酒晕双红玉颊妍。　　归来只有灯依旧,客舍萧然。梦醒凄然,未解衣裳枕手眠。

注　释

[1]此词录自《艺观》第3期(1929年5月),署名长子。

[2]泥饮:痛饮。

三姝媚[1]

次碧山韵[2]

凉秋衣未绽[3]。正羁人孤怀,起调筝雁[4]。露冷星明,忆练溪吟棹[5],几回魂黯。浪蕊浮花,浑未省[6]、燕台梁苑[7]。待托微波[8],潘令毛衰[9],沈郎腰减[10]。

今夕含情深浅。有画里山遥,梦中天远。漏咽灯昏,听缓歌无奈[11],断蛩凄婉[12]。旧约难偿,凭记取、它年青眼[13]。只恨江潮西去,相逢向晚。

注　释

[1]以下11阕词录自《长子词》。此词又见作者致许承尧信(许承尧集友朋书札集《三十六鱼鳞·辛未》),作于1931年。此词在信中副标题为"次梅溪韵赠旧公"(梅溪,指南宋词人史达祖,有《梅溪词》)。

[2]碧山:南宋词人王沂孙的号,有《碧山乐府》二卷。

[3]绽:缝补。

[4]筝雁:筝柱。因筝柱斜列如雁行,故称。

[5]练：致许承尧信中原为“西”。

[6]未省：致许承尧信中原为“不管”。

[7]燕台：指战国时燕昭王所筑的黄金台，以招纳天下贤士，后作为君主或长官礼贤之典。梁苑：又名梁园。为西汉梁孝王刘武在都城睢阳（今河南省商丘市）城内所营建的游赏廷宾之所。天下文人雅士如齐人邹阳、吴人枚乘、蜀人司马相如等，都曾是梁孝王的座上客，但都未久留。“梁园虽好，不是久恋之家。”之典源于此。

[8]待：致许承尧信中原为“漫”。

[9]潘令毛衰：语出潘岳《秋兴赋》序中有“余春秋三十有二，始见二毛（黑发间生白发）”，赋中有“斑鬓髟以承弁兮，素发飒以垂领”。潘岳曾任河阳县令、怀县令，故称“潘令”。后以此典作为中年即鬓发斑白的代称，感叹时光流逝，身心渐衰；或慨叹功业不就，少建树，无作为。

[10]沈郎腰减：语出《梁书·沈约传》：沈约与徐勉素善，遂以书陈情于勉，言已老病，“百日数旬，革带常应移孔，以手握臂，率计月小半分。以此推算，岂能支久？”后因以“沈腰”作为腰围瘦减的代称，用以描写病、愁，或指身体渐趋细弱、消瘦。沈约（441—513），字休文，南朝吴兴武康（今浙江德清）人。世代仕宦于江南，是齐梁之际文坛领袖。

[11]漏咽灯昏，听缓歌无奈：致许承尧信中原为“依约银釭，听歌声不似”。缓歌，缓歌慢舞，柔和的歌声和舒

缓的舞姿。

［12］螀（jiāng）：寒螀，即寒蝉，蝉的一种，秋天出来叫。

［13］旧约难偿，凭记取、它年青眼：致许承尧信中原为"它日尊前，应记取、白头青眼"。青眼，黑色的眼珠在眼眶中间，青眼看人则是表示对人的喜爱或重视、尊重。

忆旧游

挽旧游先生[1]

念词人落叶，冷雨西风，满地江湖。欲避何曾避，便青山可卖[2]，何处莼鲈[3]。满怀世味凄绝，秋老病相如[4]。叹未了光阴，平生梦境，殢眼模糊[5]。　愁予[6]，尽憔悴，只笛里斜阳[7]，泪洒黄垆[8]。一样天涯路，甚吟魂狼藉[9]，踪迹偏疏。素缣一尺题遍[10]，肠断夜啼乌[11]。纵宿草离离[12]，登楼望远惆怅无？

注　释

［1］此词又见作者致许承尧信（见许承尧集友朋书札集《三十六鱼鳞·辛未》），作于1931年，标题为"忆旧游·哀旧公"。旧游：汪律本（1867—1931），字鞠卣、鞠友，号旧游，安徽歙县人。光绪举人。民国初年，任参议院参议员。后隐居池州乌渡湖畔，潜心诗词与书画。所作诗词幽异深婉，意境甚高；所画山水花竹超然有趣，为

汪采白之启蒙老师。著有《萍蓬庵诗》《壶中词》《薄寒词》《曷归词》《劫尘词》等。

[2]青山可卖:见乙集《立夏前一日闻山中匪警,凄然有作》注[6]。

[3]蓴(chún)鲈:即莼羹鲈脍。典出《晋书·张翰传》:“翰因见秋风起,乃思吴中菰菜、莼羹、鲈鱼脍,曰:‘人生贵得适志,何能羁宦数千里以要名爵乎!’遂命驾而归。”后因以“莼羹鲈脍”为思乡辞官归隐之典。蓴,同“莼”,莼菜。

[4]病相如:语出唐李商隐《寄令狐郎中》:“休问梁园旧宾客,茂陵秋雨病相如。”司马相如晚年尝称病闲居,家居茂陵。会昌二年(842),李商隐因丁母忧而离秘书省正字之职,几年来一直闲居。常感闲居生活的寂寞无聊,心情悒郁,身弱多病,此以闲居病免的司马相如自况。

[5]殢(tì):滞留。

[6]愁予:使我发愁。《楚辞·九歌·湘夫人》:“帝子降兮北渚,目眇眇兮愁予。”

[7]只笛里斜阳:宋黄庚《雨过》:“一声短笛斜阳外,知有渔舟泊柳阴。”

[8]黄垆:黄泉下的垆土。垆,黑土。《淮南子·览冥训》:“上际九天,下契黄垆。”

[9]吟魂:诗人的灵魂。唐可止《哭贾岛》:“冢栏寒

月色，人哭苦吟魂。”

[10]素缣(jiān)：白色的绢帛。

[11]夜啼乌：语出唐张籍《琴曲歌辞·乌夜啼引》：“少妇起听夜啼乌，知是官家有赦书。”致许承尧信中为“夜乌啼”，原为南北朝时期的乐府歌，内容多写离别之男怨女恨。

[12]宿草：隔年的草。后世成为专指友人丧逝的用语。语出《礼记·檀弓上》：“朋友之墓，有宿草而不哭焉。”孔颖达疏：“宿草，陈根也，草经一年则根陈也，朋友相为哭一期，草根陈乃不哭也。”

湘春夜月[1]

卷珠帘，夕阳沟水凄然。一病了却残春，浑不近尊前。已是落花时候，怕夜来风雨，未忍安眠。奈渐行渐远，韶光又见[2]，梅子青圆。　　离怀易淡，何妨少别，经岁经年。漫把阑干频倚，任柳遮征辔[3]，山障归鞯[4]。凄凉久惯，肯为他、生涩丝弦。可念我、这心魂不定，歌声恰似，窗外啼鹃。

注　释

[1]此词又见作者致许承尧信(许承尧集友朋书札集《(60)158》)。

[2]韶光：美好的时光，常指春光。

[3]征辔：远行之马的缰绳，亦指远行的马。宋柳永《满江红》："匹马驱驱，摇征辔，溪边谷畔。"

[4]归鞯(jiān)：犹归鞍，指回家的车马。鞯，衬马鞍的坐垫。

菩萨蛮令

大千八兄出颠道人画木瓜属题[1]

昔卫国云亡，犹有楚丘之复[2]，即事怀古，感不绝于予心。

吴淞江水依然绿，千年往事犹翻覆。瓠落又经秋，人间无此愁。　乘轩挥白麈[3]，仿佛东陵路[4]。相赠玉琼琚[5]，辽阳传梦无[6]。

注　释

[1]大千八兄：张大千，兄弟排行第八，故称。颠道人：相传胡姓，明亡为道士，江宁(今南京)人，流寓维扬(今扬州)。书法学李禅，诗、画俱有石涛风度。

[2]春秋卫国原定都朝歌。后卫懿公接位，穷奢极欲，喜好仙鹤，不理朝政；在位第九年北狄侵犯卫国，懿公被杀，卫国差点亡国。后卫文公在齐桓公的帮助下复国并迁都楚丘。

[3]麈：《罗长铭集》47页误为"尘"。

[4]东陵：指秦东陵，秦始皇之父母庄襄王和赵姬之

墓，在今西安临潼区韩峪邵平店。参见甲集《效骆宾王》注[3]。

[5]玉琼琚：赤玉做的佩饰。泛指玉制的佩饰。

[6]辽阳传梦：见乙集《金陵五首》注[6]。

疏　影

题大千画白芙渠，为玉岑作[1]

蘅皋望极[2]，见楚衣未染[3]，芳影如拭。远水空蒙，微步生尘，睡老幽禽相识[4]。冰姿不惯因人热[5]，倚暗绿、无端凄恻。是甚时、万顷湘波，碎作泪珠沾臆。

闻说天涯荡子，怅夫君梦杳，遥想颜色。便拗灵根[6]，乞取情丝，怨粉依然留得。南云嘹唳无多雁[7]，又逗与、银屏消息。待晓风、来觅枯香，洒了一襟狂墨。

注　释

[1]玉岑：谢觐虞（1899—1935），初名子楠，又名觐虞，字玉岑，后号孤鸾，江苏常州人。谢稚柳兄。工辞赋，善书画，中年以后特以词名世。受教于钱振锽，并娶钱氏长女素蕖为妻，1932年其妻亡，请张大千画《天长地久》图和100朵荷花，作者为其题词，方介堪为其刻一方石章"孤鸾室发愿供养大千居士百荷"。岑，《罗长铭集》54页依《长子词》，为"岑"。

[2]蘅皋：生长香草的水边高地。

[3]楚衣:即楚服,盛服。

[4]幽禽:鸣声幽雅的禽鸟。

[5]冰姿:淡雅的姿态。

[6]灵根:此处指心灵。

[7]南云:南飞之云。常以寄托思亲、怀乡之情。语出晋陆机《思亲赋》:"指南云以寄款,望归风而效诚。"嘹唳:形容声音响亮凄清。南朝齐谢朓《从戎曲》:"嘹唳清笳转,萧条边马烦。"

清平乐

为陆丹林题淞南吊梦图[1]

酸风注眼[2],心事红蚕茧[3]。金阙玉扃知近远[4],消息沈沈海燕[5]。　　陆郎狂极情多,淞南桂影婆娑。休为空华惆怅,酒阑梦觉如何。

注　释

[1]陆丹林(1896—1972):别署自在,广东三水人。早年加入了同盟会,后加入著名诗人团体"南社",先后曾主编《逸经》《大风》等报刊杂志,曾任上海中国艺专、重庆国立艺专教授,蜜蜂画刊、国画月刊编辑,中国画会理事。与张大千莫逆之交,藏大千画百余幅。《淞南吊梦图》为近代著名画家郑午昌的作品。原题前有"中秋前一夕",后圈去。

［2］酸风：指刺人的寒风。唐李贺《金铜仙人辞汉歌》："魏官牵车指千里，东关酸风射眸子。"

［3］红蚕茧：《红蚕茧集》为近代作家朱鸳雏（寄籍松江）所著，他曾写了不少诗词，发表于《南社丛刻》。1917年，南社内部展开唐宋之争时，他站在宋诗派一边，被柳亚子驱逐出社。于20年代初患肺病而亡。十几年后，柳亚子自悔，作《我和朱鸳雏的公案》一文，表示歉意。

［4］金阙玉扃：语出唐白居易《长恨歌》："金阙西厢叩玉扃，转教小玉报双成。"金阙，道家谓天上有黄金阙，为仙人或天帝所居。玉扃，玉饰的门户。

［5］沈沈：即"沉沉"，深邃、深沉的样子。

临江仙

题　画

碧海青天惝恍思，浮槎何似居夷[1]。廿年行处厌笳鼙[2]。残山一抹，谈笑撤樊篱。　剡木未知波浪阔[3]，美人斜日江蓠[4]。西穷大夏负虚期[5]。长星委地[6]，茗艼立多时[7]。

注　释

［1］浮槎：指古代传说中来往于海上和天河之间的木筏。

［2］笳：中国古代北方民族的一种吹奏乐器，似笛。

通常称“胡笳”。

[3]剡(yǎn)木:语出《易·系辞下》:“刳木为舟,剡木为楫。”剡,削。

[4]江蓠:一种香草。苗似芎藭,叶似当归,香气似白芷。

[5]大夏:西域古国之一。

[6]长星:古星名。类似彗星,有长形光芒。古人认为,“长星多为兵革事”。北周庾信《拟咏怀》之十一:“直虹朝映垒,长星夜落营。”

[7]茗艼:古同“酩酊”,大醉的样子。

新荷叶[1]

三十年前,今宵是我来时。少不如人,壮怀分付歌词。旧游枨触[2],叹霎时、恩怨都非。故乡何处,梦回窗曙熹微。　　倚枕寻思,萍踪它日谁知。门外繁华,镜中青鬓怜伊。倦途归去,问安排、几瓮盐齑[3]。湔裙节近[4],明朝好赎春衣。

注　释

[1]此诗作于1933年。

[2]枨触:感触。清赵翼《青山庄歌》:“我闻此语心枨触,信有兴衰如转毂。”

[3]盐齑(jī):即咸菜,此句形容生活的艰苦。

[4]湔(jiān) 裙节:湔裙为古代的一种风俗,指农历正月,女子洗衣于水边,以避灾祸,平安度过厄难。唐吕渭《皇帝移晦日为中和节》:“湔裙移旧俗,赐尺下新科。”湔裙又称“湔裳”。

南乡子[1]

黄日照疏棂[2],睡起扶头困宿酲[3]。壁垩帘花都黯淡,关情[4],楼外风轮扰攘声[5]。　　多感是浮生,流水何曾问去程?只有昏鸦知旅恨,愁城[6],不为伤春泪自零。

注　释

[1]原有题名“闻鸦”,后划去。

[2]疏棂:房屋稀疏的窗格。

[3]宿酲(chéng):犹宿醉。

[4]关情:对人或事物的重视。

[5]风轮:寺观一类建筑上的一种装饰物,靠风力转动而发声。

[6]愁城:愁苦难消的心境。

十拍子

喜疑庵来沪[1]

燕子来时双桨[2]，辛夷落后轻装。依旧江南风景好，又得相逢百十场。须教笑口忙。　　闲数凤城游宴，所嗟似水年光。后日视今今视昔，留取诗名阅海桑[3]。高歌回鬓霜。

注　释

[1]题名初为“喜甲戌春疑庵来沪”，后划去“甲戌春”，改为“喜疑庵来沪”。此词又见作者致许承尧信（见许承尧集友朋书札集《(60)158》），词后有“芚公来沪计有三四月之聚，喜赋小词博教，调寄破阵子”。“破阵子”即“十拍子”。

[2]来时双桨：语出宋姜夔《琵琶仙》：“双桨来时，有人似、旧曲桃根桃叶。”

[3]阅海桑：即沧海桑田，比喻世事变迁极快。晋葛洪《神仙传》卷七：“麻姑自说云：‘接待以来，已见东海三为桑田。向到蓬莱，水又浅于往者会时略半也。岂将复还为陵陆乎？’方平笑曰：‘圣人皆言海中复扬尘也。’”

高阳台
题玉田井梧残月图[1]

鬓外霜深，尊前景短，天涯断雁流哀[2]。斗转参横[3]，飘黄敛翠庭阶[4]。孤衾不暖鸳鸯梦，只吟魂、苦滞红闺[5]。怯西风，络纬啼秋，步屧侵苔[6]。　姮娥此夕应愁损，叹明珠易坠，沧海生埃[7]。怊怅吴歈[8]，不堪衰首重回。故园摇落音书阔，念萍游、泪渍零钗。黯消凝，阑角楼阴，几度悲哀。

注　释

[1]玉田：许玉田，名世球，安徽歙县人。与黄宾虹、程镛等在沪创办《沪黄报》。此词又见作者致许承尧信（见许承尧集友朋书札集《晚娱集·乙亥　丙子》），题为"高阳台·题玉翁井梧残月图"。

[2]断雁：失群的雁。

[3]斗转参（shēn）横：北斗转向，参星打横。指天快亮的时候。《宋史·乐志》："斗转参横将旦，天开地辟如春。"此处指时光流逝。参，参宿，二十八宿之一，即猎户星座的七颗亮星。

[4]敛翠：凝聚秀色。

[5]红闺：犹红楼。指少女所居之处。

[6]屧(xiè):同“屟”,木板拖鞋,泛指鞋子。屧,《罗长铭集》55页误为“屣”。

[7]沧海生埃:参阅乙集《十拍子·喜疑庵来沪》注[3],叹世事变迁之快。

[8]怊怅:犹惆怅,形容人失意时感伤惆怅的情绪。吴歈(yú):春秋吴国的歌。后泛指吴地的歌。《楚辞·招魂》:“吴歈蔡讴,奏大吕些。”

西　河[1]

用周美成《金陵怀古》韵[2]

形胜地[3],炎黄裔胄应记。巢危幕燕共长蛇[4],战云夜起。虏鞭指顾入神京[5],仓皇车骑江际。　好男子,须自倚;舍生取义胥系。刀风弹雨气如虹,直奔贼垒。岛中遍筑望夫台,伤心西奠淞水[6]。　劫灰莽莽入小市,问英雄、何处蒿里[7]? 国耻未酬今世。叹诸公揖让高文,阏对能却夷兵,春光里[8]。

歌舞地,山河破碎谁记。脂香粉腻杂华戎[9],管弦四起。柳腰抱月步飘烟,韶年刚近瓜际。　语声颤,肩偻倚;彩丝臂上双系。金戈铁马任纵横,血迷战垒。国亡更唱《后庭花》[10],郎情深似春水。　踏青款约访废市[11],痛遗黎[12]、生别乡里。断井不知朝世[13]。只青禽见伴黄蜂,成对犹自蹁跹,红芳里。

凄绝地,江浔落拓书记[14]。文园痼疾故人疏[15],一楼卧起。袷衣不耐楝花风[16],春愁摇漾无限。　故山远,云可倚;此生甚事萍系。闲斟淡酒两三杯,怎浇块垒[17]?丰胧落月忆钱塘,归篷迢递烟水[18]。　衒奇鬻苦不夜市[19],欠西风、莼菜千里[20]。蠹简几人名世[21]。愿松间石罅鸣琴[22],幽对高语羲皇[23],衡门里[24]。

注　释

[1]以下12阕词录自作者致许承尧信。前8阕见许承尧集友朋书札集《(60)158》。

[2]周美成(1056—1121):周邦彦,字美成,号清真居士,钱塘(今浙江杭州)人。北宋末期著名的词人。精通音律,曾创作不少新词调。周词音律严整,格调精工,被尊为婉约派的集大成者和格律派的创始人。著有《清真居士集》。

[3]形胜地:语出宋戴复古《满江红·赤壁怀古》:"形胜地,兴亡处。"

[4]巢危幕燕:燕子把窝做在帷幕上。比喻处境非常危险。《左传·襄公二十九年》:"夫子之在此也,犹燕之巢于幕上。"长蛇:长蛇阵是古代阵法之一,就是把军队排列成一长条的阵势并根据情况变化。此处用指古代

战争。

[5]神京：指帝都京城。

[6]西奠淞水：指对1932年上海“一·二八”淞沪抗日战争中英勇牺牲将士的祭奠。

[7]蒿里：山名，在泰山南，为死者葬所。据说，人死之后魂魄归于蒿里。此处泛指为国牺牲将士的墓地。

[8]此阕末三句是指永嘉之乱，衣冠南渡，东晋建立之初的故事，或有隐喻当时抗击日寇形势之意。

[9]杂华戎：当时汉、胡混居。中国古代称西部民族为西戎、戎狄。

[10]《后庭花》：即《玉树后庭花》，南朝陈后主陈叔宝所作，后人视为亡国不祥之音。

[11]废市：停止营业，停止做生意。

[12]遗黎：指沦陷区的人民，亡国之民。

[13]断井：即断井颓垣，形容庭院破败的景象。

[14]江浔：江边。

[15]文园：即孝文园，汉文帝的陵园。又因司马相如曾任文园令，遂指汉司马相如。后借指文人。唐杜牧《为人题赠》：“文园终病渴，休咏《白头吟》。”

[16]袷(jiá)衣：夹衣。楝花风：是“二十四番花信风”之一。把春季一百二十天分为五日一候，每候应一种花信，遂以花名名之。二十四番花信风以梅花始，以楝花终。宋何梦桂《再和昭德孙燕子韵》：“处处社时茅屋雨，

年年春后楝花风。”

[17]块垒:即垒块,累积的土块。比喻胸中积存的不平之气,或抑郁不适。语出南朝宋刘义庆《世说新语·任诞》:“王孝伯问王大:‘阮籍何如司马相如?’王大曰:‘阮籍胸中垒块,故须酒浇之。’”后常用来比喻人怀才不遇,只好借酒消愁。

[18]迢递:遥远貌。

[19]衒(xuàn)奇鬻(yù)苦:沿街叫卖。衒,同“炫”。鬻,卖。

[20]莼菜千里:见乙集《忆旧游·挽旧游先生》注[3]。

[21]蠹简:被蠹虫蛀坏的书简。此指读书人、文人、士子。

[22]石罅(xià)鸣琴:即蕉石鸣琴,为清西湖十八景之一。

[23]羲皇:即伏羲氏。

[24]衡门:横木为门。指简陋的屋舍。典出《诗·陈风·衡门》。

蝶恋花

尽日东风吹柳絮,才化浮萍,又渡方塘去。睡起恹恹无意绪,隔帘几点疏疏雨。　　肠断蘅皋春色暮,词客留春,解唱《黄金缕》[1]。旧恨新愁君记否?凄凄摇落江潭路[2]。

注 释

[1]《黄金缕》:词牌名,《蝶恋花》的别称。李白、辛弃疾等多位诗人作品中都曾提及。多是借物抒情,表达诗人当时情感。故相关诗句成为脍炙人口的名句。

[2]摇落江潭路:语出北周庾信《枯树赋》:"昔年种柳,依依汉南。今看摇落,凄怆江潭。树犹如此,人何以堪!"摇落,凋残,零落。江潭,江边。

念奴娇

寄许芚老

灵金山下[1],有幽人高卧,林泉佳处。壮岁貂裘关陇外[2],文酒纵横盟主。慧业谈禅,闲情觅句,京洛常羁旅。兴亡历历,笑他豪杰尘土。　　归去种树千株,秾桃艳李斗,倾城游女。堤上携孙拖竹杖,照水须眉犹故。耆旧都沦,沧桑早换,佚事勤搜取。松江水绿,几时重泛柔橹[3]?

注 释

[1]灵金山:位于安徽歙县灵山村。明代大学士许国出仕前屡试不第时曾三上灵金山。

[2]此句指许承尧早岁出仕甘肃。上阕自此句以下记录许承尧出仕经历。下阕记录他归隐家乡的生活与搜集、整理徽州历史文献的贡献。

[3]此两句是作者怀念与许承尧同游上海的情景。

南歌子

飐艳钗头燕[1]，葳葳鬓脚鸦[2]。水精帘外海棠花[3]，比似枝头颜色、不如他。　　巧笑妆眉黛，娇羞映脸霞。可怜性气忒高些，为甚红闺虚搁、好年华。

注　释

[1]飐艳：闪亮光艳貌。钗头燕：明代戏曲家汤显祖在其著《紫钗记》中把紫钗的形象描述为钗头燕。

[2]葳葳：见乙集《钟阜何岧峣》注[6]。此处借以形容鬓脚下垂也。鬓脚：即鬓角。

[3]水精帘：亦作"水晶帘"，用水晶制成的帘子。比喻晶莹华美的帘子。

诉衷情

扶窗嫩绿幕轻寒[1]，暝色转朱颜。侍儿记得明月，屈指几团栾。　　思坠景[2]，异馀欢，泪频弹。相思一夜，梦魂寻遍，楚水吴山[3]。

注　释

[1]幕轻寒：宋晏殊《蝶恋花》："槛菊愁烟兰泣露。罗幕轻寒，燕子双飞去。"

[2]坠景：落日，西下的夕阳。以喻衰落。

[3]楚水吴山：楚地的水，吴地的山。指古时吴、楚两国所属地域。后用以指长江中下游一带。唐白居易《江南送北客因凭寄徐州兄弟书》："故园望断欲何如，楚水吴山万里余。"

小重山

谁放东风恁地狂，霎时经曲槛[1]、又兰房[2]。一双海燕语雕梁，春泥好、犹带落花香。　　憔悴减容光，阮郎消息断、似刘郎[3]。明年此日更凄凉，佳人去、荒草没空廊。

注　释

[1]曲槛见(jiàn)：曲折的栏杆。

[2]兰房：高雅的居室，犹香闺。指旧时妇女所居之室。

[3]此两句语出唐许浑《寄房千里博士》："为报西游减离恨，阮郎才去嫁刘郎。"刘郎、阮郎，见甲集《宋玉八首》注[5]。

浣溪沙

巫　峡[1]

妾住长干近凤台[2]，君游滟滪浪成堆[3]，愁风愁水日千回。　　断雁不传云路信，寒鸦自引客舟来，襄王神女费疑猜[4]。

注　释

[1]此3阕《浣溪沙》词见许承尧集友朋书札集《如见集·丙子》。《如见集·丙子》3月3日作者寄许承尧信中言："更近为人作题画词数首，则真油腔滑调矣，别纸录呈，一笑！"信后附录此3阕《浣溪沙》。此3阕词又见20世纪30年代中期作者的一本手稿，并见于张大千的画作中，可见"更近为人作题画词"，即为张大千作。

[2]长干近凤台：见乙集《金陵五首》注[17][18]。

[3]滟滪：即滟滪堆。位于白帝城下瞿塘峡口，因航运障碍，于1958年冬炸除。

[4]襄王神女：巫山神女在文学作品中最早见于宋玉的《高唐赋》与《神女赋》。在《高唐赋》中宋玉向楚襄王介绍巫山神女；在《神女赋》中宋玉就写到了楚襄王与神女的遇合。

浣溪沙

天女散花

每叹飞花委暗尘，天花飘堕太无因，为谁怨损作残春。　　浪蕊浮花终易尽[1]，倡条冶叶霎时新[2]，画中非幻亦非真。

注　释

[1]浪蕊浮花：指寻常花草。唐韩愈《杏花》："浮花浪蕊镇长有，才开还落瘴雾中。"

[2]倡条冶叶：原形容杨柳的枝叶婀娜多姿。后比喻任人玩赏攀折的花草枝叶。借指妓女。倡，通"娼"。冶，妖艳。宋欧阳修《玉楼春》："倡条冶叶恣留连，飘荡轻于花上絮。"

浣溪沙

漫倚新词《九辩》招[1]，衰红悴绿怅林皋，小堂零梦搅霞绡[2]。　　念远寒多衫翠薄，思君情重蜡香飘，长门秋色转无憀[3]。

注　释

[1]《九辩》:为《楚辞》篇名,是一首感情深挚的长篇抒情诗,共有 250 多句。其基本思想是表达贫士失职而志不平。

[2]霞绡:美艳轻柔的丝织物,亦以形容景物。

[3]此句指汉武帝时,皇后陈阿娇被贬至长门宫,用重金求司马相如作《长门赋》,希望武帝听到而回心转意,却终未挽回武帝的旧情。长门,指长门宫,汉代长安别宫之一,在长安城南。无憀,空闲而烦闷的心情。

水龙吟[1]

羁愁历乱如云,未知若个来何许?灯昏廧冷[2],萧然短榻,天涯风雨。骥子牵衣[3],樊姬拥髻[4],别情堪溯。算人间离合,都无凭准,沟头水、空中絮。　况有秋娘感遇[5],掩哀弦尊前低诉。飘零故国,孤根谁问,鼕蟾闲度[6]。关塞笳征,市楼漏促[7],依稀溢浦[8]。纵今宵忘却,明朝浥泪[9],洒应千缕。

注　释

[1]此词见许承尧集友朋书札集《如见集·丙子》,1936 年 7 月 15 日由北京寄许承尧信。又见作者散页手稿。

[2]源自宋陈克《豆叶黄》:“秋千人散小庭空,廧冷

灯昏愁杀侬。独有闲阶两袖风。”

[3]骥子：指远行的男子。牵衣：即牵裾，牵着衣襟。

[4]樊姬拥髻：见于《飞燕外传自序》伶玄买妾樊通德，有才色，颇能言飞燕姊弟故事，有“通德占袖，顾视烛影，以手拥髻，凄然泣下”之描述。拥髻，谓捧持发髻，话旧生哀。

[5]秋娘：即杜秋娘，唐时金陵女子。本为李锜妾，后锜造反被诛，入宫有宠于宪宗。唐穆宗即位，任命她为皇子傅姆。皇子废，秋娘赐归故乡，穷老而终。

[6]嫠蟾：嫦娥在月宫无夫，故称嫠蟾。

[7]市楼：集市中楼房。又称旗亭。古时建于集市中，上立旗帜，以为市吏候望之所。

[8]湓(pén)浦：即湓水，又名湓涧，因源出江西瑞昌清湓山东麓而得名，顺流经九江而入长江。湓浦口为交通要道，常在此送客道别，多为夜送客。唐白居易《东南行一百韵》：“卢峰莲刻削，湓浦带萦纡。”

[9]浥泪：被泪水沾湿。

一剪梅[1]

丙子夏日余以事栖滞宣南，邂逅郭小霞于歌馆[2]，明惠善解人意，辞吐俊雅，不类时史，作词赠之，世有清秀，当不以室中语为讥。

误趁飞红落舞筵[3]，鸿影娇娆，莺啭清圆，动人情处是矜严，故剪琼花插鬓偏。　客舍无憀日似年，长忆幽坊，残醉闲眠。梦魂虚滞楚峰回[4]，不到云边，却过霞边。

注　释

[1]此词录自作者散页手稿，1936 年作于北京。

[2]郭小霞：20 世纪 30 年代北京著名的梅花大鼓艺人。

[3]舞筵：唐代出现的用来表演歌舞的台子，筑于水池之中，四周有矮栏杆，没有顶盖，中间铺有华美的地毯。

[4]此处用楚襄王巫山神女故事。

定风波

代偶柔咏絮[1]

风絮悠飏去住难，夕阳池馆泪阑干。乳燕一双飞不定，香径，可堪衔补旧巢瘢[2]。　莫怪新来魂梦怯，愁浥[3]，东君只作等闲看[4]。又道孤灯能照影，相映，隔帘谁更惜春残。

注　释

[1]此词录自作者散页手稿，1936 年作于北京。东晋谢道韫曾以“柳絮因风起”的诗句比拟雪花飞舞，其叔父谢安大为赞赏。后以“咏絮”为称扬女子能诗善文之典。

[2]“乳燕”三句：清袁机《春怀》：“寄声梁上双飞燕，好啄香泥补旧巢。”

[3]愁浥：宋王安石《再用前韵寄蔡天启》：“铄金徒欲消，韫玉岂愁浥。”浥，湿润。

[4]东君：屈原曾作《东君》，祭祀日神。

满江红

乙亥九月与××××登落雁峰[1]

寒雁来时，负手立、金天绝壁。四千里、岩岩帝座[2]，恍逼呼吸。足下山河沤灭幻，眼中岁月鸢飞疾。望浮云、何处是长安[3]，西风急。　　悲欢事，中年剧。兴亡感，吾侪切。把茱萸插遍，细倾胸臆。蓟北兵戈添鬼哭[4]，江南儿女教人忆[5]。渐莽然、暮霭上吟裾，龙潭黑。《水经注》：华山顶有黑龙潭[6]。

注　释

[1]以下10阕词录自20世纪30年代中期作者的一本诗词手稿，大部分是代张大千作的题画诗词。落雁峰：又名南峰。海拔2200米，为华山最高峰。传说落雁峰名称的由来是因为回归大雁常在这里落下歇息。

[2]岩岩：高大，高耸。《诗·鲁颂·闷宫》：“泰山岩岩，鲁邦所詹。”帝座：帝王的座位。

[3]此两句语出唐李白《登金陵凤凰台》：“总为浮云

能蔽日,长安不见使人愁。”

[4]此句指1935年日军对冀东的入侵。

[5]此句指1932年日寇侵犯上海(“一·二八”事变),十九路军在淞沪奋起抗日。

[6]黑龙潭:位于华山的南峰之上,处于仰天池的南崖之下,潭深一尺左右。黑龙潭的面积约为100平方米,潭内常年有积水,大旱不涸,而且水的颜色多有变化。

阮郎归

剪秋萝

秋林娇艳妒青娥[1],西风润薄罗。相思一寸袪横波,深闺红泪多。　　休赠玦,莫投梭[2],魂摇小靥涡[3]。可怜潘鬓早销磨[4],寒宵禁得么。

注　释

[1]青娥:一是指青女,也就是主司霜雪的女神;二是指美丽的少女。

[2]投梭:以织布梭子掷人。比喻女子抗拒男子的挑逗引诱。《晋书·谢鲲传》:“邻家高氏女有美色,鲲尝挑之,女投梭,折其两齿。”故又曰“投梭折齿”。

[3]靥涡(yè wō):酒窝儿,嘴两旁的小圆窝儿。

[4]潘鬓:见乙集《三姝媚·次碧山韵》注[9]。

倦寻芳

后三日玄圃修禊分韵得众字[1]

醉徒胜尝，荒日台城，春思如梦。燕子低飞，坊静未收烟重。前度流觞临柳岸[2]，者番携槎寻桃洞[3]。搅新愁，趁孤云片影，暗过朱栋。　　怅不到，锦官嬉水[4]，弦管繁华，钗亸欹风[5]。浪迹狂吟，隔座赋情惊众。池面蘋风吹酒散[6]，陌头花霰和衣拥。倩何人，按秦筝[7]，为余三弄[8]。

注　释

[1]玄圃：传说中昆仑山顶的神仙居处。

[2]此句写王羲之《兰亭序》故事。

[3]者番：这番，这次。槎（chá）：水中木筏。桃洞：即陶渊明《桃花源记》所记桃源洞。

[4]锦官：锦官城为古代成都的别称，也可简称为锦城，因三国蜀汉时期成都盛产蜀锦而得名。

[5]钗亸（duǒ）欹风：此句描述仕女头饰。亸，下垂貌。

[6]蘋（pín）风：吹过水面的风。蘋，浮于水面的水草。作者此句与晏几道《玉楼春》“琼酥酒面风吹醒，一缕斜红临晚镜”相仿佛。

[7]秦筝：古秦地（今陕西一带）的一种弦乐器。似瑟，传为秦蒙恬所造，故名。

[8]三弄:即琴曲《梅花三弄》,多以梅花凌霜傲寒、高洁不屈的节操与气质为表现内容。

三姝媚

天风吹不断。惹娇红纷飘,堕愁沾怨[1]。瑟瑟云裳[2],拥翠軿[3],无奈凤恬鸾懒。月姊相逢[4],曾记得、霞俏亲翦。病起维摩[5],烦恼依然,鬓丝嗟晚。　　谁念春光回换,叹几度随潮,泪痕同散。一榻枯禅[6],任世间儿女,梦葱魂蒨[7]。触处华空,环佩杳,歌尘栖扇;尽有情缘弹指,余香未浣。

注　释

[1]此3句借佛经"天女散花"典故,形容天女散花时,各种美丽的鲜花(天花)五彩缤纷,纷纷扬扬随风飘落,而被试者担忧自己的道行不高,天花会沾在身上不坠落。

[2]瑟瑟:形容(衣裳等所发出的)细碎的声音。云裳:天女所穿的衣裳。

[3]翠軿(píng):古代贵族妇女乘用的翠帷车。宋苏轼《陌上花三首》之二:"陌上山花无数开,路人争看翠軿来。"

[4]月姊:指传说中的月中仙子、月宫嫦娥。唐李商隐《水天闲话旧事》:"月姊曾逢下彩蟾,倾城消息隔

重帘。”

[5]维摩：维摩诘的省称，在家菩萨。据《维摩诘经》载，他是毗耶离城（吠舍离）的神通广大的大乘居士，思维敏捷，妙语连珠，曾以称病为由，同释迦牟尼派来问疾的文殊师利（称智慧第一的菩萨）等互相辩驳，论说佛法，穷究义理，使文殊菩萨等对之也备加尊敬。敦煌壁画中也有维摩称病、文殊问疾图。唐李商隐《酬崔八早梅有赠兼示之作》：“维摩一室虽多病，亦要天花作道场。”

[6]枯禅：佛教徒称静坐参禅为枯禅。因其长坐不卧，呆若枯木，故又称枯木禅。

[7]蒨：青翠茂盛的样子。

西江月

题湖帆仿清湘烂石堆云卷[1]

湛湛长江去水，渐渐烂石堆云。何人放笔扫苍旻[2]，劲气欲忘畦畛[3]。　海上微言适我[4]，江南好手推君。清湘未必拨吴门[5]，试取画禅参印。

注　释

[1]湖帆：吴湖帆（1894—1968），初名翼燕，字遹骏、东庄，又名倩，别署丑簃，号倩庵，书画署名湖帆，江苏苏州人。20 世纪中国画坛一位重要的画家。1949 年后曾任中国美术家协会上海分会副主席、上海市文史馆馆员、

上海市文物保管委员会委员。其山水画尤以熔水墨烘染与青绿设色于一炉并多烟云者最具代表性,并工写竹、兰、荷花。见张大千1936年为吴湖帆1926年作《临大涤子烂石堆云图》跋。清湘即石涛,见乙集《题石涛画册》注[1]。

[2]苍旻:苍天。

[3]畦畛:田间的界道。此句是指不受常规约束的意思。

[4]海上:即上海。微言:精微要妙之言。适:适合。这里当"说"意解。

[5]吴门:指吴门画派,是明代中期的绘画派别,亦称"吴派"。因苏州为古吴都城,有吴门之谓,而其主要代表人物如沈周、文徵明、唐寅、仇英等,均属吴郡人,故名。

三姝媚

秦淮修禊图

春寒梅萼小。笑湔裙吟朋,杏衫裁早。淑景韶华,过水边、时见嫩梢烟袅。柳外楼台,犹自挂、南朝斜照。旧院依稀,门巷都荒,燕鸿空恼。　　羁客危阑凭眺[1],记壮岁关河[2],屐痕争到。手倦丹青,只剩煤零楮[3],暗催人老。见说临川[4],文字感、今来怀抱。又怕京尘眯目[5],何刘绝倒[6]。

注　释

[1]羁客:旅客,旅人。南朝宋鲍照《代棹歌行》:“羁客离婴时,飘飖无定所。”

[2]关河:指大散关、渭河一带。语出宋陆游《诉衷情》:“关河梦断何处,尘暗旧貂裘。”

[3]剩煤:残墨,即残留下来的字迹。楮(chǔ):落叶乔木,树皮是制造桑皮纸和宣纸的原料。这里是纸的代称。

[4]临川:指王安石(1021—1086),字介甫,号半山,临川(今江西抚州市临川区)人,唐宋八大家之一。传世文集有《王临川集》《临川集拾遗》等。

[5]京尘眯目:语出元宋褧《望月婆罗门引·江上晚泊》:“短衣乌帽,京尘眯目强钻头。”京尘,即京洛尘,亦作“京雒尘”。后以“京洛尘”比喻功名利禄等尘俗之事。

[6]何刘:南朝梁诗人何逊与文学家刘孝绰齐名,世称何刘。

生查子

江南三月时,晴雨无凭准。屋脊乳鸠鸣,墙角残红褪。　　绣户尽风开,铅脸和衣揾[1]。不见楚宫腰[2],拼为相思损。

注　释

[1]铅脸：古代妇女以铅白抹脸美容。揾：揩拭。

[2]楚宫腰：语出《墨子·兼爱中》："昔者楚灵王好士细要(腰)，故灵王之臣皆以一饭为节，胁息然后带，扶墙然后起。"后泛称女子苗条的细腰。唐李商隐《碧瓦》："无双汉殿鬓，第一楚宫腰。"

好事近

春野浩茫茫，忽听一声啼鵙[1]。门外游丝无力，飏緐红如雪[2]。　　乱山簇梦落江城[3]，性味老难说。恰似小揕双凤[4]，为佳人呜咽。

注　释

[1]啼鵙(jú)：鸟名，又名"伯劳"，背灰褐色，尾长，上嘴钩曲，捕食鱼虫小鸟等。"鵙始鸣"表示农业上一种节气。《逸周书·时训解》："芒种之日，螳螂生，又五日鵙始鸣。"

[2]緐(fán)：马髦饰。

[3]乱山簇梦：老来梦多，联翩而来，如乱山丛簇。

[4]揕(zhèn)：用刀剑等刺。

连理枝

窗外晴光透，山枕低扶首[1]。花影扶疏，鹊光斜睃，道不唧溜。细思量盼得、那人归，这风流也勾。

注　释

[1]山枕：枕头。古代枕头多用木、瓷等制作，中凹，两端突起，其形如山，故名。唐温庭筠《更漏子》："山枕腻，锦衾寒，觉来更漏残。"

水龙吟

沈腰瘦损东风[1]，濛濛搅雨成图坠。宣南倦客[2]，攀条顾影，黯然离思。梦滞征轮，困沾飞盖[3]，朱门深闭。奈刘郎去后，蜂牵蝶惹[4]，长亭路[5]、眠还起。　　不见相城词老[6]，遣闲愁、画中装缀。章台错认[7]，非花非雾，临池心碎。萍聚何年[8]，莺呼依旧[9]，怨倾铅水[10]。便封题[11]、寄与飘飏已惯，怕应无泪。

注　释

[1]参阅乙集《三姝媚·次碧山韵》注[10]。

[2]宣南：作者于1936年曾与黄宾虹先生等同在北

京宣南地区滞留。宣南有独具特色的文化氛围,发展于清代至民国,位于北京宣武地区,是在特定的历史条件下形成的。以士人文化、平民文化为特点,通俗而儒雅。作者在此有不少诗词创作。

[3]飞盖:高高的车篷,这里指车。

[4]参见乙集《小重山》注[3]。

[5]长亭路:长亭路为送别之路。宋李曾伯《沁园春·饯税巽甫》:"长亭路,又何须回首,折柳依依。"

[6]相城:苏州相城区,历史悠久,是吴文化的发源地。相城因吴国大臣伍子胥在阳澄湖"相土尝水,象天法地""相其地,欲筑城于斯"而得名。

[7]章台:汉长安街名。古代以章台为歌妓聚居之地。宋欧阳修《蝶恋花》:"玉勒雕鞍游冶处,楼高不见章台路。"

[8]萍聚:犹萍水相逢。

[9]莺呼依旧:语出宋柴望《摸鱼儿·景定庚申会使君陈碧栖》:"闲情已付孤鸿去,依旧被莺呼起。"

[10]铅水:比喻晶莹凝聚的眼泪。唐李贺《金铜仙人辞汉歌》:"空将汉月出宫门,忆君清泪如铅水。"

[11]封题:指在书札的封口上签押,引申为书札的代称。

丙集(1937—1956)

1937—1956年为作者文学活动的“徽州”时期。1936年秋作者应许承尧之邀回徽州,先后供职于安徽通志馆、安徽中学、安徽茶叶管理处和国民革命军第二十三集团军。先借住唐模许家檀干老宅,后举家漂泊于屯溪、阳湖、高枧、唐模等地。1943年秋,作者举家移居潜口修竹园后园,与汪世清家毗邻。在部队供职期间曾两次随军去江西。1945年抗战胜利后作者离部返家。此后数年多失业在家,做过木材生意,在歙县中学代过课,开过小杂货店,生活拮据,时靠卖书画度日,然其学术研究和著述一直没有停歇。主要对音韵学、文字学和屈原赋的研究。这段时间的诗词作品,除了有感社会时局、有悟历史人生、怀念亲友之作外,与许承尧、江彤侯唱和较多,同为一些字画题跋作诗。为汪采白画题诗亦夥,为张大千画作多有代题诗词。作者家迁潜口时,汪世清在家乡执教,时与聚首,谈倚声之学;后汪赴京工作,书问往返,商量旧学,时有赠诗。与友人黄宾虹、汪已文、吴绮川、叶侠奇、罗敏修、方槛山、王允孝、王任之、汪孝文等时有诗词往来或题画。期间张善子、汪采白去世,作者分别作有挽诗、墓表。客寓军旅期间作诗、题联颇多,可惜大多未留存。

丙集共收录这一时期诗71篇111首,词29阕。部分诗词录自作者自辑《甲申诗》(诗10篇20首)、《去女堂诗》(仅得诗3首)、《亡羊词》(仅得词2阕)和一未命名诗词集(即《寄明惠》等诗5篇5首,词5阕),许承尧集友朋书札集《如见集三·壬午　丁丑　戊寅》(诗3篇4首,词4阕)和《东南日报》。其他诗多源于汪世清、汪孝文等先生提供题画诗,及一些散页手稿和油印稿。

旧历丁丑元旦[1]

桦烛暗成孤[2]，疏窗曙色糊。出门忘辨向，当户懒黏符。吉语腾氓颂[3]，淳风见古初。微怜爆竹少，去岁恐无襦。

注　释

[1]以下3首录自作者自辑《去女堂诗》。此诗作于1937年2月11日。

[2]桦烛：用桦木皮卷成的烛。唐沈佺期《和常州崔使君寒食夜》："无劳秉桦烛，晴月在南端。"

[3]腾：传递。

初二日呈疑庵丈[1]

一鸡二日犬[2]，阴雨膏园梅。剥啄延邻叟[3]，支离命浊醅[4]。呼枭真得白[5]，舞倀尚名魁[6]。拙者堪相藉，休嗟雁不材[7]。

注　释

[1]此诗作于1937年2月12日。

[2]一鸡二日犬：旧时民间以正月初始几日的天气阴

晴来预测当年年成。其说始于东方朔的《岁占》，谓岁后八日：一日为鸡，二日为犬，三日为猪，四日为羊，五日为牛，六日为马，七日为人，八日为谷。如果当日晴朗，则所主之物繁育；当日阴，所主之物不昌。

[3]剥啄：敲门声。

[4]支离：指衰残瘦弱的样子。命浊：佛教语。谓末世众生因烦恼丛集，身心交瘁而寿命缩短。

[5]此句意是：说的是"杂采"，而得到的是"贵采"。古时博戏，五木之制，五木有"黑、白、雉、犊"四种花色，能产生十二种组合，各有两个组合视为同种采，故采名十种，为"卢""塞""秃""雉""枭""撅""犊""塔""开""白"。以"卢""雉""犊""白"四采为"贵采"（其出现的概率都为1/32）；其他采为"杂采"（其出现的概率都为大于1/32，"枭""撅"出现的概率最大，都为9/32）。《楚辞·招魂》："成枭而牟，呼五白些。"

[6]舞侲(zhèn)：侲子，古代大傩礼仪中用以驱疫逐鬼的儿童。又叫侲僮。

[7]比喻善处于材与不材之间，懂得全生养身远祸之道。语出《庄子·山木》："弟子问于庄子曰：'昨日山中之木，以不材得终其天年，今主人之雁，以不材死，先生将何处？'庄子笑曰：'周将处乎材与不材之间。'"

遗　民[1]

遗民何代无，金元吾不许。昭兹攘夷义，激厉应万古。残明主德荒，士夫䀹聋瞽[2]。东林与浙党[3]，门户操铤斧。敲剥饥瘦氓，惨刻逾刀俎。蓟北蹂腥臊，南都肆恒舞[4]。崎岖桂海隅[5]，给谏横犹虎。惜哉张李辈[6]，削竿未御侮。倘借一丸泥[7]，塞关掎建虏[8]。功成省杀戮，何渠薄汤武。禹迹委骄胡[9]，革命亦凶竖。吁嗟后来鉴，沉忧闷烟莽[10]。钩党南雷翁[11]，明夷恫无睹[12]。吾行披发去[13]，敢议蕨薇苦[14]。短檠对天言[15]，微呻泪如雨。

注　释

[1]本篇有两段眉批："本《春秋》责备贤者之义，东林党人固应负亡国之责。然当其抵抗奄竖愤不顾身，亦未可厚非，其末流诚亦不无遗憾耳。弟汇生僭墨。""有真性情乃有真诗，此篇直可与老杜《北征》诸作相颉颃矣。弟汇生拜读。"此诗又见先生致许承尧信（许承尧集友朋书札集《如见集三·壬午　丁丑　戊寅》），诗后有"疑庵先生匡谬。后学更未定稿"字样。疑庵后作《长名感晚清事作诗，即用其韵》以答（此处"晚清"系"晚明"之误）：逃世为子遗，意本谢称许。盗名逞孤愤，志行叹非古。人情私厥族，自蔽类矇瞽。攘夷义颇隘，假作伐柯斧。相仇在

宰割,崛起脱高俎。各爱血肉躯,谁忍诿豺虎。被治终作奴,主者过予侮。饥寒酿戕杀,溃腐傅流虏。横行资利器,张汝不祥武。披书事陈陈,吾意薶草莽。衰颓悔往迹,留舌味荼苦。舌在安用言,坐破西窗雨。(见黄山书社1990年版《疑庵诗》276页)

[2]指南明的士大夫尽为“聋瞽”之辈。脊(yì):众多。

[3]东林:明末以江南士大夫为主的政治集团。浙党:明末官僚机构中因地缘关系结成的政治派系,除浙党外,还有齐党、楚党等,以浙党为首,它们多依附于魏忠贤以攻击东林党。

[4]南都:指明代南京,此处代指南明弘光朝廷。

[5]指南明据福州的唐王朱聿键隆武政权及肇庆的桂王朱由榔永历政权。

[6]张李辈:指张献忠、李自成。

[7]一丸泥:语出《东观汉记·隗嚣载记》:“嚣将王元说嚣曰:‘……元请以一丸泥为大王东封函谷关,此万世一时也。’”谓函谷关地势险要,易于防守。后用于比喻以极少的力量,可以防守险要的关隘。

[8]建虏:明末进犯明朝的清军系由建州女真发展而来,所以叫“建虏”。

[9]禹迹:谓禹治洪水足迹所到之处。古代借指中国的疆域。

[10]闭(bì):闭门。

[11]钩党：指相牵连之同党。南雷翁：即黄宗羲，见乙集《益然大师塔在青鸾峰下，寻访未得》注[3]。所著《明夷待访录》指出："为天下之大害者，君而已矣。"

[12]明夷：《周易》卦名。谓光明泯灭。

[13]见甲集《练江吟》注[10]。

[14]见甲集《七绝四首》注[4]。

[15]短檠(qíng)：油灯的代称。檠是托灯盘的立柱，以其长短而分为长檠和短檠，长檠只有富贵人家才能使用，一般人家多用短檠。

小龙湫[1]

天柱峰头蜡屐行[2]，东风吹堕管弦声。道人来去无拘束，合跨苍龙上玉京。

注　释

[1]以下两首诗与后《谒金门·大龙湫》《点绛唇·西石梁瀑布》《鹧鸪天·归途天台山遇雪，因写桃花白绶带鸟》3阕词录自同一手稿，代张大千游雁荡山画卷所作诗词。作于1937年。小龙湫又名小瀑布，在雁荡山灵岩寺右侧后面的隐龙嶂底，是灵岩的主要景观之一。

[2]蜡屐：以蜡涂木屐。语出南朝宋刘义庆《世说新语·雅量》："或有诣阮(阮孚)，见自吹火蜡屐，因叹曰：'未知一生当着几量屐！'神色闲畅。"

三折瀑[1]

世器都不到,大造意偏精。奇石当人立,幽禽侠耳鸣[2]。泠泠三叠响,恻恻五铢轻。应笑秋风客[3],金丹尚未成[4]。

注 释

[1]三折瀑:雁荡山的景点之一。

[2]原眉注:侠,夹也。

[3]原眉注:秋风客谓汉武帝,李贺诗“茂陵刘郎秋风客”。

[4]此二句指汉武帝晚年迷信炼丹之术。

书疑庵集后呈教[1]

微文一往意堪娱[2],《孤愤》千盘气不纡[3]。岁晚遗黎空漫与[4],酒阑绝塞足长吁[5]。前施后许非河汉[6],尝谓吾皖三百年来诗人,尚白前军,疑庵后劲,并世桓谭[7],当同斯语。逃墨归杨有蘧庐[8]。岂独安仁工叹逝[9],汪旧游丈语。登高作赋亦无徒。

注 释

[1]此诗录自致许承尧信(见许承尧集友朋书札集

《如见集三·壬午　丁丑　戊寅》)。

[2]微文:隐含讽喻的文辞。宋司马光《论以公使酒食遗人刑名状》:“近岁以来,中外有司,喜以微文刺举苛细。”

[3]孤愤:《韩非子》篇名。《史记·老子韩非列传》:“(韩非)悲廉直不容于邪枉之臣,观往者得失之变,故做《孤愤》。”

[4]漫与:随便对付。唐杜甫《江上值水如海势聊短述》:“老去诗篇浑漫与,春来花鸟莫深愁。”

[5]绝塞:极远的边塞。唐马戴《赠友人边游回》:“游子新从绝塞回,自言曾上李陵台。”此句指疑庵曾宦游甘陇。

[6]前施后许:施指施闰章(1619—1683),字尚白,江南宣城(今属安徽)人。顺治六年(1649)进士,授刑部主事。文章醇雅,尤工于诗,为“燕台七子”之一,与宋琬有“南施北宋”之名,在清初文学史上享有盛名。著有《学馀堂文集》《试院冰渊》等。许指许承尧。河汉:比喻浮夸而不可信的空话。《庄子·逍遥游》:“吾惊怖其言,犹河汉而无极也。”

[7]并世桓谭:举世公认的议论。

[8]逃墨归杨:语出《孟子·尽心下》:“逃墨必归于杨,逃杨必归于儒。”蘧庐:传舍,古代供人住宿的地方。《庄子·天运》:“仁义,先王之蘧庐也,止可以一宿,而不可久处。”

[9]安仁：即潘岳，见乙集《赠余空我》注[3]。其所作《悼亡》诗，开一代之风。

疑庵先生得程铁庵题沈天士西干寓阁图词卷，属疏其故实，为录新纂安徽通志稿，兼赋二截句，博政[1]

前劫哪知后劫悲，西干古泪至今垂[2]。可怜碎月滩前水[3]，犹泥行人赋短词。

欧湖湖畔旧游踪[4]，戍火翻疑野烧红[5]。颇忆汤萧诸老辈[6]，也曾同听寺楼钟。

注　释

[1]此两首录自致许承尧信（许承尧集友朋书札集《如见集三·壬午　丁丑　戊寅》），作于1938年。程铁庵：程锋（生卒年不详），字颖叔，号铁庵，歙县槐塘人，居江苏仪征（今江苏扬州市仪征区）。诗后有说明："沈天士，名士尊，号五盐。少入复社，有声。兄士柱罹祸死，士尊诛茅湖上。与汤燕生、方兆曾辈忘形弃俗，为世外交。尝游京口，登北固山，揽多景楼之胜。归卧延虹精舍，里中少年罕觌其面。诗学辋川，随手散失。"沈天士，芜湖人。

[2]西干：地名，位于歙县西门外。此处四水交汇，直泻如练，四山冈峦回互，林木葱茏。太平、紫阳二桥映带左右。城阳山为唐代许宣平隐居之处。紫阳山是宋代朱熹父子读书讲学之所。披云峰以新安古刹著称。

[3]碎月滩：滩在古代歙县兴唐寺前，接丰水与杨之水汇入练溪，出新安江，此为第一滩。据许承尧《歙事闲谭》载，李白游兴唐寺，有“槛外一条溪，几回碎流月”之句，后人便将此滩命名为“碎月滩”。

[4]欧湖：此指芜湖。元代芜湖县尹欧阳玄(1274—1358)，深得百姓拥戴，有“教化大行，飞蝗不入境”之誉。常游“芜湖八景”之一“荆山寒壁”，因与其家乡荆州的荆山同名。离任时，对芜湖依念绵绵。后人将荆山之水取名“欧阳湖”，简称“欧湖”，以志纪念。

[5]戍火：戍卒在驻地所燃之火。宋陆游《龙兴寺吊少陵先生寓居》：“中原草草失承平，戍火胡尘到两京。”

[6]汤萧：汤燕生和萧云从。汤燕生，字玄翼，号岩夫，江南宁国府太平(今安徽黄山市黄山区)人，寓居芜湖。工隶书，善画。萧云从(1596—1673)，字尺木，号于湖老人，芜湖人。明末清初姑孰画派创始人。

题采白画四首[1]

烟霞寝馈老林丘，画笔尤堪截众流。三百年来传法乳[2]，祝昌姚宋合低头[3]。洗桐居士画披荆斩棘，上继渐公，为新安一派开无数法门。赞仰景服，敬题一绝，戊寅冬日，同游弟罗更。

列岫青红向夕阳，木鱼无恙磴台荒[4]。老僧不掬寒泉水，一任巢由洗耳忙[5]。洗桐画，亡羊题。

沐雨山色佳，远岩气犹接。杖藜何所之，却顾几红叶。戊寅冬，长名题采白画。

秋风吹衣巾，飘然堕丘壑。山云化作雨，簌簌树头落。六法一道[6]，所谓气韵生动，当于虚处求之。采公此帧开悟后学不少。戊寅同游弟罗更。

注 释

[1]此4首诗是汪世清1963年抄于北京荣宝斋汪采白画作，作于1938年。采白：汪采白（1887—1940），名孔祁，字采白，号澹庵，别号洗桐居士，安徽歙县西溪人。汪采白五岁拜黄宾虹为师，21岁入两江师范学堂国画手工科。毕业后，先后任教于武昌高等师范学校、南京中央大学、北平艺术专科学校等高校，还出任过安徽省立第二中学校长。去世后葬于歙县西干山披云峰下（与渐江墓为邻），作者为其作墓志铭（见《罗长铭集》327页），后被毁。

[2]法乳：喻佛法。谓佛法如乳汁哺育众生。《涅槃经·如来性品》："饮我法乳，长养法身。"

[3]祝昌(生卒年不详):字山嘲,清代龙眠(今安徽桐城)人,居新安(今安徽歙县)。顺治六年(1649)进士,山水画学渐江,后学元季诸家,画多逸致。姚宋(1648—1721):字雨金,一作雨京,号野梅,新安(今安徽歙县)人,寓居芜湖。擅长山水画,其初学渐江,后期广学诸家,成为新安派画家之一。

[4]磴:山路的石级。

[5]巢由洗耳:许由结志养性,优游山林,听到尧让位给自己而感到耳朵受到了污染,因而临水洗耳;巢父更以许由洗耳的水为秽浊,不愿让牛在其下游饮水。后遂以许由洗耳、巢由洗耳、巢父洗耳、洗耳等表示以接触尘俗的东西为耻辱,心性旷达于物外。

[6]六法一道:清王原祁《麓台题画稿》:“六法一道,非惟习之为难,知之为最难;非惟知之为难,行之为尤难也。”“六法”是我国绘画史上第一部完整的绘画理论著作《古画品录》(南朝画家谢赫著)中最为核心的思想:“六法者何?一气韵生动是也;二骨法用笔是也;三应物象形是也;四随类赋彩是也;五经营位置是也;六传移模写是也。”

题采白画[1]

云气迷山路欲荒,朅来无梦到虞唐。烟霞可食应须食,叵耐人间藜苋肠[2]。

偶从丹井浣尘缁[3]，怕上青鸾访卧碑[4]。多谢山灵莫相诮，如今岂是入山时。采白子长班父同游黄山[5]，宿天都文物社，浴汤泉而返。益然大师塔在青鸾峰。

乱石双松一水环，数峰杳霭有无间。不知窗外潺潺雨，犹作秋声绕砚山[6]。采白与印泉合作[7]。

夕阳无限乱山遮，垂柳鬖鬖一望赊[8]。可叹江潭摇落意[9]，又随哀雁入胡笳[10]。

洗桐老笔渐萧骚[11]，自说残山似浪淘。一事叹君浑不似，当时江左未膻臊[12]。采白自题云似松圆老人[13]。

泉溜泠泠戛白云[14]，长松磊磊罥幽芬[15]。若知晋宋何人代[16]，忍说山中无垢氛。

燕雁随云入五湖，稻粱旷荡计全疏。道人欲共天随住，第四桥边有宅无[17]。寄彤侯凹上[18]。

青山隐隐水拖蓝，春尽园林草木谙。何必新亭堪掩涕[19]，画中风景似江南。

峡口征帆去路遥[20]，吴䌛楚怨总难销[21]。酒旗省识伤心事，斜矗西风话六朝[22]。

扪萝陟巘气嶙峋[23]，穷到看山亦绝伦。遥指海云波谲处，一松卓立倚苍旻。寄实秋上饶。

疏林残日缀青黄，岁晚相逢怯异乡。我是杜陵布衣老[24]，诛茅应傍赞公房[25]。

溪上垂杨覆几村，峦光潭影转销魂。劫余岂有河山在，愧杀潜夫只著论[26]。寄叔常上饶[27]。

注 释

[1]此12首诗录自油印稿，大都作于20世纪30年代末。

[2]藜苋肠：语出唐韩愈《崔十六少府摄伊阳以诗及书投因酬三十韵》："三年国子师，肠肚习藜苋。"藜苋，藜和苋。泛指贫者所食之粗劣菜蔬。

[3]丹井：为黄山一景，明嘉靖年间兵部侍郎汪道昆题"丹井"刻于丹井旁石上。尘缁：语本晋陆机《为顾彦先赠妇》："京洛多风尘，素衣化为缁。"后因以"尘缁"谓尘污、污垢。

[4]青鸾：见乙集《益然大师塔在青鸾峰下，寻访未得》注[2]。

[5]子长：唐子长，江苏阜宁人，国民政府时期陆军中将。曾任军政部高参，航校教育长，陆军大学教官，第三战区炮兵指挥官、副军长等职。对军事战略颇有研究，有《抵抗的国防战略》《二次世界大战欧洲战史》等。

[6]砚山：江西婺源砚山村，产歙砚砚石。

[7]印泉：汪寿彭（1882—1959），字印泉、荫荃，号述斋，采白族兄，安徽歙县人。20世纪二三十年代在上海商务印书馆工作，擅长书法。抗日战争爆发后返回故里，先后在西溪、棠樾、屯溪高枧工职学校任教。

[8]毶（sàn）毶：枝叶下垂貌。一望赊：宋黄庚《江村即事》："极目江天一望赊，寒烟漠漠日西斜。"赊，遥远的意思。

[9]江潭摇落：见乙集《蝶恋花》注[2]。

[10]哀雁入胡笳：语出唐杜甫《雨晴》："胡笳楼上发，一雁入高空。"

[11]萧骚：象声词。形容风雨、草木的声音。

[12]膻臊：犹羶腥。原指牛羊的气味。旧时用以比喻北方民族对汉族的入侵或统治所造成的影响。宋张孝祥《六州歌头》："追想当年事，殆天数，非人力，洙泗上，弦歌地，亦膻腥。"

[13]松圆老人：程嘉燧（1565—1644），字孟阳，号松圆、偈庵，又号松圆老人等，明末徽州休宁（今黄山市休宁县）人。晚年皈依佛教。工诗善画，通晓音律。

[14]泠泠：形容水流的声音。南朝梁吴均《与朱元思书》："泉水激石，泠泠作响。"

[15]磊磊：众多委积貌。宋王明清《挥麈后录》："石磊磊以巉岩，木森森而耸秀。"

[16]晋宋：晋朝和南朝宋，当时崇尚清谈，文人自命清高。

[17]道人：指姜夔(1154—1221)，字尧章，自号白石道人，饶州鄱阳(今江西鄱阳县)人。南宋词人、音乐家。天随：指陆龟蒙(？—881)，字鲁望，号天随子、江湖散人、甫里先生，晚唐长洲(今江苏苏州)人。曾任湖州、苏州刺史幕僚，后隐居松江甫里。第四桥：即吴松城外的甘泉桥。此两句语出宋姜夔《点绛唇·丁未冬过吴松作》："第四桥边，拟共天随住。今何许，凭阑怀古，残柳参差舞。"

[18]彤侯：即江暐(1877—1951)，原名江开炜，字彤侯，晚号蜷翁，安徽歙县人。清末秀才。历任安徽教育厅厅长、安徽省通志馆馆长、安徽省参议会参议长，抗日时任皖南民众动员委员会副主任。凹上：屯溪一地名，当时江彤侯居住在此。

[19]新亭堪掩涕：见甲集《癸亥十月杂诗四十首并序》注[83]。时值抗日战争，怆怀国土沦丧。

[20]峡口：两山夹水的地方。

[21]吴繇楚怨：吴楚地区的哀怨歌谣。繇，通"谣"。泛指民间的不满。

[22]此两句语出宋王安石《桂枝香·金陵怀古》:"归帆去棹斜阳里,背西风,酒旗斜矗。""六朝旧事如流水,但寒烟、衰草凝绿。至今商女,时时犹唱,《后庭》遗曲。"

[23]扪萝:攀援葛藤。陟巘(yǎn):攀登山峰。见唐杜甫《西枝村寻置草堂地夜宿赞公土室二首》:"扪萝涩先登,陟巘眩反顾。"

[24]杜陵布衣老:杜甫祖籍杜陵,他也曾在杜陵附近居住,故常自称杜陵野老、杜陵野客、杜陵布衣。

[25]诛茅:芟除茅草,引申为结庐安居。南朝梁庾信《哀江南赋》:"诛茅宋玉之宅,穿径临江之府。"赞公房:杜甫因上疏救宰相房琯,被贬弃官,暂居秦州,不意遇到了谪置此地的原京师大云寺赞公,作《宿赞公房》,通过对京中大云寺主赞公身虽迁谪而心为之不动的描写,从中道出了了悟虚空真谛的禅精佛理。时汪采白避难于蜀源鲍氏绿雨楼,作者时去相叙。

[26]潜父只著论:东汉政论家、文学家王符作《潜夫论》,"以讥当时失得,不欲章显其名"(《后汉书·王符传》),故书名叫《潜夫论》。

[27]叔常:谷正纲(1902—1993),字叔常,贵州省安顺县人。时任国民党浙江省党部主任委员兼第三战区政治部主任。

山中杂诗[1]

旋看邻里成墟落，贫迫忧煎事事乖。妻为盎空常见怨，子方襁负讵期佳[2]。驱蝇未雪频年恨[3]，扪虱难消此夕怀[4]。会向南山觅泉石[5]，得闲荷锸著人埋[6]。

川竭山崩旱象成，荒田数亩也关情。宿逋累息年年重[7]，宵小讹言处处惊[8]。可奈素封犹遏粜[9]，忍闻明令又催征。瘦氓不恨诛求急[10]，但祝甘霖畎浍盈[11]。

骯脏逢人说倦游[12]，堂琴花草有阳秋。疏棂日午黄蜂入，小院天阴白鸟浮。某水某丘增磊隗[13]，一瓢一笠转风流[14]。不宜郁怒伤肝肾，枉乞方书痛柱头[15]。

山中日夕走飙轮[16]，同轨欣逢郅治臻[17]。岂谓工师私橐饱[18]，翻令百姓涕痕新。室庐隳尽飘残瓦[19]，丘垄俄平数夕燐[20]。可叹役夫空横暴，鞭笞一例是饥民。

注　释

[1]此4首诗录自作者散页手稿，作于1938年前后。

[2]讵期：岂料。

[3]驱蝇：即“驱蝇踏笔”。事出《三国志·魏书·梁

习传》裴松之注引《魏略·苛吏传》。王思为三国曹魏时人,性情暴躁。一次其执笔作书,有苍蝇落于笔端。王思驱之去,已而复来,如此反复三次,王思性起,起身逐蝇,捉之不得,乃回身取笔,掷于地上,用脚踏坏。

[4]扪虱:即“扪虱而谈”,形容放达从容,侃侃而谈。唐李白《赠韦秘书子春》:“披云睹青天,扪虱话良图。”

[5]泉石:即“泉石膏肓”。《旧唐书·隐逸传·田游岩》:“高宗幸嵩山……游岩石衣田冠出拜,帝令左右扶之,谓曰:‘先生养道山中,比得佳否?’游岩曰:‘臣泉石膏肓,烟霞痼疾,既逢圣代,幸得逍遥。’”谓爱好山水成癖,如病入膏肓,不可救药。

[6]荷锸著人埋:语出《晋书·刘伶传》:刘伶“常乘鹿车,携一壶酒,使人荷锸而随之,谓曰:‘死便埋我。’其遗形骸如此”。比喻清高傲世。荷锸,扛着铁锹。锸,铁锹。

[7]宿逋(bū):滞纳时间较长的赋税。《新唐书·李珏传》:“迁河阳节度使,罢横赋、宿逋百余万。”

[8]宵小:亦作“宵人”。小人,坏人,好逸恶劳、游荡终日而不务正业之类的人。

[9]素封:无官爵封邑而富比封君的人。《史记·货殖列传》:“今有无秩禄之奉,爵邑之入,而乐与之比者,命曰‘素封’。”遏粜:停止出售粮食。指囤积居奇,哄抬物价。

[10]诛求：强制征收。《左传·襄公三十一年》："以敝邑褊小，介于大国，诛求无时。"

[11]畎浍（quǎn kuài）：田间水沟。泛指溪流、沟渠。宋黄庭坚《四月丁卯对雨寄赵正夫》："乾坤有美意，畎浍未盈科。"

[12]肮脏（kǎng zǎng）：高亢刚直。宋文天祥《得儿女消息》："肮脏到头方是汉，娉婷更欲向何人。"

[13]磊隗（wěi）：比喻胸中不平之气。宋黄庭坚《省中烹茶怀子瞻用前韵》："但恐次山胸磊隗，终便酒舫石鱼湖。"

[14]一瓢一笠：语出昆曲《千忠戮·惨睹》："雄城壮，看江山无恙，谁识我一瓢一笠到襄阳。"此剧写明初燕王（即后来的永乐帝）与建文帝争夺帝位、攻破南京后，建文帝化装成僧人逃亡的故事。

[15]方书：记载和论述方剂的著作，如《伤寒杂病论》《千金要方》等。柱头：即夏枯草。

[16]飙轮：喻飞驰的舟车。宋宋庠《正月望日车驾谒会灵观置酒祝禧殿》："羽扇排云出，飙轮抱日流。"

[17]同轨：车辙宽度相同。引申为统一的法制。郅治臻：即"臻于郅治"，把国家治理到了极好的地步。

[18]工师：古官名。官名，相传帝尧时置。春秋时齐、鲁等国也设置。战国时各国沿置之，为掌管百工及手工业之官。上受司空领导，下为百工之长。专掌营

建工程和管教百工等事。

[19]隳(huī):毁坏。

[20]丘垄:坟墓。

口号二绝句[1]

妻瘦儿啼不自由,屯阳萍泊又经秋[2]。腐儒欲问淮南米[3],何日胡头挂马头[4]。

高枧霜凋杍柚空[5],可怜吾道万方同。汉家自有均输策[6],能救东南比户穷[7]。

注　释

[1]以下4篇5首录自油印稿。

[2]屯阳:即屯溪阳湖。

[3]腐儒:迂腐的儒生,只知读书,不通世事。《史记·黥布列传》:"上折随何之功,谓何为腐儒,为天下安用腐儒。"淮南米:语出唐杜甫《解闷十二首》之二:"为问淮南米贵贱,老夫乘兴欲东游。"淮南,今湖北东北部及江苏、安徽一带,唐时皆属淮南道,故治在扬州。

[4]此句意是何日才能打败日寇。胡头:胡人之头。明杨慎《升庵诗话》卷三"古胡无人行"条:"'望胡地,何险侧,断胡头,脯胡臆。'此古词。"

[5]高枧(jiǎn):黄山市屯溪区黎阳镇一村名。1939—1940年作者供职安徽茶叶管理处,家居高枧、阳湖一带。杼柚空:即杼柚其空,形容生产废弛,贫无所有。语出《诗·小雅·大东》:"小东大东,杼柚其空。"

[6]均输策:见甲集《咏史》注[26]。

[7]比户:一户挨一户,比喻人家很多。

宄溪岁暮寄怀唐参谋子长[1]

宄溪高枕岁其除,家国飘摇梦不愉。残虏肯归江上舰,微生偷泛水中凫[2]。却看妻子忧方大,直捣幽燕愿岂虚[3]。堪叹故交殊落落,谁分片札寄潜夫。

注 释

[1]宄溪:黄山市屯溪区阳湖镇一村名,抗战期间作者曾住此。唐参谋子长:见丙集《题采白画》注[5]。

[2]微生:细小的生命,指平常人。唐李商隐《过楚宫》:"微生尽恋人间乐,只有襄王忆梦中。"

[3]直捣幽燕:元末红巾军韩林儿称帝下诏曰:"虎贲三千,直捣幽燕之地;龙飞九五,重开大宋天下。"这里喻指抗战胜利。

束　薪[1]

辛苦营巢妇，跳踉索饼儿。一家盈百指，终岁卓孤锥。太息转相慰，高歌行自欷。束薪吾及汝，愁鬓各成丝。

注　释

[1]束薪：捆柴。语出《诗·王风·扬之水》："扬之水，不流束薪。"此处指夫妇艰苦生活。《汉书·朱买臣传》："常刈薪樵，卖以给食。担束薪，行且诵书。"作者曾在屯溪安徽中学任教，此诗应为当时所作。

高枧寓居

门前烟水阔，屋后柏林残。枝落龙蛇影，波生凫鹥寒[1]。乱云迷列嶂，危橹下前滩。信美嗟吾土[2]，登楼莫惨颜。

注　释

[1]鹥（yī）：古书上指鸥。

[2]语出汉王粲《登楼赋》："虽信美而非吾土兮，曾何足以少留。"信，确实。土，故土。

题吴以智绘钟进士图[1]

当时按谱小婵娟，何意吴生笔底传。不是疑庵诗句好，枉教魂断碧梧边。

注 释

[1]此诗由汪孝文提供，原无题，诗后有“萝榭客试题”，钤“罗长名”印。作于1939年。此图有许承尧题诗：“桐阴月下影娟娟，一曲秋宵雅韵传。此老闻声潜步听，恍游二十四桥边。吴若愚，在田子，画能传家学，为记一诗，博勉斋主人闲笑。芚叟己卯疑庵。”吴以智，字若愚，清康熙时歙县丰溪（今属安徽黄山市徽州区）人。其父为清初画家吴龙，字在田，擅画花卉。钟进士，即钟馗。

记唐子晋将军抗战事[1]

中华民国二十又八年×月第三战区副司令长官兼第二十三集团军总司令仁寿唐子晋将军来游黄山，大书摩崖[2]，慨然有澄清之志。于时寇氛未戢，江表驿骚，将军转战逾年，荻港、大通、梅埂、黄池、前江口、大渡口、东流诸役迭创强敌，屏障皖南，勋绩懋著。师出以律，民用不扰，旌麾所指，箪壶盈路。故虽穷山邃谷，龆童鲐叟[3]，缅怀胜概，莫不歌叹，以为太平可致，中兴可期。燕然之铭，无待于班固[4]；浯溪之颂，同符于元结[5]。于是建亭伐石，扬扢丰烈[6]，系诗曰：

黟为玄都[7]，雄镇南服[8]。黄海云翻，龙蛇起陆[9]。元戎十乘，洸洸出蜀[10]。激弹宵飞，阴燐昼哭。我武惟扬[11]，倭奴詟伏[12]。松关晏然[13]，无警樵牧[14]。翠墨骞腾[15]，中原誓复。千祀同仇，山阿驻足。

注　释

[1]此首录自散页手稿，原无题。作于1939年。唐子晋：唐式遵(1883—1950)，字子晋，四川省仁寿县人。国民革命军二级陆军上将，曾任川军刘湘部队第21军军长，国民革命军第二十三集团军总司令、第三战区副司令长官。

[2]大书摩崖：指在青鸾峰石壁书刻“立马空东海，登高望太平”十字，这是作者等代唐式遵题拟与书写的。

[3]龆(tiáo)童：同“髫童”，儿童。鲐(tái)叟：老人。

[4]东汉和帝永元元年(89)，大将军窦宪奉旨远征匈奴，班固被任为中护军随行，参与谋议。窦宪大败北单于，登上燕然山(今蒙古境内的杭爱山)，命班固撰写了著名的燕然山铭文，刻石记功而还。

[5]浯溪刻石始于唐代中期，唐代宗时，文学家元结卸道州刺史任归经此地，因爱其山水，寓于溪畔，名之“浯溪”，山上台墩名“峿台”；并于大历二年(767)撰《浯溪

铭》《峿台铭》。大历六年，元结又将自己所撰《大唐中兴颂》，请颜真卿楷书，镌刻于临江峭壁。

[6]扬扢（jié）：颂扬。丰烈：大业，丰功伟绩。

[7]黟：黄山古时曾被称作黟山。玄都：传说中神仙居处。

[8]南服：周制。以土地距国都远近分为五服，南方叫南服。

[9]龙蛇起陆：语出宋辛弃疾《沁园春·弄溪赋》："看纵横斗转，龙蛇起陆；崩腾决去，雪练倾河。"意思是要发生地动山摇，各种生物都焦躁不安、活动起来了。

[10]洸洸：威武貌。《诗·大雅·江汉》："江汉汤汤，武夫洸洸。"

[11]语出《尚书·泰誓中》："今朕必往，我武惟扬。"形容威风凛凛，意气昂扬，奋起直前的样子。惟，同"维"，语助词。

[12]詟（zhé）伏：因恐惧而不敢动弹。

[13]松关：古关名。在阴山。元耶律楚材《过夏国新安县》："昔年今日渡松关，车马崎岖行路难。"这里泛指边关。

[14]樵牧：打柴放牧。

[15]骞（qiān）腾：飞腾。

次韵答疑庵丈[1]

霜后痴蝇得几时，车前衰凤漫陈辞[2]。谬悠未必真能说[3]，诅谤那知并去诗。丈来诗云："能果摧歼成毁闭，谬悠诅谤更何为？"[4]视息苟全成一叹，中风狂走足深悲。庭柯亦有摧歼意，待学无为谢有为[5]。

注　释

[1]以下9首录自散页手稿，作于1940年。此诗即《罗长铭集》24页《和疑庵》。

[2]车前衰凤：见甲集《红凤》注[1]。

[3]谬悠：荒诞无稽。《庄子·天下》："以谬悠之说，荒唐之言，无端崖之辞，时恣纵而不傥，不以觭见之也。"

[4]此两句是许承尧1940年作《荒荒二首》中诗句，见《疑庵诗》313页。

[5]《金刚经》："一切有为法，如梦幻泡影，如露亦如电，应作如是观。"《老子》四十八章："为学日益，为道日损，损之又损，以至于无为，无为而无不为。"庄子在臣道上的基本主张是君道无为、臣道有为，相互配合才是根本的道理。《庄子·天道》："上必无为而用下，下必有为为天下用。此不易之道也。"

戏题画

昨日天微霰，今朝炭价增。邻翁解相赠，贱子愧难胜。瀹雪茶汤熟[1]，围炉口舌腾。严冬差可过，无事索缣缯[2]。

注　释

[1]瀹(yuè)：煮，浸渍。宋范成大《古风送南卿》："粱肉岂不珍，瀹雪煮黄独。"

[2]缣(jiān)：即缣素，供书画用的白色细绢。缯(zēng)：古代丝织品的总称。这里的缣缯代指画。

皖茶四凶

皖南茶界有四凶者，垄断皖茶丛为怨府[1]，余哀之为赋是诗，主文谲谏[2]，冀闻者有悔焉尔。

其人譬如蚤，东走复西跳。择肥虽善噬，近火自先焦。

其人譬如蚊，呼朋复引类。来时声薨薨，暗中挟利器。

其人譬如蝇，昂然据粪窖。观者笑其痴，不知尚沾臭。

其人譬如虱，攀须复沿领。缘附术虽工，么麽亦已甚[3]。

注　释

[1]怨府：众怨归聚之所。

[2]主文谲谏：通过诗歌的形式，用譬喻的手法进行讽谏。语出《毛诗序》："上以风化下，下以风刺上，主文而谲谏，言之者无罪，闻之者足以戒，故曰风。"

[3]么麽（yāo mó），亦作"幺麽"。小人，微不足道的人。《鹖冠子·道端》："无道之君，任用么麽。"

哭张善子兼唁大千

才悲洗桐客[1]，又哭大风堂[2]。万里闻行旆，三年走故乡。善子二十六年返蜀。酒徒今落寞，画史合凄凉。橐笔残山外[3]，凭谁酹一觞[4]。

南渡中兴日，西川北望时。哭秦君已矣[5]，抗战后君携所作，赴欧美宣传。蹈海我何之。举世方龙战[6]，弥天识虎痴。此魂招不得，剪纸泪如縻[7]。

弃官吴塞翁[8]，善子尝官察哈尔某县长。扁舟客江澨[9]。驯虎捋虎须，弄笔沾虎气。居吴养虎甚驯[10]。割宅情已深[11]，论诗法相契。寄语吹篪人[12]，无由对悲涕。

注　释

［1］洗桐客：即汪采白。

［2］大风堂：张氏弟兄画室名。张善孖崇敬刘邦，尤对其《大风歌》之"大风"二字感兴趣；而张大千素来敬仰清初大画家张大风诗词歌赋的高深造诣，山水、人物、花鸟、肖像、金石诸艺无所不精。两兄弟为此不谋而合，采用"大风堂"三字为张氏弟兄画室名称。

［3］橐(tuó)笔：古代书史小吏，手持囊橐，簪笔于头，侍立于帝王大臣左右，以备随时记事，称作持橐簪笔，简称"橐笔"。

［4］酹（lèi）：以酒洒地而祭。

［5］哭秦：指申包胥为讨秦兵救楚，哭秦庭七日，其诚意感动秦哀公，终于出兵救楚的故事。

［6］龙战：龙战于野为坤卦第六爻，群龙在荒野大战。比喻群雄角逐。

［7］縻(mí)：牛缰绳。

［8］吴塞翁(1609—1690)：吴山涛，字岱观，一字寒松，晚号塞翁，徽州府歙县(今属安徽)人，居杭州。曾任

甘肃成县知县,后罢官南返。工诗,善画山水。此处指张善子。

[9]江澨(shì):江边。

[10]张善子曾养过虎。1935年,又得友人相赠乳虎一只,乳虎颇通人性,白天不离张善子左右,晚上就在其榻下安眠。张善子对虎作画,画技日益精进,从虎的任一部位开始,信笔画来,皆是神来之笔。他自号"虎痴",人皆尊其为"虎公"。

[11]割宅:分出房屋。此指在沪时作者与张氏兄弟比邻而居。

[12]吹篪(chí)人:指张大千。吹篪,吹奏篪管。篪,古代管乐器,形如笛,有八孔。《诗·小雅·何人斯》:"伯氏吹埙,仲氏吹篪。"象征兄弟和睦之意。

寄题疑庵二十韵[1]

疑庵丈来书云:园中广场,新苔布满,又新得郑氏二小松,生意可爱。余自檀干累年[2],每忆昔日胥宇之惠[3],感不去怀,追为此什,聊以纪事,属方雪江书之[4],张之庵壁。抗战第五年三月。亡羊居士罗更。

疑庵万里客,归橐几篇诗。奇句搜河陇[5],高名溢海陲。德尊甘伏骥,身隐厌闻鼙。物候园中柳,光阴镜里丝。登台云淡荡,窥牖日融怡。山好常栖堞[6],花娇或映楣。从篁妨径窄[7],枯树虑巢危。松向春前乞,苔从雨后滋。腾拿盆盎势[8],绣涩画图披。人事亲农圃,生涯去町畦。将军勤问字,稚子懒扶犁。月夕延丹叟,石君丹生[9]。风晨挹渐师。丈藏僧渐江《晓江风便图》[10]。乡传江戴学[11],经剖晋唐时。又藏敦煌写经甚富。粗粝余年足,丹铅耄齿为[12]。兵戈尘漠漠,郡邑黍离离。戎服哀王粲[13],儒冠弃贾逵[14]。升堂应北面,卜宅忆西枝[15]。行似乌樯滞[16],心同雁旅疲。悲欢成过隙,述作负前期。只有檀干水,端宜卧鹿皮[17]。

注 释

[1]此诗录自油印稿。据序言,作于1941年。

[2]檀干:即歙县唐模。

[3]胥宇之惠:指应许疑庵之邀,作者1936年由沪返歙,借居许氏老宅。胥宇,察看可筑房屋的地基和方向。犹相宅。晋潘尼《东武馆赋》:“慕古公之胥宇,羡孟母之审邻。”

[4]方雪江:20世纪三四十年代歙县书法家。

[5]指许疑庵早年在甘肃为官,所写诗中多记甘肃之事。

[6]堞:城墙上齿状的矮墙。

[7]丛篁:丛生的竹子。

[8]腾拿:拽拉腾空貌。

[9]石君丹生:石国柱(? —1950),字丹生,安徽全椒人。20世纪30年代任歙县县长,组织编纂民国《歙县志》。

[10]《晓江风便图》：渐江的代表作。许承尧由程霖生处购得。

[11]江戴：指江永与戴震。江永(1681—1762)，字慎修，又字慎斋，徽州府婺源县(今江西婺源县江湾镇)人。清代著名经学家、音韵学家、天文学家和数学家，皖派经学创始人。戴震、程瑶田、金榜等皆其弟子。戴震(1724—1777)，字东原、慎修，号杲溪，徽州府休宁隆阜(今属安徽黄山市屯溪区)人。清代著名语言文字学家、哲学家、思想家。

[12]丹铅：指点勘书籍用的朱砂和铅粉。亦借指校订之事。唐韩愈《秋怀诗》："不如觑文字，丹铅事点勘。"

[13]王粲：见乙集《赠余空我》注[4]。

[14]贾逵(30—101)：字景伯，扶风平陵(今陕西咸阳西北)人。东汉著名经学家、天文学家。

[15]西枝：唐肃宗乾元二年(759)杜甫离开华州，西去秦州，当时赞公苏端也谪居秦州，杜甫与苏端关系很好，因此在西枝村选址建草堂，征求苏的意见，选中一地在西枝村更西，但离苏端处不远，杜甫很满意，写了《寄赞上人》诗："与子成二老，来往亦风流。"

[16]乌樯：即樯乌。桅杆上的乌形风向仪。也用以比喻飘忽不定的生活。唐杜甫《登舟将适汉阳》："塞雁与时集，樯乌终岁飞。"

[17]卧鹿皮：佛经中"取旧鹿皮敷地而卧"心生觉悟

的故事。(见《佛经·律部·根本说一切有部毗奈耶破僧事》卷九)

题旧翁画[1]

旧翁乌渡松余鬣[2],苊父檀干柳渐髡。画罢孤怀浩难写,诗成微旨与谁论。

辛巳夏日效杜公体偶题,时客唐子晋将军幕府。重游檀干,疑盦先生尚康强如昔,而旧翁下世已十年矣。感念存殁,为之怅然。亡羊更。

注　释

[1]此诗录自作者题旧翁画。原诗无题,作于1941年。此画有许承尧题跋:“陈泪苍凉散不收,故人草宿画空留。还将惘惘难甘意,珍重付之罗远游。长名无旧翁画,以此归之,记一诗。辛巳芚翁许承尧。”旧翁,即汪律本。见乙集《忆旧游·挽旧游先生》注[1]。

[2]乌渡:汪律本在池州隐居之地。

题程正路山水轴[1]

寒斋故物,今归侠奇,晴窗展玩,如对故人,系诗为笑。长子更。

画楮流传事可嗟[2],宝如头日贱泥沙[3]。多君珍重前贤志，兼继疑庵作一家。

注　释

[1]此诗由汪孝文提供，作于1941年。录自《程正路山水轴（四屏）》第四屏，其上有许承尧跋："在海滨见耻夫红树秋山巨幅，秾艳极矣，题诗五章，龙蛇飞舞，为之心醉。此以简胜，更增其逸，珊珊仙骨，真不食人间烟火也。辛巳涤玄翁。"作者在其他两屏亦有题跋（见《罗长铭集》353页《题晶阳子山水轴（一/二）》）。程正路，程义，字正路，一字耻夫，号雪斋，又号晶阳子，歙县人。善画，工制墨。清康熙年间著名墨坊人之一。

[2]画楮：指画纸。

[3]头目：借指性命。宋赵彦卫《云麓漫钞》卷六："辩才宝此过于头目，未易遽索。"

题文伯仁山水大堂[1]

绝艺文唐名擅场[2]，谁人妙笔点秋光。停云群从真才子[3]，始信多师得瓣香。

注　释

[1]此诗由汪孝文提供。录自文伯仁《山水大堂》画，其上有许承尧跋："此画在予斋十余年矣，故友叶则翁为予罗致。云画侧旧有'文五峰''伯仁'二印已损，难猝

识，为俗工割去，同为惋惜。予谓画笔苍坚而明靓，得衡山的乳，即无印识，亦可一望而知为停云馆中人所为，以艺事有吟光气，自不可掩也。辛巳则翁嗣侠奇世兄锐意求画，侠奇有父风，先承家学，因以归之，并为述此一段事。苞翁许承尧记，时年六十有八。"作者亦题此诗，诗后署有"亡羊吏"，作于 1941 年。文伯仁（1502—1575）：字德承，号五峰，湖广衡山人，系籍长洲（今江苏苏州）。文徵明侄子。工画山水，亦能诗。

[2]文唐：指文徵明、唐寅二人。擅场：压倒全场。指技艺高超出众。

[3]停云：文徵明的藏书印章。《停云馆帖》是文徵明集晋、唐、宋、元及当时名人与文人自书的明代汇刻丛帖。

题黄山立马亭[1]

元戎小队此经过，落落英风洒薜萝[2]。只有山灵知秘惜[3]，长教云气护岩阿。

注 释

[1]此诗系罗季重 1977 年录自黄山立马亭石壁，作于 1942 年。诗后有"壬午冬亡羊居士吏"。《黄山志》（黄山书社 1988 年版）误为"雯诗碑"，且第一句少"队"，第 2 句少一"落"，第 3 句"知"误作"和"，诗后署名"亡

羊”误为“中山”,“更”误为“雯”。

[2]薜萝:隐士的服装,也借指隐者的住处。

[3]秘惜:隐藏珍惜,不以示人。惜,《罗长铭集》41页误为“憯”。

允孝仁兄四十初度[1]

横流率土见祲氛[2],脱屣登堂又见君。此夕未妨谋一醉,我居安在喜相闻。两行蜡凤光如海[3],四座雕龙辩正纷[4]。狡狯犹能乞灵药[5],不须蛮语效参军[6]。

注 释

[1]此诗录自散页手稿,作于1942年。允孝:王允孝,歙县潜口(今属黄山市徽州区)人,作者小学同学。

[2]祲氛:古指妖气,此指日寇入侵。

[3]蜡凤:蜡泪制的凤凰。指南朝齐王僧绰(一说为王僧虔)采蜡烛珠为凤凰事。后用为少年嬉游之典。宋苏轼《次韵子由使契丹至涿州见寄》:“始忆庚寅降屈原,旋看蜡凤戏僧虔。”

[4]雕龙:战国时齐人驺衍善谈天地自然之事,雄辩恢奇;稍后有驺奭,采驺衍之术以纪文,国人因颂为“谈天衍,雕龙奭”。后因以“雕龙”比喻善于文辞。

[5]乞灵药:疑指嫦娥偷吃了丈夫从西王母那里求来的不死药,就飞入了月宫的故事。

[6]蛮语效参军：语出南朝宋刘义庆《世说新语·排调》："桓公曰：'作诗何以作蛮语？'隆曰：'千里投公，始得蛮府参军，那得不作蛮语也。'"蛮语，指南方少数民族的言语。

子良先生结苑丰山之阳，与令弟允孝奉母仇老夫人以居，壬午春月母登七秩，敬缀俚句用纪盛美[1]

丰山一壑负暄阳，长奉慈闱结草堂[2]。座上风烟供进养，膝前童稚引班行。潺湲间水当檐落，烂漫秋花绕砌香。何似二难同鞠跽[3]，浑忘门外有沧桑。

注　释

[1]此诗录自散页手稿，作于1942年。丰山：安徽黄山市徽州区潜口一山名。

[2]慈闱：亦作"慈帏"，旧时母亲的代称。宋张孝祥《减字木兰花·黄坚叟母夫人》："慈闱生日，见说今年年九十。"

[3]二难：谓兄弟皆佳，难分高低。唐包何《和苗员外寓直中书》："朝列称多士，君家有二难。"跽(jì)：长跪，挺直上身两膝着地。

癸未九月余自檀干移居阮溪,允孝出姜渔指画属题,聊改石湖《九经堂作》,知不免才尽之诮云[1]

人间节物太匆匆,老去悲秋又画中。高树未妨青嶂月,小桥难断白蘋风。十年湖海新栽柳[2],咫尺家山旧转蓬[3]。只有黄花忘战角[4],西风烂漫到篱东[5]。

注　释

[1]此首诗录自散页手稿,作于1943年。另有汪孝文供稿《题姜因载指墨山水堂幅》,有几字不同,且有许承尧的跋:"指画始于黄秋山、高铁岭,铁岭工矣,而终露犷莽之色,此画雄奇横劲,意态豪迈,深秀之气,仍盎可掬,诚指墨中之绝佳者。癸未芚叟为允孝题。"阮溪:今黄山市徽州区潜口。指画:即指头画,中国画的一种特殊画法,用指头、指甲和手掌蘸水墨或颜料在纸绢上作画。清高其佩(即许承尧跋提到的"高铁岭",因高是铁岭人,在画上常题有"铁岭高其佩指画""铁岭高七郎""铁岭古狂",因此时人对其有"高铁岭"之称。)擅此画法。姜渔:字笠人、石生,安徽巢县(今巢湖市)人,寓居江苏苏州。清嘉庆、道光时画家。工花卉、翎毛,尤善画鹤,设色妍

丽,布墨老到。另有同名画家,字松山,康熙时江苏常熟人。擅山水,得元人意,尤工小幅及册页。石湖:范成大(1126—1193),字致能,号石湖居士,平江吴郡(郡治在今江苏苏州)人。《九经堂作》:指宋范成大《重阳九经堂作》:"俗间佳节自匆匆,老去悲秋又客中。青嶂卷帘三面月,黄花吹鬓几丝风。十年故国新栽柳,万里他乡旧转蓬。谁与安排今夜梦?片帆飞到小篱东。"

[2]语出《晋书·桓温传》:"温(桓温)自江陵北伐,行经金城,见少为琅邪时所种柳皆已十围,慨然曰:'木犹如此,人何以堪?'攀枝执条,泫然流涕。"

[3]转蓬:语出三国魏曹植《杂诗》:"转蓬离本根,飘摇随长风。"言行踪无定,如蓬之飘泊也。

[4]黄花:菊花。

[5]篱东:语出晋陶渊明《饮酒二十首》其五:"采菊东篱下,悠然见南山。"

云岑道中阅范石湖诗有岁晚句,忽忆旧游、疑庵二翁旧事,聊次其韵[1]

摧颓无复气如蜺[2],出处真教小草齐。闭户久同猿入槛[3],攀云何异蚁缘梯。世间翻复怜双鹄[4],岁晚交情但只鸡。只恐它年仍腹痛[5],道旁风物苦萋萋。

民国初元,疑庵失意至都诣旧游所,欲有所訾[6],旧游笑指鬓云:"吾辈乃只鸡斗酒之交。"疑庵不解。旧云:“君至,但可杀只鸡,沽斗酒相饷,幸勿语及其他。非只鸡斗酒之交而何?”疑庵大讪而退。

注　释

[1]此首诗录自散页手稿。岁晚句:指范成大的诗句“鸥鹭飞来俱玉立,松篁岁晚各苍颜”(《次韵蜀客西归者来过石湖,并寄成都旧僚》)。

[2]蜺:寒蝉,一种体形较小的蝉。

[3]闬(hàn):里巷的门,又泛指门。

[4]怜双鹄:语出宋吴迈远《飞来双白鹄》:“可怜双白鹄,双双绝尘氛。”怜,羡慕。鹄,天鹅。

[5]腹痛:语出曹操为桥玄所作祭文:“徂没之后,路有经由,不以斗酒只鸡过相沃酹,车过三步,腹痛勿怨。”(《后汉书·桥玄传》)

[6]訾(zǐ):指责,怨恨。

哭方振民[1]

检箧鳞鸿在[2],怆然迹已陈。春风开讲席,皓月印迷津。怅惘荷田路[3],凄凉莲社人[4]。江湾久宿草[5],俯仰益沾巾。

注　释

[1]以下2首诗录自散页手稿,写在《募修杨干古寺

疏》纸上，作于1943年。此诗即《罗长铭集》中《挽方振民校长》。方振民：方新(1875—1943)，原名方英钦，字振民，徽州婺源县东乡荷田村(今属江西)人。20岁考入南通师范，毕业后赴日留学。1913年他与胡晋接奉命在歙县筹办省立五师，并任教务主任，1919年任县立三中校长，后任婺源县教育局局长，1938年任徽属联立职业学校校长，直至去世。

[2]鳞鸿：鱼雁，指书信。晋傅咸《纸赋》："鳞鸿附便，援笔飞书。"《罗长铭集》此句为"展简零鸿在"。

[3]《罗长铭集》此句为"暗淡荷田路"，且后有注"方系婺源荷田人"。

[4]《罗长铭集》中此句后有注"方曾组织莲社"。

[5]久：《罗长铭集》为"已"，此句后有注"婺源江湾江易图先生殁"，"图"乃"园"之误。

挽王蕈梅[1]

么麽何足道，此死太无端。共说从军乐，争知行路难。梦回屯浦黑[2]，魂返浊漳寒[3]。壁上曾胡语[4]，重来掩泪看。

注　释

[1]王蕈梅：先生在军队的同事，河北人。

[2]屯浦：屯溪老大桥，是一座大型古石拱桥，始建于

明嘉靖十五年(1536),名镇海桥。位于屯溪三江口,旧时为进出屯溪的门户。镇海桥边旧有“屯浦”之称。

[3]浊漳:河北省南部的漳河,发源于晋东南,有清漳河与浊漳河两个源头。

[4]壁上:指壁上观,原指双方交战,自己站在壁垒上旁观。后多比喻站在一旁看着,不动手帮助。曾胡语:指曾国藩、胡林翼(晚清中兴名臣之一,湘军重要首领)著《曾胡兵法》。

寄明惠[1]

自君嫁我十年余,离别真堪屈指书。不分烽烟起遍地,独教辛苦挈诸雏。买田自笑谋诚拙,报国终期愿不虚。余欲买田数亩与君为躬耕之计。明岁便为偕隐计,归欤日日狎樵渔[2]。

注　释

[1]以下5首录自作者未命名诗词集,作于20世纪40年代早中期。此诗系作者随军赴江西时所写家书。明惠,蔡明惠(1911—1984),上海人,作者妻。1936年家迁内地,伴作者生活于徽州(今安徽黄山市)和合肥,并终老于合肥。

[2]狎樵渔:与樵夫、渔夫亲近,比喻隐居生活。

感　冒

已见衰颓头似雪，又教感冒鼻如雷。红炉炽炭全无力，绿蚁盈尊亦懒开[1]。欲界应知同火宅[2]，凡夫岂得免风灾。呼僮觅纸糊空穴，始信亡羊是不材[3]。

注　释

[1]绿蚁：指浮在新酿的没有过滤的酒上的绿色泡沫。典出汉张衡《南都赋》："醪敷径寸，浮蚁若萍。"后常以绿蚁称酒。唐白居易《问刘十九》："绿蚁新醅酒，红泥小火炉。"

[2]火宅：佛教语。喻烦恼的俗界。《法华经·譬喻品》："三界无安，犹如火宅，众苦充满，甚可怖畏。常有生老病死忧患，如是等火，炽然不息。"

[3]亡羊：作者号。

哀会健[1]

六载为佣亦可怜，求分他日买山钱。岂知摩羯东坡老[2]，负汝心期到九泉。

注　释

[1]会健：又名红枣，作者族人，曾随从作者操理家务多年。

[2]摩羯：又称摩伽罗，本是印度神话中水神的坐骑，佛教经典以其比喻菩萨以爱念缚住众生，不到圆满成佛终不放弃，又因“摩羯以肉济人”，后来成为佛教圣物。东坡老：苏东坡，作者自称，此处指作者长期挽留会健在身边。

题陈中立牡丹[1]

东归端为看花来，漠漠烟尘绕径苔。隔岁似曾阑畔见，一枝还向画中开。风翻翠幄娇无那[2]，雨浥红妆醉几回。从此不须寻蜡屐，画堂深处是春台[3]。

注　释

[1]陈中立：陈卓(1634—?)，字中立，晚号纯痴老人，北京人，寓居江苏南京，擅长山水、人物和花鸟，设色艳丽。

[2]翠幄：翠色的帐幔。晋左思《吴都赋》：“蔼蔼翠幄，袅袅素女。”

[3]春台：指登眺游玩的胜处。《老子》二十章：“众人熙熙，若享太牢，若登春台。”

查梅壑书《醉翁亭记》残幅[1]用欧公琅琊山《题王元之画像侧》韵[2]

昔翁谪居滁山日，野叟田夫共笑言。泉冽酒香留客醉，云荒石老诵君恩[3]。山中朝暮应如昨，世上炎凉岂足论。为有查生能好事，苦留残墨到尘昏[4]。

注　释

[1]查梅壑：即查士标，见乙集《行尽黄山卅六峰》注[8]。

[2]王元之：王禹偁(954—1001)，字元之，济州巨野(今属山东)人。宋太宗至道元年(995)，任翰林学士，后以谤讪朝廷的罪名，从工部郎中贬知滁州，次年改知扬州。宋欧阳修《书王元之画像侧》："偶然来继前贤迹，信矣皆如昔日言。诸县丰登少公事，一家饱暖荷君恩。想公风采常如在，顾我文章不足论。名姓已光青史上，壁间容貌任尘昏。"

[3]云荒石老：犹天荒地老，指极长时间内大自然的变迁。

[4]尘昏：尘积昏暗。唐朱庆馀《题开元寺》："长廊画剥僧形影，石壁尘昏客姓名。"

和陶《贫士七首》[1]

宅旁有高树，日夕鸟雀依。坐观岁运往[2]，大宇无停晖。孔丘与盗跖，同此过隙飞。彼皆据高势[3]，毁誉各有归。寂寞严君平[4]，弃世忘朝饥。戚戚几合米，此士良足悲。

万事皆色沮，一端或眉轩。赁庑得隙地[5]，吟哦榜小园[6]。谁知庾开府，作赋栖寒烟。造化为炉鞴[7]，阴阳费磨研。服鸟不解事，座隅请臆言[8]。任运无去住，纵尔宁非贤[9]。有服入室[10]，为童所捕。

性不解音律，亦谋蓄一琴[11]。偶为《南风》歌[12]，向往《虞韶》音[13]。英雄造时命，干戈日相寻。欲语复茹之，得酒宜独斟。汉治废腹诽[14]，儒术千秋钦。郑生尔何人[15]，作史名以心。

瞽者不识日，扪籥嘲离娄[16]。手种逾淮橘[17]，卅载实不酬。迷途傥知复，予智恐未周。本无饥溺怀[18]，宁抱箪瓢忧[19]。东邻复西舍，赖有田父俦。双鱼远可致[20]，菜根亦易求。

我归八九载，屯阳复檀干。流转六七处，束带谒上官[21]。弱女四五龄[22]，婉嫕同盘餐[23]。隔朝遽怛化[24]，阅岁骨已寒。平生无一女，诐语惨我颜[25]。移瘗先茔侧[26]，骨肉长相关。

西行念予季[27]，万里转孤蓬。慷慨出国门，委蛇犹众工。八年不相见，三命滋益恭[28]。古文以龚为恭[29]。先君殡东陌[30]，妄意宁人同。我鬓飒已变，世否殊未通。何时对床约[31]，旧雨扁舟从[32]。

驺子谈天口[33]，裨海环九州[34]。嵇生薄汤武[35]，志与孤鸿俦。俗士怖迂怪，至人缅风流[36]。子虚诧齐失，亡是矜杞忧[37]。折蔬暮雨余，举杯明月酬[38]。遗经束高阁[39]，却扫愧前修。

注　释

［1］以下10篇20首诗录自作者自辑《甲申诗·明亡三百年·起四月》。《和陶贫士七首》载于民国三十三年（1944）11月4日《东南日报》周末版。陶渊明有《咏贫士七首》，作者步其韵，和作七首。

［2］坐：《罗长铭集》10页误为“尘”。

［3］此句《东南日报》为“彼此据高位”。

［4］严君平：名遵，蜀（今四川成都）人。西汉隐士。

卜筮于市，日得百钱即闭门讲经《老子》。著书十余万言。一生不愿做官。

[5]赁庑：见乙集《赠宣愚公》注[8]。

[6]吟哦：歌咏或作诗之意，犹吟咏。这两句指当时租赁汪沛然(汪世清之兄)家房前后有竹园。

[7]炉鞴(bèi)：火炉鼓风的皮囊。

[8]此两句语出《史记·屈原贾生列传》：贾谊"为长沙王太傅三年，有鸮飞入贾生舍，止于坐隅。楚人命鸮曰'服'"。贾谊自以为寿不得长，作赋以自广。其辞曰："……请问于服兮：'予去何之？吉乎告我，凶言其灾。淹数之度兮，语予其期。'服乃叹息，举首奋翼，口不能言，请对以臆。"服，通"鵩"，鸟名，又名山鸮。夜鸣，声恶，古人以为不祥之鸟。臆言，说梦话，说胡话。请，《罗长铭集》第10页误为"清"。

[9]纵：《罗长铭集》10页误为"从"。

[10]服：《东南日报》与《罗长铭集》10页皆误为"鹗"。

[11]此两句语出南朝梁萧统《陶靖节传》："渊明不解音律，而蓄无弦琴一张，每酒适，辄抚弄以寄其意。"后用以为典，表达闲适归隐之意。

[12]《南风》歌：古歌名。《史记·乐书》："昔者舜作五弦之琴，以歌《南风》。"

[13]《虞韶》：虞舜时的《韶》乐。汉班固《幽通赋》：

“《虞韶》美而仪凤兮，孔忘味于千载。”

[14]腹诽：不言，以心里诽谤他人称腹诽。汉文帝明令废止“诽谤”法，汉武帝时期，“诽谤”之法不仅得以复活，而且较之秦始皇时代更为变本加厉，其标志就是“腹诽”之罪的出现。据《史记·平淮书》：“汤（张汤）奏当异（颜异）九卿，见令不便，不入言而腹诽，论死。自是之后，有腹诽之法以此，而公卿大夫多谄谀取容矣。”

[15]郑生：郑玄（127—200），字康成，北海高密（今山东高密县）人。东汉经学家。

[16]扪（mén）：执持。籥（yuè）：古乐器。离娄：古代传说中的人名。据说他能视于百步之外，见秋毫之末。

[17]逾淮橘：语出《周礼·考工记·序官》：“橘逾淮而北为枳……此地气然也。”后以此典比喻人或事物因环境不同而改变性质。

[18]饥溺怀：即“饥溺为怀”，喻关怀百姓疾苦，或于他人之苦深表同情，以消除之为己任。语本《孟子·离娄下》：“禹思天下有溺者，由己溺之也；稷思天下有饥者，由己饥之也，是以如是其急也。”

[19]箪瓢：见乙集《空室》注[4]。

[20]双鱼：即“双鲤”，书信之代称。

[21]束带：指整肃衣冠之意。《论语·公冶长》：“束带立于朝，可使与宾客言也。”

[22]弱女：作者之女抗抗（1939—1943），死于急性腹

疾。发表《东南日报》时此诗后加注“亡女名抗抗，去岁已暴疾殂”。

[23]婉嫕(wǎn yì)：柔顺貌。

[24]遽(jù)：急，骤然。怛(dá)化：死亡。怛，惊动。化，指人将死。

[25]诐(bì) 语：即诐辞，偏颇邪僻的言论。《孟子·公孙丑上》：“诐辞知其所蔽。”

[26]先茔：先人坟茔。

[27]季：指作者三弟罗会钺(1914—1997)，20 世纪 30 年代初随作者赴沪读书，1940 年同济大学毕业，抗战从军。随远征军从征缅印，后去台湾地区、新加坡工作。发表《东南日报》时此诗有加注：“三弟会钺，闻先君讣，从征缅印。”西：《罗长铭集》10 页误为“四”。

[28]语出《史记·孔子世家》：“及正考父佐戴、武、宣公，三命兹益恭，故鼎铭云：‘一命而偻，再命而伛，三命而俯，循墙而走，亦莫敢余侮。饘于是，粥于是，以糊余口。’其恭如是。”三命，指三次加官进爵。滋益，滋生，增衍。

[29]发表《东南日报》时无此注。

[30]先君：作者先父罗植生(1881—1941)，病重时“常思季子，长名语曰：‘今抗战方亟，若命之归，储材而不得其用，如国家何?’君自是不复言，但愍默而已”(石国柱《罗植生行状》)。

[31]对床约：即“对床夜雨”。语出宋苏轼《东府雨中别子由》：“对床定悠悠，夜雨空萧瑟。”后遂用此典形容亲友、兄弟久别相聚、倾心交谈及其欢乐之情。

[32]旧雨：老朋友的代称，又叫“旧故”。宋辛弃疾《雨中花慢·登新楼有怀赵昌甫、徐斯远、韩仲止、吴子似、杨民瞻》：“旧雨常来？今雨不来，佳人偃蹇谁留？”

[33]驺(zōu)子：即驺衍(约前305—前204)，战国末哲学家，阴阳家的代表人物。提出“大九州说”：世界有81州，每9州为一“大九州”，有小海环绕，9个“大九州”另有大海环绕。谈天口：语出《史记·孟子荀卿列传》，战国阴阳家驺衍善谈天说地，“故齐人颂曰：‘谈天衍，雕龙奭，炙毂过髡。’”裴骃《史记集解》引刘向《别录》：“驺衍之所言，五德终始，天地广大，尽言天事，故曰‘谈天’。”后专指以天人感应来解释自然与人事的关系。

[34]裨(pí)海：小海。《史记·孟子荀卿列传》：“中国外如赤县神州者九，乃所谓九州也，于是有裨海环之。”

[35]嵇生：指嵇康，见甲集《效杨炯》注[7]。薄汤武：见乙集《小病游顾家宅公园》注[2]。

[36]至人：古代用以指思想道德等某方面达到最高境界的人。

[37]此两句典出汉司马相如《子虚赋》和《上林赋》。楚国使臣子虚向乌有先生夸耀，他看破齐王接待他的用意，讲述楚王云梦游猎盛况，远非齐国所能及，乌有先生

进行了反驳。亡是公述说上林天子游猎状，更非齐、楚能比。讽天子崇尚畋乐。诧，夸耀。矜(jīn)，怜悯，同情。杞忧，杞人忧天。

[38]语出唐·李白《月下独酌四首》其一："举杯邀明月，对影成三人。"

[39]遗经：指古代留传下来的经书。唐韩愈《寄卢仝》："《春秋》三传束高阁，独抱遗经究终始。"经，《罗长铭集》11页误为"径"。

题汪息庐画[1]

陶公岁月义熙前[2]，放浪江湖拍酒天。便说南阳刘子骥[3]，问津规往夕岚边[4]。

甚欲长斋绣佛前，又思鼓枻老渔天[5]。何人觅句空山里，得到新城《秋柳》边[6]。

懵懂山云落案前，房山一派米家天[7]。十年憔悴青衫底[8]，梦堕江南野水边。

注　释

[1]汪息庐：汪洪度(1646—1722)，字于鼎，号息庐，徽州府歙县(今属安徽)人，寓江苏扬州。工诗文，兼绘事。晚年归卧黄山，著《息庐诗》《黄山领要录》。

［2］陶公：陶渊明。义熙：东晋安帝年号，公元405—418年。陶渊明生卒年为公元365—427年，故曰“陶公岁月义熙前”。

［3］刘子骥：刘驎之字，晋太元年间河南南阳人。晋陶渊明《桃花源记》：“南阳刘子骥，高尚士也。”

［4］夕岚：暮霭，傍晚山林中的雾气。宋司马光《送王太祝豫知伊阙》：“锦雉驯飞春陌上，雪凫高去夕岚边。”

［5］此句指屈原与渔父的故事，见甲集《寄梦初》注［1］。

［6］新城《秋柳》：指王士祯的《秋柳》诗。王士祯（1634—1711），原名王士禛，字贻上，号阮亭，别号渔洋山人，故又名王渔洋，山东新城（今山东桓台）人。24岁时写下《秋柳》四章，全诗借秋柳的衰色为触机，以委婉的笔调，巧妙用典，感慨盛衰无常，悲叹故物飘零。抒发了“亡国之痛、故国之思”的情感。

［7］房山一派：指房山云居寺塔及石经，所刻石经以盛唐、辽、金时期最多。米家天：米芾为北宋著名书画家，与蔡襄、苏轼、黄庭坚合称“宋四家”。米芾画法开创独特风格，其子米友仁继承父法，画史上有“米家山”“米氏云山”“米派”之称。

［8］青衫：古时学子所穿之服，借指学子、书生。

去岁残腊，郭分监惠米[1]，晋公惠糖[2]，适阅东坡《泗州除夕黄师是送酥酒》诗[3]，因用其韵为谢。顷郭又送米，再用前韵

万里烟尘风卷絮，千年人物浪淘沙。中原信美非吾土，落日虽赊岂我家。户绝三彭常辟谷[4]，衣悬百结自生花[5]。腐儒饱吃成何用，静听东征士马哗。

故人怪我色敷腴[6]，日日支铛糁土酥[7]。贷粟肯教庄叟笑，食薇愿傍首山隅[8]。何时诸将收京捷，便逐遗黎夹道呼。若论功人谁企得，看横长剑倚蓬壶[9]。

附　旧作

寒来只觉肌生粟，病起浑如眼翳沙。釜庾不期系远道[10]，斗升何用乞邻家。安排岁事先裁胜，商较天阴好种花。乌鹊巡檐僮鼓腹，先生高枕任歌哗。

石蜜寄来如琥珀[11]，胡麻研细胜醍酥。却怜舌本忘三月，叵耐骚人举一隅。《楚辞》胹鳖炮羔有蔗浆[12]，为后世熬糖法所本。阅世久甘荼堇味[13]，应人从作马牛呼。知公笑我求田计[14]，濩落真成魏瓠壶[15]。

注 释

［1］郭分监:作者服务国民革命军第二十三集团军时的后勤主管。

［2］晋公:唐式遵。

［3］宋苏轼《泗州除夜雪中黄师是送酥酒二首》:“暮雪纷纷投碎米,春流咽咽走黄沙。旧游似梦徒能说,逐客如僧岂有家。冷砚欲书先自冻,孤灯何事独成花。使君半夜分酥酒,惊起妻孥一笑哗。　关右土酥黄似酒,扬州云液却如酥。欲从元放觅拄杖,忽有曲生来坐隅。对雪不堪令饱暖,隔船应已厌歌呼。明朝积玉深三尺,高枕床头尚一壶。”

［4］三彭:即三尸,传说三尸姓彭,常居人身中,伺察功罪。宋苏轼《次韵子由病酒肺疾发》:“三彭恣啖啮,二竖肯逋播。”

［5］衣悬百结:即“悬鹑百结”,形容衣服破烂不堪。北周庾信《拟连珠》:“盖闻悬鹑百结,知命不忧。”

［6］敷腴:喜悦貌。唐杜甫《遣怀》:“两公壮藻思,得我色敷腴。”

［7］铛(chēng):一种平底浅锅。

［8］见甲集《七绝四首》注［4］。

［9］蓬壶:即蓬莱,古代传说中的海中仙山。晋王嘉《拾遗记·高辛》:“三壶,则海中三山也。一曰方壶,则方丈也;二曰蓬壶,则蓬莱也;三曰瀛壶,则瀛洲也。形如

壶器。”

[10]釜庾：两者均为古量器名。

[11]石蜜：冰糖的异称。

[12]《楚辞》有“胹鳖炮羔，有柘浆些”句。胹（ér），烹煮。柘，甘蔗。

[13]荼堇（jǐn）：两种植物名。《诗·大雅·绵》：“周原膴膴，堇荼如饴。”

[14]求田计：语出《三国志·魏书·陈登传》：刘备对许汜说：“君有国士之名，今天下大乱，帝主失所，望君忧国忘家，有救世之意，而君求田问舍，言无可采，是元龙所讳也，何缘当与君语？”见丙集《寄明惠》“报国终期愿不虚”下注：“余欲买田数亩与君为躬耕之计。”

[15]魏瓠壶：即魏王瓠。《庄子·逍遥游》：“惠子谓庄子曰：‘魏王贻我大瓠之种，我树之成而实五石。以盛水浆，其坚不能自举也。剖之以为瓢，则瓠落无所容。非不呺然大也，吾为其无用而掊之。’”谦称自己才能差。

题郑非厂画竹赠允孝[1]

贫居无肉供杯盘，挂壁还当画饼看。乞与君家几枝叶，到头风味似荠酸。

注　释

[1]郑非厂(ān):郑叙,字秩五,号非庵、非厂,明徽州府歙县郑村(今属安徽)人。善画墨竹。

黄喆人四十索诗

人生四十亦艰难,何意杯盘得暂欢。云物若知兵甲苦[1],岁时还望政刑闲。白头我只思高卧,玄发君应服大还[2]。贞白里中闻好语[3],添丁哑哑劝加餐。

注　释

[1]云物:云彩,亦指景物、景色。宋范成大《光相寺》:"云物为人布世界,日轮同我行虚空。"

[2]大还:大还丹。传说大还丹不仅能起死回生,而且有疗治一切内、外伤及增加功力之效。

[3]贞白里:石牌坊名,位于歙县郑村。始建于元末,明弘治和嘉靖年间、清乾隆年间曾重修。二楼匾额上有元代翰林国史院编修程文等撰写的《贞白里门铭》,旨在旌表元代里人郑千龄一家三代乡贤。一楼额枋上有"贞白里"三个篆刻大字。现为安徽省重点文物保护单位。

上唐帅[1]

闻道霓旌向弋阳[2],千山秋色晓苍苍。海西屡告盟军捷[3],江右争看战马骧。白发莫侵忧国鬓,朱颜偏劝引半觞。何人解撰《平淮颂》[4],旧史车尘仰末光[5]。公八月生日。

注　释

[1]唐帅:指唐式遵。

[2]指国民革命军第二十三集团军移师江西弋阳。

[3]海西:语出《后汉书·西域传》:"大秦国一名犁鞬,以在海西,亦云海西国。"大秦,古代中国史书对罗马帝国的称呼。这里指欧洲战场。

[4]平淮颂:指宋邢凯《上丞相平淮颂》。

[5]末光:比喻余威。

萝　榭[1]

小榭三株树,方池万点萍。桂华秋落子,河汉夜浮星。鸟熟窥经案,香酣覆瓦瓶。道人惩忿懥[2],危坐默《黄庭》[3]。

注　释

[1]这是作者对歙县潜口旧居修竹居后园的描述。门前有一方塘,塘前有三棵桂花树。再往前为一片竹林。萝榭,指住房与池塘之间的木地板长廊。

[2]忿懥(zhì):发怒。《礼记·大学》:"所谓修身在

正其心者，身有所忿懥，则不得其正。”郑玄注：“懥，怒貌也。”

［3］《黄庭》：指《黄庭经》，道教的经典著作。唐李白《送贺宾客归越》：“山阴道士如相见，应写《黄庭》换白鹅。”

寄黄宾虹

不见黄公已十年，悬知皂帽尚依然[1]。丹青肯落三王后[2]，籀篆冥追二李前[3]。宣武城南春载酒[4]，吴淞江上夜椎毡[5]。古欢寥落须重拾[6]，莫为南云损食眠。

注　释

［1］皂帽：黑色帽子。语出《三国志·魏志·管宁传》，管宁学行皆高，避乱辽东，“常著皂帽，布襦袴”，拒绝征聘，甘守清贫。后以此典喻清高的节操。

［2］三王：指清初的王时敏、王鉴、王原祁三位著名画家。

［3］二李：指李斯、李阳冰。李斯（？—前208），楚国上蔡（今河南上蔡）人。秦统一六国后，官至丞相。秦始皇在丞相李斯的建议下以秦国文字为基础制定了小篆。李阳冰（721—787），字少温，赵郡（今河北赵县）人。历任国子监丞、集贤院学士、将作少监、秘书少监。李阳冰的小篆碑刻及碑额达60余种，具有代表性的有《城隍庙碑》

《孔子庙碑》《谦卦》等。

[4]此句指作者1936年间随黄宾虹赴北平故宫博物院鉴定和清理古器和法书名画一事。当时居住在北平城南宣武地区。

[5]此句指作者20世纪二三十年代在上海与黄宾虹的交往。椎(chuí),敲打。

[6]古欢:往日的欢爱或情谊,借称旧好、老朋友。

又一首乞作萝榭图[1]

古欢寥落风尘际,生事漂摇道路边。归卧霞山思食蛤[2],梦回萝榭怕闻鸥。襄阳堪叹无新语[3],从奥微吟有懿篇。闻先生八十有自寿诗。合乞画图安著我,不妨名氏与流传。

注　释

[1]此首诗是寄黄宾虹的,请作萝榭图。

[2]霞山:潜口紫霞山。食蛤:踞龟食蛤。《淮南子·道应训》载,秦始皇时博士卢敖,游于北海,在蒙谷山上,见一仙人踞坐龟壳而食蛤蜊。卢敖见后,自我介绍周行四极,唯北阴未窥,欲与他交朋友而同游历。仙人听后,露齿而笑,说宇宙间大得很呢,你才游了一小块,就说穷观,还差得远呢!“吾与汗漫期于九垓之外,吾不可以久驻!”说着,仙人举臂而纵身,跳入云中。后以“踞龟食蛤”

谓超然脱世，遨游四方。

［3］语出唐杜甫《解闷十二首》其六：“复忆襄阳孟浩然，清诗句句尽堪传。即今耆旧无新语，漫钓槎头缩颈鳊。”

题勖予画佛兼寿已文五十[1]

这个老子瞢腾坐[2]，被人唤作阿弥陀。眉间放甚白豪光，寻着娘家没了我。

注释

［1］勖予：汪克劭（1905—1955），字勖予，汪采白长子，安徽歙县人。承父学，工山水、花卉、人物无不精妙，西画根底亦极其深厚，兼治金石。勗予先后任教于山东省第一师范、安徽省立二中、杭州艺术专科学校等。已文：汪已文（1899—1970），名邦录，字纪文，后改已文，晚号改庐，汪定执之子，汪孝文之父，安徽歙县人。曾任歙县县立小学校长，在苏州创办安徽公学和新安小学，担任歙县旅苏同乡会会长。1949 年后在南京从事教育工作。编有《黄宾虹书简》《课余随笔》《改庐笔记》《新安画苑录》，并与王伯敏合著《黄宾虹先生年谱》。此诗由汪孝文提供，诗题也由其提供。诗后有“已文先生属更甲申”，作于 1944 年。此画有许承尧题跋：“世界无量，众生无量，佛寿无量，祝吾已文世兄增寿亦无量。”据《汪已文年谱》，

1944年应是45岁，而诗题“寿己文五十”的“五十”可能是汪孝文误植。

[2]瞢(méng)腾：朦胧迷糊，恍惚不清。宋范成大《睡觉》：“寻思断梦半瞢腾，渐见天窗纸瓦明。”

题赠歙县县立中学图书馆《近思录》，并呈枢臣校长[1]

吾乡文物久销沉，旧学金程寡嗣音[2]。只有双溪凌仲子[3]，要开风气育青衿[4]。

注　释

[1]此诗录自《长铭诗词钞》，作于1947年。枢臣，凌集机(1899—1960)，字枢臣，安徽歙县沙溪人。历任省立徽州中学、私立南京现代中学英文教师、教导主任。1943年奉命筹建歙县县立初级中学，任校长。1947年冬任潭渡紫阳中学校长。1949年5月复回歙县中学主持校务，后改任歙县中学基金保管委员会主任至1951年冬。1954年任教沙溪农业中学直至病逝。

[2]金程：指江永的学生金榜与程瑶田，都是徽派朴学代表人物。金榜(1735—1801)，字蕊中，又字辅之，安徽歙县岩寺(今黄山市徽州区)人。从江永学经，与戴震、程瑶田同学，又从桐城刘大櫆学古文，书法宗二王，精篆籀。精思博学，著《礼笺》10卷。程瑶田(1725—1814)，

字易田，一字易畴，号让堂，安徽歙县人。与戴震同师事江永。精通训诂，在数学、天文、地理、生物、农业种植、水利、兵器、农器、文字、音韵等领域，皆有深入研究，堪称一代通儒。著有《通艺录》《释虫小记》《释草小记》等。嗣音：继承前人的事业。

[3]双溪凌仲子：凌廷堪(1755—1809)，字仲子、次仲，安徽歙县人。凌廷堪之学无所不窥，尤其精通礼学。曾入选宁国府学教授，一度主讲敬亭、紫阳二书院。凌廷堪在《宁国凌氏谱序》云："吾歙之凌始于元一公，讳安，唐显庆二年，官歙州刺史，卜宅城北之双溪，是为自余杭迁歙之第一世祖。"(《校礼堂文集》卷27)此处指代凌枢臣。

[4]青衿：语出《诗·郑风·子衿》："青青子衿，悠悠我心。"毛亨传："青衿，青领也，学子之所服。"因以指读书人。此处指学生。

三弟与徐女士沪堧结婚，偕赴沈阳，寄诗为贺，殷盼归期[1]

西南东北怜予季[2]，风雨蜩螗喜有家[3]。干鹊今朝传吉语[4]，钿车明日走天涯[5]。白山黑水新居稳[6]，沙海滇池旧事夸[7]。堪笑老兄须总白，归来蒋径益咨嗟[8]。杜陵《舍弟观赴蓝田取妻子到江陵，喜寄》诗云："卜筑应同蒋诩径。"

注　释

[1]此诗录自散页手稿,作于1947年,时作者弟会钺与徐尧(1924—1984)结婚。沪堧(ruán),上海别称。

[2]指会钺赴西南至缅印抗日,后随军又去东北事。

[3]蜩螗(tiáo táng):蝉的别名。《诗·大雅·荡》“如蜩如螗,如沸如羹。”比喻喧闹、纷扰不宁。

[4]干鹊:喜鹊的别称。

[5]钿车:古时用金宝装饰的车子。

[6]白山黑水:长白山和黑龙江。泛指中国东北地区,这里指沈阳。

[7]指罗会钺抗战期间赴滇缅抗日事。

[8]蒋径:即蒋诩径。蒋诩(前69—前17):字元卿,杜陵(今陕西西安)人。东汉兖州刺史,以廉直著称,后因不满王莽的专权而辞官隐退故里,闭门不出。时人谚曰:“楚国二龚,不如杜陵蒋翁。”在家门前开辟三条小路,唯与高逸之士求仲、羊仲往来。后来用“三径”意指隐士的家园。杜甫原诗有三首,此指第三首:“庾信罗含俱有宅,春来秋去作谁家。短墙若在从残草,乔木如存可假花。卜筑应同蒋诩径,为园须似邵平瓜。比年病酒开涓滴,弟劝兄酬何怨嗟。”

寄三弟钺,时由沪赴台湾[1]

天涯鼓角疑无地,海外桃花别有源。汝为稻粱谋转徙[2],我求薇蕨供晨昏[3]。鸡虫今日殊难定[4],风雨何时许共论。可叹人心尚思乱,寄诗送往复声吞[5]。

注　释

[1]此诗录自作者手稿。作于1948年,时作者弟罗会钺随军赴台湾。

[2]稻粱谋:本指禽鸟寻觅食物,比喻人之谋求衣食等基本生活必需品。唐杜甫《同诸公登慈恩寺塔》:“君看随阳雁,各有稻粱谋。”

[3]薇蕨:薇和蕨。嫩叶皆可作蔬,为贫苦者所常食。

[4]鸡虫:即鸡虫得失,比喻无关紧要的细微得失。语出唐杜甫《缚鸡行》:“鸡虫得失无了时,注目寒江依山阁。”

[5]声吞:《罗长铭集》25页依《长铭诗词钞》误为“吞声”。

呈蜷叟[1]

诸生已自师秦吏[2],旧学应难守宋株[3]。词律渐疏公莫笑,已歌能索解人无?

注　释

[1]此诗录自1950年8月17日作者致汪世清信。蜷叟,即江彤侯。

[2]师秦吏：指秦始皇接受李斯建议，焚书，“若欲有学法令，以吏为师”(《史记·秦始皇本纪》)。

[3]宋株：据《韩非子·五蠹》载，宋人有耕者偶于田中得触株而死之兔，乃守株待兔，兔终不可复得而徒为宋人笑。后以“宋株”为安时顺命、消极等待之典。

袷衣[1]

袷衣陇种过炎夏[2]，褐被瞢腾入睡乡[3]。漫说人间多热恼，争如病里得清凉。

注　释

[1]以下5首录自散页手稿。

[2]陇种：跌撞摇晃的样子。《荀子·议兵》：“故仁人之兵……则若盘石然，触之者角摧，案角鹿埵陇种东笼而退耳。”杨倞注：“盖皆摧败披靡之貌。”

[3]褐被：披着粗布衣服。唐白居易《别草堂三绝句》：“久眠褐被为居士，忽挂绯袍作使君。”

斋日

病中渐觉心情减，病后长于经卷亲。从此譬如黄面佛[1]，亡羊翁是吃斋人。

注　释

[1]黄面佛:《水浒传》人物黄文烨,“平生只是行善事”“那无为军城中都叫他做‘黄面佛’”(《水浒传》第40回)。

题采白画蓬莱三岛[1]

海上传闻事不详,三神山是避秦乡[2]。哪知风引舟行处,却落黄山拳石旁。

庚寅夏五月为锡鬯姻兄题于屯浦,去采翁殁已十年矣。

注　释

[1]以下两首作于1950年。蓬莱三岛,黄山一景区。

[2]此句语出《史记·秦始皇本纪》:秦始皇二十八年(公元前219),“齐人徐市等上书,言海中有三神山,名曰蓬莱、方丈、瀛洲,仙人居之。请得斋戒,与童男女求之。于是遣徐市发童男女数千人,入海求仙人”。避秦,指躲避战乱。

题寨西望云门

云门两扇阏仙凡[1],合有移文道左劖[2]。今日儒生诗回驾[3],此间无径似终南[4]。

采白居绿雨楼[5]，为锡鬯作画甚多，此妙品也，庚寅夏五月。

注　释

[1]此句指高耸的大门将仙凡两界隔开。

[2]移文：原指行于不相统属的官署间的公文。亦泛指平行文书。劖(chán)：用锐利的器具凿或铲除。

[3]回驾：谓车驾回行。

[4]终南：在陕西省西安市南，为秦岭主峰之一，又名太一山、地肺山、中南山、周南山，是道教发祥地之一。

[5]绿雨楼：在歙县蜀源，为抗战时期汪采白居家处。

除　夕[1]

豆饭豚蹄蜡苣红，年光减尽称衰翁。三杯婪尾酒无分[2]，一碟胶牙饧已空[3]。但愿林乌传吉语，莫教爆竹恼春风。浮生底事堪留滞，怅望熹微曙色中。

注　释

[1]此诗录自1951年2月17日作者致汪世清信，作于庚寅年除夕(1951年2月5日)。

[2]婪尾酒：唐代称宴饮时酒巡至末座为婪尾酒。

[3]胶牙饧(táng)：汉族岁时食品，是用麦芽或谷芽混同其他米类原料熬制而成的黏性软糖，起源甚早。南

朝梁宗懔《荆楚岁时记》:正月初一,"进屠苏酒、胶牙饧"。

燕　子[1]

燕子新巢已垒成,捎烟掠雨老憨生。那知门巷寻常事,都蓄炎凉易代情。

呢喃巧语画梁间,似说春风去不还。午睡醒来听已熟,摩挼倦眼看西山[2]。

注　释

[1]此2首诗录自散页手稿,作于1951年。

[2]挼(ruó):揉搓。

寄僧抱辛卯端午节[1]

我如老燕摧颓甚,汝似新雏渐长成。今日端阳好风物,蒲觞异地不胜情。[2]

注　释

[1]此诗录自《长铭诗词钞》,作于1951年6月10日。僧抱,罗僧抱(1933—　),作者长子,时在军队服役。

[2]蒲觞:也叫菖蒲酒,即把菖蒲切成碎片,放入雄黄酒内,或云"蒲酒",相传吃了可以辟邪。古代民间常在端

午制作、饮用。后为端午节的代称。

哭大姊[1]

死生真似一飞虻,此理幽微未易明。作妇岂徒劳井臼[2],破巢今已罄瓶罂[3]。人间迫害何日已,地下冤亲或许平。为诵金经两三卷[4],惝然髫龀索梨情[5]。

注　释

[1]此诗录自作者手稿,作于壬辰七月廿六日(1951年8月28日),原题名"哭吴氏姊"。大姊指作者大姐罗瑞瑛(1902—1951)。

[2]井臼:汲水舂米,泛指操持家务。

[3]破巢:破毁了的鸟巢。常用以比喻破灭的家族。罄瓶罂:指家中已无粮食。瓶罂,泛指小口大腹的陶瓷容器。

[4]金经:即《金刚经》。

[5]髫龀(tiáo chèn):指幼童。索梨情:指幼年兄弟姐妹间索要梨枣的感情。索,《哭吴氏姊》中为"剖"。

题明拓《黄帝阴符经》帖[1]

宝墨流传三易主,夜台冥漠六经霜[2]。伤心只有檀干水,依旧潺湲送夕阳[3]。

老夫久已逃空谷[4]，好事何人解法门。欲与清于共商较[5]，涕痕应杂劫灰痕。

此疑庵翁旧物，末有许家华印[6]。家华，翁季女，能画，故以恽清于拟之。

注　释

[1]此2首诗录自《长铭诗词钞》，作于1952年。

[2]夜台：坟墓。亦借指阴间。冥漠：谓死亡。六经霜：指许承尧已去世6年。

[3]潺湲：水缓缓流淌的样子。《楚辞·九歌·湘夫人》："观流水兮潺湲。"

[4]空谷：即"空谷足音"，比喻十分难得，因而感到欣喜。语出《庄子·徐无鬼》："夫逃虚空者……闻人足音，蛩然而喜矣。"

[5]清于：恽冰，字清于，号浩如，别号兰陵女史，武进(今江苏常州)人。清代乾隆、嘉庆、道光年间深得家传的一位女画家，善花果，芊绵蕴藉，用粉精纯，作画后马上自题小诗，名著吴中。

[6]许家华(1927—　)：许承尧小女。

偶翻放翁集《深居》诗，有“老去诗名不厌低”句，便作一首，读者知吾与翁了无相同之处也[1]

深居已罄三年计[2]，投老曾无半亩宫[3]。欲泣恐为孺子笑，放歌还与古人同。诗名零落何须问，心史低回未易穷。方阅侯外庐《中国思想通史》。小摘残蔬谋一饱，应知黄馘是家风[4]。

注　释

[1]此诗录自1952年11月8日作者致汪世清信。宋陆游《深居》：“作吏难堪簿领迷，深居聊复学幽栖。病来酒户何妨小，老去诗名不厌低。零落野云寒傍水，霏微山雨晚成泥。自怜甫里家风在，小摘残蔬绕废畦。”

[2]此句指1949年后，作者深居潜口已三年了。

[3]此句是作者自嘲年老仍无自家的些许住房，而不得不租赁于邻家。

[4]黄馘（guó）：黄瘦的脸。借指贫弱、年老者。

枕上戏占[1]

老来眠不得，夜夜望天明。长子从军去，中男负笈行[2]。堪怜只三四[3]，作伴未零丁。扭捏秧歌俊，咿唔沪语清[4]。红巾少年队，花脸小先生。枣熟邻园扑，衣穿旧补丁。吾方乞庚癸[5]，人自说宁馨[6]。但恐厨烟断，牛衣两泪横[7]。

注　释

[1]此诗录自作者手稿，作于1952年10月11日，又见1952年11月8日作者致汪世清信。

[2]此句指罗辽复(1935—　)去外地读书。

[3]三四：指罗无衣(1943—1962)、罗季重(1947—　)。

[4]作者妻蔡明惠籍上海，居家皆操沪语。

[5]庚癸：原为军粮隐语。后称向人告贷为“庚癸之呼”。庚，西方，主谷。癸，北方，主水。

[6]宁馨：晋宋时俗语，“这样”的意思。

[7]牛衣：给牛御寒用的覆盖物。后以“牛衣对泣”形容夫妻共守贫困。

壬辰腊八奉先公遗柩卜葬后山[1]

喜得牛眠地[2]，恭为马鬣封[3]。旧情常挂口，遗爱尚皤胸。汗雨劳群锸，晴云护一弓。是日雨转晴。誓词无太苦，天末雁雍雍[4]。

杉竹何人植，风烟自隔村。比邻瞻祖德，南邻廿二世祖应鹍公墓。岁腊洁牺尊。漯水回如带[5],龙山绕似垣[6]。衰迟霜鬓满,食报望诸孙。

注　释

[1]以下7篇10首录自散页手稿。此两首作于1953年1月22日。

[2]牛眠地:指风水好的坟地,旧说用以安葬先人,后辈可以发迹兴旺。典出《晋书·周光传》。元丁鹤年《送奉祠王良佐奔讣还郾城》:"佳城已卜牛眠地,屏立泰山带围泗。"

[3]马鬣(liè)封:坟墓封土的一种形状:坟头隆起,成长形。唐李贺《王濬墓下作》:"耕势鱼鳞起,坟科马鬣封。"

[4]天末:天际。雁雍雍:语出《诗·邶风·匏有苦叶》:"雍雍鸣雁。"雍雍,鸟和鸣声。

[5]漯水:流经作者故乡呈坎村的河流名。

[6]龙山:见甲集《九日载酒龙山庙》注[1]。

屈原《离骚》有"哀高丘之无女"句,宋玉衍为《高唐》《神女》二赋,屈宋之志一也[1]。郭鼎堂极诋宋玉[2],余不谓然

老去闲情不自持,秋娘诗又泰娘诗[3]。休憎团扇捐中路[4],漫讶鸣蝉过别枝[5]。被发终须援嫂溺[6],攫金何用释邻疑[7]。朝云暮雨高丘女[8],屈宋微词最可思。

注　释

[1]屈宋:屈原和宋玉。

[2]郭鼎堂:郭沫若(1892—1978),字鼎堂。

[3]秋娘:唐代歌伎常用的名字,有时用为善歌貌美的歌伎的通称。泰娘:唐歌伎名。刘禹锡《泰娘歌》:"泰娘家本阊门西,门前绿水环金堤。"后亦以"泰娘"称吴地歌伎。

[4]团扇捐中路:语出汉班婕妤《怨歌行》:"新裂齐纨素,鲜洁如霜雪。裁为合欢扇,团团似明月。出入君怀袖,动摇微风发。常恐秋节至,凉风夺炎热。弃捐箧笥中,恩情中道绝。"古人以团扇被弃喻男女情爱的衰竭与转移。

[5]鸣蝉过别枝:语出宋辛弃疾《西江月·夜行黄沙道中》:"明月别枝惊鹊,清风半夜鸣蝉。稻花香里说丰年,听取蛙声一片。"

[6]援嫂溺:见甲集《癸亥十月杂诗四十首并序》注[12]。

[7]此句出自《列子·说符》:"昔齐人有欲金者,清旦,衣冠而之市,适鬻金者之所,因攫其金而去。吏捕得之,问曰:'人皆在焉,子攫人之金何?'对曰:'取金之时,不见人,徒见金。'"

[8]见甲集《子夜》注[1]。后以"暮雨朝云"指男女间的情爱与欢会。

示槛山三首[1]

城市山林有底殊，老来局促若辕驹[2]。已闻辟谷寻松羡[3]，径欲移家以霍庐[4]。

叠巘层峦路不通，鸡鸣犬吠白云中[5]。种桃道士归何晚，又见玄都几树红[6]。

欲乞长镵学杜陵[7]，却随街鼓寄孤藤[8]。枯肠一寸凭搜索，便遣闲情恐未能。

注　释

[1]槛山：方槛山(1896—1971)，名光照，号战崖，安徽歙县信行村人。曾在朱家村国民学校、潜口国民学校、呈坎私立小学、岩寺凤山小学、歙城南街小学、唐模中心学校，休宁第四南京私立现代中学、歙县县立中学、歙县中学等校从事教育工作。

[2]辕驹：即"辕下驹"，指车辕下不惯驾车之幼马。亦比喻少见世面器局不大之人。亦作自谦之辞。典出《史记·魏其武安侯列传》：魏其、武安就灌夫之善恶当汉武帝面争论："内史郑当时是魏其，后不敢坚对。余皆莫敢对。上怒内史曰：'公平生数言魏其、武安长短，今日廷

论，局趣效辕下驹，吾并斩若属矣。’”

[3]松羡：指两位传说中古仙人赤松子、羡门子高。出自晋葛洪《抱朴子·明本》：“享九芝之馔，出携松羡于倒景之表，入宴常阳于瑶房之中，曷为当侣狐貉而偶猿狖乎？”

[4]霍庐：指霍山和庐山，即欲隐居的地方。

[5]语出描写中华禅宗第一山司空山的古诗：“司空斜插一枝峰，压倒群山万千重。借问仙家何处有？鸡鸣犬吠白云中。”

[6]这两句源于唐刘禹锡《元和十年自朗州召至京，戏赠看花诸君子》：“紫陌红尘拂面来，无人不道看花回。玄都观里桃千树，尽是刘郎去后栽。”《再游玄都观》：“百亩庭中半是苔，桃花净尽菜花开。种桃道士归何处，前度刘郎今又来。”此诗通过人们在玄都观看花的事，含蓄地讽刺了当时掌管朝廷大权的新官僚。

[7]语出唐杜甫《乾元中寓居同谷县，作歌七首》其二：“长镵长镵白木柄，我生托子以为命。”长镵(chán)，一种挖草药的器具。

[8]街鼓：设置在京城街道的警夜鼓，宵禁开始和终止时击鼓通报。始于唐，宋以后亦泛指“更鼓”。此处表示自己居于城市。寄孤藤：是指老来依伴藤杖。此两句是说虽然向往田园农耕的生活，但终究难得实现，只能听着城市的街鼓，寄托于孤寂的藤杖。

无　题

檐雨嗷嘈夜向晨[1]，灯光潋滟帐生春。盟心共订他年约，啮臂难忘夙世因。别绪乍抽莲作寸，余香微度麝成尘[2]。此生毫发皆君有，莫向机头较故新。

注　释

[1]嗷嘈：喧杂。唐杜甫《荆南兵马使太常卿赵公大食刀歌》："太常楼船声嗷嘈，问兵刮寇趋下牢。"

[2]这两句语出唐温庭筠《达摩支》："捣麝成尘香不灭，拗莲作寸丝难绝。"

允中先生葬城北黄村，孝文索诗[1]

步出城北门，遥望黄村道。郁郁何芊芊[2]，佳城卧诗老[3]。平湖秋月明，玄墓梅花好。清言既骆驿，名理恣研讨。贤孙嗣家学[4]，征题到枯槁[5]。应怜衰病翁，出语殊草草。吾乡山水窟，孕育富文藻。行看千字诔[6]，永作传家宝。

注　释

[1]此诗即《罗长铭集》中《题汪允中先生墓图》。允中(1872？—1955)：汪定执，字允中、慕云，安徽歙县人。光绪庠生，工诗，有《慕云诗》《慕云文集》《慕云集存》。当代收藏家汪孝文的祖父。

[2]芊(qiān)芊：浓绿色。

[3]佳城：典出汉刘歆《西京杂记》卷四："佳城郁郁，三千年见白日。吁嗟滕公居此室。"后遂以佳城喻指墓地。

[4]孙：《罗长铭集》11页依《长铭诗词钞》，误为"子"。

[5]枯槁：困苦，贫困。晋陶渊明《饮酒二十首》其十一："虽留身后名，一生亦枯槁。"

[6]千字诔(lěi)：见宋苏轼《孔毅甫妻挽词》："当观千字诔，宁用百金瘗。"诔，叙述死者生前事迹，表示哀悼。

第一楼边浮大白，初三月上荡空青[1]

稚存先生系吾歙洪源人[2]，与泽叟家相距甚近[3]。泽叟先祖得此联于西湖酒媪家，珍护奕世[4]。此泽叟双钩以遗许疑庵丈者，铁画银钩，不殊真迹。居玩称善，为系一诗。

初三夜月如弓样[5]，第一高楼出树颠[6]。小草共知春有脚，狂生莫道醉无钱。霸图应已沉沧海，明诏今方举力田。我是升平老词客[7]，闲征逸事到鸥边[8]。

注　释

[1]此诗即《罗长铭集》中《丙申题洪亮吉书联，为叶侠奇作》，作于1956年。第一楼：在浙江杭州孤山，乃酒楼之名。此联是洪亮吉饮酒于此，面对湖色山光，为之题联并篆书。大白，大酒杯。空青，谓青色天空。此诗后有“丙申正月初三日亡羊居士罗更”。《罗长铭集》中《丙申题洪亮吉书联，为叶侠奇作》后有跋：“扬州第一楼酒家，洪亮吉饮后未携杖头钱，甚窘。适初三夜，明月荡空如水，店主老媪知洪为诗人，因索拟一联，不索值，且洗盏更酌加佐肴焉。洪喜甚，为题此联句并篆书之。亦千秋佳话也。”此为汪世清先生提供，疑“扬州”为“杭州”之误。楼边，《罗长铭集》26页依《长铭诗词钞》，为“楼高”。

[2]稚存：洪亮吉（1746—1806），字稚存、君直，号北江、更生，江苏阳湖（今常州）人。乾隆进士，经学家、文学家。工诗，尤精骈文。

[3]泽叟：即洪汝闿（1869—?），字泽丞，号匀庐，安徽歙县人。清末民初著名词人。

[4]奕世：累世，代代。《国语·周语上》：“奕世载

德，不忝前人。”

[5]初三夜月：《罗长铭集》26页依《长铭诗词钞》，为“初三月上”。

[6]高楼出树颠：《罗长铭集》26页依《长铭诗词钞》，为“楼高接树巅”。

[7]升平：《罗长铭集》26页依《长铭诗词钞》，为“承明”。

[8]到鸥边：见甲集《海滨》注[2]。宋张炎《高阳台·西湖春感》：“见说新愁，如今也到鸥边。”

题巴予籍画[1]

乾嘉前辈风流在，留与时贤作典刑[2]。今日后生嗤庾信，异时佳句伏阴铿[3]。笔端妙导金刚杵[4]，纸上光浮石阙铭[5]。书画与诗同一理，更教拙句若为评。

注　释

[1]此诗即《罗长铭集》中《为叶侠奇题巴予籍画》，作于1956年。又见作者为叶侠奇书稿，其后有“侠奇兄属题巴予籍画。长名”。巴予籍，巴慰祖(1744—1793)，字予籍、子安，号晋堂、隽堂、莲舫，安徽歙县人。清代篆刻家，富收藏，工书画，精鉴赏。

[2]典刑:即典型。

[3]阴铿(511—563):字子坚,武威姑臧(今甘肃武威)人。南朝陈文学家,尤善五言诗,为当时所重。

[4]金刚杵:原为古代印度之武器。在佛教密宗中,金刚杵象征着所向无敌、无坚不摧的智慧和真如佛性,它可以断除各种烦恼,摧毁形形色色阻碍修道的恶魔,为密教诸尊之持物或瑜伽士修道之法器。

[5]石阙铭:东汉延光三年(124)刻,阙以石条垒成。在今河南省登封市嵩山开母庙遗址。

题雪庄上人黄山山水画册[1]

雪公拄杖天都雪,布袜青鞋人迹绝。伸眉一笑识真形,归卧皮蓬云变灭[2]。栗亭居士真好事[3],踏遍软红骨欲折。为收遗蜕瘞青鸾,风谊名山共高揭。道人耳冷心肠热,涧柏岩松随点缀。大千世界一弹指,却与知音苦饶舌。此册流传三百年,阮溪故事倩谁说[4]。画邪非画等空华,仁者不用生分别。

此册雪庄上人为汪栗亭作。栗亭,名士鋐,字扶晨,潜口人。尝奉益然大师遗蜕,归葬黄山青鸾峰。与黄梨洲亦有往还[5],并详《黄山志》。侠奇兄得此于沪友,装璜珍异,邀余作诗赋,呈教正。

注　释

[1]此诗录自作者手迹，为友人叶侠奇作，并在画册封面题"黄山僧雪庄山水真迹"，作于1956年。雪庄上人：传悟(1619—1719)，又名道悟，号雪庄，晚号黄山野人，淮安府山阳县(今江苏淮安市淮安区)人。清诗画僧。清康熙二十八年(1689)秋，入山遇雪，趺坐岩石达旦，积雪盈顶，山僧异之，挽留栖居。能诗善画，与汪士鋐、释海岳、僧雁黄投契。居黄山三十年，绘黄山图百幅。墓在云舫，今已不存。

[2]皮蓬：黄山一景区，古时山僧以树皮盖庵棚之顶，在此隐居，故此地名皮蓬。雪庄和尚在此静修30余年。

[3]栗亭：汪士鋐(1632—1706)，原名徵远，字扶晨，号栗亭，徽州歙县潜口(今属黄山市徽州区)人。工诗。

[4]阮溪：即歙县潜口。

[5]黄梨洲：即黄宗羲，见乙集《益然大师塔在青鸾峰下，寻访未得》注[3]。

洞仙歌[1]

好天良夜，付床头风雨。梦绕梅花最深处。落英飞、万点糁径人稀[2]，相思远，伫觅迎春秀句[3]。　　幽怀无寄所，枨触韶枝，休怨南来塞鸿误[4]。檐溜不堪闻，盼得晴时[5]，双鸳冷、又嫌泥污。叹事往、随缘总成尘，待绿暗[6]、阴稠细听莺语。

注　释

[1]以下2阕词录自作者自辑《亡羊词》，作于1937年。此词又见许承尧集友朋书札集《如见集三·壬午　丁丑　戊寅》，词后有"疑老词坛正指，后学罗更呈稿"。

[2]糁(shēn)径：形容梅花纷散落于路面。唐杜甫《绝句漫兴九首》其七："糁径杨花铺白毡，点溪荷叶叠青钱。"

[3]伫觅：《如见集三》为"时有"。

[4]塞鸿：塞外的鸿雁。塞鸿秋季南来，春季北去，故古人常以之作比，表示对远离家乡的亲人的怀念。也常以"塞鸿"指代信使。

[5]檐溜不堪闻，盼：《如见集三》为"泪眼不曾晴，待"。

[6]待：《如见集三》为"愿"。

烛影摇红

彤老伤足会城，次韵奉寄[1]

叶响西干，一楼端有江湖计。宜城风物不胜情[2]，孤负雏梅意。漫说停筇旧地[3]，泼新醅、迷阳怨起[4]。浩歌无奈，坠粉飘飏，游丝空系。　　世味鸡虫[5]，似渠胶扰成何事[6]。从知天付老来闲，检点枯蟫泪[7]。千劫华发小戏，饶从容、槽头卧醉。画阑愁凭，日暮烟沉，鹧鸪声碎。

注　释

[1]1937年春江彤侯在省城安庆雨雪赴宴，蹉跌伤足，作词《烛影摇红》："流转浮生，晚来禁足真无计。便如汀鹭缩阪拳，何限凄凉意。容易明珠委地，倚虚帷、暗尘又起。梦魂沉损，断雁声中，愁书难系。　　烛影摇红，酒边多少关心事。创禽不恨楚人弓，但洒大涯泪。看看龙蛇曼戏，尽嬉春、斜阳一醉。又谁横笛，吹落残梅，教伊心碎。"

[2]宜城：安庆的别称。

[3]停筇(qióng)：指停足之地。筇，一种竹子，实心，节高，宜于作拐杖，故称筇为杖。

[4]迷阳：语出《庄子·人间世》："迷阳迷阳，无伤吾行。"陆德明释文引司马彪曰："迷阳，伏阳也，言诈狂。"后遂以"迷阳"指无所用心，诈狂。

[5]世味：人世滋味，社会人情。鸡虫：见丙集《寄三弟钺，时由沪赴台湾》注[4]。

[6]胶扰：扰乱，搅扰。

[7] 螾(yín):生活在衣箱、书箱深处的虫。别名蠹虫。

谒金门

大龙湫[1]

岩翠积,暎水渟泓深碧[2]。中有蛰龙藏不得[3],迅雷惊海立。　　花草化云狼藉,界破遥空一掷。槛外夕阳无气力,断魂归尚湿。

注　释

[1] 以下3阕词与前《小龙湫》《三折瀑》录自同一手稿,作于1937年。大龙湫与灵峰、灵岩合称雁荡山"三绝"。

[2] 暎:古同"映"。渟泓:积水深貌。

[3] 蛰龙:潜藏之龙。《易·系辞下》:"龙蛇之蛰,以存身也。"

点绛唇

西石梁瀑布[1]

石栋飞虹,砉然匹练垂天际。跳珠委佩,迤逦沾衣翠[2]。　　荡涤烟云，人在蕊宫里[3]。空凝睇，明朝吟思，梦掬银潢水[4]。

注　释

[1]西石梁瀑布：雁荡山的景点之一。

[2]迤逦：曲折连绵。

[3]蕊宫：即“蕊珠宫”，道教经典中所说的仙宫。

[4]银潢：天河，银河。宋张孝祥《水调歌头·隐静寺观雨》：“尽泻银潢水，倾入宝莲宫。”

鹧鸪天

归途天台山遇雪[1]，因写桃花白绶带鸟

布袜青鞋老不休，玉龙弹指涌璚楼[2]。桃花有意忘秦汉[3]，雪羽无心迓阮刘[4]。　　寻洞口，觅扁舟，天公狡狯助洞游。山中不少胡麻饭，底事花开即白头。

注　释

[1]天台山：浙江东部名山，位于浙江天台县北。

[2]璚楼：即琼楼。原指传说中月宫里的宫殿，后因以借指月亮或帝都。现多形容华美的建筑物。

[3]此句用陶渊明桃花源记故事。

[4]雪羽：指白绶带鸟。迓(yà)：迎接。阮刘：阮肇、刘晨的并称。见甲集《宋玉八首》注[5]。

齐天乐

冬日过绮园[1]

故人才着容愁地，惊看鬓霜如许。小阁搜书，疏畦课树，鱼鸟欢然尊俎[2]。流光迅羽，记遥夜淞江[3]，酒行灯聚。际海叶红，岂知残醉判今古？　　重来陶径未改[4]，料尘飞不到，溪翠深处。卒岁齑盐[5]，幽寻笠屐[6]，浑忘平生久旅。吟蛩最苦[7]，怕半壁斜阳，庾郎曾赋[8]。拥手炉边，自招南雁侣。

注　释

[1]此词见许承尧集友朋书札集《如见集三·壬午　丁丑　戊寅》，词后有"彤老词奉还，更原作录呈诲政，村居琐琐，令人可怡。明正当敬候起居耳。疑庵先生道席，罗更呈稿"，作于丁丑年冬天在歙县西溪南绮园的一次家乡友好聚会后。江彤侯有和词《丁丑冬和罗长名过绮园韵，并柬演生》："尽沉吟过江情绪，城乌啄啼何处？破屐寻烟，长镵劚雪，谁慰岁寒尊俎？飘零似羽，怅日暮新亭，永嘉人聚。如此江山，岂期重拾坠欢古！　　故人音书

间阻，纵扁舟落手，挂席无处。镜里霜繁，灯前梦短，暗有残生羁旅。闲愁最苦，怕目极平芜，伤心难赋。徒倚危栏，冥冥空雁侣。”演生，即程演生，曾任安徽大学校长多年，与江交情甚好。

[2]尊俎：古代盛酒肉的器皿。这里代称宴席。

[3]作者20世纪30年代在上海时曾与徽州友人夜游吴淞江。

[4]陶径：晋陶渊明《归去来兮辞》：“三径就荒，松菊犹存。”后以“陶径”借指隐者之居。

[5]齑盐：即朝齑暮盐，指腌菜和盐。借指素食。泛指清贫生活。

[6]笠屐：东坡笠屐的典故。宋张瑞义《贵耳集》：“东坡在儋耳，无书可读，黎子家有柳文数册，尽日玩诵，一日遇雨，借笠屐而归。”

[7]吟蛩(qióng)：蟋蟀的别名。

[8]庾郎：即庾信，见甲集《闻屯溪乱事》注[6]。

齐天乐

除夕同韵寄彤老[1]

冻露凝含江南路，劳人倦歌邪许[2]。饯腊螯荒[3]，宜春胜减，凄绝溪毛登俎[4]。浮生片羽，甚阑夜光风，恨眉长聚[5]。皂帽穷乡，梦华谁纂汴京古[6]？　　沉沉钟漏向曙，待林鸦散尽，才辨行处。禁蜡烧残，檐花滴碎，堪叹家园似旅。蓬飘未苦，忆彻夜邻箫，旧游吟赋。杜老哀时[7]，更忧离乱侣。

注　释

[1]此词见许承尧集友朋书札集《如见集三·壬午　丁丑　戊寅》，作于1938年元月31日（丁丑年除夕），和江彤侯词《丁丑冬和罗长名过绮园韵，并柬演生》。

[2]邪许（yé hǔ）：拟声词。众多人齐用力时的呼喊声。即号子声。一人领呼称为号头，众人应和称为打号。《淮南子·道应训》："今夫举大木者，前呼邪许，后亦应之，此举重劝力之歌也。"

[3]饯腊：送别残冬腊月。宋苏轼《紫宸殿正旦教坊词·勾合曲》："饯腊迎春，方庆三朝之会。"鼛（tà）：象声词，鼓鼛声。

[4]溪毛：溪边野菜。语出《左传·隐公三年》："苟有明信，涧溪沼沚之毛……可荐于鬼神，可羞于王公。"

[5]恨眉：语出南唐李煜《捣练子·春恨》："云鬟乱，晚妆残，带恨眉儿远岫攒。"

[6]这是指宋代孟元老著《东京梦华录》，记述北宋都城东京开封府城市风貌。

[7]杜老哀时：指杜甫天宝年间哀时之作。如唐杜甫《咏怀古迹五首》之一："羯胡事主终无赖，词客哀时且未还。"

如鱼水

为疑庵先生题春明馆看花图[1]

飘泪燕枝[2]，掠愁越羽，淡沱客里光阴[3]。耐几番吟，涂妆匀色园林。凤城深，斜阳好、阑曲低沉。乱隔席、无限娇波[4]，梦回凄觅断鸿音[5]。　　清涧水，碧山岑，负一掬春心。茗碗孤斟，鹃痕啼遍罗襟。鬓霜侵，扶望眼、转怯登临。待教认、刬地花风旧稿[6]，寥恨托瑶簪。

注　释

[1]此词见许承尧集友朋书札集《如见集三·壬午　丁丑　戊寅》，词后有"《如鱼水》，为疑庵先生题《春明馆看花图》"，作于1938年。作者后将此词收入未命名诗词集，改题为"凤城深·题春明馆看花图"，且加注："柳耆卿有此词，名如鱼水，音调谐婉，作者绝少，予为谱此，易名'凤城深'。"《春明馆看花图》是黄宾虹1938年为许承尧所作画。

[2]燕枝：即胭脂。南唐李煜《乌夜啼》："胭脂泪，留

人醉，几时重，自是人生长恨水长东。”

[3]淡沱：形容风光明净。唐杜甫《醉歌行》：“春光淡沱秦东亭，渚蒲芽白水荇青。”

[4]娇波：妩媚可爱的目光。唐李隆基《题梅妃画真》：“霜绡虽似当时态，争奈娇波不顾人。”

[5]乱隔席、无限娇波，梦回：《凤城深》为“偓惜取、金缕芳时，梦馀”。

[6]刬(chǎn)地：亦作“刬的”。依旧，照样。宋辛弃疾《新荷叶·再题傅岩叟悠然阁》：“风流刬地，向尊前、采菊题诗。”

鹧鸪天

呈鸿声司令[1]

慷慨登坛众所知，楚人三户尽男儿[2]。萝宁门外军容静[3]，策策西风卷旆旗。　　持螯蟹，对霜枝[4]，深杯百引不须辞。嬴刘旧事何堪说[5]，记取江楼抵掌时[6]。

注　释

[1]此阕词录自作者散页手稿，写在《募修杨千古寺疏》纸上，作于1943年。

[2]楚人三户：《史记·项羽本纪》：“自怀王入秦不

反，楚人怜之至今，故楚南公曰：'楚虽三户，亡秦必楚。'"后因以"楚三户"指决心复仇报国者。

[3]萝宁门：历史上休宁城四周辟有七门，其中北门北向松萝山，为萝宁门。

[4]霜枝：带霜的枝条。南朝齐王融《净行颂·沉冥地狱篇颂》："罗城振云幕，锋树郁霜枝。"

[5]嬴刘旧事：指秦汉改朝换代，秦姓嬴，汉姓刘。泛指朝代更替。

[6]抵掌：击掌。指人在谈话中的高兴神情。唐韩愈《送穷文》："抵掌顿脚，失笑相顾。"

临江仙

赠赵沛诗[1]

世事都如聚沫，相逢恰似浮鸥。延村一别又经秋[2]。当时拍手去，雪拥木棉裘。　　今夕信江风月[3]，依然酒暖杯流。酒酣西望古梁州[4]。鄙夫别有赠，含笑看吴钩[5]。

注　释

[1]以下4阕词录自作者自辑未命名诗词集，作于20世纪40年代早中期。赵沛诗，四川成都人，南京陆军步兵学校第3期毕业，作者在军队时的同事。

[2]延村：位于江西省婺源县思口镇，是江西省古建筑的重点保护村。

[3]信江：鄱阳湖水系五大河流之一。发源于浙赣两省交界的怀玉山南的玉山水和武夷山北麓的丰溪水，在上饶汇合后始称信江。

[4]古梁州：语出唐元稹《梁州梦》："亭吏呼人排去马，忽惊身在古梁州。"写元稹梦见与挚友白居易同游曲江之事。梁州，曾是古九州之一，现陕西汉中一带。

[5]吴钩：春秋时期流行的一种弯刀，以青铜铸成。后又被历代文人写入诗篇，成为驰骋疆场、励志报国的精神象征。唐杜甫《后出塞五首》其一："少年别有赠，含笑看吴钩。"

清平乐

次人韵

潘郎头白，兵卫门森戟。幕府频年长作客，愁挂西江帆席。　　醉乡日觅无功，停杯细数群雄。却笑曹刘长往，何人坐啸生风[1]。

注　释

[1]此两句语出金元好问《论诗三十首》其二："曹刘坐啸虎生风，四海无人角两雄。"曹刘指曹植、刘桢。坐啸虎生风，是比喻他们的诗歌风格雄壮似虎。

临江仙

人日次韵[1]

绮思花前雁后[2]，佳辰雪压云凝。元龙楼迥共谁登[3]？思家春水，阔望远暮愁增。　却忆炉边煨芋，闲情输与山僧。欲将篇什继《春陵》[4]。铅刀一不用[5]，社栎百无能[6]。

注　释

［1］此词作于1945年2月19日。人日，每年正月初七，又叫"人胜日""人庆"等。见丙集《初二日呈疑庵丈》注［2］。

［2］花前雁后：语出隋薛道衡《人日思归》："人归落雁后，思发在花前。"描写游子春日思归之情。

［3］元龙楼：泛指抒发壮怀的登临之处。典出《三国志·魏书·陈登传》。"许汜与刘备并在荆州牧刘表坐，表与备共论天下人。"许汜自述曾拜访陈登，陈登"无客主之意，久不相与语，自上大床卧，使客卧下床"，故许汜评价说："陈元龙湖海之士，豪气不除。"刘备认为"元龙文武胆志"，故对许汜说："君有国士之名，今天下大乱，帝主失所，望君忧国忘家，有救世之意，而君求田问舍，言无可采，是元龙所讳也，何缘当与君语？如小人，欲卧百尺楼上，卧君于地，何但上下床之间邪！"后以"元龙高卧""元

龙楼”等形容气概豪迈，不屑俗事。陈登(163—201)，字元龙，下邳淮浦(今江苏涟水西)人。曾为广陵太守。宋辛弃疾《念奴娇·和赵录国与韵》：“更觉元龙楼百尺，湖海平生豪气。”迥：高。

[4]《舂陵》：指唐元结《舂陵行》。元结任道州(古舂陵)刺史时，目睹民不聊生的惨状，上书为民请命，并在任所修建民舍、提供耕地、免减徭役。

[5]铅刀：铅制的刀。铅质软，作刀不锐，故比喻无用的人和物。汉王粲《从军诗》之四：“虽无铅刀用，庶几奋薄身。”

[6]社栎：语出《庄子·人间世》：“匠石之齐，至乎曲辕，见栎社树……‘是不材之木也，无所可用，故能若是之寿’。”后以“社栎”谓里中不材之木，喻无所可用。

绛都春

再题春明馆看花图[1]

此图旧有蜷翁题词[2]，予同作一首。乙酉秋霁塘太史以归怡庐[3]，时外患初夷，内患继作，复填此解，用蜷翁韵。

芦沟腾水，映紫塞暮烟[4]，胡笳初起。故国故都，词客悲歌秋风里。十年湖海霾兵气，念飘尽春明红泪。旧时池馆，巢莺已杳，钥鱼空闭[5]。　　含睇[6]。霜枝阅劫，任脂污粉涴，苔尘应是。醉枕未回，山阁闻鸡添愁思。

重来检点残罗绮，怎忍付寒蜩啼坠[7]。夜深银苣高烧[8]，闷伾自理[9]。

附　蜷翁原作

流萍去水，又依约梦华，夷风横起。问讯故枝，消息欢从黄尘里，冥冥蓬岛摇花气，渐销尽铜檠铅泪。笑桃人散，根移土换，昼长门闭。　　凝睇。妆梅染柳，怕归鹤不识，春城犹是。怨鸩托鸥，零粉残脂无才思。青松红杏空纨绮，任劫外华发乱坠。只余画帧群芳，白头料理。

注　释

[1]此阕词作于1945年。

[2]蜷翁：即江彤侯。

[3]霁塘太史：即许承尧。

[4]紫塞：南朝梁周兴嗣编缀的《千字文》，把长城称为“紫塞”，因长城土为紫色。

[5]钥鱼：鱼形的锁。宋姚勉《贺新郎·及第作》：“六更残、钥鱼声亮，粉粉袍鹄。”

[6]含睇：含情而视。睇，微微地斜视。

[7]寒蜩(tiáo)：寒蝉。蝉的一种。

[8]苣：用芦苇杆扎成的火炬。

[9]伾(pēi)：恐惧。

玉楼春

题高西堂赠项茶田、石林画幅[1]

吾邑小溪项氏风雅好事，别峰最负盛名[2]。茶田、石林，皆其群从，余尝得石林花卉画册，逸气满纸，宜其与犀堂一辈䜣合无间[3]。县志逸载其人，殊可惜也。此帧绮川得之小溪，迻赠允孝。丙戌春日观于怡庐，欢喜赞叹，承苞公命赋词于上。

人生只合江南住，画里茅斋容我据。焦煎热恼老吟魂，密叶修菳销畏暑[4]。　听来啼狖凄如许[5]，望断栖鸦天欲暮。余光可赏怕人知，莫向宅旁栽柳树。

注　释

[1]此词录自散页手稿，作于1946年。高西堂：高翔(1688—1753)，字凤岗，号西唐，又作犀堂、西堂、樨堂等，江苏扬州人。清代画家，"扬州八怪"之一。著有《西唐诗钞》等。

[2]别峰：项怀述(1718—1787)，字惕孜，号别峰，徽州府歙县小溪(即桂溪)人。以篆刻闻名。

[3]䜣(xīn)合：意气相投。

[4]菳(qīn)：草名。

[5]狖(yòu)：古书上说的一种长尾猴。

浣溪沙[1]

唱到《关雎》第四声[2]，桃根桃叶自来迎[3]，只羞未学作新人。　　曼睩不知心恍恍[4]，阿郎争似阿娘亲，狸奴跳倒小银屏。

注　释

［1］此词由罗时台提供，在歙县博物馆见到作者手书抄录。词后有"杨君正辞。长铭"。

［2］《关雎》第四声：指《诗·周南·关雎》："关关雎鸠，在河之洲，窈窕淑女，君子好逑。"

［3］桃根桃叶：见甲集《浣溪沙（双树西鸦白板门）》注［1］。

［4］曼睩：明眸善睐，目光明媚。《楚辞·招魂》："蛾眉曼睩，目腾光些。"

满江红[1]

数本甘蕉，不经意，遮天蔽地。论功德、园中修竹，一般而已。畏暑欲来筛日影。凉飔未到张风势[2]。向晚来、更著雨潇潇，穷檐底[3]。　　金茎露[4]，银河水。心乍展，愁无际。怨蜉蝣岁月，哪知兴废。枉说茅诛五亩宅[5]，不成梠种三年计[6]。待清霜、一番洗浓阴，君休矣[7]。

注　释

[1]此词录自散页手稿，作于潜口。潜口住宅前后种有不少甘蔗和竹子，此词借此立意。即《罗长铭集》55页《满江红》。

[2]张：《罗长铭集》55页依《长铭诗词钞》为“涨”。

[3]穷檐：茅舍，破屋。

[4]金茎露：承露盘中的露。传说将此露和玉屑服之，可得仙道。

[5]茅诛：又作“诛茅”，语出《楚辞·卜居》，屈原请太卜郑詹尹为自己决疑的诸问题中有“宁诛锄草茅以力耕乎?”。后因用“诛茅”（剪除茅草）作为营建居室的典故。五亩宅：语出《孟子·梁惠王上》：“五亩之宅，树之以桑，五十者可以衣帛矣。”

[6]桤（qī）：落叶乔木，叶长倒卵形，果穗椭圆形，下垂，木质较软，嫩叶可作茶的代用品。《罗长铭集》55页依《长铭诗词钞》为“树”。

[7]此三句意为：待到秋日严霜下降后，甘蔗就枯萎了。

兰陵王

落叶用清真韵[1]

暮烟直，摇袅澄潭荡碧。闲云影、临水自飞，几片林间缀秋色。低回叹去国[2]，何况青芜过客？衰迟意，拚与怨砧[3],争忍深闺较刀尺。　　空山熨行迹[4]。任泪飐沧波,枫冷征席。饥鸦犹乞残僧食。嗟楚岫难问[5],塞鸿非故,谁将沉恨写败驿。断魂杳南北。　　寒恻,故园积。怅转绿回黄,门巷喧寂。巢颓岁晏愁何极[6]。只渡口零汐,陌头荒笛。宵来推枕,听未罢,雨又滴。

注　释

[1]以下两阕词录自作者散页手稿。用清真韵,此词与周邦彦《兰陵王·柳》用韵同。见乙集《西河·用周美成金陵怀古韵》注[2]。

[2]去国:离开本国,离开京都或朝廷,离开故乡。

[3]怨砧:见甲集《读温庭筠诗》注[2]。明沈宜修《水龙吟》:"碧天空阔,寒烟无数,怨砧凄漏。"

[4]空山熨行迹:语出唐韦应物《寄全椒山中道士》:"落叶满空山,何处寻行迹?"

[5]楚岫:楚地山峦。唐韦迢《早发湘潭寄杜员外院长》:"楚岫千峰翠,湘潭一叶黄。"

[6]岁晏:一年将尽的时候。

绛都春

西风剩燕,念沧海梦寒,危枝巢遍。旧国旧家,门幕依稀浮云变。年光长似骚情懒,叹芳讯江南俱远。故人何处,朝飔暮霰[1],怅然遥岸。　　帆转,莼鲈倦客,对青镜暗感,霜毛非晚。袖掩涕残,江上胡尘谁为限[2]?凭高休吊吴王苑[3],怕枉有层峦遮眼。闷来频画炉灰[4],小窗露泫[5]。

注　释

[1]飔(sī):凉。

[2]胡尘:胡人兵马扬起的沙尘。

[3]吴王苑:春秋吴王夫差宫苑。唐李商隐《无题二首》:"岂知一夜秦楼客,偷看吴王苑内花。"

[4]频画炉灰:语出宋陆游《寒夜》:"稚子忍寒守蠹简,老夫忘睡画炉灰。"

[5]泫:水珠滴下貌。

满庭芳

病中允孝一门馈问不绝,作此以报[1]

八载霞山[2],千茎白发,问余何事淹留。旧盟车笠[3],磊落故人俦。漫道征衫南北,中年感、哀乐都休。还应讯,维摩久病[4],衣裓着花不?　　横流沧海阔,生存意气,零落山丘。算此身假合,不抵浮沤[5]。惭愧君家妇子,扶衰惫、药裹亲投[6]。从今做[7],西枝二老[8],来往兴悠悠。

注　释

[1]以下两阕词录自1950年8月17日作者致汪世

清信。

[2]潜口有紫霞山，故以“霞山”代称潜口，作者自1943年迁居潜口，到1950年正好八年。

[3]旧盟车笠：即车笠之盟。谓不以贵贱而改变友情的盟誓。语出晋周处《风土记》：“卿虽乘车我戴笠，后日相逢下车揖。我步行，君乘马，后日相逢君当下。”

[4]《维摩经·文殊师利问疾品》载：佛在毗耶离城庵摩罗园，城中五百长者子至佛所请说法时，居士维摩诘故意称病不往。佛遣舍利弗及文殊师利等问疾。文殊问：“居士是疾何所因起？”维摩诘答曰：“一切众生病，是故我病；若一切众生病灭，则我病灭。”后用“维摩病”谓佛教徒生病。这里作者指自己病了。

[5]浮沤：水面上的浮泡，易生易灭，常用以比喻人生短暂，世事无常。

[6]药裹：药包。唐杜甫《酬郭十五判官受》：“药裹关心诗总废，花枝照眼句还成。”裹，《罗长铭集》55页误为“里”。

[7]做：《罗长铭集》55页依《长铭诗词钞》，为“后”。

[8]见丙集《寄题疑庵二十韵》注[15]。作者以此表达与允孝一门的友谊。

满庭芳

用前韵

逝者如斯，曾无昼夜，韶华一去难留。老来炳烛，甘与蠹鱼俦。病榻微闻蚁斗[1]，真堪叹、物竞无休。缘溪坐，白云尽处，结伴有人不？　　清流吾濯发，左招松子，右拍浮丘[2]。尽玄黄翻覆，匹似风沤[3]。闲绎南疆旧史[4]，良宵下、六博争投[5]。而今是，推枰敛手[6]，委运信悠悠。

注　释

[1]闻蚁斗：语出南朝宋刘义庆《世说新语·纰漏》："殷仲堪父病虚悸，闻床下蚁动，谓是牛斗。"后遂以"蚁动牛斗"等形容体病神虚，心惊意幻。微，《罗长铭集》56页依《长铭诗词钞》误为"时"。

[2]左招松子右拍浮丘：见甲集《三馀行》注[14]和乙集《行尽黄山卅六峰》注[2]。

[3]风沤：风中的泡沫。比喻短暂虚幻。宋陆游《戊午元日读书至夜分有感》："未收浮世风沤梦，尚了前生蠹简缘。"

[4]南疆旧史：清初温睿临撰纪传体南明史《南疆逸史》，书中用南明年号纪年，保存较多抗清史料。

[5]六博:又作陆博,是中国古代一种掷采行棋的博戏类游戏,因使用六根博箸所以称为六博。

[6]推枰敛手:语出《晋书·杜预传》:"时帝与中书令张华围棋,而预表适至。华推枰敛手曰……"枰,即纹枰,是围棋的别称。

鹧鸪天 一九五零年作[1]

结习纷纶未易除[2],弹丸宛转止瓯臾[3]。方惊年逐桃符换,渐觉春随柳线舒。　胸垒块[4],命孤虚,此生端合在樵苏[5]。欲求江上千头橘[6],便种城东十亩蔬。

注　释

[1]以下3阕词由汪世清提供。此词作于1950年。

[2]结习纷纶:语出南朝宋沈约《内典序》:"结习纷纶,一随理悟。"结习,佛教语,指人世的欲望诸烦恼。

[3]此句意为:滚动的弹丸在凹凸不平的地面就停止不动。语出《荀子·大略》:"流丸止于瓯、臾,流言止于知者。"瓯、臾,皆瓦器也。瓯臾,比喻地面洼陷不平之处。

[4]胸垒块:即胸中垒块,喻指胸中郁积的不平或愤慨。见乙集《西河·用周美成〈金陵怀古〉韵》注[17]。

[5]樵苏:打柴割草,泛指日常生计。

[6]语出宋辛弃疾《水调歌头·舟次扬州和人韵》:"倦游欲去江上,手种橘千头。"言欲退隐江上,种橘消愁。

鹧鸪天

少日杯行潋滟春[1]，今宵长作不眠人。白头落寞无欢思，怯见椒盘又荐新[2]。　　钟漏歇，曙光匀，地炉榾柮自相亲[3]。寒梅传有天涯信，莫讶穷檐负手巡。

注　释

[1]杯行：沿座行酒。唐岑参《与鲜于庶子泛汉江》："急管更须吹，杯行莫遣迟。"

[2]椒盘：盛有椒的盘子。古时正月初一日用盘进椒，饮酒则取椒置酒中。唐杜甫《杜位宅守岁》："守岁阿戎家，椒盘已颂花。"

[3]地炉榾柮(gǔ duò)：语出宋范成大《冬日田园杂兴十二绝》："榾柮无烟雪夜长，地炉煨酒暖如汤。"榾柮，木柴块，树根疙瘩。可代炭用。

鹧鸪天

到手新词又一春，枝头梅子已生人[1]。狂蜂掇粉休轻薄，倦燕衔泥自苦辛。　　禅榻净，鬓丝匀，老来澹泊谢交亲。不知门外楼头雨[2]，狼藉风光日几巡。

注　释

[1]枝头梅子：明冯梦龙《情史·赵清献》："赵清献公(赵抃谥号清献)帅蜀，有妓戴杏花，清献戏语之曰：'髻上杏花真有幸。'妓应声曰：'枝头梅子岂无媒！'逼晚，使值宿老兵呼之。几二鼓，不复至，复令人速之。赵周行室中，忽高声自呼曰：'赵抃不得无礼！'遂令止之。老兵忽自幕后出，曰：'某度相公不过一个时辰，此念息矣。虽承命，实未尝往也。'"

[2]门外楼头：宋王安石《桂枝香·金陵怀古》："念往昔、繁华竞逐，叹门外楼头，悲恨相续。"

玉楼春[1]

余久不作词，世清书来索新作，填此奉呈拍政。萝阁。

风狂雨横端阳近，绕屋扶疏团绿阵[2]。阿谁更作忍饥声[3]，两目眵昏鬅雪鬓[4]。　　凭高可奈山千仞[5]，寄远都无鱼一寸[6]。应怜结习最难芟[7]，负手苍茫吟楚问[8]。

注　释

[1]此词录自1951年6月1日作者致汪世清信。

[2]绕屋扶疏：语出晋陶渊明《读山海经十三首》其一："孟夏草木长，绕屋树扶疏。"扶疏，枝叶茂盛分披的样子。

[3]阿谁：唐宋时期口头语言，意即“谁”。

[4]眵(chī)：眼睛中分泌出的眼屎。彯(piāo)：飘卷。

[5]奈：《罗长铭集》49页依《长铭诗词钞》，误为“耐”。

[6]此句言无书信。

[7]芟(shān)：割草，引申为除去。

[8]楚问：指《楚辞》中《天问》篇，此处泛指《楚辞》。

水调歌头[1]

闻朝鲜和议感赋，呈世清先生政。萝翁更。

朝鲜兄弟国，箕子旧封疆[2]。自从甲午一战，半纪痛沦亡。今日遗黎垂尽，又见漫天锋镝[3]，蛟蜃舞重洋。遥忆沧江叟[4]，掩泪说萧墙[5]。韩诗人金沧江，国亡后流寓南通，依张啬庵师。　五星连，巨人出，屹东方。挥戈电扫骄虏，气詟陈堂堂[6]。玉敦居然和议[7]，金狄应馀创痛[8]，万井返农桑[9]。释甲平安道[10]，归马白山阳[11]。

注　释

[1]此诗录自1951年7月22日作者致汪世清信。

[2]此句指相传在周武王灭商后，商朝遗臣箕子率五千商朝遗民东迁至朝鲜半岛，联合土著居民建立的国家。

[3]锋镝：刀剑，泛指兵器，又引申指战争。锋，《罗长铭集》56页依《长铭诗词钞》，误为“烽”。

[4]沧江叟：见甲集《寿金沧江叟》注[1]。

[5]萧墙：古代国君宫室大门内面对大门的门屏，和后代民居大门的照壁有点相似。语出《论语·季氏》："吾恐季孙之忧，不在颛臾，而在萧墙之内也。"

[6]气詟(zhé)：语出李世民为其坐骑"飒露紫"题赞文曰："气詟三川，威凌八阵。"

[7]玉敦：古代盟誓时歃血的器皿。《周礼·天官·玉府》："若合诸侯，则共珠槃、玉敦。"

[8]金狄：金人，铜铸的人像。秦始皇统一六国后收天下兵器，铸金人十二，汉武帝列于甘泉宫。馀：《罗长铭集》56页依《长铭诗词钞》，误为"除"。

[9]万井：古代以地方一里为一井，万井即一万平方里。意指千家万户。唐陈子昂《谢赐冬衣表》："三军叶庆，万井相欢。"

[10]平安道：旧称关西，是朝鲜的一个历史地名，朝鲜王朝"朝鲜八道"之一。

[11]白山阳：指长白山之南。白，《罗长铭集》56页依《长铭诗词钞》，误为"向"。

减字木兰花

题阿聪之室图[1]

阿聪好古，夜卧沧江虹贯户[2]。不薄今人，丹老长题发兴新。陆丹林[3]。　　苍黄易代，三百年来传画派。破浪乘风，漫向西干觅旧踪。

注　释

[1]此词录自《长铭诗词钞·诗词补遗》。阿聪，即汪孝文。

[2]卧沧江：语出唐杜甫《秋兴八首》其五："一卧沧江惊岁晚，几回青琐点朝班。"沧江，以江水呈苍色，故称。虹贯：即白虹贯日，白色的长虹穿日而过。

[3]陆丹林：见乙集《清平乐·为陆丹林题淞南吊梦图》注[1]。《长铭诗词钞》误为"徐丹父"。

满江红

送任之兄赴合肥[1]

万绿冥蒙，正雨熟、梅黄季节。君去也、鸠江濯足[2]，淮山晞发[3]。乔木阴阴双鹭下，远村暧暧孤鸢没[4]。笑男儿、离别剧寻常，尘随辙。　谈天口[5]，迷燕越。雕龙手[6]，穷毫末。看百家争论，百花齐发。旧学商量嗟我后，新知培养期君切。愿从头、更习石渠书[7]，灵兰诀[8]。闻君将主持吾省中医研究所，教授内经。

注　释

[1]此词录自罗无衣抄稿，作于1956年。任之，王任之(1916—1988)，名广仁，字任之，安徽歙县富堨人，著名中医临床医学家，当代新安医学之代表人物。1935年开始在歙行医，1956年后担任安徽省卫生厅副厅长兼中医

研究所所长，卫生部学术委员会委员，中华全国中医学会理事及安徽分会会长，安徽省哲学社会科学联合会副主席。安徽省第一至三届人大代表，政协第一至五届安徽省委员会常委。

[2]鸠江：芜湖古称。濯(zhuó)足：本谓洗去脚污。后以此比喻清除世尘，保持高洁。

[3]淮山：泛指淮河两岸的群山。"晞(xī)发：晒发使干。常指高洁脱俗的行为。典出《楚辞补注·九歌·少司命》："与女沐兮咸池，晞女发兮阳之阿。"淮，《罗长铭集》56页依《长铭诗词钞》，误为"淚"。

[4]暧(ài)暧：迷蒙的样子。晋陶渊明《归园田居五首》其一："暧暧远人村，依依墟里烟。"

[5]谈天口：见丙集《和陶〈贫士七首〉》注[33]。

[6]雕龙手：见丙集《允孝仁兄四十初度》注[4]。

[7]石渠书：石渠阁，西汉宫中藏书阁名，汉高祖创建，在未央宫内，收藏入关时所得秦代图书，宣帝时在阁中召集著名学者论定五经(即石渠阁议)，至成帝时又藏图书于此。清乾隆时组织编写清廷内府所藏历代书画为《石渠宝笈》。

[8]灵兰：即灵台兰室，相传是古代帝王藏书之所。此处指《黄帝内经·素问》第八篇《灵兰秘典论》，专题讨论五脏六腑各自的功能及其相互之间的相使关系。

水龙吟

一九五六年五月奉召，赴合肥参加省政协会议[1]。

渡江胜概如云，旧时梦想今亲见。潭潭甲第[2]，高门临路，层楼连苑。轮轨交驰，工商辐辏，规模闳远。数淮南第一，新兴都会，人流水、车奔电。　　回首沧桑几换，庆薰风物华重转。典型创造，推行三改，红旗争劝。八皖英髦，登坛忼慨，热情何限！料太平有象，叮咛款语，许梁间燕。

注　释

[1]此词录自作者手稿。是年作者增补为政协第一届安徽省委员会委员，参加政协一届二次安徽省委员会会议。

[2]潭潭甲第：宋王炎《京丞相挽诗》："郁郁松坡上，潭潭甲第成。"甲第，豪门贵族的宅第。

丁集(1957—1971)

1957—1971 年为作者文学活动的“合肥”时期。1956 年由王任之等人举荐,作者增补为安徽省政协第一届委员会委员,并由省政协按月发给津贴,安排在省博物馆工作,担任安徽省文物鉴定委员会副主任委员,为安徽省博物馆古籍善本提选编目,对书法绘画作品进行鉴定和整理。期间曾协助汪世清、汪孝文编著《渐江资料集》;对鄂君启金节考释,对方以智研究,对《兰亭序》真伪研究,撰写多篇论文。有的文章就是由诗作扩充而来的,如《兰亭绝句六首(并注)》。在肥期间,参组江淮诗社,与胡大伴、丁宁、冒效鲁等成员共同切磋,互相唱和,还与文化界人士江植棠、杨天遒、懒悟、宋亦英、王乐陶等时有唱和,也为懒悟、梅华等人画作题诗,直至“文革”爆发。这一时期的作品大都在“文革”中流失。

丁集共收录这一时期诗 17 篇 36 首,词 9 阕。主要录自作者致汪世清的信札和散页手稿。

赠陟老[1]

陟园诗律颂姚鼐。方,东树[2]。长句清新擅胜场。肝胆百年犹旦暮,须眉二老有辉光。陟老与同邑光明甫先生同为省政协副主席[3]。凤仪山误重来鹤[4],谓陈剑潭先生[5],余与先生尝有一日之雅,故及之。浮渡人寻旧种桑[6]。珍重开元房太尉[7],好将篇什颂虞唐。

注 释

[1]此诗录自散页手稿,作于1958年。原无题。陟老,房秩五(1877—1966),名宗岳,又号鲁岑,晚号陟园老人,安徽枞阳人。曾与陈独秀等筹办《安徽俗话报》,任《东三省日报》主笔、《司法公报》编纂,后回故乡,致力于创办浮山公学,一直从事教育事业。1949年后历任安徽省各界人民代表大会代表、省第一届人民代表大会代表、省人民委员会委员及政协第一至三届安徽省委员会副主席。著有《浮渡山房诗存》。陟,《罗长铭集》第27页依《长铭诗词钞》误为"陈"。

[2]姚鼐(1731—1815):字姬传、梦谷,室名惜抱轩,安徽桐城人。乾隆二十八年(1763)进士,任礼部主事、《四库全书》纂修官等,后辞官,主讲于扬州梅花、江南紫阳、南京钟山等地书院四十多年。著有《惜抱轩全集》等,

曾编选《古文辞类纂》。方东树(1772—1851):字植之,安徽桐城人。著有《仪卫轩文集》十二卷及诗集。

[3]光明甫(1876—1963):名升,安徽枞阳人,清末秀才。先后在安徽旅宁公学、安徽法政专门学堂任教。曾任安徽地方自治筹委会会长、第一届国民参政会参政员。1946年任安徽通志馆馆长。1949年后,历任安徽省人民政府教育厅厅长、安徽省文史馆馆长,政协第一、二届安徽省委员会副主席。著有《法治建国论》《语故诗说》等。

[4]凤仪:安徽枞阳地名。重来鹤:语出陶渊明《搜神后记》卷一所载东汉人丁令威,学道成仙,千年后化鹤归里,停在城门华表上的故事。

[5]陈剑潭:陈澹然(1859—1930),字剑潭,安徽枞阳凤仪人。光绪十九年(1893)恩科举人。曾任安徽通志馆馆长、安徽大学教授。著有《中国通史》《诗文集》等。潭,《罗长铭集》27页依《长铭诗词钞》,误为“泽”。

[6]浮度:安徽枞阳地名。

[7]开元:唐玄宗年号。房太尉:房琯(697—763),字次律,河南缑氏(今河南偃师)人。唐玄宗、肃宗两朝宰相。

题粹吾先生方砚[1]

耿耿银河渺渺思,经年离绪两心知。惠风吹送纤云暖,珍惜今朝欢爱时。

注　释

[1]此诗由罗奋先提供，原无题。粹吾，陈泰运(1894—1973)，又名陈怡村，字粹吾。安徽宿州人。时任安徽省卫生厅副厅长兼安徽中医学院院长，政协第二届安徽省委员会委员、第三届全国人民代表大会代表。陈于20世纪50年代后期喜得一方砚，刻有牛郎织女图，托罗奋先请作者为之题诗，陈请艺人将此诗刻于砚上方。

望敬亭山怀李白[1]

众鸟高飞缘底事，孤云独去却依谁？青莲若使生今日[2]，应向人民献颂诗。

注　释

[1]以下10首录自作者手稿，作于20世纪五六十年代安徽省政协组织政协委员赴宣城、繁昌视察期间。敬亭山，国家森林公园，位于安徽宣城北5千米的水阳江畔。敬亭山原名昭亭山，晋初改称敬亭山，属黄山支脉。李白先后7次登临此地，留下名诗《独坐敬亭山》："众鸟高飞尽，孤云独去闲。相看两不厌，只有敬亭山。"

[2]青莲：李白号。

十四日参观溪口高峰社记事[1]

驱车迤逦向南行,山渐崔嵬水渐清。茶署高峰香自别,洞留溪口地偏灵。如皋射雉成佳话,是日洪部长猎得一雉[2]。涉水濡裳仗友生。涉溪水时赖葛同志帮助。归路归心同跃进,满街灯光宛陵城[3]。

注　释

[1]溪口高峰社:安徽宣城市宣州区溪口镇高峰村,史记产名茶“高峰云雾”。

[2]洪部长:洪沛(1915—1991),盱眙(今属江苏)人,时任中共安徽省委统战部部长。后任安徽文物局局长,政协第五届安徽省委员会副主席。

[3]宛陵:宣城古名。街,《罗长铭集》28页依《长铭诗词钞》,误为“江”。

繁昌杂诗八首

繁昌县城

寂寞城闉顿改观[1],民殷物阜景喧阗。游人尽说繁昌好,下放何时受一廛[2]?

荻港居民有敲石子运无为出售者[3]，乡人委会拟设石子加工厂

凤凰山下麦油油，亩产千斤卜午收。江畔女儿敲石子，风帆来去不知愁。

荻港修荷花塘，提出口号，要与芜湖陶塘媲美[4]

荷塘风景胜陶塘，岚影波光态万方。郎种桃花侬种柳，明年绿荫护鸳鸯。

桃冲铁矿[5]

车过桃冲忽眼明，千年矿石闷岩扃。人民自具开山手，不用飞符遣五丁[6]。

东方红社水电站

东方红日照茅檐，几净窗明四害歼。入夜电灯如白昼，新书读罢睡乡甜。

东方红社产铁和瓷土

和风细雨燕飞斜，毂击肩摩运矿砂[7]。犹有宋时窑址在，居民指点说柯家。传说有宋时窑址七十二处，以柯大柯二最有名[8]。

小洲董老年一百零一岁

我爱洲边董老人，百年劳动见天真。而今学得神仙诀，四体长教耒耜亲。

江滨有天然沼气，县人委计划设厂利用

小谢之山有妙篇[9]，澄江如练至今传[10]。哪知沼泽多灵气，化作能源不用钱。

注　释

[1]城闉(yīn)：城内重门。泛指城郭。

[2]受一廛(chán)：典出《孟子·滕文公上》："远方之人，闻君行仁政，愿受一廛而为氓。"一廛，古时一夫所居之地。

[3]荻港：安徽繁昌荻港镇，地处长江南岸，北与无为县隔江相望。有凤凰矶等景点。

[4]陶塘：即芜湖镜湖。相传南宋词人张孝祥，神往陶渊明的境界，捐田造湖，取名陶塘。

[5]桃冲：属繁昌荻港镇，盛产铁矿和石灰石。

[6]五丁：古代神话传说中的五个力士。

[7]毂击肩摩：肩膀和肩膀相摩，车轮和车轮相撞。形容行人车辆往来拥挤。《战国策·齐策一》："临淄之途，车毂击，人肩摩。"

［8］柯家：繁昌县城的南郊和西郊丘陵山地分布着众多的古窑址。繁昌窑始烧于五代，兴盛于北宋，废烧于南宋。其中柯家冲窑址最大，相传在繁昌城南柯家村，住着柯氏兄弟二人，他们的青白瓷器质量上乘，风格独特，赢得了人们的喜爱。在市场上，兄烧大碗，被人们称为“柯大”；而弟烧小碗，被人们称为“柯二”。

［9］小谢：谢朓（464—499），字玄晖，陈郡阳夏（今河南太康县）人。南朝齐时著名的山水诗人。谢朓与谢灵运同族，世称“小谢”。曾任官宣城太守，又称谢宣城。

［10］澄江如练：语出南朝宋谢朓《晚登三山还望京邑》：“余霞散成绮，澄江净如练。”

一九六〇年秋游包河公园[1]

荷未全残柳未凋，秋光如画最难描。临流着意营长榭，负郭随宜架小桥。休为无鱼赋弹铗[2]，可能得酒续《离骚》。人间公道唯河水，年去年来尚姓包。

注　释

［1］此诗录自《长铭诗词钞》，作于1960年。

［2］无鱼赋弹铗：即弹铗无鱼。语出《战国策·齐策四》：“齐人有冯谖者，贫乏不能自存，使人属孟尝君，愿寄食门下。……居有顷，倚柱弹其剑，歌曰：‘长铗归来乎，

食无鱼！’”指食客有才而埋怨主人未给予应有的待遇。

参观淠史杭工程口号四首[1]

大别群山气郁苍，淮南河网好通航。从今瘠土变膏壤，不数吴中鱼米乡。

瓦西虹吸三条管，横渡澜翻一道堤[2]。到处水车高挂起，春风片片绿秧齐。

引水高岗计划雄，填方切岭拟神工[3]。大潜如遇山洪发，上下交叉两白龙[4]。

轻云淡沱皋陶墓[5]，斜日依微黥布祠[6]。不及人民功业大，《红梅》一剧值深思[7]。

注　释

[1]此4首诗录自作者散页手稿。作于1960年代安徽省政协组织政协委员赴淠史杭工程视察期间。

[2]诗后原注：瓦西分干渠与干渠交流，用虹吸管从干渠地下通过，在寿县西集。横摆渡去苏家埠八华里，设滚水坝，控制淠河上游佛子岭诸水库水。

[3] 诗后原注：洼地填高成河道曰填方，丘陵地区挖开曰切岭。

[4] 诗后原注：大潜山水流总干渠下，山洪暴发时，蔚然奇观。

[5] 淡沱：犹淡荡、荡漾貌。皋陶墓：在今六安城东。皋陶，上古传说中的人物。传说他是虞舜时的司法官，皋城（今安徽六安市）人。因次子仲甄封六，因而被尊为古六安国始祖，偃姓。

[6] 黥布：英布（？—前196），六县（今安徽六安）人，秦末汉初名将。因受秦律被黥，又称黥布。为霸王项羽帐下五大将之一，封九江王，后叛楚归汉，封淮南王。

[7] 诗后原注：三日晚招待观庐剧《程红梅》，演大别山区女游击队长故事。

赠吴立奇同志还歙[1]

相逢一笑海成桑，握手频嗟鬓有霜。读画不妨揩老眼，哦诗聊复涤枯肠。秋风历历檀园宅，乔木依依曲水堂。君所居丰南有李檀园故宅及曲水园诸遗址[2]。明日飙轮载君去，天都云气正飞扬。

注　释

[1] 此诗录自1961年11月26日作者致汪世清信札，为1961年下半年吴立奇拜访作者时所作。吴立奇（1919—1999），安徽歙县人。曾任中共芜湖市委宣传部长、中共中央华东局组织部办公室主任，厦门大学党委副

书记、福州大学党委书记、上海第一医学院党委书记。

[2]丰南:现黄山市徽州区西溪南乡。李檀园:李流芳(1575—1629),字长蘅,号檀园,歙县人。明代诗人、书画家。32岁中举人,后绝意仕途。诗文多写景酬赠之作,擅画山水,亦工书法。诗后原注:曲水园,明代丰南十大名园之一。

悼无衣[1]

堂庑萧然两鬓秋,孱躯坌集古今愁[2]。悲泪欲发空王愿[3],痛极思通鬼国邮。亲戚共倾千斛泪,智愚同尽一荒丘。苍茫小蜀山边路[4],顽铁云何铸九州[5]!

注　释

[1]此诗录自作者散页手稿,原无题,疑即崔皎如诗题言"和大伴诗",作于1962年。无衣(1943—1962),作者四子,1960年就读安徽大学数学系,1962年8月6日游泳不幸遇难,时葬于合肥小蜀山公墓。作者友人冒效鲁、杨天道、胡大伴、崔皎如等均有诗作安慰。可惜胡大伴诗遗失。冒效鲁《慰长铭先生失其令子无衣》:"晚岁身何托,烟云供养殊。太玄娱寂寞,宿慧识之无。方冀传家学,惊闻夺凤雏。与君揩老眼,收泪哭童乌。叔子效鲁写上。"诗后又题:"长铭老兄幸齐彭殇,作达观也,何日得晤,盼偕大伴往过。又及。"杨天道《长铭先生近抱西河之

痛，慰以二绝，录乞教正》："谁能太上独忘情，忍说任童旧有名。要为盛平传著作，期君善葆卜商明。""痛惜童乌去不还，临流老泪总难干。庄生妙悟应参透，殇寿彭夭等量看。"崔皎如《长铭先生抱西河之痛，欲作诗慰藉，竟不知从何措辞，近阅和大侔诗，凄然有感，聊成一律，以塞其悲，还希罗老指正》："彭殇难免一棺藏，蒲柳先凋不受霜。漫向寒塘挥老泪，忍从嬴博读哀章。萧斋月冷思何极，黉舍钟鸣愿未偿。自古清才天亦妬，休将因果问空王。"童乌，扬雄之子，九岁时助父著《太玄》。语出《法言·问神》："育而不苗者，吾家之童乌乎！九龄而与我《玄》文。"后因以指早慧而夭折者。

[2]坌(bèn)集：聚集。

[3]空王愿：泛指佛的誓愿。

[4]小蜀山：无衣亡后，安徽大学将其葬于合肥小蜀山。

[5]此句本出《资治通鉴·唐昭宗天祐三年》，天雄节度使罗绍威求助朱全忠，而后辖区内的财物被朱勒索殆尽，后悔道："合六州四十三县铁，不能为此错也！"后指造成重大而又无可挽回的错误。

余四十年前往宜城，今安庆。颇留恋其风土，今高楼夹道，旧径都迷，为之慨然[1]

淡冶春山含倩笑[2]，分明一幅郭熙图[3]。诗情恰似风前柳，待访菱湖访鸭湖[4]。

城东塔影迎朝旭，湖上菱歌漾晚晴。小曲幽坊浑不记，空寻残梦过宜城。

注　释

[1]此2首录自《长铭诗词钞》，作于1963年安徽省政协组织政协委员赴安庆地区视察期间。

[2]语出北宋画家郭熙论山水画著《林泉高致》："春山淡冶而如笑。"

[3]郭熙（1023—约1085）：字淳夫，河阳温县（今河南孟县）人。宋熙宁（1068—1077）间为图画院艺学，后任翰林待诏直长，北宋后期山水画巨匠。郭精画理，提倡画家要博取前人创作经验并仔细观察大自然。他观察四季山水，有"春山淡冶而如笑，夏山苍翠而如滴，秋山明净而如妆，冬山惨淡而如睡"之感受，在山水取景构图上，创"高远、深远、平远"之"三远"构图法。

[4]菱湖：湖名，在安庆市城东，有菱湖公园。

登射蛟台汉武帝射蛟台在枞阳县人委后[1]

射蛟台上日曈曈，汉帝威灵想象中。水绕山围开乐国，潮平浪静仰神功。长堤极目通吴楚，大闸临江束皖桐。[2]历祀二千征进化[3]，人民愿望古今同。

注　释

[1]以下4篇8首诗录自散页手稿。前两首作于1963年安徽省政协组织政协委员赴安庆地区视察期间。射蛟台位于枞阳县城西达观山之巅，因汉武帝刘彻在此射蛟江中而得名。

[2]诗后原注：枞阳大闸1958年建，保证菜子湖沿岸27万亩收益。

[3]此句指汉武帝在位于公元前140年至公元前87年，取其约数迄今约2000年。

参观左岗公社左岗为忠毅公故里[1]，横埠区委所在地

故家乔木尚苍然，忠毅遗风万口传。直道自能持集体，公心端合兆丰年。[2]马鞍山水宜修库，[3]白荡湖滩好殖田。无限悲欢成往事，更搬鸳帕上歌弦。[4]

注　释

［1］忠毅公：左光斗（1575—1625），字遗直，一字共之，号浮丘，桐城（今安徽枞阳县横埠镇）人。明天启朝任佥部御史，史可法师。因对抗大宦官魏忠贤，下狱，死。弘光时谥号忠毅。

［2］诗后原注：横埠全区坚持集体经济，1958年后生产直线上升。

［3］诗后原注：马鞍山水库在江北七华里，流溉十万亩。

［4］诗后原注：是夕观黄梅剧《鸳鸯帕》。

黄山宾馆即事[1]

碧瓦朱甍岁月新[2]，秋山红树宴嘉宾。奔湍自作云门奏，叠石谁为斧劈皴[3]？杳霭峦光通帝座[4]，渟泓潭影浴潜鳞[5]。谈瀛海客应瞠目[6]，今日轩辕作主人。

注　释

［1］以下5首诗作于1963年10月。又见1963年11月7日作者致汪世清信。1963年秋，国务院副总理兼外交部长陈毅陪同各国驻华使节游览黄山，作者随同前往，作《黄山宾馆即事》和《谒慈光寺而返，杂书所感四首》。

［2］碧瓦朱甍（méng）：形容建筑物的华丽美观。

［3］斧劈皴：山水画技法名。用笔如斧劈木片，一边厚一边薄。有大、小斧劈之分，后人因其形似，故名。

[4]通帝座:泰山凤凰山顶有奇石一块,上刻“气通帝座”四字。气,指泰山的灵气。帝座,星名。作者借以描述黄山。

[5]潜鳞:即鱼。汉王粲《赠蔡子笃》:“潜鳞在渊,归雁载轩。”

[6]谈瀛海客:谈起瀛洲(传说中的东海仙山)的过海客商。语出唐李白《梦游天姥吟留别》:“海客谈瀛洲,烟涛微茫信难求。”

谒慈光寺而返,杂书所感四首

野菊花开三两丛,寺门寂寂掩秋风。振衣直上天都顶,谁识披荆第一功?

天都峰在青天外,下视风雷隘九州。历历众星环斗极,茫茫禹迹奠金瓯。

封建王朝有废兴,人民力量大无朋。试从松谷开驰道,更向洋湖筑鸭棚。

不是衰羸不上山,聚粮三月待来年[1]。千岩万壑勤蒐讨,重与山经作郑笺[2]。

注　释

[1]聚粮三月:语出《庄子·逍遥游》:“适千里者,三

月聚粮。”

[2]山经：是我国先秦古籍《山海经》的一部分，山经共《南山经》《西山经》《北山经》《东山经》《中山经》5卷，主要记载上古地理中的诸山。郑笺：东汉郑玄为《毛诗》所作的笺注，泛指对古籍的笺注。

寿蒙斋七十[1]

人生难得是稀龄，斗室茶烟弄晚晴。四海论交犹忆我，抗战中，君于友人处知我姓名。十年以长合呼兄。霜晨揽镜头还黑，漏夜钞书眼倍明。漫道清狂属裙屐[2]，见示诗有“裙屐而今属后贤”之句。试凭词律筑坚城。

注　释

[1]此诗录自散页手稿，作于1963年。蒙斋，杨天道(1894—?)，黄宾虹弟子，生前在安徽省图书馆工作，作者友人。

[2]裙屐：六朝贵族子弟的衣着。后泛指富家子弟的时髦装束。

用韵答晓履同志论越南事[1]

目送南鸿独倚阑，十年战火孕悲欢。黑云昼压金瓯角[2]，白刃宵挥广义山[3]。荆棘千村犹画地，侏儒几辈又弹冠。天涯无限同仇感,未扫欃枪莫解鞍[4]。

注　释

[1]此诗录自散页手稿,作于1965年。晓履,何晓履(1919—2002),字君康,安徽枞阳人,时任农工民主党安徽省委秘书。

[2]金瓯角:位于亚洲东南部中南半岛最南端的一个岬角,归越南管辖。

[3]广义山:越南地名。

[4]欃(chán)枪:彗星的别称,喻指叛乱、动乱。

《兰亭》绝句六首[1]

定武神龙各一家[2],欧摹褚拓总纷拏[3]。较量面目知谁似,真赏浑如雾里花。

《临河》节录易滋疑[4],癸丑填空信有之[5]。得间不妨非定论[6],守残未免阙通规[7]。

风会迁流物象新[8],西陲简帙未全沦[9]。试寻“古质今妍”意,才见龙跳平虎卧人[10]。

《法帖》承讹草创初[11],元章长睿并难诬[12]。痴人自说《澄清》梦[13],曾睹南唐祖本无?

"群脚双杈"辨破锋[14],"左规右矩"缅遗踪[15]。安吴书学覃溪帖[16],绝倒高柔角觿中[17]。

游艺由来贵博观,呻吟《笔阵》剧寒酸[18]。须知逸少清真处,不在湍流五字间[19]。

注 释

[1]此6首诗录自作者《〈兰亭〉绝句六首(并注)》(见《罗长铭集》115—143页),作于1965年,又见1965年9月17日先生致汪世清信,题为"论书绝句"。

[2]《兰亭序》传世拓本最著名的有定武本、神龙本,后人辗转摹刻,成为两大派系。

[3]欧摹褚拓:指初唐欧阳询、褚遂良等书法名家对《兰亭序》的临摹本。

[4]南朝梁刘孝标《世说新语注》引《兰亭序》题为"临河序",前后都有改动。对这一现象的解释,郭沫若曾认为《兰亭序》是智永在《临河序》基础之上删改、移易、扩大而成的,郭的一位朋友认为《临河序》是节录。而诗作者认为"古人写文章,一再改定,几种不同稿本都流传下来是常有的事。《兰亭序》与《临河序》虽有异同,可能同是王羲之写的"。节录,《论书绝句》为"异本"。

[5]《兰亭序》上"癸丑"二字确是后填的,从所有较早的拓本上(包括定武本、神龙本)都可看出填写的痕迹。

作者认为这是王羲之写《兰亭序》时偶然把干支忘了，留下空白，待回头填写。这并不能证明《兰亭序》文章出于后人依托。空，《论书绝句》为“充”。

[6]指郭沫若的文章，尽管有些地方可以商榷，不能作为定论，但读书得间，会有所启发。

[7]指当时参加讨论的高二适的文章《〈兰亭集序〉的真伪驳议》，所论缺乏依据，那种“专己守残”的态度，很可能把读者导入迷雾里。

[8]指汉字由秦经两汉、魏、晋、南北朝到隋、唐，先后出现了篆、隶、八分、行、草、真等各种形体，不断创新，根据时代的需要，代表了时代的风格。

[9]清末以来，甘肃、新疆、内蒙古等地发现大批竹木简，从西汉武帝到东晋初期，共达一万余枚；遗书从西晋惠帝到北宋初期，共达二万余卷，都是手写的。从这些资料均可看出，书法是从什么时代发展成为真书的。

[10]语出唐孙过庭《书谱》：“彼之四贤（钟繇、张芝、王羲之、王献之），古今特绝，而今不逮古，古质而今妍。”这两句的意思是：正因为王羲之的书法还保留古代隶书雄强质朴的风格，所以梁武帝萧衍才有“龙跳天门，虎卧凤阁”的评语。寻，《论书绝句》为“看”。意，《论书绝句》为“处”。

[11]法帖本是供临摹字的本子。唐代民间就有了版刻法帖。到了五代南唐，刻了《十八家法帖》。宋初承五代丧乱之后，宫廷所藏寥寥，故北宋淳化中宋太宗刻帖时

只得向大臣家借用，并采录一些碑、帖和摹本。当时担任鉴定和摹勒的人却是一个“不谙书学，又昧古今”的侍书王著，以致把这部规模空前的法帖弄得真伪杂糅、论次乖讹，成为一件憾事。

[12]元章：即米芾(1051—1107)，初名黻，字元章。北宋著名书法家、书画理论家，鉴定家、收藏家。长睿：即黄伯思(1079—1118)，字长睿，别字霄宾，号云林子，邵武(今属福建)人。北宋书法家、书学理论家。关于《淳化帖》的来源，米芾《书史》和黄伯思《东观余论》中都指出了许多错误和作伪的地方。作者在《〈兰亭〉绝句六首并注》一文中曾指出五个方面的问题。

[13]《澄清》：指容庚发表在《文物》上的文章《澄清堂帖考》。容认为“《澄清堂帖》是南宋嘉定年间人刻的”。诗作者对容庚的文章指出了三方面的可疑之处，认为容庚把不同本子结合复原成一部《澄清堂帖》是不可信的。作者认为“传世的《澄清堂帖》，都是明季帖贾伪装的百衲本”。

[14]翁方纲撰《苏米斋兰亭考》时，汇集三十几个本子，摘出“群”“崇”“带”“畅”“迂”五字，一点一横加以比较，作为鉴定各本标准。“群”字脚作双杈，定武、褚本(包括神龙本)同。

[15]清包世臣《论书绝句》自注云：“隋龙藏寺出魏《李仲璇》《敬显儁》两碑而加纯净，左规右矩近《千文》而雅健过之。《书平》谓右军字势雄强，此其庶几。若如《阁

帖》所刻，绝不见雄强之妙，即定武《兰亭》亦未称也。”

[16]安吴：指包世臣（1775—1855），字慎伯，晚号倦翁，安徽泾县安吴村人，世称“包安吴”。清代学者、书法家、书学理论家。覃溪：即翁方纲（1733—1818），字正三，号覃溪，晚号苏斋，顺天大兴（今属北京）人。清代书法家、文学家、金石学家。著有《粤东金石略》《苏米斋兰亭考》《复初斋诗文集》等。翁方纲对《兰亭》帖的研究，造诣很深。作者认为：“包世臣论书，有其独到之处；在清代后期，具有一定的影响。‘王杨卢骆当时体，’还是未可轻诋的。”书，《论书绝句》为“碑”。

[17]高柔角觿（nuò）：这是指高二适《〈兰亭集序〉的真伪驳议》文结尾语：“此倘《世说》所称：‘轻在角觿中，为人作议论’。”此为刘惔批评高柔语。

[18]作者批评某些人把伪托的王羲之《题卫夫人笔阵图后》当作论书法的经典文章。而把《笔阵图》作为卫夫人所作亦系伪托。

[19]逸少：王羲之字。此两句指：作者认为“尤袤以湍流五字损坏为鉴定定武原石的标准，看来是比较正确的”。在此批评了高二适推崇吴炳不损本“最为不失笔意”的观点。尤袤（1127—1194），字延之，小字季长，号遂初居士，常州无锡（今属江苏）人。南宋诗人，治史擅诗。

清平乐

逍遥津公园[1]

荒陂野水，此日园林美。柙虎槛猿俱可喜，年少争划艇子。　　津头战鼓频挝，孙曹往事堪嗟[2]。为问英雄何在，大家笑说冬花。劳模龙冬花。

注　释

[1]以下3阕词录自作者散页手稿，均作于1957年。逍遥津，位于合肥市旧城的东北，古为淝水上的一个津渡，以三国时期的古战场而载入典籍。

[2]此指曹将张辽在此迎战孙权十万精兵之事。

浣溪沙

观黄梅剧《打金枝》

楚调吴腔各异宜[1]，何人正乐比风诗[2]？黄梅杂剧斗新奇。　　贵主纵容多越礼，家翁老耄不妨痴，满城欣赏《打金枝》。

注　释

[1]楚调：泛指古代楚地的曲调，后为乐府相和调之

一。唐白居易《醉别程秀才》:"吴弦楚调潇湘弄,为我殷勤送一杯。"吴腔:昆腔的别称。因明代昆山腔的中心由昆山移到吴郡的首府苏州,故有此称呼。

[2]风诗:也叫国风,《诗经》有十五国风。

念奴娇

参观佛子岭水库[1]

长虹天半,接淠河两岸,翠峰如簇。十顷平湖凭手障,稳泛轻舠晴渌。坝下崩涛,桥头溅雪,奇景惊心目。哄然拍手,匡庐曾见飞瀑[2]。　　入夜贝阙珠宫,星光水影,映行行银烛。祖国山河无限好,大胜广寒幽独。仙乐晨鸣,铜壶昼静,襟袖余凉馥。此身长健,日中又转征毂。

注　释

[1]佛子岭水库是中国淮河流域的大型山谷水库,在安徽省西部霍山县南17千米的淠河上游,1954年建成。

[2]匡庐:庐山别称。

西江月

赠江植棠先生七十寿[1]

四十年前讲席,白头肥水相逢。悬河东注快如锋,化作星光与共。　　眼底山川化绿,阶前桃杏舒红。胼胝手足两摇风，要为人民珍重。

注　释

［1］此词录自罗辽复抄稿，作于1958年。江植棠(1889—1977)：名兆槐，徽州婺源(今属江西)人。一生从事教育工作65年。曾五度来歙县任教，计时近20年。民国二十三年(1934)，筹建省立徽州师范学校，任校长五年。时在合肥师范学院任教。

鹧鸪天

宣城双桥社双塘店水电站[1]

店号双塘塘水深，电机开动响愔愔[2]。光明送到双桥社，增产加番有信心。　　规划定，惜分阴，春宵学习值千金。江头燕子知人意，飞去飞来报好音。

注　释

［1］以下3阕词录自散页手稿，作于20世纪五六十年代年安徽省政协组织政协委员赴宣城、繁昌视察期间。

［2］愔愔：安静和悦的样子。

阮郎归

宣城团山社去冬今春修塘一千七百余口，我们参观了占塘、陈塘坝工程，田野里一片邪许声，互相应和，因作此词，用代夯歌。

红旗高挂在团山，人人争占先。风吹水面縠纹宽，塘堤坚又宽。　　不怕涝，不愁干，丰收万万年。夯歌唱和巧连环，男欢女也欢。

占塘修好又陈塘，修塘日夜忙。修成水库赛粮仓，多忙多打粮。　　流汗水，湿衣裳，汗香泥土香。夯歌唱和喜洋洋，歌长干劲长。

清平乐

苏联宇宙飞船“东方号”安然返航，赋词欢颂[1]。

扶摇直上，天外争雄长。俯视尘寰真块壤，俄顷一周来往。　　东方旭日凌空，仙真羽葆幢幢[2]。邀入广寒宫殿，嫦娥为捧金钟。

注　释

[1]此阕词录自《长铭诗词钞》，作于1961年。

[2]仙真：道家称升仙得道之人。唐李白《上云乐》：“生死了不尽，谁明此胡是仙真？”羽葆：帝王仪仗中以鸟羽连缀为饰的华盖。

采桑子[1]

人人尽说江南好，年少疏狂。空负春光，血雨腥风又一场。　　朅来少水无山地，衰鬓如霜。不负春光，愿折花枝逐队行。

注　释

[1]此阕词及下一阕词录自《长铭诗词钞》，作于1965年前后。

采桑子

天涯何处无芳信，几缕鹅黄。逗漏春光，蓦见藏鸦柳线长[1]。　　纵教攀折他人手[2]，倾尽离觞。眷恋春光，依旧婆娑趁夕阳。

注　释

[1]藏鸦柳线长：指已近春暮，浓密的柳条可以让乌鸦筑巢。语出宋吴琚《浪淘沙》："岸柳可藏鸦，路转溪斜。忘机鸥鹭立汀沙。"

[2]纵教攀折他人手：语出唐韩翃《寄柳氏》："纵使长条似旧垂，也应攀折他人手。"

附录一　楹联

杨女公子于归[①]

闻道杨花嫁夫婿，

愿为罗带系鸳鸯。

赠罗是春

今是非之途，樊然殽乱；

当春秋佳日，慎尔优游。

东舒公寝庙既修治，为乐神之剧作联

莫怨具庆，亦惟孝孙，绥禄是畛；

式歌且舞，庶几皇祖，乐人之怀。[②]

挽谢玉岑[③]

俊语说相思，画里分明，又到江南樱笋候；

佳人逝何许，愁边排遣，谁从濠上惠庄游。

---

① 以下 3 联录自《腐鼠集乙·附一》。

② 原注：公有乐天乐我乐人之说。

③ 录自郑逸梅《瓶笙花影录》163 页，作于 1935 年。俊，《罗长铭集·罗长铭年谱》依汪孝文提供，误为“偻”。

挽　联①

叹吾乡耆旧，又见凋零，岁晚客宣南，顾曲那镂愁万斛；

问人世风波，几时安隐，清秋写巫峡，殇知合洒泪千行。

挽采白②

雅兴共瞿山，争传黄海卧游，卅六云岚千迭嶂；

艺才惊外使，珍赏京华展览，二三风柳一鸣蝉。

为唐式遵题黄山青鸾峰③

立马空东海，

登高望太平。

① 录自手稿，约作于20世纪三四十年代。疑挽张翰飞（1884—1939），名鹏翎，别号黄山居士，安徽歙县定潭人。中年北游，嗜收藏，诗书画俱佳，“七七事变”后，回乡定居。鲍义来认为，疑挽吴承仕（1884—1939），字绸斋、检斋、桥斋，号展成、济安，安徽歙县人，中国近现代著名经学家、古文字学家、教育家。

② 作于1940年，汪孝文提供，是由郑初民抄寄给汪的，抄件有注“锡鬯代长名”。

③ 据民国二十八年（1939）七月十八日，黄山工赈办事处给中央赈济委员会的报告中称，碑文由歙人罗长铭撰。据郑初民提供，作者曾为唐子晋作诗：“九天满战云，四海未收兵。立马空东海，登高望太平。”张脉贤《灯下漫笔》称其调研，此联执笔者为罗长铭。

题檀干公园大树亭[①]

檀干公园南缘溪，旧有祠宇没榛莽中，子晋将军为剔治作亭，榜曰“大树”。时与疑庵老人啸咏其上，属撰集白石词句为联，并识颠末。辛巳夏五月亡羊居士罗更。

其　一

最可惜一片江山，古木斜晖，公来领略；
问谁记六朝歌舞，虹梁水陌，我爱幽芳。

其　二

万绿正迷人，老子婆娑，暮色偏怜高处；
一丘聊复尔，元戎歌吹，此地宜有词仙。

代唐式遵挽罗老先生[②]

修行于乡，排难解纷推长德；
亢宗有子，飞书草檄借通才。

---

① 作于1941年，录自作者手稿。

② 作于1941年，录自作者父亲遗照背面第2联（一共5联），与罗会炜提供的挽联，仅上联有两字不同：“推长”为“长祖”。另有4联，疑是作者代人所做，附后：

（1）敬教修仁，德范允孚恭简；经文纬武，家风克绍箕裘。

（2）敬宗睦族，好义急公，谥法议周书，曰简曰恭，先生允无愧色；移孝作忠，建功立业，令闻昭党国，丕承丕显，哲嗣并继家传。

（3）制行备简朴恭纯，流泽孔长，穆矣清风宛在；接物极冲和坦荡，去来有自，翛然明月偕归。

（4）夙具高人卓识，兴建乐观成，浮嚣自息；晚闻拔俗清标，威仪虚道谒，向往徒萦。

挽葛子坚[①]

北客南来西去，
皖安一别千秋。

代罗会炜挽总部秘书汪士珍夫人鲍絜鱼[②]

夫婿本多情，从此踞坐鼓盆，居然庄叟；
文章难赎命，那堪飞书草檄，愁绝班生。

茅屋晴业联[③]

茅屋晴业秋，负九江风逯，五湖烟艇；
渔竿要老伴，倩轻鸥假道，白鹭随轩。

炉　火[④]

红炉炽火全无力，
绿茇盈盅依赖开。

江西唐部题联[⑤]

上河沿，下河沿，上下河沿军民都合作；
东战场，西战场，东西战场德日俱败亡。

---

① 罗会炜提供并注：葛子坚，北京人，原南通图书馆同事，原任安徽省立第二师范附小主任，被邀去万安中学教语文，后经营茶叶，故后而作。

② 作于1943年，罗会炜提供。

③ 录自作者手稿，作于1943冬或1944年初。

④ 国民革命军第二十三集团军总司令部1944年冬驻江西上河田村，天寒室内生火，因天冷火都无力而作，谢孝之提供。

⑤ 作于1945年，据罗僧抱回忆。

西江万里联[①]

西江万里建旌麾，看风动龙韬，尘清虎帐；
南极一星占气象，有剑飞辽水，弓挂扶桑。

挽许疑庵老[②]

一代诗人真寂寞，
半生知己愧浮沉。

更生斋题联[③]

四围山翠俱连屋，
一路花香直到门。

丙申春联[④]

四海共知霜鬓满，
一年又值岁华新。

① 录自作者手稿，作于1945年抗战胜利后。
② 作于1946年，录自许家华《忆长铭先生》。
③ 为叶侠奇作，叶永康提供。
④ 作于1956年，录自作者手稿。

附录二 《罗长铭集》未收题记、序、题画等

腐鼠集乙题记[①]

出南门，遵大路行数百步，有图书馆焉。馆不僻而幽，不寂而静，日之至者不过一二人，或竟无一至者。岁己未余寓居于是，窃有慕于虞仲、少连之为人，颇快然自适。昔者列御寇师壶丘子林，友伯昏瞀人，九年而忘其师，而忘其友。以余之不敏，亦去智力、黜聪明，于于然、皞皞然，不知我忘物乎，物忘我耶？亦适吾之适而已。

(民国)八年(1919)于南通

程育陵诗序[②]

情之所至，诗亦至焉。苟非其情，恶能有其诗乎？故曰："子惠思我，褰裳涉溱。子不我思，岂无他人。"此诗人之情也，虽淫何害？近世作者，若郑若陈，亦能为模拟之辞尔；若樊若易，亦能为靡嫚之辞尔。下逮南社诸人，好为艳歌，缘以说部，其旨要不出于愁恨，其文要不外乎风月，盖比之盲词鼓书，岂惟无当于大雅，亦有愧于辞人。

---

① 录自作者手稿《腐鼠集乙》。

② 录自作者手稿《腐鼠集乙》。程育陵，作者在南通时的同事。

故胡适之大更旧体,倡为新诗,诚一时之俊也。然青天白云,前于后许,声音对偶,本出自然。自汉魏以来数千百年,作者如林,而可轻弃乎哉?程君育陵以所著旧诗属为润饰,因以发余之狂言,其学非陈王而为之不惭者,窃附诗人切磋之义。

附　程育陵诗2篇5首

辛酉绝句

万种闲愁带酒浇,新词无那独吹箫。晚风漾水看鹨鹈,人在公园第四桥。

秋风拂拂夜迢迢,草际吟蛩伴寂寥。遥想鹊桥眉月下,有人相对话深宵。

生憎离别羡神仙,修到神仙亦可怜。十万聘钱归未得,泪珠和露落机边。七夕。

重阳未着买花钱,卖眼西风倘自怜。翻爱东篱数枝菊,低回不忍插襟边。

良　辰

良辰美景浑忘却,倦绣停针有所思。陌上春光浓似酒,堤边垂柳乱如丝。忽惊乳燕双双去,更盼游人缓缓归。为问西洲在何处?楼前流水白云飞。

赠善子[①]

善子画虎、画黄山，善子自号虎痴，其貌亦须髯戟张，虎虎有生气。人但知其画虎而已，不知其画黄山也。余家黄山下，善子与其弟大千数来山中，登陟天都、莲花绝顶。余腰脚不健，自愧未能，故余之知黄山不若善子。独知善子与同志结黄社，奔走海内外数写黄山，以为天下奇峰绝无足以当黄山者。非其情性与山灵契合无间者，恶能若是。然则善子可以号黄岳（张习孔[②]），而不必号虎痴。故书其崖略以赠善子，且以赠后之修山史者。善子，蜀人，张姓泽名。

题干旌山水堂幅[③]

“文昭画气韵生动，无渐派纵横习气。”辛巳长夏于疑庵丈斋头获观此幅。惜名款遭俗手割裂，然的是真迹，侠奇兄精鉴不谬也。长名弟更。

---

① 作于20世纪30年代，录自作者手稿，文题后加。

② 张习孔（1607—1684）：字念难，号黄岳，徽州歙县人。工诗文，有声于时。

③ 此题跋由汪孝文提供。1941年为叶侠奇题。画亦有许承尧题：“干旌，字文昭，清杭州人。工山水，负盛名，见《图绘宝鉴续纂》。此幅松秀生动，突兀奇伟，佳构也。辛巳为侠奇世兄疏记。黄海丈人许承尧书于涤玄草堂。”

题张善子仿古山水轴①

此画真迹藏张氏大风堂，善子临此见贻，毫发无憾。侠奇兄见而爱之，因以归焉。时适阅《八水师》《黄山志》《吾里故实隆兴古观碑》《募修杨干寺疏》等文，并见据摭持较闵志遗文佚事创获颇多。师名弘眉，字紫石，南岳恒公法嗣，捡芷得志满禅师传，并寻获其塔，黄山慈光寺高僧也。壬午春日，亡羊居士罗更病起漫记。

题罗鄂州小集②

按弘治戊午裔孙文达跋云，洪武初七世孙山阳令传道复来名公序文，期欲刊布，未遂而卒，疑亦弘治本。

题黄元治五言诗书法③

黄樵谷书法涪翁，在清初负盛名，预修黄山志，允孝得此，甚为珍秘。今割爱持赠振羽先生，可谓物得所归。书以志贺。乙酉春暮，亡羊更。

---

① 此题跋由汪孝文提供。此画原为许承尧所藏，1942 年归叶侠奇。当时许承尧有题："蜀中张氏善子大千兄弟以画雄全国，善子尤为海外所称，来游黄山，予作诗赠之，善子曾为予写照，今逝矣，览其遗笔，怆然。其题字亦酷肖慕道人，盖皆法于倪迂，侠奇珍重之。"

② 题于 1942 年秋。录自安徽省文物志编辑室《安徽文物志稿 · 中》（安徽省文化厅印刷厂 1988 年印制）133 页。原件收藏于安徽省博物院。

③ 此题录自作者手迹，作于 1945 年。

题善子画[1]

曩余与善子昆季同居沪上西成里时，曾见作此，距今二十余年矣。善子慷慨好节义，能急人之难。抗战中奔走海内外，以劳瘁卒。余有挽诗："四海方龙战，弥天识虎痴。"嗟呼！此人不可复得，此画亦何可多得耶？乙未除夕，亡羊学人罗更识于阮溪去女堂。

北朝人写经[2]

右敦煌写经八十行，北朝人书。许疑庵丈游陇所得，以赠玉田翁。解放后流出，归余。五七年春季，僧抱复员来合肥伴余半载；秋九月赴京地质学院学习，因举以付之。千余年法物，当为行箧增重不少。

---

① 作于1955年，录自作者手稿。

② 此题跋由罗僧抱提供，作于1957年。写经前有许承尧题识："敦煌鸣沙山三界寺石室写经。"

附录三　作者诗词手迹

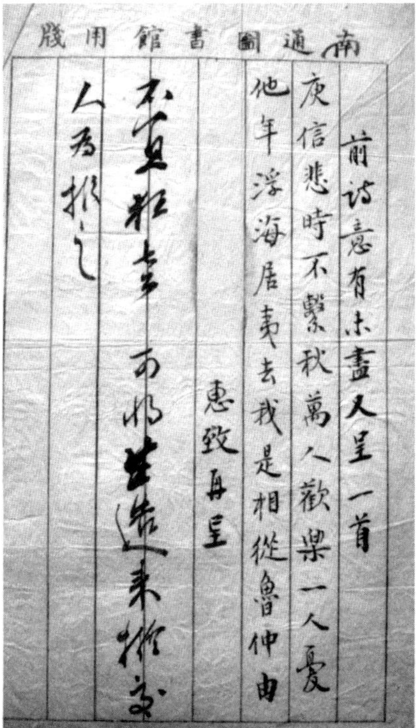

南通圖書館用箋

前詩意有未盡又呈一首

庾信悲時不繫秋萬人歡樂一人憂

他年浮海居夷去我是相從魯仲由

惠致再呈

手迹 1　前诗意有未尽，又呈一首（见甲集）后有张謇先生批语。

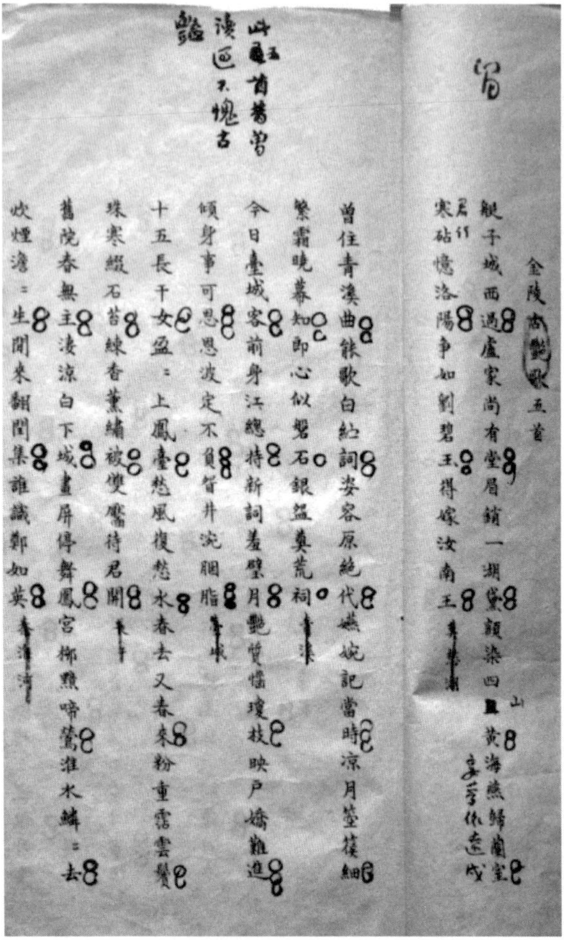

手迹 2　　金陵五首(见乙集)

天头许承尧先生批语:"此五首昔曾读过,不愧古艳。"

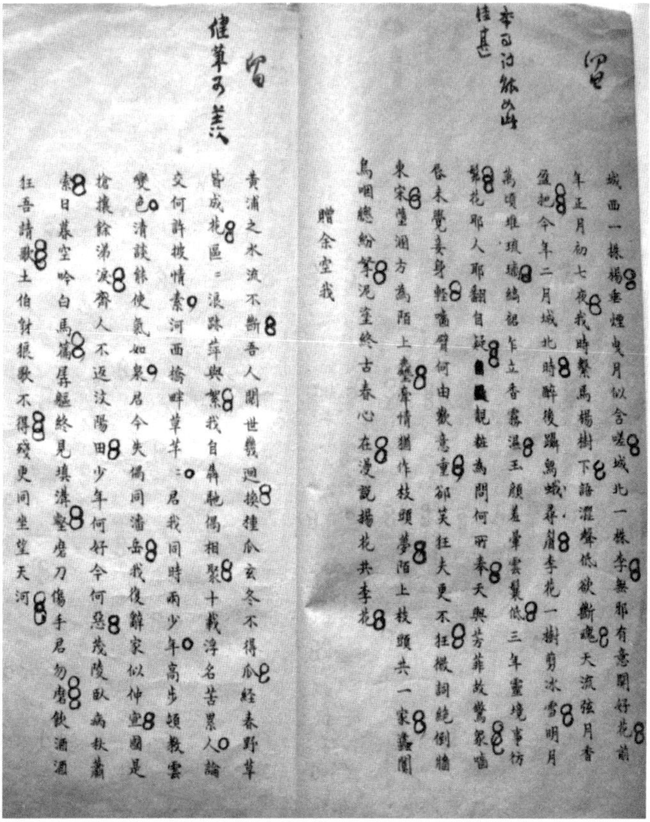

本事詩能如此
佳甚

城西一株楊垂煙曳月似含嗟城北一株李無那有意開好花前
年正月初七夜我時繫馬楊樹下語澀聲低欲斷魂大流弦月香
盈把今年二月城北時醉後躡鳥蛾尋屐李花一樹剪冰雪明月
萬頃堆瑣瓊縞裙乍立香霧濕玉顏羞暈雲鬟低三年靈境事彷
髴花耶人耶翻自疑[redacted]覩粧為問何所來天與芳菲故驚眾嫱
眷木覺妾身輕擁臂何由歡意重卻笑狂夫更不狂微詞絕倒牆
東宋瑩涸方為陌上塵蠶奔情攜作枝頭夢陌上枝頭共一家蠡閨
鳥咽聽紛繁況室終古春心在漫說楊花共李花

贈余空我

健筆可羨

黄浦之水流不斷吾人閱世幾迴換運命玄冬不得瓜經春野草
皆成花區區浪跡萍與絮我自奔馳偶相聚十載浮名苦累人論
交何許披情素河西橋畔草芊芊君我同時兩少年高步傾教雲
變色清談餘使氣如泉君今失偶同潘岳我復辭家似仲宣國是
搶攘餘涕淚齊人不返汶陽田少年何好今何惡茂陵臥病秋蕭
索日暮空吟白馬篇屠軀終見填溝壑虎刀傷手君勿磨飲酒酒
狂吾請歌土伯豺狼歌不得殘吏同坐望天河

手迹 3 李花行(见乙集) 赠余空我(见乙集)

天头许承尧先生批语:“本事诗能如此,佳甚。”“健笔可羡。”

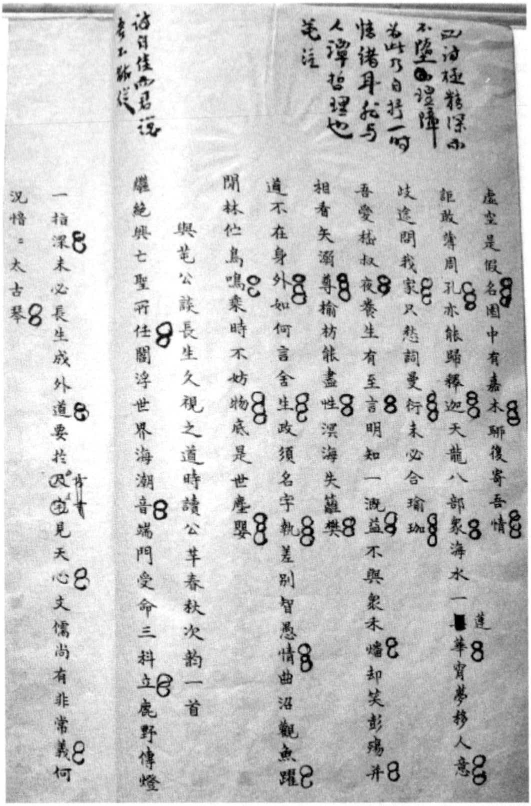

手迹 4　　小病游顾家宅花园(局部,见乙集)

与芼公谈长生久视之道,时读《公羊春秋》,次韵一首(见乙集)

天头许承尧先生批语:“此诗极精深而不堕理障,为此自抒一时情绪耳,就与人谭哲理也。芼注。”“诗自佳而君说吾不能从。”

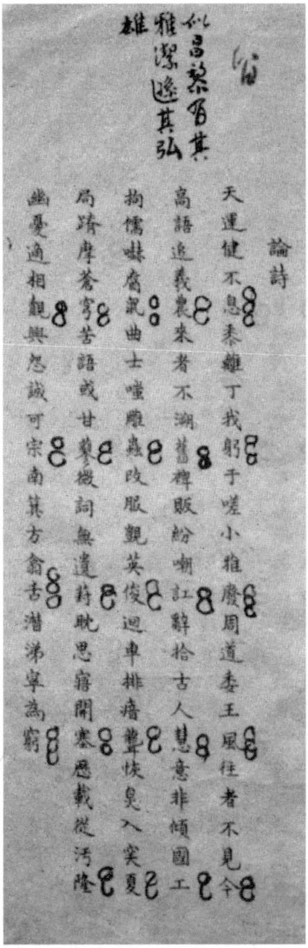

似昌黎，有其雅潔，遜其弘雄

論詩

天運健不息，泰雖丁我躬。于嗟小雅廢，周道委王風。往者不見今，
高語追羲農。來者不溯舊，稗販紛嘲訌。辭拾古人慧，意非傾國工。
拘儒嗤腐鼠，曲士嘆雕蟲。改服覲英俊，迴車排瘖聾。快見入突夏，
局蹐摩蒼穹。苦語或甘饕，機詞無遺芬。耽思窮閉塞，懸載從汙隆。
幽憂適相觀，興怨識可宗。南箕方翕舌，潛沸享為窮。

手迹 5 论诗(见乙集)

天头许承尧先生批语:“似昌黎,有其雅洁,逊其弘雄。”

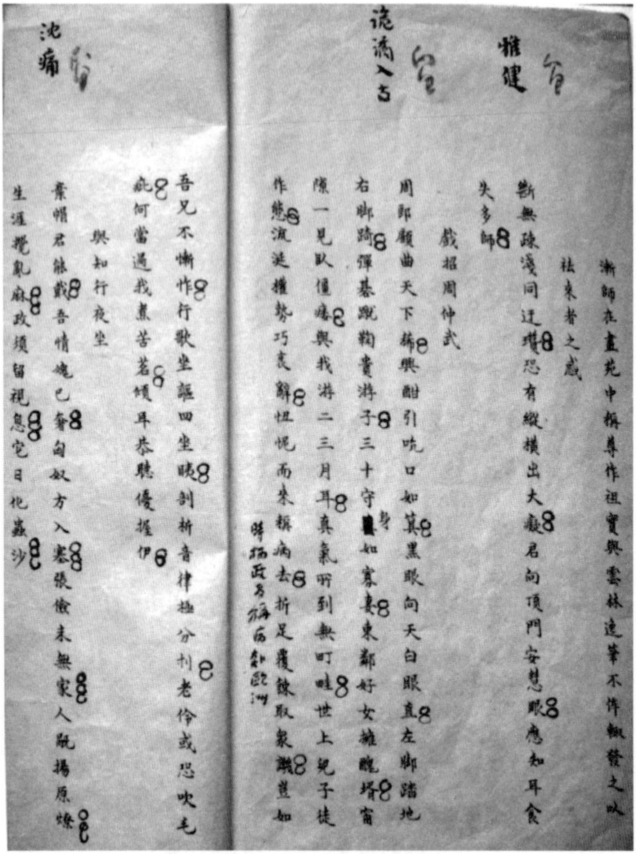

手迹 6　　题大千仿浙江画(见乙集)　　戏招周仲武(见乙集)　　与知行夜坐(见乙集)

天头许承尧先生批语:“雅健。”“诡谲入古。”“沉痛。”

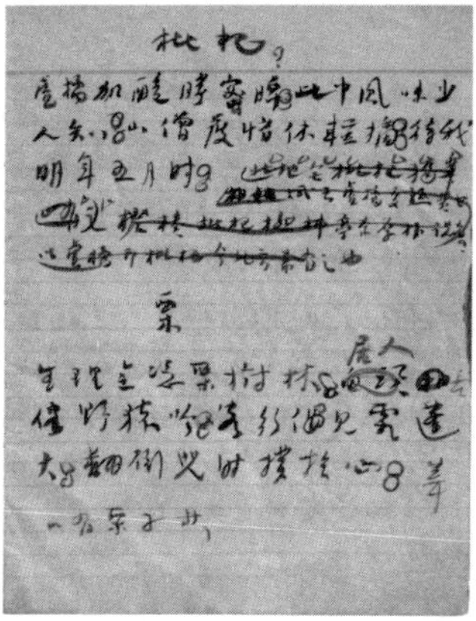

手迹 7　　枇杷(见乙集)　　栗(见乙集)

注:于非闇、张大千作于 1935 年《枇杷草虫图》题识:“庐桔加酸胜蜜脾,此中风味少人知。山民护惜休轻摘,待我来年五月时。北地无枇杷,独华山有之。时予游华还故京写此,非厂为补草虫,置诸行箧忽焉十载,孝慈老兄极赏非厂画,题以奉贻。甲申七月青城山中记弟爰。”(http://www.yszyz.com/2015/0727/203214.html)

1982 年作《栗子》(立轴)题识:“生理全凭栗树林,居人长伴野猿吟。客行偶见霜蓬大,翻倒儿时扑拾心。五十年前与先仲兄善子同游华山所作草木诗,此其一也。八十四叟爰壬戌四月写并识。”(http://auction.artron.net/paimai-art5062851270/)

加下划线的字是张大千款识与罗长铭原诗词不同者。下同。

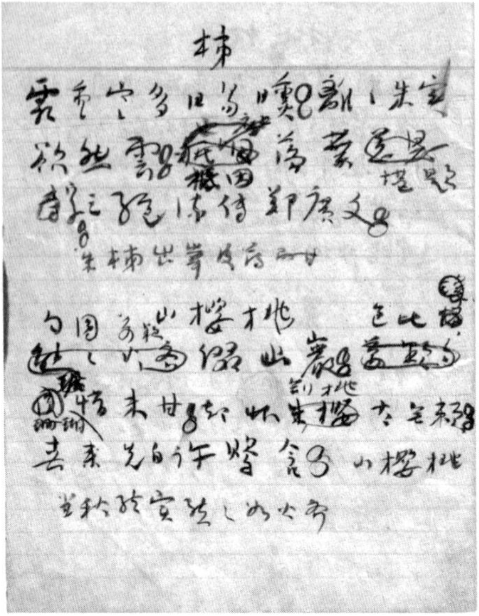

手迹 8　　柿(见乙集)　　山樱桃(见乙集)

注:1935 年作《花卉》(册页　镜框)款识:“朱柿出华山,皮薄而甘。乙亥十月以元人陈仲仁笔法为之大千。”“霜重寒多日易曛,离离朱实欲然云。只因落叶堪题字,三绝流传郑广文。爰又题。”(http://auction.artron.net/paimai-art5018210021/)

《仿宋人花鸟》(立轴　设色绢本)题识:“篱篱万颗缀幽岩,色比珊瑚惜未甘。却恨荆桃太无赖,春来先自许莺衔。华山樱桃,南秋结实,离离满山谷,朱熊照人,如火齐也。大千居士爰。”(http://www.360doc.com/content/15/1223/17/19519242_522574900.shtml)

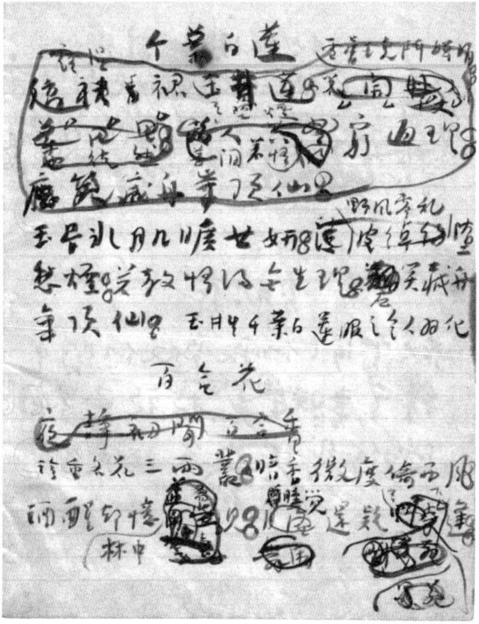

手迹 9 千叶白莲(见乙集) 百合花(见乙集)

注:《白荷》题识:“玉骨冰肌旷世妍,野风零乱堕愁烟。若教悟得无生理,应笑藏舟华顶仙。大千张爰摩诘山中八德园作。”(http://auction.artron.net/paimai-art5011523469/)

张大千、齐白石 1936 年作《百合蜻蜓》 张大千题识:“珍重名花三两丛,暗香微度倚西风。酒醒却忆林中见,睡觉还疑月下逢。大千居士写华山百合于大风堂下时岁在丙子。”(http://auction.artron.net/showpic.php?picid=art73240331)

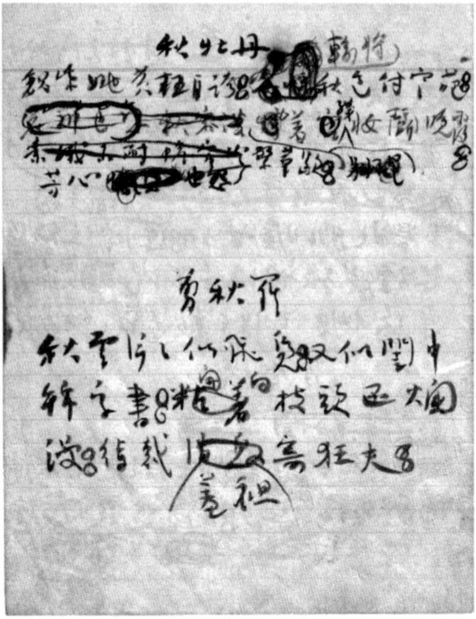

手迹 10　　秋牡丹(见乙集)　　剪秋萝(见乙集)

注:《华山异卉》款识:“魏紫姚黄枉自夸,输将秋色付寒葩。芳心也怨繁华歇,特着残妆斗晚霞。华山有野卉,花似秋海棠,而大叶似芍药,生青柯枰岩间,八、九月敷花,绚烂不减永嘉竹水际也。大千居士爰并题。”(http://auction. artron. net/paimai - art5007851627/)

1979 年作《十二月令花卉　册页》首页款识:“秋云片片似飞凫,又似闺中锦字书。开向枝头还烂漫,待裁羞袒寄狂夫。五十年前所赋剪秋罗小诗也,忆题于上,摩耶精舍爰杜多。”(http://auction. Artron. net/paimai - art86750686/)

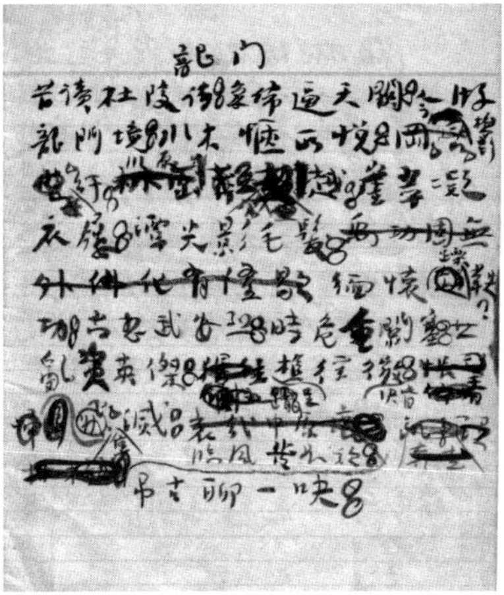

手迹 11　　龙门(见乙集)

注:1939 年《关洛忆游》款识:“昔读杜陵诗,象纬逼天阙。今游龙门境,水木惬所悦。冈峦郁盘纡,川原互萦越。崖翠凝衣屦,潭光影毛发。缅怀砾鞅功,尚想武安烈。时危重关塞,乱世资英杰。躡足樵径微,决眦鹰隼灭。临风发长叹,吊古聊一映。　　兹龛谁所建,云在景明初。人主隆佛法,追凿跨空虚。顶礼相好足,发心龙象俱。用功数十万,涌现千百区。宏丽劲殊俗,胆慕纷填趋。兼金购盗斲,有如发冢儒。六道敺不畏,焉得嗤氓愚。即事寓兴废,衰俗良自污。用心锥刀末,挟弹投明珠。吾亦逐攘往,愧汗悲有余。龙门伊阙佛龛二首。己卯七月,青城山中与家人谈往岁关洛之游,因写此图。大千居士张爰。”(http://auction. artron. net/paimai-art92740824/)

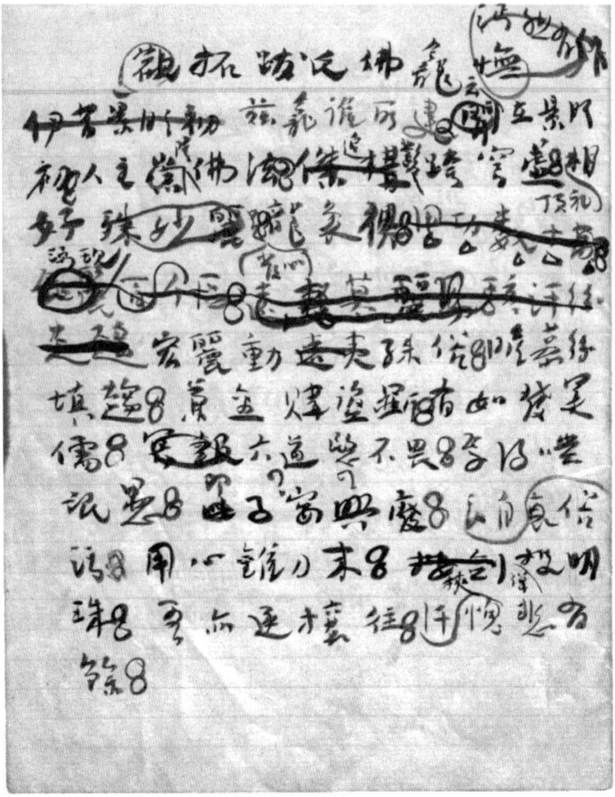

手迹 12　　拓跋氏佛龛(见乙集)

注见手迹 11 注。

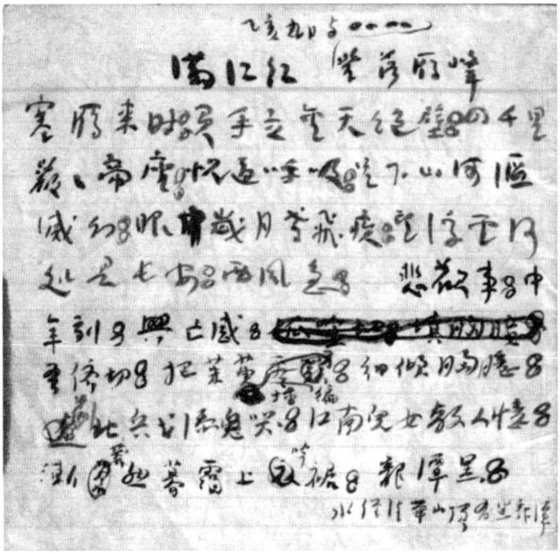

手迹 13　　满江红 · 乙亥九月与 xxxx 登落雁峰(见乙集)

注:1935 年作《华山绝顶》(立轴　纸本)题识:“寒雁来时,负手立,金天绝壁。四千里、岩岩帝座,况通呼吸。足下河山沤灭幻 ,眼前岁月鸢飞疾。望浮云,何处是长安? 西风急!　　悲欢事,中年剧。兴亡感,吾侪切。把茱萸插遍,细倾胸臆。直北兵戈添鬼哭,江南儿女教人忆。渐莽然,暮霭上吟裾,龙潭黑! 满江红。重九日与诸友登华山绝顶赋此。乙亥十二月写于故都,蜀人张爰时时将南归吴门也。”(http://auction. artron. net/paimai - art85980126/)

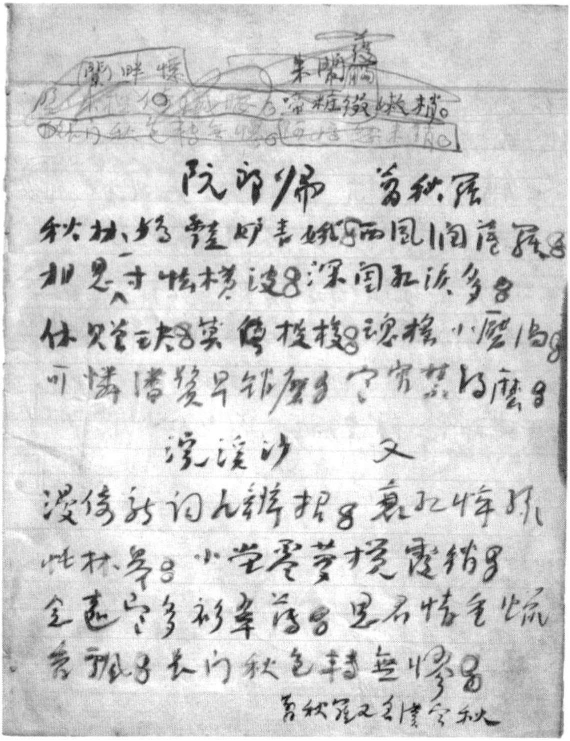

手迹 14　　阮郎归 · 剪秋萝(见乙集)　　浣溪沙(漫倚新词《九辩》招)(见乙集)

注:1939 年作扇面(设色纸本)题识:“秋林娇艳妒青娥,西风润薄罗。相思一寸怯横波,深闺红泪多。　休赠玦,莫投梭。魂摇小靥涡。可怜潘鬓早消磨,寒宵禁得么。阮郎归。题画剪秋罗,书似克愁先生两教,大千张爰。”(http://auction.artron.net/paimai-art0061160504/)

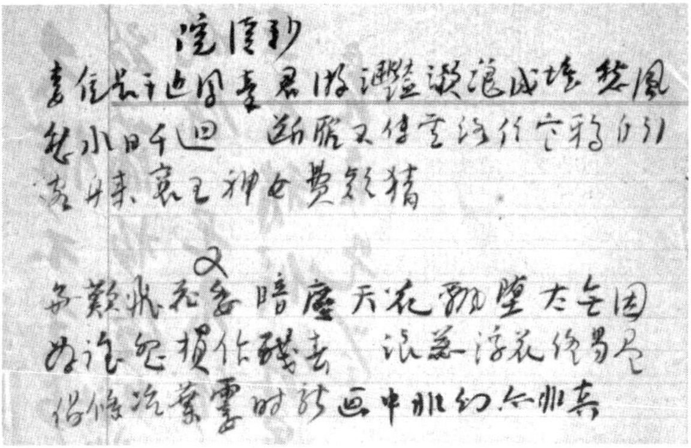
浣溪沙
妾住长干近凤台 君行滟滪浪成堆 愁风
愁水日千回 断雁不传云路信 寒鸦自引
客舟来 襄王神女费疑猜
又
每叹飞花委暗尘 天风飘堕去无因
为谁怨损作残春 浪蕊浮香终易尽
倡条冶叶霎时新 画中非幻亦非真

手迹 15　　浣溪沙·巫峡(见乙集)　　浣溪沙·天女散花(见乙集)

注:1936 年作《巫峡清秋》(立轴　设色水墨纸本)题识:"妾住长干近凤台,君行滟滪浪乘堆,愁风愁水日千回。　　断雁不传云路信,寒雅自引客舟来。襄王神女费疑猜。浣溪沙。大千居士并题。"(http://auction.artron.net/paimai-art5059250069)

1935 年作《天女散花》题跋:"每叹飞花委暗尘,天风飘堕去无因,为谁怨损作残春。　　浪蕊浮香终易尽,倡条冶叶霎时新。画中非幻亦非真。浣溪沙。甲申花朝,偶展此画漫题。大千居士张爰。成都桂玉桥借居。钤印:张大千、蜀客。"(http://www.360doc.com/content/15/1224/22/19519242_522900577.shtml)

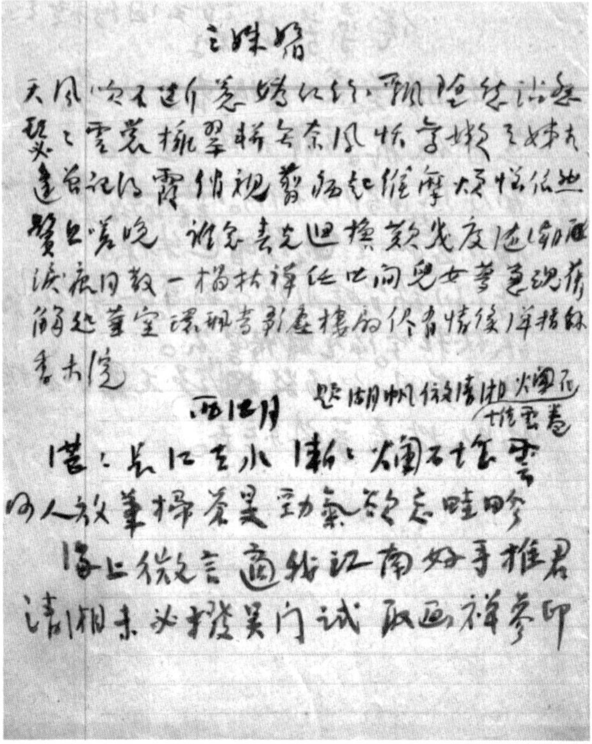

手迹 16　　三姝媚(天风吹不断)(见乙集)

西江月·题湖帆仿清湘烂石堆云卷(见乙集)

注:谢稚柳、张大千 1940 年作《竹石蛱蝶图》(成扇设色纸本)题识:“天风吹不断,惹娇红纷飘,堕愁沾怨。瑟瑟云裳,拥翠軿无奈,凤恬鸾懒。月姊相逢,曾记得、霞绡亲剪。病起维摩,烦恼依然,鬓丝嗟晚。　　谁念春光回换?叹几度随潮,泪痕同散。一榻枯禅,任世间儿女,梦葱魂蒨。触处华空,环佩杳、歌尘栖扇。尽有情缘弹

指,余香未浣。三姝媚。书似启明仁兄方家正律。庚辰六月,大千弟张爰。”(http://blog.sina.com.cn/s/blog_5e63ab950102xutc.html)

1926年吴湖帆作《临大涤子烂石堆云图》(手卷 水墨纸本)后纸1936年张大千跋:“湛湛长江去水,沉沉烂石堆云。何人放笔扫苍旻,劲气却忘畦畛。 海上微言适我,江南绝艺推君。清湘未必拨吴门,试取画禅参印。西江月。湖帆社长哂正。丙子暮春,弟爰。”(http://auction.artron.net/paimai-art09880034/)

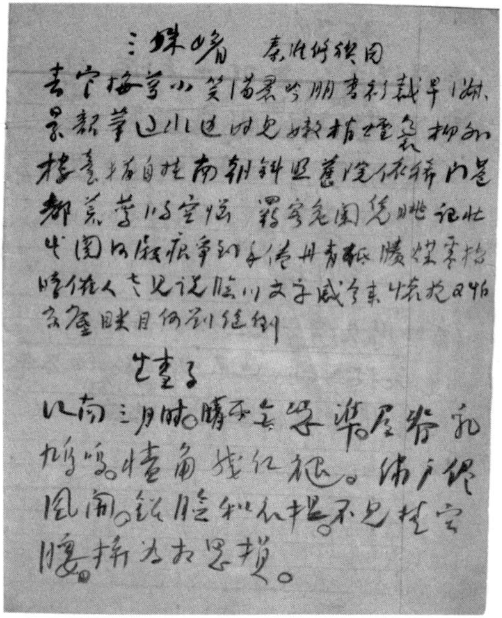

手迹 17　　三姝媚·秦淮修禊图(见乙集)　　生查子(江南三月时)(见乙集)

注:1936 年作《秦淮春禊图》(成扇　设色　水墨纸本)题识:“春寒梅萼小,笑湔裙吟朋,杏衫裁早。淑景韶华,过水边、时见嫩梢烟袅。柳外楼台,犹自挂、南朝斜照。旧院依稀,门巷都荒,燕鸿空恼。　　羁客危阑凭眺,记壮岁关河老,屐痕争到。手倦丹青,只剩煤零楮,暗催人老。见临川文字,感今来怀抱。又怕京尘眯目,何刘绝倒。三姝媚赋。丙子秋日,大千居士张爰。”(http://auction. artron. net/paimai - art37033283/)

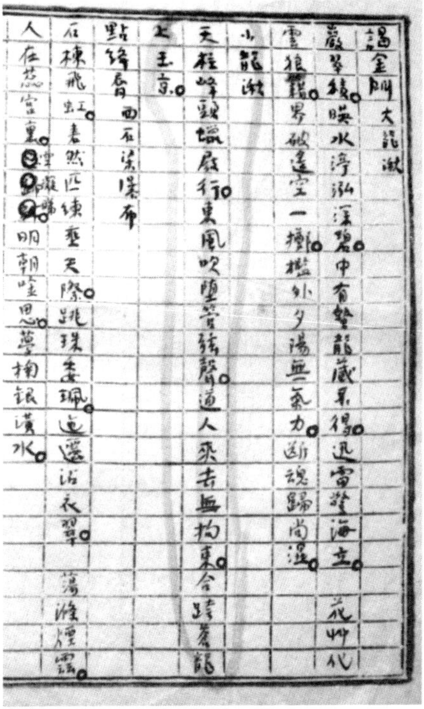

謁金門 大龍湫
巖翠積。映水渟泓深碧。中有蟄龍藏不得。迅雷驚海立。花草化
雲狼藉。界破遙空一擲。檻外夕陽無氣力。斷魂歸尚濕。
小龍湫
天柱峰頭孅屐行。東風吹墮管絃聲。道人來去無拘束。合跨蒼龍
上玉京。
點絳唇 西石梁瀑布
石棟飛虹。素然匹練垂天際。跳珠委珮。遠邇沾衣翠。蕩漾煙霞
人在蕊宮裏。[illegible] 明朝嗟思。夢掬銀潢水。

手迹 18　　谒金门·大龙湫（见丙集）
小龙湫（见丙集）　　点绛唇·西石梁瀑布（见丙集）

注:1937 年作《雁宕话旧》（镜框　　设色纸本）款识:“岩翠积,映水渟泓深碧。中有蛰龙藏不得,迅雷惊海立。　　花草化云狼藉,界破遥空一掷。槛外斜阳无气力,断魂归尚湿。谒金门。雁宕大龙湫。丁丑三月,写于昆明湖上,蜀人张大千。”（http://auction.artron.net/paimai－art5004830189/）

1937年作《雁荡大龙湫》（设色纸本）款识："石栋飞虹，砉然匹练垂天际。跳珠委佩，迤逦沾衣翠。荡涤烟云，人在蕊宫里。空凝睇，明朝吟思，梦掬银潢水。雁宕山奇水秀，微苦无嘉树掩映其间。并此写西石梁瀑布，因于岩上添写一松，思与黄山并峙宇宙也。图成，更倚《点绛唇》题之。春间与蓬莱于非厂、南海黄君璧、武进谢稚柳同游兹山，永嘉方介堪为乡导，下榻雁影山房。乐清张令索予辈作画，其时诸人皆无印，乃由介堪急就凿一章，文曰'东西南北之人'。迄今诸人风流云散，惟予与非厂犹得朝夕相见耳。偶忆及之，因书画上。丁丑秋九月，蜀郡张爰大千父。"（http://www.360doc.com/content/15/1104/20/18639963_510770223.shtml）

手迹 19　　三折瀑(见丙集)　　鹧鸪天·归途中天台山遇雪,因写桃花白绶带鸟(见丙集)

注:《雁荡三折瀑》(立轴　　设色纸本)题识:"世器都不到,大造意偏精。奇石当人立,幽禽夹耳鸣。泠泠三叠响,恻恻五铢轻。应笑秋风客,金丹尚未成。雁宕三折瀑。蜀人张大千,大风堂下。"(出处同上)

1937 年作《桃竹雪羽》(立轴) 款识:"布袜青鞋老不休,玉龙弹指涌璃楼。桃花有意忘秦汉,雪羽无心迓阮刘。　　寻洞口,觅扁舟,天公狡狯助清游。山中不少胡麻饭,底事花开即白头。调寄鹧鸪天。大千居士。""丁丑二月,南海黄君璧、蓬莱于非庵、武进谢稚柳、永嘉方介堪同游雁荡归,过天台逢雪,时桃花方开,白鸟翔集。因写此记之,兼赋一解。爰再笔。"(http://blog.sina.com.cn/s/blog_4501f2080101ivvc.html)

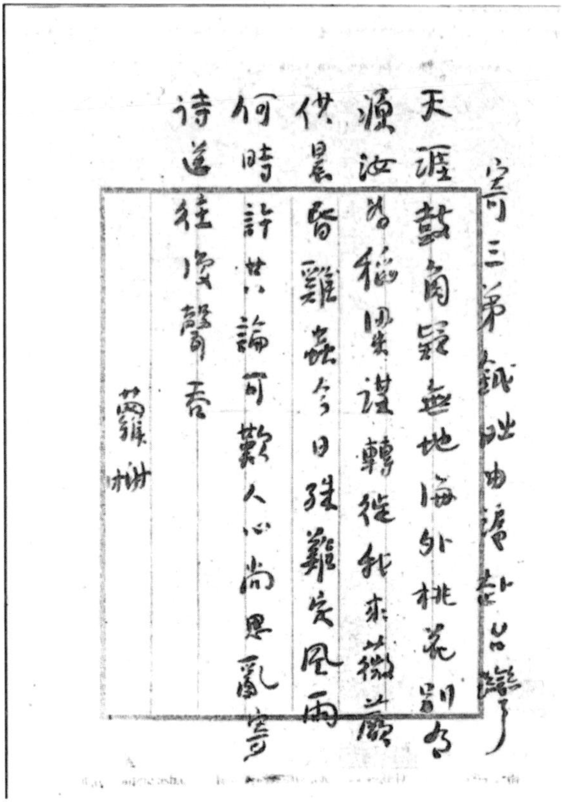

手迹 20　寄三弟钺,时由沪赴台湾(见丙集)

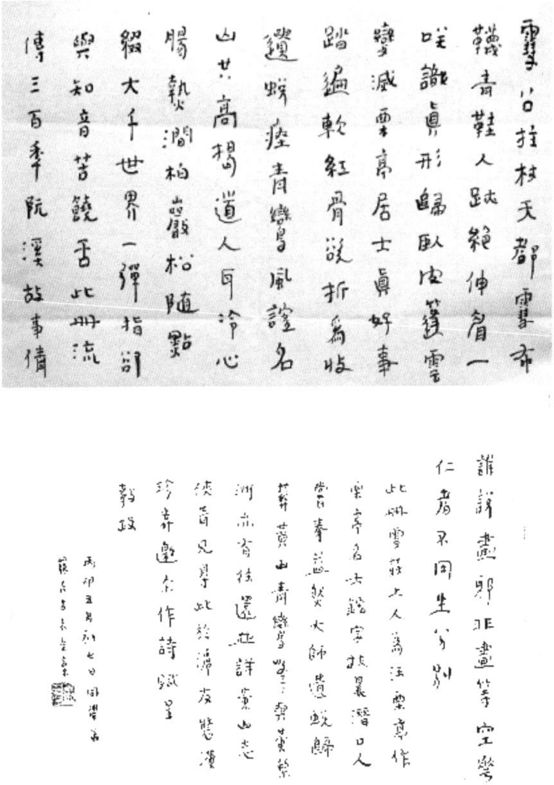

手迹 21　　题雪庄上人黄山山水册(见丙集)

附录四　许承尧评《长子诗》手迹

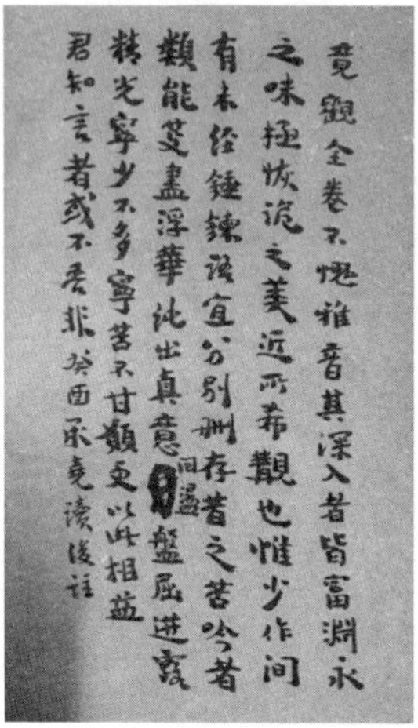

竟观全卷，不愧雅音。其深入者，皆富渊永之味，极恢诡之美，近所希觏也。惟少作间有未经锤炼语，宜分别删存。昔之苦吟者，类能芟尽浮华，纯出真意，回荡盘屈，迸露精光，宁少不多，宁苦不甘。愿更以此相益。君知言者，或不吾非。癸酉承尧读后注。

附录五　张大千 1936 年致作者信手迹

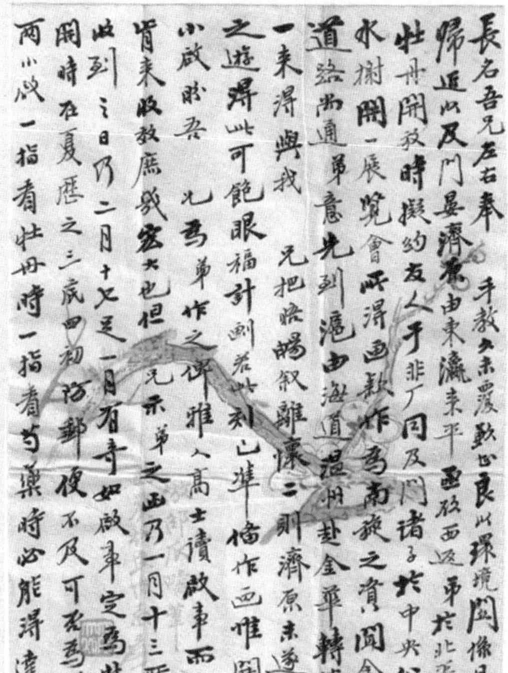

長名吾兄左右奉 手教久未覆歉甚良以環境関係日夜南
歸返此及門晏濟叢由東瀛來平 函招西返弟於北平之
牡丹開放時擬約友人于非厂同及門諸子於中央公園
水榭開一展覽會所得畫款作為南旋之資聞金華
道經浙通弟意先到滬由海道温州赴金華轉黄山
一來得與我 兄把晤暢叙離懷二則濟原未遂黄山
之遊得此可飽眼福計劃若此刻正準備作畫惟開會
小啟非吾 兄為弟作之俾雅人高士讀啟事而惠然
肯來收效庶幾宏大也但 兄示弟之函乃一月十三所發
收到之日乃二月十七是一月有奇如啟事定為牡丹
開時在夏歷之三底四初防郵便不及可否為弟作
兩小啟一指看牡丹時一指看芍藥時必能得達也

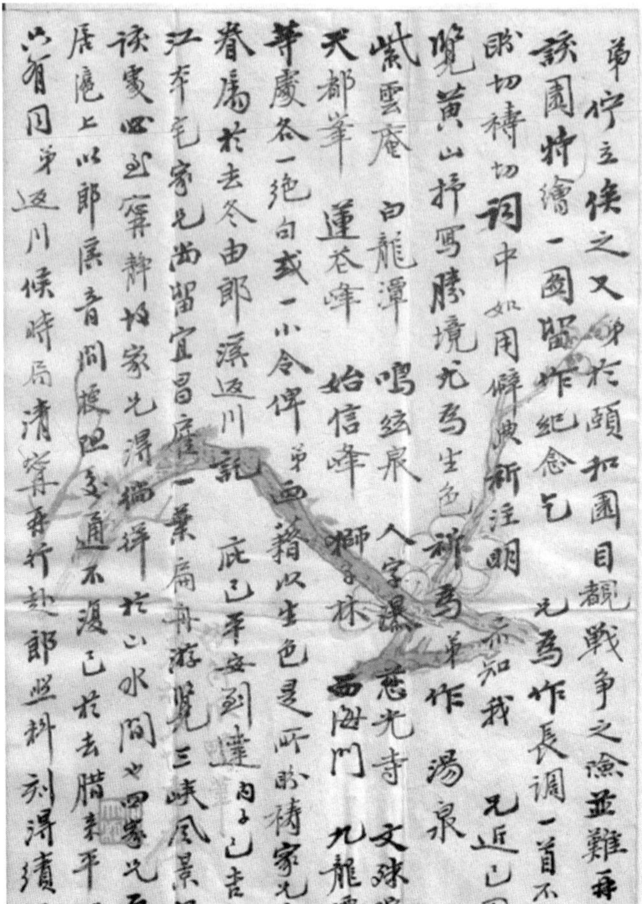

弟佇立俟之又弟於頤和園目覩戰爭之險並難再往
諧園特繪一圖留作紀念乞 兄為作長調一首不勝
盼切禱切 詞中如用僻典祈注明 亦知我 兄近已同
覽黃山擇寫勝境 允為生色 祈為弟作 湯泉
紫雲庵 白龍潭 鳴絃泉 人字瀑 慈光寺 文殊院
天都峯 蓮花峰 始信峰 獅子林 西海門 九龍潭
等處各一絕句或一小令 俾弟西藉以生色 是所盼禱 家兄幸
眷屬於去冬由郎溪返川 託庇已平安到達 內子已去內
江本宅 家兄尚留宜昌 屢一葉扁舟游覽三峽風景 想
該處四鄉寧靜 惟家兄得徜徉於山水間也 四家兄原
居滬上 以郎溪音問梗阻 交通不復 已於去臘來平 仍
以有因 弟返川 候時局清寧 再行赴郎照料 刻得績谿

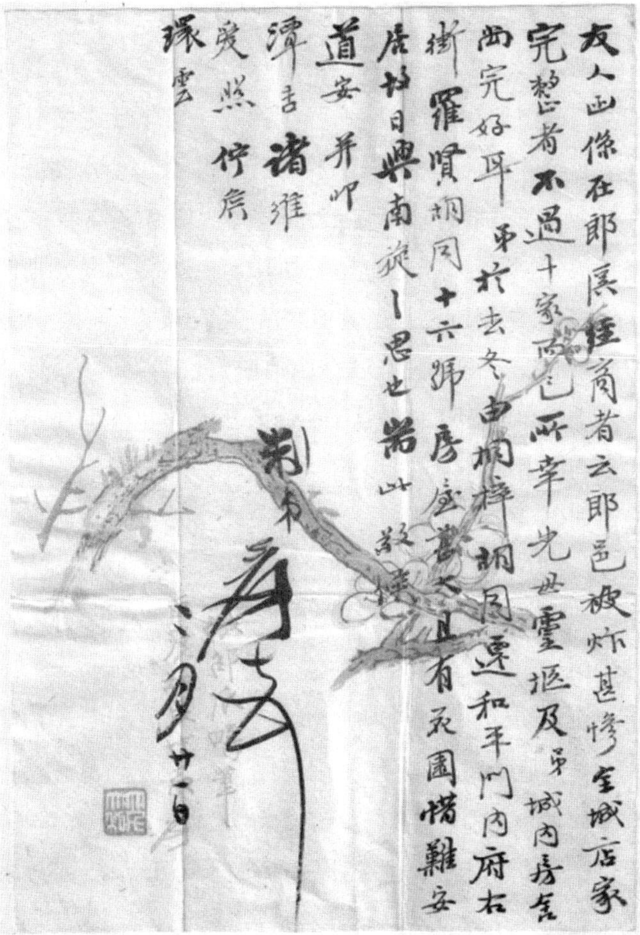

友人函係在郎溪經商者云郎邑被炸甚慘全城店家
完整者不過十家而已所幸先世靈柩及弟城内房舍
尚完好耳 弟於去冬由桐梓胡同遷和平門内府右
街羅賢胡同十六號房屋寬且有花園惜離安
居於日興南旋之思也 端此敬候
道安 并叩
潭吉 諸姪
嫂照 佇候
環雲
制弟爰頓首 廿一日

长名吾兄左右：

奉手教，久未覆，歉甚。良以环境关系日欲南归，近以及门晏济原由东瀛来平，亟欲西返。弟于北平之牡丹开放时拟约友人于非厂同及门诸子于中央公园水榭开一展览会，所得画款作为南旋之资。闻金华道路尚通，弟意先到沪，由海道温州赴金华转黄山。一来得与我兄把晤畅叙离怀，二则济原未遂黄山之游，得此可饱眼福。计划若此，刻已准备作画，惟开会小启盼吾兄为弟作之，俾雅人高士读启事而惠然肯来，收效庶几宏大也。但兄示弟之函乃一月十三所发，收到之日乃二月十七，足一月有奇。如启事定为牡丹开时，在夏历之三底四初，防邮便不及，可否为弟作两小启：一指看牡丹时，一指看芍药时，必能得达也，弟伫立俟之。又弟于颐和园目睹战争之险，并难再住该园，特绘一图留作纪念，乞兄为作长调一首，不胜盼切祷切，词中如用僻典，祈注明示知我。兄近已周览黄山抒写胜景，尤为生色，祈为弟作《汤泉》《紫云庵》《白龙潭》《鸣弦泉》《人字瀑》《慈光寺》《文殊院》《天都峰》《莲花峰》《始信峰》《狮子林》《西海门》《九龙潭》等处各一绝句或一小令，俾弟画藉以生色，是所盼祷。家兄率眷属于去冬由郎溪返川，托庇已平安到达。内子已达内江本宅。家兄尚留宜昌，雇一叶扁舟游览三峡风景，想该处必至宁静，故家兄得徜徉于山水间也。四家兄原居沪上，以郎溪音问梗阻，交通不复，已于去腊来平，仍只有同弟返川，候时局清宁再行赴郎溪照料。刻得绩溪友人函，系在郎溪经商者云，郎邑被炸甚惨，全城店家完整者不过十家而已，所幸先母灵柩及弟城内府房舍尚完好耳。弟于去冬由桐梓胡同迁和平门内府右街罗贤胡同十六号，房屋甚大，且有花园，惜难安居，故日兴南旋之思也，耑此敬候。

道安，并叩潭吉诸维爱照，伫候环云。

米弟爰顿首

二月廿一日

后　记

1994年黄山书社出版的《罗长铭集》收集先父的诗217首，词41阕。1996年在安徽省博物馆研究馆员张飞莺女士的帮助下，从馆藏的许承尧集友朋书札集中检出先父致许承尧先生信17札，得诗13首，词21阕，其中诗4首、词16阕是《罗长铭集》未收集的。2004年南通博物苑研究员赵鹏先生从《南通》报等处又发现先父诗7首，文2篇，均是《罗长铭集》未收集的。2011年夏适之兄从呈坎老屋又找到一批先父的手稿，其中有先父早年在南通师从张謇先生时所编的《罗惠致学诗》《腐鼠集》《昔在集》；30年代自编的《长子少作》（即《长子诗》）；抗战时期《甲申诗》；还有一本30年代的诗词草稿，其中大部分是代张善子、张大千兄弟所作题画诗；还有各时期的散页诗稿。其中《罗长铭集》未收集的有300余首。我们决定将这部分诗词整理出来，和《罗长铭集》中的诗词一起，合编这本诗词集。

编辑诗词集，首先是原稿的整理。这是一项重要基础工作。因为先父的不少诗稿都写在散页纸上，有些甚至是在旧书籍上；有些只是初稿，涂改较多，字迹较难辨认；有些词的原稿词牌也未写，需要查考。花了一年多时间，僧抱兄、辽复兄和我将新发现的诗稿，大致整理出来一个轮廓，其中僧抱兄在原稿辨认方面做了大量工作。

其次，诗词集如何编排？参照《长铭诗词钞》的分法，大致按先父一生的生活、学习和工作轨迹分为4个时期。先父的诗涉及四言、五言、六言、七言及杂言古诗，五言、七言律诗，五言排律，五言、七言绝句；词涉及小令、中调和长调。因我们兄弟诸人都习理工，对诗词格律不甚了解，故在每一时期只分诗、词两类。

考证诗词的写作年代，又是编排时必须完成的一项工作。这项工作与诗词的注释同时进行。开始作注释，只考虑诗词的原始出处，写作年代，发表的刊物与时间；诗词的写作背景，涉及当时的地点、事件、人物等。为了整理时自己能更好地理解先父的诗词，对一些典故做了注释，并未准备出版时应用；后考虑一般读者的需要，又补做了不少。这段工作大约花了两年时间，2014年夏方形成初稿。在此期间赵鹏先生和安徽大学诸伟奇教授审看了部分稿件，提出注释的修改意见。根据两先生意见，又花了一年时间修改补充，于2015年夏形成二稿，并请安徽大学程自信教授审阅，纠正了一些注释错误。近一年，除根据专家的意见，作了修改，又做了以下工作：一是诗词稿与先父诗词原稿（或复印件）一一校对，纠正稿中出现的辨字差错，在这方面诸伟奇、赵鹏两先生给予的帮助尤大。二是注释中的引文，都用较权威的版本核对，对缺漏误刊之处修正。三是发现注释不准的，或删去，或修正。2016年夏诸伟奇先生审读了全稿。

《罗长铭诗词集》收有先父诗511首，词84阕。附录一是收集到的19副楹联；附录二是《罗长铭集》出版后发现的题记、序、题画等；附录三是先父诗词部分手迹；附录四是许承尧对《长子诗》评价的手迹；附录五是张大千致先父信的手迹。

这次整理注释，纠正了《长铭诗词钞》《罗长铭集·长铭诗词钞》中一些误刊，也更正一些史料记载中的错误。

先父一生创作了大量诗词和楹联，对所见法书名画多有题跋。目前收集到的600余篇，远非全部。正如先三叔会钺所言，先父"写诗词多随兴之所至，随写随弃，甚少珍惜，留稿亦未想出版专集"。从他自编的《腐鼠集》的《公斡新昏诗》后注"原五首忘第四首"，《昔在集》的《西山村庐》后注"原五首忘后二首"也可见一斑。先父的一些故人在诗文中提及的诗词，亦有不少至今未见到。如1925年罗会坦回呈坎，先祖父设宴招待，其作七律，云："久客归来，适值新年，承植生叔招饮，惠致弟即席赋七律一章见示，嘱和爰步原韵奉答，并乞同座诸公教正。"所提"惠致弟即席赋七律一章"至今未见。先父19世纪20年代在安徽省立第二师范学校的同事、河北大学程仰垓教授《追悼罗君长铭七律十一首》其六注曰："罗君赠我诗中，有'春兰秋菊并时妍'之句。""赠我诗"也未收集到。丁华民《名人百传》文字艺术卷下记1929年张大千自画像，"拿去请众友欣赏，并遍征艺坛名家题字。曾农髯、陈三立、黄宾虹……朱疆村、罗长铭、向仲坚、井上灵山等人纷纷在此图上加题，共有 32 人之多”，而先父的题诗亦未见。台湾故宫博物院前院长江兆申先生来信提及，他见到张善子为先三叔画牛，其上有先父所题的五言诗，此五言诗也未找到。1936 年张大千给先父的信，请先父为他与于非厂的北平中央公园画展撰写启事，作黄山胜景系列诗词，然而至今也未见到先父代作诗词的底稿。同盟会元老曾北星抗战期间有诗和先父，云“敬和原韵尘长名兄唫政”，然所指原韵诗也未见。1995 年，我去安徽中医学院（今安徽中医药大学）王乐陶教授处送《罗长铭集》时，他告诉我，曾见过梅华画上有先父的题诗；其舅父有程穆倩画，上有先父的题跋。这些都未见着。足见先父的诗词、楹联、题跋散失颇多。经历战乱和文化的多次浩劫，这些遗作也许早已烟飞纸灭了，只能记录在案。

在收集整理先父诗词过程中，遇到一些诗词，据提供者称是先父所作，因未见先父手迹，这次未收入；有些是代作诗词，因不是先父手迹，也未收入；还有些待辨认的先父手迹的诗词，也未收入。

在《罗长铭集》问世后，先父的故旧汪世清、汪孝文、程绍懋、郑初民、罗会炜、谢孝之等先生和先二叔罗惠度、三叔罗会钺都为先父诗词的后续搜集提供了资料与线索，令人遗憾的是诸前辈已作古，未能见到此诗词集的出版。在诗词的再收集与整理过程中，除了前文提到的程自信、诸伟奇、赵鹏、张飞莺诸先生，鲍义来先生始终关心此事，他审读了全稿，提出了不少宝贵意见。在先父诗词后续搜集、整理、发表过程中，还得到鲍弘达、张脉贤、罗会定、叶永康、仇乃桐、汤先锋、刘诗能、陈晓华、王纪波诸先生和绍宏表兄、汉堡堂兄、时年堂弟的帮助，在此一并表示谢意。

《罗长铭诗词钞》和《罗长铭集》印行时是汪世清先生分别做的序和前言，但《罗长铭诗词集》印行时，再也无法请汪先生作序了，他已于 2003 年作古。现将汪先生 1996 年应约，为《合肥教院学报》的“罗长铭专辑”所撰写的《罗长铭先生的诗词》（节录），作为本书的序，以纪念汪先生，感谢他为先父遗著搜集、宣讲所做的工作。

在诗词集的整理过程，我们兄弟各抒己见，反复讨论，尽量达到一致；对于实在无法统一认识的，则请教相关专家，以作最后定夺。凡整理注释有不妥之处，均应由我负责。因我们对诗词、书法知之甚少，诗词的整理注释，未必能准确反映先父的本意，一定存在不少错误和不足，乞望方家指正。

先父离世已 45 年，谨以此诗词集的出版表达我们兄弟对先父的怀念！

罗季重

2016 年 10 月 20 日